DIE GRENZE DER DUNKELHEIT

MICHAEL HIRTZY

CONTENT NOTES ZU DIESEM ROMAN_

FINDEN SIE AM ENDE DES BUCHES_

Prolog 2192 _00

Mitten im Nichts

Zweiundfünfzig Stunden waren vergangen, seit Akif mit seinem Leben abgeschlossen hatte.

Warum hatte er sich mit seiner altersschwachen Barke auf diesen Job eingelassen? Die Antwort war so einfach wie niederschmetternd.

Weil er verzweifelt war. Die 87 Jahre alte *Hanabira* war schrottreif und ihm fehlte das Geld, sie reparieren zu lassen. Niemand vergab Aufträge an einen Schrottsammler, der mit 109 Jahren um etliches älter als sein Schiff war und gesundheitlich kaum besser dastand als die Technik seines veralteten Kahns. Den Zeitpunkt abzuspringen hatte er längst versäumt. Seine Reserven, die selbst zu den besten Zeiten nur für einen bescheidenen Ruhestand gereicht hätten, waren aufgebraucht. Jetzt war er pleite und hatte sich in seiner Hilflosigkeit auf dieses Himmelfahrtskommando eingelassen.

Dabei brachte die Bergung der jahrzehntealten Forschungsbojen im Kuipergürtel bestenfalls genug Geld ein, um die Aufwendungen für die ganze Mission zu bezahlen. Aber was blieb ihm anderes übrig? Immer noch besser, als darauf zu warten, dass die Maschinen der *Hanabira* im Enceladus-Dock vor sich hin rotteten, während die Liegegebühren Geld auffraßen, über das er gar nicht verfügte. Also hatte er den Job angenommen und war mit einem ISC Tender an den Rand des Sonnensystems geflogen.

Drei Tage lang hatte alles geklappt. Dann waren zwei der drei Kühlmittelleitungen geplatzt. Die mit Hochdruck austretende Flüssigkeit hatte eine Spur der Verwüstung durch den Maschinenraum gezogen. Die Lebenserhaltungssysteme waren hinüber. Genauso wie die Funkanlage und das Kühlsystem des Antriebs. Akif hatte es gerade noch in den Schutzanzug geschafft und zu überlegen begonnen, ob es nicht einfacher gewesen wäre, die Ausstiegluke seiner Barke zu öffnen und sich der unbarmherzigen Kälte des Vakuums auszusetzen.

Da hatte die Ortung angeschlagen. Sechsundvierzig Stunden später war er an seinem Ziel, und am Ende der Kapazitäten der *Hanabira* angekommen. Der Antrieb war überhitzt, der Sauerstoffvorrat seines Anzuges ging zur Neige.

Aber die Aussicht, die Akif durch die Sichtscheibe erblickte, ließ in ihm die Hoffnung keimen, dass er aus der Scheiße, in der er steckte, doch noch Gold machen könnte.

Er wollte seinen Augen nicht trauen. Vor ihm, im Orbit des winzigen Plutomondes Kerberos, driftete ein gigantisches Schiff. Er brauchte keine Datenbank, um zu wissen, was da vor ihm lag. Jedes Kind kannte die tragische Geschichte und das Aussehen der *Koukishin*. Es hatte kein zweites Schiff seiner Art gegeben. Kantig, wuchtig und mit den massiven Aufbauten für den experimentellen Antrieb hing es vor ihm im Nichts.

Das Meisterwerk der Technik, das vor rund vier Jahrzehnten aufgebrochen war, um die als unüberwindbar geltende Grenze zur überlichtschnellen Raumfahrt zu überschreiten. Von ihrem Jungfernflug durch das eigens dafür gebaute Transferportal war sie nie zurückgekehrt. Das Ziel ihrer Reise, das unter immensem Aufwand nach Proxima Centauri gebrachte Gegenportal, hatte sie nie passiert.

Niemand wusste, was mit der *Koukishin* und ihrer Crew geschehen war. Eben dieses Schiff lag nun vor ihm. Leblos, beschädigt, nur darauf wartend, von ihm in Besitz genommen zu werden. Die Wiederentdeckung und die damit einhergehenden Bergungsrechte mussten mehr wert sein als alles, was er je geborgen hatte.

Sein Herz hüpfte vor Freude. Das war der Jackpot, auf den alle Schrottsammler hofften. Die meisten vergeblich. Aber sein Leben würde mit dem heutigen Tag eine positive Wendung nehmen.

Vorsichtig, darauf bedacht, den förmlich glühenden Antrieb nicht auf den letzten Metern zu überlasten, brachte Akif die *Hanabira* näher an die *Koukishin*. Am Heck des Hauptmoduls befand sich eine Andockmöglichkeit. Quälend langsam glitt er, den an der Unterseite seiner Barke ausgefahrenen Andockstutzen voraus, darauf zu. Es war Jahre her, seit er zuletzt ein manuelles Andockmanöver durchgeführt hatte. Akifs Hände zitterten. Schweiß stand ihm auf der Stirn und rann in Bächen über sein Gesicht. Wenn er jetzt einen Fehler machte, war alles vorbei. Eine zweite Chance würde er nicht bekommen.

Seine Blicke rasten zwischen den Monitoren hin und her. Sowohl die Kamerabilder als auch die Sensordaten waren vielversprechend. Er würde es schaffen.

Mit einem sanften Ruck setzte der Andockstutzen auf der Hülle auf. Die Magnetverbindungen rasteten ein und Akif fühlte, wie die *Hanabira* zur Ruhe kam. Hastig schaltete er die Triebwerke ab.

Aufgeregt wie ein kleines Kind, das auf den Weihnachtsmann wartete, öffnete er die Sicherheitsgurte des Sitzes. Getrieben von der Euphorie seiner Entdeckung glitt er in der Schwerelosigkeit zum hinteren Teil der Kabine, wo ein kurzer Schacht ihn zur unteren Ebene brachte.

Nur zwei Schleusen, eine davon in der *Hanabira*, trennten ihn noch von seinem Ziel. Durch den zwei Tage zuvor erfolgten Verlust der gesamten Atemluft seiner Barke gewann er Zeit. Er musste nicht auf den Druckausgleich warten. Die Außenschleuse glitt binnen weniger

Sekunden zur Seite und machte den Weg frei. Vor Akif lag der transparente Folientunnel, an dessen unterem Ende der Andockstutzen eine feste Verbindung mit der *Kouksihin* eingegangen war. Im Licht der zwei Scheinwerfer an der Außenhülle der *Hanabira* sah er die Zugangsschleuse zur *Koukishin.*

Seine Magnetstiefel verankerten ihn sicher über der Schleuse, sodass er sich in Ruhe daran machen konnte, die mechanische Notfallverriegelung zu öffnen. Das Werkzeug dazu führte er als Bergungspilot mit sich. Sonst hätte er sich mit Gewalt Zutritt verschaffen müssen. Wenn ihm das bei diesem Koloss überhaupt gelungen wäre.

Drei Minuten später hatte er die Verriegelungsbolzen geöffnet. Trotz der Schwerelosigkeit musste Akif alle verfügbare Kraft aufwenden, um die vermutlich tonnenschwere Luke zu öffnen. Keuchend stemmte er sich mit den Beinen gegen die Wand des Andockstutzens, um mehr Hebelwirkung aufbringen zu können. Im selben Augenblick, in dem seine Anstrengungen endlich von Erfolg gekrönt waren, fühlte er eine Erschütterung, die durch Mark und Bein ging. Seine Zähne schlugen schmerzhaft aneinander, da realisierte er, dass der Stoß nicht von der *Kouksihin* ausging.

Erschrocken blickte Akif nach oben und erkannte den folgenschweren Fehler, den er begangen hatte. In seinem Überschwang hatte er es unterlassen, die Brennstoffzufuhr der *Hanabira* abzuschalten.

»Scheiße!«, schrie Akif in die Stille.

Die hochentzündliche Schubmasse wurde weiterhin in das erhitzte Antriebssystem gepumpt. Jedoch ohne dort korrekt verbrannt und ausgestoßen zu werden. Akif wusste, was das bedeutete und erkannte im selben Moment, dass er nichts mehr tun konnte. Für die *Hanabira*, deren Schutzmechanismen schon lange nur mehr eingeschränkt funktionierten, würde das fatal enden.

Er stieß sich mit aller Kraft ab. Weg von der *Hanabira*, hinein in den Zugangsschacht des havarierten Schiffes. Dort lag seine einzige Hoffnung, die durch seinen Fehler ausgelöste Katastrophe zu überleben. Ein Blick zurück zeigte Akif ein gefährliches Glühen. Bevor er völlig darauf fokussieren konnte, platzte die Seite der *Hanabira* auf und spie einen Strahl aus glühendem Plasma ins All. Ein Teil der hocherhitzten Antriebsmasse hatte sich einen anderen Weg gesucht, um aus dem überlasteten System auszutreten.

Wie hatte er so nachlässig sein können? Ein Feuerball, ausgehend vom Inneren seiner Barke, wälzte sich auf die Außenschleuse zu.

Ihm blieben nur Sekundenbruchteile, um eine Entscheidung zu treffen. Ohne zu überlegen, trat er den einzigen verfügbaren Ausweg an. Akif glitt vom Zugangsschacht in die Schleusenkammer der *Koukishin*. In derselben Bewegung zerrte er die schwere Luke mit sich. Das unterarmdicke Metallschott schloss sich quälend langsam.

Akif spürte bereits die Hitze der anrollenden Feuerwand, da glitt die Schleuse endlich zu. Eine gewaltige Erschütterung traf die *Koukishin*. Die Wucht schleuderte ihn nach hinten, bis sein unkontrolliertes Trudeln an einer harten Wand ihr Ende fand. Akif fühlte die Stöße, noch bevor die Wand am Rand der Schleuse aufbrach.

Die *Hanabira* musste explodiert sein und die Kraft der Detonation fraß eine klaffende Wunde in die Hülle der *Koukishin*. Reste des Feuerballes drangen ins Innere ein, verpufften aber in dem geräumigen Bereich, den Akif jetzt zum ersten Mal bewusst wahrnahm: ein Lagerraum, voll mit Kisten und Ausrüstungsgegenständen, die lange, dunkle Schatten warfen.

Langsam ebbten die Stöße ab. Die *Koukishin* kam wieder zur Ruhe.

»Wow«, keuchte Akif. »Der Kahn ist ganz schön robust. Wer hätte gedacht, dass er das so glimpflich übersteht.«

Akif wusste, dass er damit auch falschliegen konnte. Aber der gerade einmal drei Meter lange und einen halben Meter breite Riss, der sich in der Hülle gebildet hatte, ließ ihn darauf schließen, dass die *Koukishin* für weit schlimmere Belastungen gebaut worden war.

Mit einem Handgriff aktivierte er den Scheinwerfer an der rechten Schulter seines Anzuges. Schnell fand er die nächste Schleuse, die aus dem Raum hinausführte. Auch diese würde er manuell öffnen müssen. Zum Glück hatte er die Geistesgegenwart besessen, sein ganzes Werkzeugpack aus der *Hanabira* mitzunehmen.

»Ich werde mir wohl eine Rettungskapsel suchen müssen, um von hier wieder wegzukommen«, sagte Akif zu sich selbst, bevor er sich auf den Weg machte.

Die *Hanabira* war verloren. Das änderte nichts daran, dass er die *Koukishin* gefunden hatte. Das Bergerecht gehörte ihm. Jetzt musste er nur einen Weg hinausfinden. Alles sah danach aus, dass der achte Oktober 2192, sein Geburtstag, doch noch zu einem guten Tag werden würde.

TEIL 1_

VORZEICHEN . 2195

01_ Missionszeit T-Minus 5 Stunden

Hikaru . Bordkabine

Das Wecksignal erfüllte die Kabine und hallte wie eine Feuersirene durch die acht Quadratmeter. Es hätte Erin brutal aus dem Schlaf gerissen, wenn sie nicht schon seit zwei Stunden wachgelegen hätte. Mit einem Wink der Hand ließ sie das Heulen verstummen. Dann lag sie wieder reglos da und starrte zur kalten, grauen Stahldecke. Nicht so Jantila, die bisher sanft schlummernd neben ihr gelegen hatte. Sie saß vom Alarm aufgeschreckt kerzengerade im Bett.

»So ein Mist!«, rief Jantila. »An das verflixte Geheule werde ich mich nie gewöhnen. Da wünsche ich mir die Ruhe der Tiefschlafkammer zurück.«

Erin reagierte nicht, denn ähnliches hatte sie in den letzten zwei Wochen jeden Morgen gehört. Sie lauschte den Geräuschen des Kurierschiffes, die sie noch immer nervös machten.

An das unterschwellige Summen der Luftumwälzung hatte sich Erin schnell gewöhnt. Schon einen Tag, nachdem die Crew der *Hikaru* sie beide aus den Tiefschlafkammern geholt hatte, war es in den Hintergrund getreten. Ganz im Gegensatz zum Brummen den Antriebes, dem Gluckern der Kühlflüssigkeitsleitungen und den unzähligen anderen Geräuschen, deren Herkunft sie noch nicht herausgefunden hatte. Am schlimmsten war das durch Mark und Bein gehende Knarzen des gesamten Rumpfes, wenn sich die Solarpaneele neu ausrichteten. Jedes Mal befürchtete Erin, dass die Hülle um sie herum brechen würde.

»Das ist völlig normal«, hatte Anjing, die drahtige Bordtechnikerin, in einem ungewöhnlichen Anfall von Freundlichkeit gesagt. »Sorgen braucht ihr euch erst zu machen, wenn die Geräusche nicht mehr da sind. Dann haben wir den Arsch offen.«

Das hatte nicht zu Erins Beruhigung beigetragen. Am liebsten wäre sie sofort wieder in die Tiefschlafkammer gegangen. Aber dann hätte sie ihren Außenbordeinsatz vergessen können. Als Ärztin wusste sie, dass es drei Tage dauerte, bis alle Medikamentenrückstände abgebaut waren. Sie selbst hätte keinem erfahrenen Astronauten direkt nach der Hibernation die Erlaubnis zu einem Weltraumspaziergang erteilt. Geschweige denn zwei Laien wir ihr und Jantila.

»Hängst du mal wieder deinen Gedanken nach?«, fragte ihre Frau, die sich zwischenzeitlich gefangen hatte. Sie neigte den Kopf zur Seite und sah Erin fragend an. Jantilas schulterlange, aktuell violett gefärbte Haare wogten um ihr Gesicht. In der reduzierten Schwerkraft von einem Drittel G – mehr schafften die Gravitationssysteme der *Hikaru* nicht – sah es so aus, als würden sie in Wasser schweben. Ihre vom täglichen Sport muskulösen Arme spannten sich unter dem T-Shirt, dem einzigen Kleidungsstück, das sie im Bett trug. Der Anblick ihrer Frau löste auch nach all den Jahren immer noch eine wohlige Wärme in Erin aus, die selbst die ständige Kälte an Bord der *Hikaru* vertrieb.

»Ja«, antwortete Erin auf die Frage. »Ich mache mir Sorgen, ob alles klappen wird.«

Sie richtete sich im Bett auf. Dank der geringen künstlichen Schwerkraft, die gerade ausreichte, damit nichts herumschwebte und man halbwegs normal gehen konnte, war die Bewegung eine Leichtigkeit.

Jantila strich ihr mit einer Hand über die Wange. »Wir sind alles zigfach durchgegangen. Solange wir uns an die Regeln halten, die uns die Trainer auf Luna mitgegeben haben, kann uns nichts passieren.«

»Ich bewundere dich für deine Ruhe. Seit Anjing uns aus dem Tiefschlaf geholt hat, frage ich mich, ob das alles eine gute Idee war.«

»Hier rauszukommen?« Jantilas Hände legten sich fest, aber nicht unangenehm auf Erins Schultern. »Ja, es war die richtige Entscheidung. Wir haben das oft genug diskutiert. Worauf hättest du warten sollen? Bis das ISC in einem Jahr, oder noch später, ein Forschungsschiff entbehren kann?«

Erins angespannte Schultern sanken leicht nach unten. »Ich kann mir nicht vorstellen, dass ich das ausgehalten hätte. Die Warterei hätte mich verrückt gemacht.«

»Und du irgendwann mich.« Jantila ließ Erin los und schwang die Beine aus dem Bett. Auch nach all der Zeit raubte der Anblick Erin immer noch den Atem. Sie selbst war nicht unsportlich, aber mit ihrer Körpergröße von einem Meter fünfundsechzig wirkte sie immer ein wenig gedrungen. Ganz im Gegensatz zu Jantila, deren tägliches Training ihren über eins achtzig messenden Körper perfekt in Form hielt. Erin schätzte sich glücklich, dass sie die Reise an den Rand des Sonnensystems nicht alleine hatte antreten müssen. Jantila hielt zu ihr, wie sie es seit dem ersten Tag getan hatte. In diesem Moment, fünf Stunden, bevor sie ihr Ziel erreichen würden, wurde Erin bewusst, dass sie das viel zu selten sagte.

Sie griff nach Jantilas Arm. »Du weißt, dass du mir alles bedeutest?«

Jantila, die sich gerade Richtung Hygienezelle gewandt hatte, hielt inne und drehte sich um. »Warum fragst du das?«

»Du reist mit mir an den Rand des Sonnensystems. Fast fünf Milliarden Kilometer. Zwölf Wochen Flugzeit, davon zehn in der Tiefschlafkammer, nur damit ich herausfinden kann, was mit meinem Großvater geschehen ist. Dem Mann, der dich verabscheut hat.«

Jantilas Lippen zeigten ein breites Grinsen. »Du übertreibst. Egal, wen du angeschleppt hättest, er hätte jeden abgelehnt. Alles, was dich von deinem Studium ablenken konnte, war ihm zuwider.«

»Er wollte immer mein Bestes …«

»Nur hat er dabei manchmal vergessen, dass du ein menschliches Wesen bist, nicht eines seiner Versuchsobjekte.«

Insgeheim stimmte ihr Erin zu. Ihr Großvater war in der schwersten Zeit ihres Lebens für sie da gewesen. Ishmael hatte sie aus dem schwarzen Loch gerissen, in das sie nach dem Unfalltod ihrer Familie gestürzt war. Ihre Schwester Rebecca und ihre Eltern waren von einem Moment auf den anderen aus dem Leben gerissen worden. Körperlich war Erin unbeschadet geblieben. Aber ihre kindliche Seele war mit ihnen in den Abgrund gestürzt. Bis Ishmael und seine damalige Lebensgefährtin Svea sie vor sich selbst gerettet hatten.

Jantila sank wieder auf die viel zu weiche Matratze und legte ihren Arm um Erins Schultern. »Mit ihm hast du deine Familie verloren.«

Erins Augen verengten sich zu Schlitzen. »Sag so etwas nicht. *Du* bist meine Familie.«

»Trotzdem ist er die letzte Verbindung zu deinen Eltern und deiner Schwester. In deinem tiefsten Inneren hoffst du, dass er die Reise überlebt hat. Der Optimismus ist ein Teil von dir und macht dich zu der Frau, die ich liebe, mit der ich seit zwei Jahrzehnten verheiratet bin.«

Erin entspannte sich wieder. »Deshalb ist es mir so wichtig, dass du mitgekommen bist.«

Jantila lachte auf. »Nicht zu vergessen, dass ich die einzige Person in diesem Raum bin, die dir den Arsch retten kann, falls da draußen irgendetwas aus dem Ruder läuft.«

Die Anspannung, die bisher auf ihr gelastet hatte, löste sich endgültig und Erin brach in schallendes Gelächter aus. »Ich mache mir mehr Sorgen, dass wir gar nichts finden. Was, wenn sich das alles als Fehlschlag erweist? Wenn wir nichts finden?«

»Nichts zu finden, ist genauso wahrscheinlich, wie dass uns kleine grüne Aliens erwarten. Die *Koukishin* ist irgendwie in den Orbit von Pluto geraten, nachdem sie dreißig Jahre zuvor im Enceladus-Portal verschwunden ist. Wenn wir herausfinden, wie sie dorthin gekommen ist, sind wir die Helden. Ganz zu schweigen davon, wenn wir erfahren, wo sie die letzten drei Jahrzehnte verbracht hat.«

»Aber was, wenn wir keine Daten auf der *Kouksihin* finden?« Bei dem Gedanken an diese Möglichkeit griffen wieder die Sorgen nach Erin.

Jantila erhob sich wieder vom Bett, wobei sie Erins Hände fest in ihren hielt. Vor ihr stehend, sah sie ihre Frau bestimmt an. »Erin Keyla Molina, du bist eine begnadete Ärztin, eine unnachgiebige Wissenschaftlerin, eine wunderhübsche Frau und – auch wenn manche Gegenteiliges behaupten – eine passable Köchin. Aber von Datenrekonstruktion verstehst du einfach gar nichts.«

Damit traf Jantila den Nagel auf den Kopf. Was Technik abseits medizinischer Gerätschaften anging, war Erin unbedarft.

»Dafür habe ich dich«, murmelte sie kaum verständlich.

»Zum Glück, sonst würdest du dich schon beim Einrichten eines Passworts unrettbar verzetteln.«

Erin erkannte den Schalk in Jantilas Augen, wusste aber, dass ihre Behauptung nicht so weit von der Realität entfernt war. »Ganz so schlimm ist es auch wieder nicht«, versuchte sie sich trotzdem zu verteidigen.

»Ach so? Wer hat denn unser Haus-Reinigungssystem beim Software-Update zum Absturz gebracht? Oder hast du schon vergessen, wie der Reinigungsroboter sich in der Dusche ertränkt hat?«

Erin konnte sich vor Lachen nicht mehr halten. Jantila wusste, was sie tun musste, um sie auf andere Gedanken zu bringen. »Schon gut, ich gebe mich geschlagen.«

»Eine gute Entscheidung. Aber worauf ich eigentlich hinaus wollte«, sie wurde wieder ernst, »Daten lösen sich nicht einfach in nichts auf. Egal, was der *Koukishin* widerfahren ist, irgendwo in den Untiefen dieses Kolosses befinden sich Aufzeichnungen darüber. Und genau dafür bin ich dabei.«

Erin hob die Hand, um Jantila zu unterbrechen. »Genau aus dem Grund habe ich die größte, grandioseste und allwissendste Datenforensikerin des ISC mitgenommen.«

»Ach, wirklich? Nur wegen meines Fachwissens? Und ich dachte, du hättest mich eingeladen, weil ich jeden Abend mit dir ins Bett gehe.«

In diesem Augenblick unterbrach sie eine viel zu laute Durchsage aus dem Bordnetz: »Guten Morgen, ihr beiden Turteltauben. Schwingt eure Gebeine aus dem Bett und schafft sie umgehend in den Gemeinschaftsraum. Wir haben hier noch etwas anderes zu tun, als auf euch zu warten.«

Bevor sie antworten konnten, war die Verbindung schon wieder beendet.

»Anjing«, stellte Jantila fest. »Ein wahrer Sonnenschein, heute wie am ersten Tag. Ich glaube, am liebsten würde sie uns einfach aus der Luke schmeißen und wieder umdrehen.«

02_ Missionszeit T-Minus 5 Stunden

Hikaru . Brücke

»Ich fühle mich wie eine Babysitterin«, schimpfte Anjing Zambrano, als sie die beengte Brücke betrat. Wie immer musste sie sich bücken, um nicht am niedrigen Türrahmen anzustreifen. Schon für normalgroße Crewmitglieder war der Durchgang knapp bemessen. Aber an die Möglichkeit einer fast zwei Meter großen, Bordtechnikerin hatte bei der Konstruktion niemand gedacht.

Alles an Bord der *Hikaru* war beengt. Am schlimmsten aber war es auf der Brücke, die zwischen allen Terminals, Displays und der drei Meter durchmessenden Sichtkuppel knapp vier Quadratmeter Fläche für zwei Sitzplätze bereithielt.

Durch das transparente Panzerkarbon sah Anjing Pluto, jene graubraune lebensfeindliche Kugel, die den äußersten Rand des Planetensystems kennzeichnete. Irgendwo in seinem Orbit lag ihr Ziel: Kerberos. Anjing kannte den Mond nur von Holos, auf denen er wie ein grauer, unförmiger Schlammklumpen aussah.

Die Projektion in der linken oberen Ecke der Sichtscheibe zeigte die Entfernung. In rund einer Stunde würden sie so nahe sein, dass der Mond auch mit freiem Auge sichtbar sein würde.

»Dir auch einen guten Morgen«, antwortete Aaron Nasredin, der um einen Kopf kleinere Pilot, Kommandant und – neben Anjing – die zweite Hälfte der Stammcrew des Kurierschiffes. Er saß, wie meistens, im Pilotensitz. Obwohl die Systeme unverzüglich Alarm geschlagen hätten, wenn es zu einer Abweichung vom geplanten Kurs gekommen wäre, kontrollierte er unablässig die Anzeigen. Aaron war genauso pedantisch wie mürrisch und verstand sich daher perfekt mit Anjing.

Nicht umsonst zogen sie beide den Job auf einem Kurierschiff den wesentlich besser bezahlten Arbeitsplätzen auf Forschungskreuzern oder Passagiertendern vor. Mit gerade einmal fünfzig Metern Länge, ein Drittel davon das Antriebsmodul, war die *Hikaru* eines der kleinsten noch im Einsatz befindlichen Schiffe ihrer Klasse. Äußerlich ähnelte sie einem sechseckigen, vorne schmal zusammenlaufenden Kasten. Ohne die Solarpaneele und die unzähligen an der Außenhülle angebrachten Antennen und Sensoren hätte man sie eher für ein im All treibendes Stück Metall denn für ein seit fünfzig Jahren im Dienst befindliches Schiff gehalten.

»Was soll an dem Morgen gut sein?«, fragte Anjing. »Wir gurken an den äußersten Rand des Sonnensystems, um zwei Frauen zu einem Wrack zu kutschieren. Verdammt noch mal, die *Hikaru* ist ein Kurierschiff, keine Raumjacht für Freizeitausflüge.«

Aaron blies die Backen auf und ließ die Luft hörbar entweichen, bevor er antwortete: »Müssen wir das wirklich jeden Tag durchkauen? Ich hab genauso viel Freude damit wie du. Aber Peterson, als Forschungsdirektor und Flottenverantwortlicher des ISC auch unser Chef, will, dass wir mit den beiden hier hinausfliegen. Punkt. Der Boss befiehlt und wir machen es.«

Anjing war sich nicht sicher, ob sein verärgertes Kopfschütteln ihrem Ausbruch oder seiner eigenen Frustration über die Situation geschuldet war. Gerade deswegen konnte sie sich die Frage, die ihr schon seit Wochen auf den Lippen brannte, nicht verkneifen: »Bumst er mit einer oder beiden? Anders kann ich mir das nicht erklären.«

»Da die beiden verheiratet sind, wohl eher nicht. Aber damit sage ich dir nichts Neues. Nimm es mir nicht übel, aber ich bin es leid, das Thema immer wieder um die Ohren geknallt zu bekommen. Wenn du keine nervigen Aufträge übernehmen willst, bleibt dir nur, als selbstständige Technikerin anzuheuern. Dann kannst du dir deine Aufträge aussuchen.«

»Und am Hungertuch nagen? Nein danke. Kein Bedarf. Dann lieber babysitten.«

Seufzend sank sie auf den zweiten Stuhl, der in der schmalen Ecke hinter dem Pilotensitz, eingeklemmt zwischen Schleuse und einer mannshohen Computerwand, ein einsames Dasein fristete. Plötzlich fühlte sie Übelkeit aufkeimen und kämpfte gegen den Brechreiz an. Dieser quälte sie schon seit Tagen. Sie tat alles, damit Aaron nichts mitbekam, aber es war nur eine Frage der Zeit, bis es ihm nicht länger entgehen würde. Sie fühlte sich beschissen und konnte nichts dagegen tun, solange die beiden unerwünschten Gäste an Bord blieben.

Aaron entriegelte seinen Sitz und drehte ihn um 180 Grad, bis er Anjing direkt ansehen konnte. »Könntest du endlich aufhören zu schmollen und damit rausrücken, was dich wirklich beschäftigt?«

Zum Glück glaubte der Pilot noch immer, dass ihre Gereiztheit ausschließlich an den beiden Frauen lag.

Anjing atmete tief ein. Langsam klang die Übelkeit wieder ab und sie konnte sich wieder auf das Gespräch konzentrieren. »Abgesehen davon, dass ich es hasse, Langstreckenreisen in den Tiefschlafliegen hinter mich bringen zu müssen?«

Sie fühlte sich in der Kammer wie in einem gläsernen Sarg. Die wenigen Minuten, in denen sie darin wach war – kurz vor dem Einschlafen und nach dem Aufwachen – brachten sie immer an den Rand der Panik. Sie hasste es, eingesperrt zu sein. Obwohl sie die

Technik der Systeme besser als ihre Hosentasche kannte, fühlte sie sich nicht wohl dabei, sich ihnen auszuliefern. Lieber verbrachte sie wochenlange, ereignislose Flüge im Wachzustand. Selbst wenn es für sie nichts zu tun gab. Aber dank der beiden Frauen war ihnen diese Option genommen worden.

»Gib es doch endlich zu«, forderte Aaron von ihr. »Die Frauen sind dir egal. Was dich nervt, ist die drohende Überlastung des Lebenserhaltungssystems.«

Anjing nickte. Genau deswegen hatten sie den Großteil der Reise im künstlichen Koma verbringen müssen: um die Maschinen, die das Überleben im All ermöglichten, nicht über Gebühr zu beanspruchen. Das Kurierschiff konnte zwei Menschen versorgen, jedes zusätzliche Lebewesen brachte die Systeme in wenigen Tagen an die Grenze ihrer Leistung. Nicht umsonst verfügte die *Hikaru* nur über zwei Mannschaftskabinen.

»Dass ich mir eine Kabine mit dir teilen muss, während die beiden sich in meiner vergnügen, bessert meine Laune auch nicht.«

Bei dem Gedanken daran grinste Aaron anzüglich. »Wenn ich wenigstens eine Überwachungskamera da drinnen hätte!«

»Untersteh dich! Meine Kabine bleibt mein Privatbereich. Oder wird es zumindest wieder sein, sobald wir die beiden losgeworden sind.«

Aaron hob abwehrend die Hände. »Keine Sorge. Ich halte mich von deinem Heiligtum fern. Ich weiß ja, dass du mir sonst die Luftzufuhr abdrehst.« Er lachte laut.

Anjing vertraute ihm, wissend, dass er sich bewusst war, dass sie sich gegen jeden, der ihr zu nahe trat, verteidigen konnte. Die Grenzen zwischen ihnen waren, trotz aller Freundschaft, eng abgesteckt. Aaron hatte schon früh herausgefunden, wie weit er gehen konnte. Seitdem hielten sie professionellen Abstand. Mehr musste dazu auch nicht gesagt werden.

»Nimm es mit Gelassenheit«, schlug Aaron vor. »In zwei bis drei Tagen treten wir wieder den Rückweg an. Länger kann der Besuch auf dem alten Kahn ja nicht dauern. Dann legen wir uns wieder in die Tiefschlafkammern. Eine Woche nach dem Aufwachen haben wir wieder unsere Ruhe.«

Anjings Zeigefinger tippte nervös auf der Armlehne. »Mir graut schon jetzt vor dem Gedanken, wieder zehn Wochen in dem Glascontainer zu liegen.«

»Das wirst du auch noch überleben. Freu dich beim Träumen einfach auf die Bonuszahlung, die uns Peterson zugesagt hat. Dann vergeht die Zeit wie im Flug.«

»Mieser Scherz, ganz mieser Scherz.«

Trotz aller Versuche Aarons, sie zu beruhigen, lastete noch immer eine ungeklärte Frage auf ihr. »Was mir nicht in den Kopf will, ist, warum das ISC keine qualifiziertere Crew für den Job gefunden hat. Die beiden verfügen nicht mal annähernd über die Qualifikationen, um diese Bergungsmission anzuleiten. Welche Erfahrungen bringen sie denn schon mit?«

»Genauso viel wie wir.« Aarons Finger krampften sich, für Anjing gerade noch erkennbar, in die gepolsterten Armlehnen. Er wusste mehr, als er zugeben wollte. Das hatte sie schon beim überhasteten Aufbruch von Luna gefühlt, aber bisher nicht angesprochen. »Wir hingen auf Luna herum, hatten keinen Auftrag und die Kosten, uns raus ins Nirgendwo zu schicken, sind für das ISC überschaubar. Schon wurden wir zur ersten Wahl für diesen Schwachsinn.«

»Das hast du mir jetzt schon mehrfach erzählt.« In Anjings Stimme schwang der Ärger mit, den sie nur mehr schwer unterdrücken konnte. »Aber da steckt doch mehr dahinter. Rück endlich raus damit. Es kann doch nicht nur der Bonus sein.«

Aaron seufzte, bevor er sich, sichtlich angespannt, zu einer Antwort durchrang: »Ich weiß nichts Genaues. Du brauchst nicht zu glauben, dass Peterson mit mir direkt spricht. Dafür bin ich viel zu weit unter seinem Gehaltslevel. Aber ich kann eins und eins zusammenzählen. Die *Koukishin* zu finden, kann Fluch und Segen bedeuten. Wenn alles glatt läuft, dann hat Peterson die Sensation des Jahrhunderts an der Hand. Aber es gab schon einen Direktor, der aufgrund des *Koukishin*-Desasters zurücktreten musste. Hasmid, seine Vorgängerin.«

Langsam verstand Anjing, worauf er hinauswollte. »Finden wir Informationen von Wert, kann er sich seiner Weitsicht rühmen. Finden wir nichts oder geht das Ganze in die Hose …«

»Kann er sich aus der Verantwortung ziehen. Er hat nur den Flug eines Kurierschiffes freigegeben. Oder hast du in unseren Flugbefehlen etwas von einer Schiffsbergung gelesen?«

Anjing schüttelte den Kopf. Als würde sie die Flugorder lesen. Aaron war der Kommandant, sie sorgte dafür, dass ihr altersschwaches Schiff weiterhin fähig war, sie quer durch das Sonnensystem zu bringen. Mehr interessierte sie nicht.

»Dachte ich mir«, fuhr Aaron fort. »Um das Ganze endgültig abzuschließen: Wir sind jetzt einmal hier und werden unsere Passagiere sicher an ihr Ziel bringen. Freu dich auf vier Wochen Urlaub, wenn wir zurück sind.«

Wie meistens hatte Aaron recht. Falls nicht, schaffte er es zumindest, Anjing zu beruhigen. Ihre Nervosität stieg von Tag zu Tag. Sie wusste warum, aber solange ihre Kabine von den beiden Passagieren belegt war, konnte sie nichts dagegen tun. Schon alleine deswegen fieberte sie dem Tag entgegen, an dem die beiden in die Tiefschlafkammern gingen. Dann hätte sie einen Tag Zeit, bevor sie selbst an der Reihe war, um die *Hikaru* auf den automatischen Langstreckenflug vorzubereiten. Viel wichtiger aber war die Chance, sich zurückzuziehen. Lange würde sie die Symptome nicht mehr unterdrücken können. Selbst Aaron wusste nichts von ihrem Geheimnis.

»Erde an Anjing«, riss er sie aus ihren Gedanken. Aaron sah sie fragend an. Wie lange war sie abwesend gewesen? Lag da Skepsis in seinem Blick? Ahnte er schon, dass etwas nicht stimmte? Sie musste sich zusammenreißen.

»Sorry, war in Gedanken versunken«, sagte sie und wischte sich die Tränen weg, die plötzlich in ihre Augen getreten waren. Das war neu. Was würde noch dazukommen?

Aaron tippte mit dem Zeigefinger auf ein Display, das den leeren Gemeinschaftsraum zeigte. »Das ist mir auch aufgefallen. Jetzt, wo du wieder da bist, könntest du unsere beiden Damen dazu bewegen, sich zu uns zu gesellen?«

Aaron hatte recht. Es war an der Zeit, die Details des Ausstieges ein letztes Mal zu besprechen, bevor sie die beiden in die EVA-Anzüge steckten. Anjing aktivierte das interne Com-Netz und entschied, ihren Ärger über sich selbst an ihren Passagieren auszulassen.

Missionszeit T-Minus 4 Stunden _03

Hikaru . Gemeinschaftsraum

Eingehüllt in eine dicke, wärmende Jacke saß Erin an dem viel zu kleinen Tisch im Gemeinschaftsraum. Sie zitterte, teils aufgrund der weiter gefallenen Temperatur, teils vor Ärger über das Verhalten der Technikerin. Seit zehn Minuten erklärte sie ihr, dass alleine ihre Anwesenheit schuld daran war, dass die Systeme der *Hikaru* an der Grenze der Belastbarkeit arbeiteten.

»Solange ihr an Bord seid, muss die Lebenserhaltung das Doppelte dessen leisten, wofür sie ausgelegt ist«, fauchte sie Erin an, die immer weiter in sich zusammensank. »Also regt euch nicht auf, dass es kalt wird. Die Luftumwälzung überhitzt, zusammen mit der Sauerstoffaufbereitung. Dazu sind die Kühlsysteme am Anschlag. Um zu verhindern, dass die Systeme zusammenbrechen und uns die Atemluft ausgeht, fährt die Automatik die Heizung runter.«

Während Jantila neben ihr auf der schmalen Sitzbank saß und der Pilot ruhig an der Küchenzeile lehnte, stromerte Anjing wie ein eingesperrtes Tier im Raum auf und ab. Das schnelle Klicken ihrer Magnetsohlen verstärkte dabei noch den Eindruck, dass sie kurz davor stand zu explodieren. Dabei gestikulierte sie wild in der Luft herum.

»Wir haben euch nicht eingeladen. Als hört verdammt noch mal zu jammern auf und lebt damit!« Sie wirkte, als würde sie jeden Moment über den Tisch springen und Erin angreifen.

Jantila spannte sich merklich an, während Erin versuchte zu verstehen, wie eine einfache Frage diese Tirade ausgelöst hatte. Sie machte sich Sorgen. Das Verhalten, das Anjing an den Tag legte, war nicht normal. Sie hatte nur zwei Wochen mit der Frau im Wachzustand verbracht. Zu wenige, um sie wirklich kennenzulernen. Aber vor dem Abflug war sie zurückgezogen und mürrisch, aber nicht aggressiv gewesen. Irgendetwas stimmte hier nicht. Die Technikerin war überreizt. Das war offensichtlich und konnte das Zittern ihrer Hände erklären. Doch ihre unter der enganliegenden Bordkombi sichtbar zuckenden Oberschenkelmuskeln und der plötzlich auf ihrer Stirn stehende Schweiß deuteten darauf hin, dass mehr dahinter steckte.

Erins Erfahrung als Ärztin ließ einen Verdacht aufkeimen. Ihre Beobachtungen deuteten darauf hin, dass Anjing unter Entzugserscheinungen litt. Aber konnte sie das Risiko eingehen, Anjing vier Stunden vor dem Übertritt zur *Koukishin* noch mehr zu verärgern, indem sie sie auf ihren Verdacht ansprach?

Lag sie mit ihrer Vermutung richtig, wäre Aaron verpflichtet gewesen, Anjing sofort außer Dienst zu stellen. Das wiederum hätte einen Abbruch der Mission bedeutet. War ihre Annahme allerdings falsch, hätte sie die Technikerin noch mehr gegen sich aufgebracht. Was ebenfalls den Einsatz gefährden würde. Denn ohne sie wären die technischen Maßnahmen, die notwendig waren, um alles nach Plan umzusetzen, unmöglich zu realisieren.

Erin entschied sich, ihren Verdacht für sich zu behalten und hoffte inständig, dass sie falsch lag.

Zwischenzeitlich hatte Anjing angehalten. Ihre Hände auf die Tischkante gestützt, beugte sie sich vor. »Ist damit alles geklärt? Oder habt ihr sonst noch Beschwerden, die eure Bequemlichkeit betreffen?!«

Erin bemerkte, wie Jantilas Anspannung stieg. Sie schien kurz davor, sich schützend vor Erin zu stellen. Wie sie es immer tat, wenn jemand ihre Frau angriff. Aber jetzt würde das nicht weiterhelfen. Erin legte ihr unter der Tischplatte beruhigend die Hand auf das Bein. Mit festem Blick zu Anjing schüttelte sie den Kopf. »Nein. Ich wollte dich mit der Frage nicht angreifen.«

Anjings Augen verengten sich zu Schlitzen. Erin erkannte, wie sich die schlanken Finger um die Tischkante verkrampften. Zum Glück sprang Aaron ein, bevor Anjing reagieren konnte. »Ich denke, wir sollten es dabei belassen.«

Er zog Anjing sanft vom Tisch weg. Mit einer Handbewegung bedeutete er ihr, sich zurückzuziehen. Anjing wandte sich mit hochrotem Kopf ab und trat, gefolgt von Aaron, zurück zur Küchenzeile. Die Grenze, die sie beide zogen, war offensichtlich: Auf der einen Seite des Raumes sitzend, ihre Passagiere. Auf der anderen Seite sie beide, als die Stammcrew der *Hikaru*. Erins Unwohlsein wuchs. Das war keine gute Ausgangslage für die kommende Mission.

Zum Glück fand Jantila die passenden Worte, um die Aufmerksamkeit zurück auf das zu lenken, was sie erwartete: »Vor uns liegen anstrengende Stunden. Ich gebe zu, dass ich beim Gedanken daran die Hosen gestrichen voll habe.«

Was sagte Jantila da? Sie hatte Angst? Das konnte Erin nicht glauben. Es musste sich um ein indirektes Friedensangebot handeln. Ihr Versuch, Anjing zu zeigen, dass sie die Stärkere war, zeigte Wirkung. Die Gesichtszüge der Technikerin entspannten sich, auch wenn der Rest ihres Körpers weiterhin wie ein zum Sprung bereites Raubtier wirkte.

Auch Aaron, der bisher nicht den Eindruck eines Mannes vieler Worte erweckt hatte, schien zu verstehen. »Die Sorgen können wir euch nehmen. Wir sind vielleicht nur eine Kurierschiff-Crew, trotzdem haben wir ausreichend Erfahrung mit Außenbordeinsätzen, um euch da durchzuhelfen. Vor allem Anjing geht regelmäßig raus. Viele Wartungsarbeiten sind nicht von innen zu erledigen.«

Erin war erleichtert, dass sich die Situation so schnell entspannte. »Direktor Peterson hat uns im Vorfeld auch schon versichert, dass ihr die Richtigen für den Einsatz seid.«

»Das freut mich, dass ein Schreibtischtäter unsere Fähigkeiten bestätigt.« Anjings Stimme troff vor Sarkasmus. Aber zumindest schien sie wieder zu einem normalen Gespräch bereit.

Aaron kniff die Augen zusammen, wartete aber nicht ab, ob noch etwas kam. »Trotzdem sollten wir uns nicht allein auf unsere Erfahrung verlassen, sondern uns auch an das Missionshandbuch halten. Das sieht nun einmal vor, dass wir vor dem Außenbordeinsatz noch mal alle Schritte durchbesprechen.«

Erin wusste, was jetzt kommen würde. Zigmal hatten sie den Plan durchgearbeitet. Was Aaron jetzt machte, war sich abzusichern. Wenn etwas schieflief, wollte er die Aufzeichnung im Bordlog haben, dass er sich an die Vorschriften gehalten hatte. Anjings Gesichtsausdruck stellte klar, dass sie dasselbe dachte wie Erin.

»Jantila, wie sehen die Schritte nach dem Verlassen der *Hikaru* aus?«, fragte Aaron.

Konzentriert rasselte Jantila die Punkte herunter, die sie schon am ersten Tag auswendig gelernt hatte: »Wir bewegen uns mithilfe der Manöverdüsen entlang der Außenhülle der *Hikaru*. Sobald wir die Kommandokuppel passiert haben, lösen wir die Halteleinen. Ab da übernehmt ihr die Kontrolle. Ihr bringt uns per Fernsteuerung der Backpacks bis auf einen Abstand von fünfhundert Metern an die *Koukishin* heran. Den Rest müssen wir ohne eure Hilfe schaffen. Die Landung auf der Außenhülle verlangt Präzision, da wir nicht sicher sein können, in welchem Zustand sich das Schiff befindet.«

»Gut«, bestätigte Aaron. »Erin, wie geht es dann weiter?«

Erin fühlte sich an ihre Schulzeit zurückerinnert. Ein simples Frage- und Antwortspiel, das nicht dazu diente, das Verständnis zu prüfen. Das einzige Ziel war, den Regeln Genüge zu tun.

»Wir verankern die Magnetstiefel an der Hülle«, antwortete sie. »Dann suchen wir einen Port, der es uns erlaubt, die Frachtschleuse, unseren bevorzugten Einstiegspunkt, mit Energie zu versorgen. Sobald wir diesen gefunden haben, schickt ihr uns drei Drohnen.«

Anjing brauchte keine Aufforderung, um ihren Part zu übernehmen. Sie klang genervt und gelangweilt zugleich: »Ich steuere die Drohnen. Zwei bringen den Generator, der euch genug Energie für die Aufgaben liefern wird. Zuerst für die Öffnung der Schleuse, dann – im Schiff – für die Reaktivierung der Computersysteme. Sobald die Schleuse offen ist, dringt ihr ins Innere vor. Zeitgleich lasse ich die dritte Drohne die Schleusensicherung anbringen. Die Plaststahlrohre dienen dazu, die Schleusentore offen zu halten, sobald die Energieversorgung wieder abgekoppelt wird.«

»So haben wir einen sicheren Ausgang, selbst wenn wir den Generator an anderer Stelle ans Bordnetz der *Koukishin* hängen«, beendete Jantila die Aufzählung.

Aaron reichte das noch nicht: »So weit, so gut. Aber wir haben auch einen festen Ablauf im Schiff. Ihr geht rein, sucht die Brücke, versorgt den Mainframe mit Energie, zieht die Daten und kommt wieder zurück. Ich erwarte keine Abweichungen, keine Alleingänge oder spontane Ideen. Ist das klar?«

Erin bestätigte, genauso wie Jantila, die noch nachsetzte: »Vorausgesetzt, wir können die persönlichen Logs des Missionsleiters auf der Brücke auslesen. Wenn nicht, suchen wir sein persönliches Terminal, um die Codes von der Speicherkarte einzuspielen.«

Erin zuckte zusammen. Diesen Teil hatte sie für sich behalten wollen. Jetzt war es zu spät. Die Katze war aus dem Sack.

»Von was für einer Speicherkarte sprichst du?«, fragte Aaron. Schlagartig wirkte er wieder angespannt. Glaubte er, sie hätten ihn hintergangen?

»Ishmael Molinas persönlicher Datenträger«, übernahm Erin die Antwort. »Der Grund, warum wir hier sind und überhaupt von der *Koukishin* wissen.«

Früher _04

Drei Wochen vor dem Abflug . Erde

Direktor Peterson, der seit bald drei Jahrzehnten die Forschungsabteilung des International Space Center in Gitega leitete, sank in seinen Bürostuhl zurück. Für Sekunden blieb er stumm, bevor er seine Frage formulierte: »Sie wollen was?«

Erin war darauf vorbereitet. In wenigen Worten fasste sie ihren zuvor detailliert vorgetragenen Antrag zusammen: »Ich bitte Sie um ein Forschungsschiff, um die *Koukishin* im Umfeld des Pluto zu suchen.«

Peterson schien sich wieder zu fassen. Er legte die Fingerspitzen beider Hände aneinander. Seine Worte gaben Erin das Gefühl, dass er sie sich schon lange zuvor zurechtgelegt hatte: »Schön zusammengefasst. Erlauben Sie mir trotzdem, meine Sicht der Dinge darzulegen. Die vorgelegte Speicherkarte stammt von einer Ihnen unbekannten Person. Die Frage, woher diese Person den Datenträger hat oder warum sie Ihnen diesen zugespielt hat, bleibt unbeantwortet.«

Peterson holte tief Luft. Erin fehlte der Mut, ihn zu unterbrechen. Jantilas Zurückhaltung, die sich darin zeigte, dass sie ebenfalls ungerührt blieb, entspannte Erin. Ein Konflikt mit dem Forschungsleiter würde sie nicht weiterbringen.

»Alles in allem kann man die Herkunft der Daten bestenfalls fragwürdig nennen.« Er schien die Reaktionen der beiden abzuwarten. Ihre fortgeführte Stille hatte er dabei wohl nicht erwartet. Für einen Moment wirkte Peterson abgelenkt, bevor er weitersprach: »Die enthaltenen Daten lassen, genauso wie die Markierungen auf der Karte, annehmen, dass diese wirklich dem Besitz Ihres Großvaters entstammt. Sie geben selbst zu, dass es unmöglich ist zu verifizieren, ob sie sich jemals an Bord des Forschungskreuzers befunden hat. Geschweige denn, dass Sie eine Idee haben, wie diese zur Erde gekommen sein soll.«

Beim letzten Satz wanderte sein strenger Blick zu Jantila, die stumm nickte.

»So weit, so gut. Aufgrund der wenigen wiederherstellbaren Informationen, deren Echtheit nicht bestätigt ist, nehmen Sie an, dass sich diese Karte auf dem verschollenen Forschungsschiff Ihres Großvaters befunden hat.« Petersons Blick wanderte zu Erin, die sich fühlte, als würde er sie damit durchbohren. »Eine glaubhafte Theorie, wie sie den Weg zu Ihnen gefunden hat, bleiben Sie mir schuldig. Übrig bleibt eine, verzeihen Sie meine Direktheit, recht auffällige Verkettung von Zufällen.«

Erin sah ihre einzige Chance, die *Koukishin* zu erreichen, schwinden. Ohne das ISC gäbe es für sie keine Möglichkeit, an den Rand des Sonnensystems zu kommen. Ein privates Schiff zu chartern, lag weit über ihren finanziellen Möglichkeiten.

»Das fasst es ziemlich treffend zusammen«, antwortete Jantila.

Peterson nahm sich Zeit, nochmals die projizierten Daten, die über der linken Seite seines Tisches schwebten, zu prüfen. »Das Einzige, was Sie der Speicherkarte entreißen konnten, sind einige Positionsdaten, ein Dutzend Standbilder und ein gutes halbes Terabyte an unlesbaren, oder wie Sie es formulieren, unerklärlichen Sensordaten.«

»Was wir mit Sicherheit sagen können, ist, dass die *Koukishin* sich im Umfeld von Charon, Kerberos oder Styx aufhält. Wie sie dorthin gekommen ist, bleibt allerdings bisher ein Rätsel. Die Anziehungskraft der Monde ist zu schwach, um sie einzufangen«, sagte Erin.

Peterson nickte. Seine Augen fixierten sekundenlang einen Punkt an der Wand hinter den beiden Frauen. Dann rief er ein neues Hologramm auf. Eine Projektion des Sonnensystems schwebte zwischen ihnen über dem Tisch. Peterson tippte an eine Stelle am äußeren Rand, fast genau auf der gegenüberliegenden Seite, an der sich Pluto befand. »Pluto selbst ist nicht fähig, die *Koukishin* von ihrem Kurs abzubringen oder sogar einzufangen. Aber wenn das Schiff hier ins Sonnensystem eingetreten ist, könnte es in einer flachen Kurve an der Sonnenbahn vorbeigetrieben sein.«

Petersons Finger zog eine leicht gebogenen Linie vom Eintrittspunkt und vorbei an der Sonne, bis er die Umlaufbahn des Jupiter erreichte. »Nehmen wir an, die *Koukishin* hätte Jupiter auf seiner Bahn dann hier passiert. Sein Gravitationsfeld entgegen der Drehrichtung reicht völlig aus, um die Geschwindigkeit drastisch zu reduzieren. Gleichzeitig wäre es auch zu einer weiteren Krümmung der Flugbahn gekommen.«

Sein Finger zog die Linie von Jupiter weiter in einer stärkeren Kurve, bis sie Pluto erreichte. »Nun wären Pluto und seine Monde stark genug, um die *Koukishin* in eine Kreisbahn zu zwingen.«

So aufgeregt hatte Erin ihn noch nie erlebt. Peterson war Astrophysiker. Diese Überlegungen ließen ihn offensichtlich nicht kalt. Die Antwort auf die Frage, die er selbst gestellt hatte, schüttelte er förmlich aus dem Ärmel. Er war spürbar in seinem Element. »Es geht um drei mitten im Nichts liegende Monde des am wenigsten erforschten Planeten unseres Sonnensystems. Abseits jeglicher Handelsrouten. Weit weg von irgendwelchen Kolonien oder Forschungseinrichtungen. Wie günstig für den Überbringer der

Daten, der sich nicht sorgen muss, dass seine Behauptungen kurzfristig überprüft werden.«

Jantila griff ein, als Erin nicht antwortete: »Wir sind uns bewusst, dass die ganze Sache weit hergeholt klingt. Es stimmt, wir können nicht mit absoluter Sicherheit verifizieren, ob die Speicherkarte jemals auf der *Koukishin* zum Einsatz gekommen ist. Die enthaltenen Messdaten hingegen können wir ohne Zweifel keiner Quelle auf der Erde zuordnen.«

»Ein Punkt für Sie.«

»Auch wenn die Echtheit der Bilder nicht verifizierbar ist, zeigen sie Aufnahmen, die wir in keinem Archiv finden konnten.«

»Kein Beweis. Bestenfalls ein Indiz. Dafür gestehe ich Ihnen nochmals einen halben Punkt zu.«

Peterson genoss die Situation sichtlich. Die Frauen wussten noch immer nicht, worauf er hinauswollte. Erin schielte zu Jantila, die mit angespannten Muskeln in ihrem Stuhl saß. Sie schien sich zurückzuhalten, ließ ihre Frau weiterkämpfen.

Jantila nickte zur Antwort auf Petersons letzte Worte. »Nicht zu vergessen, dass wir den Datenträger ohne jegliche Gegenleistung erhielten. Aus welchem Grund sollte irgendjemand die Zeit investieren, die Daten zu fälschen, wenn er nicht einmal versucht, sie uns um teures Geld zu verkaufen? Das wäre der aufwendigste und zugleich dümmste Scherz des Jahrhunderts.«

Sekunden verstrichen, in denen niemand sprach. Erin beobachtete Peterson, der unschlüssig wirkte. War Jantila mit ihrer letzten Aussage zu weit gegangen?

Sekunden verstrichen, bis der Direktor endlich reagierte: »Vor allem, da die Sonde, die von der Flugkontrolle auf Iapetus ausgeschickt wurde, das Vorhandensein eines künstlichen Körpers im Orbit von Kerberos bestätigt.«

Erin konnte ihre Überraschung nicht unterdrücken und keuchte hörbar. Sogar die meist stoische Jantila hob fragend die Augenbrauen.

In Petersons Gesicht zeigte sich ein für ihn ungewöhnliches Lächeln. »Dachten Sie, ich würde Sie zu dieser Besprechung einladen, ohne Ihre Behauptungen zu prüfen?«

»Sie haben mit uns gespielt?«, fragte Jantila.

»Gespielt? Nein. Ich wollte wissen, wie ernst Sie es mit Ihrem Vorschlag meinen.«

Peterson überraschte Erin mit einem erneuten kurz aufflackernden, verspielten Grinsen. Bis zu diesem Moment hatte sie ihn immer als zahlenverliebten Bürokraten gesehen. Auch Peterson schien von seiner nach außen getragenen Reaktion überrascht, denn seine Gesichtszüge wurden umgehend wieder ernst.

»Zurück zu den Bildern. Der Vorbeiflug reichte nicht aus, um Detailaufnahmen zu machen. Was wir inzwischen aber sagen können, ist, dass das, was wir dort vorfanden, zumindest in den Umrissen dem Forschungskreuzer entspricht.«

Mit einer so gemächlichen Handbewegung, dass Erin ihn am liebsten angeschrien hätte weiterzumachen, wischte Peterson über die in seinem Tisch eingelassene Sensorfläche. Ein von Erins Sitzposition aus nicht einsehbares Hologramm flammte auf. Peterson tippte auf der Projektionstastatur. Welche Daten er damit aufrief, konnte Erin nur raten. Ihr rechtes Bein begann zu zucken. Schon fühlte sie Jantilas Hand, die sich sanft auf ihr Knie legte.

Nach einer quälend langen Pause wandte sich Peterson wieder zu ihr: »Ihre Vorbereitung lässt wenig zu wünschen übrig. Die Forderung ist mutig, jedoch nicht abwegig. Das muss ich Ihnen lassen. Trotz allem kann ich Ihnen kein Forschungsschiff geben. Nicht, weil ich es nicht will, sondern weil mir für mindestens acht Monate keines zur Verfügung steht.«

Seine sanfte Stimme weckte in Erin das Gefühl, dass er eine schlechte Nachricht vorbereitete. Völlig unerwartet lächelte der Direktor wieder. Nicht boshaft oder hämisch, sondern wie ein wohlmeinender Großvater, der seiner Enkelin nichts abschlagen konnte. »Ihre Mission ist für das ISC nicht uninteressant. Um die *Koukishin* ranken sich unzählige Gerüchte. Jahrzehntelang fütterte das ungeklärte Verschwinden Verschwörungstheorien genauso wie seriöse Abhandlungen.« Peterson legte eine kurze Pause ein. »Einen Teil davon aufzuklären würde uns, neben den möglichen wissenschaftlichen Erkenntnissen, sicherlich positive Schlagzeilen bringen. Etwas, das wir in Budgetzeiten dringend brauchen. Trotzdem kann ich dafür kein Forschungsschiff zurückrufen. Die Arbeit von Dutzenden Wissenschaftlern zu unterbrechen, wäre unverantwortlich. Vor allem, da der Ausgang des Unterfangens völlig unklar ist.«

Erin begann zu zittern. Sie fühlte, wie die Verzweiflung sie zu übermannen drohte. So kurz vor dem Ziel zu scheitern, bedeutete die schlimmste Niederlage überhaupt. Sie kämpfte darum, ihre Tränen zu unterdrücken. Im völligen Gegenpart zu den Gefühlen, die in ihr tobten, wirkte Jantila weiterhin gelassen. Sie starrte Peterson unverwandt an.

Mangels einer Antwort fuhr er fort: »Ich gebe Ihnen die *Hikaru*. Ein Intersystem-Kurierschiff mit einer Zwei-Mann-Besatzung. Mit ihr beträgt die Reisezeit von der Erde zum Pluto acht Wochen. Die Hälfte der Zeit, in der es unsere besten Forschungsschiffe schaffen würden.«

Früher _05

Eine Woche vor dem Abflug . Erde

»Endlich!« Triumphierend stieß Jantila die Faust in die Höhe. »Ich wusste doch, dass ich das Ding irgendwann knacken werde.«

»Was?« Erin konnte es nicht glauben, musste nachfragen. »Wirklich?«

Seit dem Okay von Peterson verbrachte sie jede freie Minute, die ihnen außerhalb der Abflugsvorbereitungen noch blieb, mit der verflixten Speicherkarte. Neben den frei zugänglichen Daten befanden sich darauf zwei verschlüsselte Abschnitte, die sich bisher allen Zugriffsversuchen entzogen.

Jantila arbeitete unablässig daran. Jeder Sackgasse folgten neue Ideen, die wenig später in der nächsten Niederlage mündeten. Wie an so vielen Tagen zuvor saß Erin neben Jantila. Das Gefühl der Nutzlosigkeit nahm mit jedem Mal zu.

Erin beobachtete, wie ihre Frau unzählige Apps nutzte, deren Funktion sie nicht im Entferntesten nachvollziehen konnte. Jeder neue Ansatz entlockte Jantila wahlweise ein verärgertes Kopfschütteln oder ein frustriertes Schnaufen. Ihre Finger strichen über Hologramme. Hektisch schob sie Befehle herum. Neue Codezeilen rasten über die Displays, alte wurden ergänzt oder komplett verworfen.

Was vor ihren Augen ablief, überstieg Erins Verständnis für Technik.

Jantila verdrehte die Augen. Ging es um ihre Arbeit, verstand sie keinen Humor. »Was glaubst du denn? Dass ich einen Scherz mache? Schau selbst.«

Sie deutete zu den beiden Holodisplays, über die schwindelerregend schnell Zahlenreihen und Buchstabenfolgen zogen. Jantila sank mit verschränkten Armen in ihren Stuhl zurück. Diese Reaktion wusste Erin zu deuten. Sie war mit sich selbst zufrieden. Etwas, das bei der Perfektionistin viel zu selten vorkam.

»Ja, meine Liebe. Deine Frau ist ein Genie. Nenn mich einfach die beste Datenanalystin der Welt.«

Erin beugte sich vor und küsste sie.

»Gut, diese Alternative kann ich auch akzeptieren.«

In den langen Zeichenkolonnen tauchten rote Felder auf. Zu Beginn vereinzelt, mit der Zeit nahm ihre Anzahl rasend schnell zu.

»Was bedeuten die?«

Jantila zog ihre Mundwinkel nach unten. »Das ist leider die weniger gute Nachricht. Der Zugriff auf die Daten ist frei. Allerdings ist die Verschlüsselung nur die erste Hürde. Die Beschädigung der Datensätze wiegt viel schwerer.«

»Beschädigung? Ich dachte, die Informationen auf Quantenspeichern kann man mechanisch nicht zerstören?«

»Das ist für sich genommen schon ein Mythos. Es stimmt schon, dass es kein robusteres Speichermedium gibt. Physische Beschädigungen können den Daten nichts anhaben. Das alles hilft aber nichts, wenn der Datenträger Fragmente enthält, da die ursprünglichen Daten absichtlich unzählige Male überschrieben, verstümmelt oder gelöscht wurden. In dem Fall bringt der ganze Schutz außen rum nichts. Da kann selbst die beste Datenforensikerin der Welt nichts machen. Nicht einmal, wenn du jeden Abend mit ihr ins Bett gehst.«

Erins Augen weiteten sich, bevor sie frustriert in sich zusammensank. Sie wusste, dass sie sich in einer Sackgasse befanden. Jantila würde sie niemals anlügen. Würde nicht aufgeben, solange eine, egal wie vage, Chance bestand, die Daten auf der Speicherkarte zu retten. Trotzdem wollte sie es nicht wahrhaben: »Du meinst …«

Jantilas schelmisches Grinsen unterbrach ihren Satz. »Wirf nicht gleich die Flinte ins Korn. Du scheinst schon wieder zu vergessen, dass neben dir die Meisterin der Datenwiederherstellung sitzt. Verneige dich vor einer von sieben Personen im ISC, die auf den neuen Quantenrechner-Verbund zugreifen dürfen.«

»Nein!« Erins Finger bohrten sich in den rauen Kunststoff der Stuhllehne. »Du willst nicht wirklich den Quantenarray im ISC für die Dateiwiederherstellung nutzen!«

»So gefragt, lautet meine Antwort nein.«

Die Anspannung wich wieder von Erin. »O Gott. Da hast du mir einen ziemlichen Schrecken eingejagt. Erwischen sie dich dabei, ihn privat zu nutzen, wäre deine sofortige Entlassung die geringste Strafe, mit der du rechnen müsstest. Ich will wissen, was sich auf dieser Karte befindet, aber nicht so. Nichts, was wir darauf finden könnten, könnte es aufwiegen, dass du dich einer Gefahr aussetzt.«

Jantila biss sich auf die Unterlippe. »Das hättest du mir vor fünf Stunden sagen müssen.«

Erin wurde eiskalt, dann siedend heiß. »Was? Du hast doch gesagt, dass du keine Verbindung zum ISC aufbauen willst.«

»Das stimmt ja. Ich will es nicht.« Jantila zuckte mit den Achseln. Nebenbei rief sie ein drittes Holodisplay auf. »Ganz einfach, weil ich schon seit heute Morgen verbunden bin. Was glaubst du, wie ich die Verschlüsselung auf dem Mistding endlich geknackt habe?«

Erin wusste nicht, ob sie Jantila auf der Stelle umarmen oder erwürgen sollte. Sie hatte ein Risiko auf sich genommen, dessen Konsequenzen sie nicht vorhersehen konnte.

»Mach dir mal nicht zu viele Sorgen«, beruhigte sie Jantila und legte den Arm um ihre Schultern. »Ich verfüge über die uneingeschränkte Berechtigung zum Remotezugriff. Bei der Menge an Daten, die Egon jeden Tag durchlaufen, fällt das, was ich hier mache, niemandem auf.«

»Egon?«, fragte Erin verdutzt.

»Frag nicht. Bei der Namenssuche für den Quantenarray gewann Egon vor Skynet, MCP und Shodan. Irgendwer fand das wohl witzig. Das ändert glücklicherweise nichts an der Leistungsfähigkeit. Wie du im Holo siehst, erwartet Egon eine Rechenzeit von drei Stunden und siebzehn Minuten, bis er alle Datenfragmente durchgearbeitet hat. Fällt dir was ein, was wir in der Zwischenzeit machen könnten?«

Missionszeit T-Minus 1 Stunde _06

Hikaru . Gemeinschaftsraum

Anjing und Aaron hatten die Informationen überraschend gefasst aufgenommen. Erin hatte damit gerechnet, dass Anjing erneut laut werden würde. Doch die Technikerin hatte die Erklärung einfach akzeptiert. Es schien sogar so, als wäre es ihr völlig egal, dass weder Erin noch Jantila sagen konnten, woher die Speicherkarte mit den Lokalisationsdaten der *Kouksihin* stammte.

Mit versteinerter Miene hatten sie ihr zugehört. Nachdem Erin zum Ende gekommen war, hatten weder Anjing noch der Pilot nachgefragt. Zum Glück. Denn hätten sie tiefer gebohrt, wäre Erin irgendwann nicht darum herumgekommen, weitere Informationen preiszugeben. Jantila konnte, wenn es die Situation erforderte, die Wahrheit ausgezeichnet verbiegen. Ganz im Gegensatz zu Erin, die dabei unweigerlich nervös wurde. Oft genug hatte sie das schon in Schwierigkeiten gebracht.

Irgendwann hätte sie ihnen verraten, wie sie an den Quantenspeicher gekommen war.

Jenes unscheinbare, sechs Quadratzentimeter messende, kaum zwei Millimeter dicke, transparente Plättchen. Von unzähligen Kratzern, teils oberflächlich, teils bis in die Tiefe gehend, verunstaltet. Der Winzling fasste, wie ihr Jantila erklärt hatte, einhundert Petabyte an Daten. Genug, um alle jemals von Menschenhand geschriebenen Bücher zu speichern und danach immer noch genug Platz für ihre gesamte Holofilmbibliothek zu haben. Erin hatte selbst recherchiert. Es gab weniger als zweihundert tragbare Quantenspeicher im ganzen Sonnensystem. Meist waren sie im Besitz von Regierungsbehörden, die meisten nutzte das Militär und das ISC. Ihr Großvater war zu seiner Zeit der führende Forscher des ISC gewesen. Kein Wunder, dass er einen davon besessen hatte.

Erin erinnerte sich daran, wie er ihr das transparente Plättchen, das im Sonnenlicht schimmerte, als hätte es einen Regenbogen eingefangen, einmal gezeigt hatte. Im Alter von sieben Jahren hatte sie ihn für ein Schmuckstück gehalten. Bis zu dem Tag, als sie die Speicherkarte wieder in Händen gehalten hatte.

Der Moment lag fünf Monate zurück und war das Ergebnis eines Ausfluges in das heruntergekommene, aufgelassene Industriegebiet an der Grenze des New Boston Megaplex gewesen. Mit Schaudern erinnerte sich Erin an die Ereignisse. An den handfesten Streit mit Jantila, die sie für verrückt hielt, weil sie nach Mitternacht einer anonymen Nachricht nachgehen wollte. Die Kälte zwischen ihnen, während sie sich vom Taxi quer durch die Stadt bringen ließen. Die Furcht, als das Robotsystem am Rande der Sperrzone angekommen war und verweigerte weiterzufahren. Zu guter Letzt der Fremde, so eingehüllt in Lumpen, dass sie weder sein Gesicht noch sonst irgendetwas von ihm erkennen konnten. Nur seine verzerrte Stimme war aus der Kapuze des Sweatshirts gedrungen, als er ihr die Karte zugeworfen hatte.

Die ganze Situation war bizarr gewesen. Noch heute konnte Erin die Anspannung fühlen, wenn sie sich daran erinnerte. Die Furcht, die sie empfunden hatte, als sich die wankende Gestalt genähert hatte, war noch immer gegenwärtig.

»Ich hoffe, sie bringt euch mehr Glück als mir«, war der einzige

Satz, den der Fremde, oder die – nicht einmal das hatte Erin herausgefunden – gesagt hatte.

Erst zu Hause hatte sich die Stimmung zwischen ihr und Jantila wieder gebessert. Nachdem sicher war, dass die Karte aus Ishmael Molinas Besitz stammte. Aber die Frage, wie sie den Weg zu ihr gefunden hatte, stand bis zum heutigen Tag zwischen ihnen. Auch wenn Jantila es nicht aussprach, wusste Erin, dass sie von der Mission nicht so überzeugt war wie sie selbst.

Mit einem harten Schlag auf ihren Helm erinnerte sie Anjing daran, dass es Zeit war, sich wieder auf die Ausstiegsvorbereitungen zu konzentrieren. »Könntest du dich endlich dazu bequemen, den Systemcode zu bestätigen?«

Anjings Stimme, Minuten zuvor noch sachlich, war schneidend. Die schnelle Bewegung ihres Brustkorbes erweckte bei Erin den Eindruck, als hätte Anjing eine schweißtreibende Sporteinheit hinter sich. Dabei stand sie seit einer halben Stunde am Kontrollterminal, von wo aus sie die Vorbereitung der EVA-Anzüge überwachte.

Irgendetwas stimmte mit der Frau nicht. Ihre Stimmungsschwankungen, die sichtbare körperliche Belastung, das alles verstärkte die Vermutung, die Erin bisher nicht einmal Jantila gegenüber geäußert hatte.

Erin musste sich eingestehen, dass auch jetzt nicht der Zeitpunkt war, das anzusprechen. In einer Stunde sollten sie von Bord gehen. Wenn sie bis dahin die Initialisierung der Anzüge nicht abgeschlossen hatten, erhielt Aaron die Chance, die Mission abzubrechen. Das durfte sie nicht zulassen.

Erin hob die Arme. Die Bewegung erwies sich im klobigen Außenbordanzug als unerwartete Kraftanstrengung. Selbst bei nur einem Drittel der Erdgravitation war es nicht leicht, sich eingehüllt in zwölf Lagen unterschiedlicher Schutzmaterialien zu bewegen.

Mit dem ausgestreckten Zeigefinger der linken Hand betätigte sie ungelenk das Sensorfeld am rechten Armcomputer.

Endlich erlosch die blinkende Anzeige in ihrem Sichtfeld, die schon die ganze Zeit um ihre Aufmerksamkeit gerungen hatte. An ihre Stelle trat das HUD. Im unteren Rand der Sichtscheibe versteckte Laser projizierten das Heads-up-Display direkt in ihr Sichtfeld.

Alle Anzeigen leuchteten grün. Der Anzug war dicht, die Sauerstoffversorgung – genauso wie die Batterien – voll geladen. Die Lebenserhaltungssysteme liefen und würden Erin für absehbare Zeit mit allem versorgen, was sie benötigte.

»Geht doch«, drang Anjings wieder etwas gemäßigtere Stimme aus dem Lautsprecher des Helmes. »Ich werde jetzt die Backpacks ankoppeln.«

Sekunden später ertönte das selbst durch die Dämmung des Helmes hörbare Quietschen der altersschwachen Roboterarme. Erin sah zu Jantila, die rechts neben ihr stand. Das massive Ergänzungsmodul, das weitere Energiezellen, Werkzeug sowie Antriebsdüsen enthielt, war größer als die Rollkoffer, die sie an Bord mitgenommen hatten. Erin erinnerte sich daran, dass Anjing ihr erklärt hatte, dass es – vor allem aufgrund der mitgeführten Antriebsmasse – über einhundert Kilogramm wog.

Langsam glitt es von hinten an Jantilas Anzug heran. Im selben Moment, in dem es in die magnetischen Führungen einrastete, fühlte Erin auch das Gewicht an ihrem Rücken. Trotz der reduzierten Schwerkraft waren es immer noch über dreißig Kilogramm, die von einem Moment auf den anderen auf ihr lasteten. Erins Beine gaben nach, sie kippte nach vorne, fand nichts, woran sie sich festhalten konnte und befürchtete zu stürzen. Ein leiser Schrei drang über ihre Lippen. Dann erfolgte ein Ruck, der ihren Sturz abfing.

Sie hing, halb stehend, halb schwebend, schräg im Raum. Wieder quietschte der Roboterarm. Erleichtert atmete Erin auf. Anjing hatte die Hydraulik in weiser Voraussicht nicht sofort entkoppelt und damit ihren Sturz verhindert. Kaum war Erin wieder vollständig aufgerichtet, sah sie Anjings hämisches Grinsen. »Ich hätte euch warnen sollen. Die Anzüge sind sauschwer. Damit spaziert man nicht einfach so herum.«

Erin war sich sicher, dass sie es nicht vergessen hatte. Sie wollte sie stürzen sehen. Sie schluckte ihren Ärger herunter. Sobald sie vom ersten Außeneinsatz zurück wären, blieb ihr genügend Zeit, um ihr Verhalten anzusprechen. Jetzt musste sie sich auf die nächsten Schritte konzentrieren.

Im Head-up-Display leuchtete die Missionszeit auf. T-Minus dreißig Minuten.

»Wir haben unsere Parkposition erreicht«, informierte Aaron sie über den Bordfunk. »Die *Koukishin* befindet sich genau dort, wo wir es erwartet haben. Ich warne euch vor, das Schiff hat einiges abbekommen.«

Erins Magen krampfte sich zusammen. Was meinte er damit? War der Forschungskreuzer zerstört? Hatten sie die lange Strecke hinter sich gebracht, nur um einen Trümmerhaufen vorzufinden?

Zu ihrer Erleichterung sprach Aaron unaufgefordert weiter: »Das Schiff scheint grundsätzlich intakt zu sein. Aber die Hülle ist schwer beschädigt. Soweit ich es über die Monitore erkennen kann, wirkt die Frachtschleuse intakt.«

Jantila hob den Daumen der zur Faust geballten rechten Hand. »Danke für das Update. Es spricht somit nichts gegen unseren Plan.«

»Ich drehe die *Hikaru* jetzt seitwärts«, sagte Aaron. »Damit richte ich die Ausstiegsschleuse so gut wie möglich auf die *Koukishin* aus.«

Zumindest der Pilot versuchte alles in seiner Macht Stehende, um ihnen das Überwechseln so einfach wie möglich zu gestalten. Kaum hatte er fertig gesprochen, ging ein Ruck durch den Rumpf der *Hikaru*. Erneut musste Erin darum kämpfen, auf den Beinen zu bleiben. Aber dieses Mal fiel es ihr bereits leichter als zuvor. Auch, weil Anjing ihnen so weit entgegen gekommen war, dass sie die Roboterarme nach wie vor nicht entkoppelt hatte.

Minuten verstrichen, in denen die Manöverdüsen des Kurierschiffes immer wieder zündeten. Das Dröhnen pflanzte sich über die Deckplatten, durch die Stiefel bis in den Schutzhelm fort. Erin fühlte sich wie in einer Glocke eingesperrt. Kurz bevor sie glaubte, dass ihr gleich die Trommelfelle platzen würden, kam die *Hikaru* wieder zur Ruhe.

»Ausstiegsposition erreicht«, kommentierte Aaron. »Ihr könnt mit den Vorbereitungen weitermachen.«

Anjing deutete zu der Schleuse, die sich an der Seite der Ausstiegskammer befand. »Ich klinke die Arme aus. Ab jetzt müsst ihr euch selbst aufrecht halten.«

Erin sah wieder zur Missionszeit. Noch fünfzehn Minuten bis zum Ausstieg.

Missionszeit 00:42 _07

Im All

»Pass auf!«, drang Jantilas Stimme aus den Helmlautsprechern.

Obwohl sich Erins Frau maximal fünfzig Meter hinter ihr befand, klang ihre Stimme in der Übertragung, als käme sie vom anderen Ende des Universums. Vor Erin ragte die riesige Ladeschleuse der *Koukishin* auf. Wie den Rest der Hülle überzogen diese unzählige, pockennarbige Mikrofragmenteinschläge. Seit Minuten starrte sie auf die Schäden des Forschungskreuzers. Tiefen Narben gleich, prangten die breiten Risse im Hüllenstahl des Schiffes und zogen sich über die gesamte Länge des Hauptmoduls. Seit dem Verlassen der *Hikaru* hielt der Anblick Erin im Bann.

Mit einer Gesamtlänge von 430, einer Breite von 180 und der Höhe von 130 Metern war die *Koukishin* ein Gigant, der seinesgleichen suchte. Einzig die Generationsschiffe, die Kolonisten weit über die Grenzen des Sonnensystems hinaustrugen, waren größer.

Das hintere Viertel des Schiffes nahm das Antriebsmodul ein – ein durch lange, massige Stahlstreben mit dem Hauptmodul verbundener Kasten, an dessen sechseckiger Außenseite zahlreiche Rohre und Aufbauten angebracht waren. Der breite Wulst in der Mitte, der sich einmal um die ganze Außenhülle zog, schützte die darunterliegenden Anlagen.

Das Hauptmodul glich im Aussehen der Antriebssektion. Nur

war es mehr als doppelt so lang und lief an der Front schräg zusammen. Nichts an dem Ungetüm strahlte Eleganz aus. Trotzdem war Erin fasziniert vom Erfindergeist und der Ingenieurskunst, die diesen Leviathan geschaffen hatten.

Erneut gellte Jantilas Stimme im Lautsprecher: »Erin! Verdammt noch mal! Pass auf!«

Endlich zeigten die Rufe Wirkung. Aus ihrer Trance gerissen, zuckte Erin zusammen. Sie erkannte, wovor ihre Partnerin sie warnte. Wenige Meter vor ihr ragte ein scharfkantiges Hüllenteil auf, das drohte, sie aufzuspießen. Geleitet von ihren Reflexen hieb Erin auf den Hebel an der Seite ihres Jetpacks. Die Manöverdüsen erwachten zum Leben. Ein schmerzhafter Ruck riss sie herum. Einzig die Polster der Halskrause verhinderten, dass sie am Glas der Sichtscheibe anschlug. Um Haaresbreite driftete sie an dem tödlichen Metallgrat vorbei. Dafür trudelte sie unkontrolliert von ihrem eigentlichen Ziel weg.

Auf die Sichtscheibe projizierte Warnanzeigen erfüllten ihr Sichtfeld.

»Warnmeldungen abschalten«, befahl sie, ohne diese zu lesen. Nichts davon interessierte sie in der gegenwärtigen Situation. Sie konzentrierte sich auf die Bewegungsvektoren. Die Drehung konnte sie mit der Automatik unter Kontrolle bringen.

»Spin-Korrektur!«, rief sie, worauf der Mikrocomputer seine Aufgabe übernahm. Er feuerte die Steuerdüsen des Anzuges mehrere Male hintereinander im Zehntelsekundentakt ab. Der Andruck lastete so schwer auf ihr, dass sie für Sekunden nicht atmen konnte. Das Trudeln ließ nach. Sie stabilisierte sich in, zumindest relativ zu ihrem Ziel, aufrechter Haltung. Durch ihr Manöver hatte sie sich von der *Koukishin* entfernt. Zum Glück würde sie die Strecke in kürzester Zeit überbrücken können. Die Furcht, die vorübergehend die Oberhand gehabt hatte, wich wieder von ihr. Zurück blieb das zugrundeliegende Unbehagen, das von ihrer Umgebung ausgelöst wurde. Jetzt verstand sie, warum ihr Trainer sie gewarnt hatte.

»Die Realität da draußen ist völlig anders als alles, was ich dir in den Simulationen zeigen kann«, hatte er gesagt und Erin damit nur zu einem müden Lächeln angeregt. Simulationen waren dazu gemacht, einen auf alles vorzubereiten. Wie falsch hatte sie doch mit ihrer Überzeugung gelegen. Die zwei Wochen Training hatten nicht im Mindesten ausgereicht.

Ihre ersten Schritte aus der Bordschleuse und hinaus in die unendliche Nacht hatten ihr den Atem geraubt. Jede Sekunde musste sie darum kämpfen, nicht laut zu schreien. Um sie herum herrschte völlige Leere. Es gab keine Anhaltspunkte, auf die sie sich fokussieren konnte. Hier draußen existierte kein Oben oder Unten, kein Links oder Rechts. Es fehlte an Fixpunkten, die es ihr ermöglichten, Entfernungen abzuschätzen. Die Sterne, die den Nachthimmel auf der Erde in eine glitzernde, schützende Decke verwandelten, wurden hier draußen zu fernen, kalten Lichtpunkten. Anstatt Geborgenheit gaben sie ihr das Gefühl, ein unwichtiges Partikel in der Unbegreifbarkeit der Schöpfung zu sein. Das Wissen, dass Jantila sich mit ihr zusammen hier draußen befand, trug nichts dazu bei, ihr Unbehagen zu verringern.

Haltlos schwebte sie durch die tödliche Leere, die sie bei einem direkten Kontakt binnen Sekunden umbringen würde. Ihr einziger Schutz war der Außenbordanzug, bei dem es sich im Prinzip um eine aufgeblasene Kunststoffhülle mit etwas Dämmmaterial handelte.

»Scheiße!« Jantila klang verärgert und besorgt zugleich. »Was hast du dir dabei gedacht? Wolltest du dein Leben so kurz vor dem Ziel beenden?«

»Ich war abgelenkt«, versuchte Erin sich zu entschuldigen, wohlwissend, dass sie diese Ausrede bei einer Mission im Weltall nicht bringen sollte. Wie nicht anders zu erwarten, motivierte diese ihren Piloten Aaron dazu, sich einzuschalten.

Der meist wortkarge, jedoch selten unfreundliche Israeli klang verärgert: »Achte darauf, dass dir so ein Fehler kein zweites Mal passiert. Sonst hole ich euch beide per Fernsteuerung zurück. Das wäre das Ende für diesen schwachsinnigen Ausflug! Einen zweiten lasse ich nicht zu.«

Erin wusste, dass er das wirklich konnte. Ungeachtet dessen, dass sie den Titel der Missionskommandantin trug, konnte er sie übersteuern, wenn es um die Sicherheit ging. Für sie stand außer Frage, dass er seine Befehlsgewalt, wenn notwendig, ausüben würde.

»Ein einmaliger Ausrutscher«, versuchte sie ihn zu besänftigen. »Ich verspreche, dass ich ab sofort besser aufpasse.«

»Das will ich wohl hoffen«, beendete er seinen Einwand mürrisch und ließ Erin alleine mit der Aufgabe, sich wieder zurück zu ihrem Ziel zu bringen.

Sie verankerte sich mithilfe der Magnetstiefel an der Außenhülle der *Koukishin* und keuchte vor Aufregung. Unter den Ablagerungen von Jahrzehnten konnte sie die ursprünglich graublaue Lackierung bestenfalls erahnen. Die Masse des Schiffes füllte zu allen Seiten ihr Sichtfeld.

»Siehst du das?«, drang Jantilas Stimme über den Funk zu ihr.

»Die Hülle ist verbeult, regelrecht eingedrückt. Die hervorstehenden Teile wurden gewaltsam zusammengedrückt«, bestätigte Erin. Den Scheinwerfer am linken Arm richtete sie auf eine der unzähligen verkohlten Stellen.

»Diese Schäden stammen nicht von Einschlägen. Dafür sind sie zu großflächig. Die Gleichmäßigkeit verwirrt mich. Wüsste ich es nicht besser, würde ich annehmen, dass die *Koukishin* in irgendetwas eingehüllt worden ist, das auf sie gepresst hat. Stellt sich die Frage, wie so etwas hier draußen möglich sein soll?«

Erin wusste darauf keine Antwort. Die Pause nutzte Aaron, um sich erneut in das Gespräch einzuschalten: »Weiter zum Heck hin wird es schlimmer. Die Funkanlage ist völlig zerquetscht.«

»Ich kenne kein natürliches Phänomen, das solche Spuren erzeugt«, mischte sich jetzt Anjing ein.

»Ich bin ja nicht vom Fach«, kommentierte Jantila. »Allerdings fällt mir auch kein künstlich herbeigeführtes Ereignis ein, das solche Beschädigungsmuster erzeugt. Das ergibt einfach keinen Sinn. Bisher gibt es keine Anzeichen für Hüllenbrüche, die darauf schließen lassen, dass Druck unkontrolliert eingewirkt hat.«

»Die Diskussionen sind müßig. Hier draußen finden wir keine Antworten«, unterbrach Erin das Hin und Her. »Wir sollten endlich die Energieversorgung in Position bringen.«

»Gemach, gemach«, kam Anjings Antwort. »Die Drohnen befinden sich bereits auf dem Weg. In einer Minute treffen sie bei euch ein.«

Wenig später glitten drei fassförmige Sonden an den beiden Frauen vorbei. Die erste trug die Schleusensicherung mit sich. Die anderen beiden transportierten den klobigen Notfallgenerator. Der riesige Kasten wäre als Frachtcontainer durchgegangen, wären nicht die zahlreichen Anschlüsse gewesen.

»Ein Universalgenerator, wie bestellt. Passt auf, dass ihr den nicht gleich irgendwo aufspießt. Das Teil ist sauteuer«, meldete Anjing. Die von ihr geschickten Drohnen bezogen am Rand der Frachtschleuse eine Armlänge über der Hülle ihre Position. Die sonst so kratzige Stimme der Technikerin klang über die Helmlautsprecher weicher als gewöhnlich. Machte sich die Frau wirklich Sorgen? Erin konnte sich schwer vorstellen, dass Anjing für irgendein menschliches Wesen Interesse zeigte, außer für den Piloten, mit dem sie seit Jahren ihren Dienst versah.

Die Drohnen mit dem Generator kamen näher, was Erin dazu zwang, ihre Überlegungen zu beenden. »Können wir so alles wieder mit Energie versorgen?«

Jantilas vergnügtes Lachen drang aus dem Lautsprecher. »Nicht einmal annähend, Liebling. Zum Glück hast du mich für die Technik dabei. Du würdest es wohl mit Taschenlampenbatterien versuchen.«

Innerlich zuckte Erin zusammen, wohlwissend, dass ihre Frau es nicht böse meinte. Sie verkniff sich eine Antwort.

»Mit dem Generator liefern wir ausreichend Energie, um die Motoren der Schleuse anzuwerfen.«

»Vorausgesetzt, ihr findet Energieports für die Schiffsversorgung«, warf Anjing ein. »Ich gebe zu bedenken, dass ihr die im Laderaum kaum finden werdet. Bereitet euch schon mal darauf vor, Leitungen von den Labors oder der Brücke durch den Hauptkorridor zu verlegen.«

»Darum kümmern wir uns später«, unterbrach Jantila sie. Sie zündete die Manöverdüsen. Gemächlich sank sie auf die Hülle herab und bedeutete Erin, ihr zu folgen.

Missionszeit 01:14 _08

Koukishin . Frachtraum

Jantila benötigte zehn Minuten, um die richtige Energiekupplung zu finden. Der Anschluss an den externen Wartungsport selbst stellte keine Herausforderung dar. Die Versorgung der Frachtraumschleuse mit Energie erleichterte ihr weiteres Vorgehen massiv. Sie ersparten sich die Zeit, die es gebraucht hätte, eine Wartungsluke zu finden, die sie in mühsamer Kleinarbeit hätten aufbrechen müssen.

Zuerst demontierte Jantila die Stahlplatten über der externen Steuerung. Danach koppelte sie das Interface mit ihrem Anzugscomputer und übertrug die Notfallcodes, die den Archiven des ISC entstammten.

Im Vakuum konnten sie weder ein Geräusch vernehmen noch spüren, ob es Reaktionen im Schiff gab. Sekunden verstrichen, ohne dass sie es wagten, sich zu bewegen oder zu sprechen. So als würden keine technischen Prozesse, sondern ein geheimes, magisches Ritual ablaufen, das sie keinesfalls stören durften.

Erin starrte gebannt auf die schmale, schwarze Linie, die die Trennung der beiden Stahltore markierte. Mit ihren Blicken versuchte sie förmlich, die Schleuse aufzuzwingen. Sie schwankte, ihre Nerven zum Zerreißen gespannt, zwischen Hoffnung und Verzweiflung. Es wäre einfacher gewesen, das Schiff ihres Großvaters nie zu finden, als jetzt so kurz vor dem Ziel aufgeben zu müssen, weil altersschwache Maschinen ihren Dienst verweigerten. Wie lange konnte es dauern, bis die Systeme reagierten?

Endlich fuhr ein Ruck durch die *Koukishin*. Erin fühlte die Vibration, die, ausgelöst von der Bewegung der gigantischen Motoren, über die Hüllenpanzerung auf ihren Anzug übertragen wurde.

»Vorsicht!«, rief Anjing. »Der ganze Kahn vibriert. Bereitet euch darauf vor, dass der Pott unter euch kollabiert. Ich schalte eure Backpacks auf Fernsteuerung, für den Fall, dass wir euch rausholen müssen.«

Die Vibration nahm an Stärke zu. Erin konnte sie nicht nur fühlen, sondern auch sehen. Die Hülle des Schiffes schien sich zu winden. Wie ein Tier, gefangen in einer Schlinge, das verzweifelt versuchte, sich zu befreien. Vorübergehend stockte ihr der Atem. Die Stahlplatten der Außenhaut wölbten sich in einer Wellenbewegung, verbogen sich in einer Drehung, die physikalisch nicht möglich sein sollte. Für einen Moment glaubte Erin, die darunterliegende Trägerkonstruktion des Schiffsrumpfes zu sehen. Die Magnetstiefel hielten sie weiterhin fest verankert. Sie kippte, von den Stößen getroffen, hinterrücks um. Jantila, die gut gesichert neben dem Interface kniete, packte sie.

Ihre Frau tat das, was Erin selbst längst hätte tun müssen: Sie verankerte ihren Anzug an der Sicherungsleine. Ein weiterer Ruck riss Erin, kurz bevor das Gewicht ihres Backpacks sie endgültig zu Fall brachte, zur Seite und richtete sie auf.

Ohne Vorwarnung ebbten die Vibrationen ab. Die Hülle lag wieder völlig ruhig vor ihnen. Nichts deutete auf die Erschütterungen hin, die eben gedroht hatten, das ganze Schiff zu zerreißen.

»Kann mir jemand sagen, was das war?«, richtete Erin ihre Frage an die *Hikaru*.

Jantila erhob sich. Ihr Gesicht, eingehüllt vom spiegelnden Helmvisier, wirkte besorgt. »Die Vibrationen, die von den anspringenden

Servos ausgelöst wurden, müssen ganz schön heftig gewesen sein, damit sich das bis in den Rumpf fortgepflanzt hat.«

Erin schüttelte den Kopf. Waren die Verwerfungen reine Einbildung gewesen? Sie musste vorsichtig sein. Nach ihrem Fehler beim Anflug durfte sie nicht schon wieder dafür sorgen, dass Aaron an ihrer Einsatzfähigkeit zweifelte. Jetzt etwas zu sagen, hätte ihr im schlimmsten Fall einen Rückruf in die *Hikaru* eingebracht. Sie schob ihre Wahrnehmungen auf ihre überspannten Nerven. Instinktiv versuchte sie mit den Schultern zu zucken, was in der Enge des Anzuges völlig misslang. Erin beschloss, dieses Kapitel der Mission abzuschließen. Hier draußen würde sie keine Antworten finden.

Die Schleusentore, die sich wie von Geisterhand bewegten, lenkten die Aufmerksamkeit aller auf sich. Lautlos glitten die beiden schweren Stahlplatten auseinander. Erin blieb dabei, entgegen ihren Erwartungen, völlig ruhig. Sie löste die Magnetverankerung ihrer Stiefel und machte einen Schritt über die Kante. Gemächlich sank sie in das Innere des Frachtraumes. Völlige Dunkelheit, durchschnitten von den vier Scheinwerfern ihres Raumanzuges, erwartete sie. Alles wirkte aufgeräumt. Frachtcontainer waren verankert, Werkzeuge fest verzurrt. Nirgends konnte Erin Spuren von Beschädigungen oder Abnutzung sehen. Der Laderaum lag vor ihr wie ein perfekt konserviertes Museumsstück.

»Wie, verdammt noch mal, ist der Kahn hierhergekommen?« fragte Jantila.

»Das ist die Frage, auf die ich hier die Antwort zu finden hoffe.«

Ohne ein weiteres Wort bewegte sich Erin auf das Schott zu, das den Laderaum vom Hauptkorridor trennte. Aus den Konstruktionsplänen wusste sie, dass dieser 134 Meter lange Gang sich vom Heck bis zum Bug zog. In der Mitte lag der Zugang zum Frachtraum, der den Großteil der Rumpfunterseite einnahm. Langsam schwebte

Erin in den riesigen Raum. Sie achtete darauf, ob es irgendetwas von Bedeutung zu entdecken gab. Am gegenüberliegenden Ende des Raumes lag die Tür, die ihnen den Zutritt zum Hauptkorridor des Schiffes bieten würde. Es war an der Zeit, dem Rätsel der *Koukishin* auf den Grund zu gehen.

Die Suche nach einer Möglichkeit, den Generator an das Energienetz anzukoppeln, trug bald Früchte. Jantila fand eine Kupplung, die zu den Versorgungsports passte.

Verärgert schüttelte sie den Kopf. »Wann schaffen es Ingenieure, richtige Universalanschlüsse zu bauen? Zwanzig Anschlüsse, bis ich einen finde, der passt!«

Nachdem die Anschlüsse zueinander gefunden hatten, begann Jantila mit den Einstellungen. Erin verstand nicht einmal im Ansatz, was vor sich ging.

Jantila beendete ihre Arbeit. »Das war es. Entweder es fliegen gleich die Funken oder wir versorgen den Frachtraum mit Energie.«

»Reicht das, um die Schleuse zu öffnen?«

»Theoretisch ja. Zumindest laut den Schemata sollte es sich um einen Stromkreis handeln. Uns bleibt keine andere Möglichkeit, als es einfach zu versuchen.«

Wie zur Bestätigung leuchtete das Bedienpanel an der Tür auf. Im Kernbereich angekommen, fixierten sie ihre Magnetstiefel, wie zuvor an der Außenhülle, auf dem roten Metallstreifen, der den Boden markierte.

»Erin an *Hikaru*. Wir sind im Hauptkorridor. Bisher läuft alles wie geschmiert. Die Energieversorgung des Schleusenservos scheint sich nicht auf den Rest des Schiffes umlegen zu lassen. Aktuell deutet nichts auf funktionierende Systeme hin.«

Jantila unterbrach sie barsch: »Einfach gesagt, hier drinnen ist es so dunkel wie im Arsch eines Bären.«

Anjings Antwort ließ nicht auf sich warten: »Alles klar, danke für die bildliche Beschreibung. Ich darf euch darauf aufmerksam machen, dass der Flightrecorder wirklich alles, inklusive unserer Gespräche, aufzeichnet. Eventuell könnten wir die Erklärungen etwas weniger blumig gestalten.«

»Verstanden!«, sagte Jantila. Dabei löste sie eine kleine Röhre von der Magnetverankerung an ihrer Hüfte. Mit wenigen Handgriffen, die aufgrund der klobigen Handschuhe ungeübt wirkten, entfernte sie die Verschlüsse an beiden Enden. Sie trat wieder zur geschlossenen Schleuse, die den Korridor vom Laderaum trennte, und öffnete sie mit Hilfe des Sensorfeldes. Ihren ausgestreckten Arm hielt sie in die entstandene Öffnung und presste mit dem Daumen auf den Auslöser am Mittelstück der Röhre. Projektilen gleich rasten Metallseile, zwischen denen sich ein feiner Schlauch spannte, in beide Richtungen. Die Enden bohrten sich in die gegenüberliegenden Seiten des Türrahmens. Nachdem sie sich gespannt hatten, wurden die Schläuche mit einer grauen Masse geflutet, die blitzschnell aushärtete.

»Schleusensicherung angebracht«, vermeldete sie.

»Schleusensicherung bestätigt«, gab Anjing zurück. »Die Drohnen haben die große Schwester zwischen den Hangartoren angebracht.«

Zwischenzeitlich folgte Erin dem Missionsprotokoll. Bis ins kleinste Detail kommentierte sie, zusätzlich zu den Videoaufnahmen, die ununterbrochen an das Kurierschiff übertragen wurden, ihr Vorgehen.

»Laut den Plänen trennen uns 73 Meter vom Brückenzugang.« In der Dunkelheit schien sich der achteckige Gang bis in die Unendlichkeit zu dehnen. »Im Unterschied zur Hülle können wir im Inneren bis jetzt keine offensichtlichen Schäden erkennen. Was der *Koukishin* widerfahren ist, scheint sich auf die Außenhülle zu beschränken. Die zuvor gespürten Vibrationen bei der Schleusenöffnung scheinen nicht bis ins Zentrum vorgedrungen zu sein.«

Erin drehte sich einmal im Kreis. In der Bewegung schwenkte sie ihre Lichtkegel vom Boden bis zur Decke. »Die Oberflächen zeigen kaum Abnutzungserscheinungen. So als hätte die *Koukishin* gerade erst die Werft verlassen.« Verwirrt hielt sie inne. »Allerdings sehe ich auf einigen Türen Schweißnähte. Irgendwer hat sie versiegelt. Die Frage nach dem Wieso können wir hoffentlich im weiteren Verlauf der Erkundung klären. Möchte jemand Theorien äußern?«

Jantila verneinte, gefolgt von Anjing: »Im normalen Betrieb eines Raumschiffes fällt mir kein Ereignis ein, bei dem das Verschweißen von Türen irgendeinen Vorteil bringen würde.«

Erin hielt sich zurück. An der Seite stehend beobachtete sie ihre Frau, die zu einer der verschlossenen Türen ging. Ihre Bewegungen wirkten in dem klobigen Anzug ungelenk, als sie vorsichtig davor niederkniete, um die Schweißnähte genauer zu betrachten. Aus ihrem Schnaufen hörte Erin deutlich die Frustration. Jantila wollte schnelle Antworten, die ihr das stumme Metall vorenthielt. Im Vorbeigehen winkte sie Erin zu, die sich entschied, ihr wortlos zu folgen.

Jantilas Stimme drang, begleitet von ungewohntem Rauschen, über Funk zu ihr: »Wir sollten uns langsam zur Brücke begeben. Hier herumzustehen, hilft uns nicht weiter. Antworten auf unsere Fragen finden wir hier nicht.«

Missionszeit 02:12 _09

Koukishin . Hauptkorridor

Mit jedem Schritt durch das tote Schiff wuchs ihre Unruhe. Einzig Erins Stimme, die ihr Vorankommen dokumentierte, durchbrach die unangenehme Stille: »Wir passieren den Zugang zur Mannschaftsmesse, der Krankenstation und dem Fitnessraum. Die Türen sind verschlossen, allerdings nicht wie das Labor verschweißt. Unser Ziel ist die Brücke. Mit etwas Glück können wir die Energieversorgung wiederherstellen. Es wäre hilfreich, die Türen ohne Gewaltanwendung öffnen zu können. Den Generator hereinzubringen, ist aufgrund seiner Abmessungen leider nicht möglich.«

Jantila ging stumm neben ihr, die Augen starr geradeaus gerichtet, als versuchte sie, die undurchdringliche Dunkelheit vor ihnen mit Hilfe reiner Willenskraft beiseite zu drängen.

Mit jedem Meter, den sie überwanden, sprach Erin leiser. In der Totenstille des Schiffes klang ihre eigene Stimme zu laut: »Die Kabinen der Crew sind, wie alle bisherigen Türen, verschlossen. Über diese machen wir uns erst Gedanken, nachdem wir die Brücke erreicht haben.«

Anjing unterbrach ihren Monolog: »Haltet euch fest! Wir registrieren von außen wieder Vibrationen. Wir können sie diesmal besser ...«

Weiter kam sie nicht. Ein Grollen wie ein heranrollender Donner erfüllte ihre Helme. In Sekunden schwoll es an, bis es Anjings

Stimme übertönte. Das Glas der Helmscheibe vibrierte gefährlich. Erin wollte sich die Hände über ihre schmerzenden Ohren legen, doch sie traf nur auf das harte Metall des Schutzhelms. Jantila ging neben ihr in die Knie. Mit einer Hand stabilisierte sie sich am Boden, die andere streckte sie zur Wand. Plötzlich weiteten sich ihre Augen. Erin kam nicht dazu, darauf zu reagieren.

Die Druckwelle traf Erin im selben Moment, in dem ihr Verstand realisierte, dass sie im Vakuum keine Geräusche vernehmen sollte. Woher kam das Donnern, das ohrenbetäubende Dröhnen, das drohte, ihre Trommelfelle platzen zu lassen? Unter den Schwingungen brach ihr rechtes Knie ein. Um ihren Sturz abzufangen, stemmte sie sich gegen die Wand. Hart traf die behandschuhte Handfläche auf das graue Metall.

Ein stechender Schmerz, einem Stromschlag gleich, raste von den Fingerspitzen über den Arm in ihr Hirn. Erins Atem stockte. Wie zuvor auf der Hülle wölbte sich der Boden vor ihr in die Höhe. Ihre Sinne nahmen die Umgebung gestochen scharf wahr. Erin sah die Türen zu beiden Seiten des Ganges. Der Zugang zur Brücke lag in Sichtweite, am Ende der Röhre. Die Wände, die Decke und der Boden bogen sich, synchron zum Rhythmus der Vibrationen, die sie überrollten. Mit jeder Schwingungswelle, die auf sie zu schwappte, zog sich der Gang weiter zusammen. Entgegen jeder physikalischen Regel brach das auf Stabilität ausgelegte Metall der Zentralröhre nicht.

Erins Verstand versuchte, die Eindrücke zu verarbeiten. Nichts, was geschah, ergab Sinn. Das Schiff hätte auseinanderbrechen müssen. Keine Konstruktion konnte diese gewaltigen Belastungen überstehen. In der letzten Sekunde der wahnwitzigen Verformungen erhaschte ihr Blick am Ende des Ganges etwas anderes.

Von den Erschütterungen völlig unberührt, stand dort ein Mann in der weißen Borduniform der Besatzung. Einen Arm hatte er ausgestreckt und deutete mit dem Zeigefinger in ihre Richtung. Schaudernd musste Erin zusehen, wie sich sein Mund zu einem gewaltigen schwarzen Schlund öffnete, der inmitten seines Gesichtes klaffte. Zuerst verschwand die Nase, gefolgt vom Kinn, bis dort, wo der Kopf hätte sein sollen, eine wirbelnde schwarze Masse hing.

Ein gequältes Stöhnen drang über Erins Lippen, während sie mitansehen musste, wie der Körper seine Form verlor. Wie das Wachs einer Kerze schmolz seine Haut, färbte sich schwarz und rann zu Boden. Die Deckplatten zu seinen Füßen begannen zu brodeln, bis der Körper vollständig darin versickerte.

Im selben Moment stoppten die Ereignisse wieder. Von einer Sekunde auf die andere lag vor ihr erneut der leblose, achteckige Gang.

Bevor sie dazu kam, Jantila zu fragen, ob sie dasselbe gesehen hatte, entdeckte sie die Teleskopstange – jene Sicherung, ausgelegt auf einen Anpressdruck von über einhundert Tonnen, die verhindern sollte, dass die Übergangsschleuse zum Frachtraum sich schloss. Die Röhre schwebte, in zwei Teile zerbrochen, in der Mitte des Ganges auf sie zu.

10_ Missionszeit 02:00

Hikaru

Seit die beiden Frauen die *Hikaru* verlassen hatten, saß Anjing im Co-Pilotensessel. Ruhelos starrte sie abwechselnd auf die Monitore und zur gewölbten Sichtscheibe. Genau wie Aaron war sie momentan zur Tatenlosigkeit verdammt.

So beobachtete sie die Übertragungen der Anzugkameras. Das Rätsel, warum das ISC diese beiden Frauen hier rausgeschickt hatte, wurde mit jeder verstrichenen Minute größer. Erins Erklärungen vom Morgen dieses Tages hatten bei Anjing den Eindruck hinterlassen, dass es sich nur um die Hälfte der Geschichte handelte. Selbst Aarons Vermutung, es sei eine reine Absicherungsstrategie von Peterson, beruhigte sie nicht. Irgendetwas stimmte bei der ganzen Sache nicht. Wenn sie nur den Finger darauf hätte legen können …

Zum dritten Mal startete sie das Video von Erin, die sich, eine halbe Stunde nach dem Verlassen des Kurierschiffes, beinahe aufgespießt hätte. Kopfschüttelnd beendete sie die Wiedergabe und tippte Aaron auf die schmale Schulter. »Glaubst du, die schaffen das, ohne dass sie verunfallen?«

»Kann ich mir beim besten Willen nicht vorstellen«, brummte er mürrisch. Dabei schüttelte er den Kopf. »Ich bin nur froh, dass ich nicht die Missionsverantwortung trage. Was immer da drüben passiert, geht auf ihre Kappe, nicht auf meine.« Sein Finger deutete auf die Sichtscheibe Richtung *Koukishin.* »Ich hoffe einfach, sie bauen keinen allzu großen Mist. Ich habe keine Lust, da rauszugehen, um ihnen den Arsch zu retten. Wenn es nach mir ginge, können die dann auf ein Rettungsschiff warten.«

Obwohl er bestimmt klang, kannte Anjing ihren Partner zu gut, um zu wissen, dass er seine Worte nicht ernst meinte. Kein Raumfahrer hätte jemals in Not Geratene zurückgelassen. Das verlangte der Ehrenkodex, ganz zu schweigen davon, dass es in jeder nur erdenklichen Vorschrift stand. Wer sich in die Weiten des Sonnensystems, oder sogar darüber hinaus, wagte, kannte das Risiko und wusste, wie wichtig es war, sich gegenseitig beizustehen.

Würde auf der *Koukishin* etwas Unerwartetes geschehen, wäre Aaron der Erste, der sich in einen EVA-Anzug zwängen und übersetzen würde. Anjing konnte sich zu hundert Prozent auf ihn verlassen. Sonst wäre sie niemals an Bord der *Hikaru* geblieben. Genauso wusste sie aber, dass es nicht angebracht war, ihm jetzt zu widersprechen.

Anjing beugte sich vor. Der gewaltige Körper des Forschungskreuzers schwebte antriebslos im Leerraum. Wäre da nicht der Plutomond Kerberos im Hintergrund gewesen, gäbe es keinen Hinweis darauf, dass sie sich noch im irdischen Sonnensystem befanden. »Alles andere beiseite, hast du Theorien, wie er alte Pott hierher gekommen ist?«

Aaron schüttelte den Kopf. Mit einer schnellen Handbewegung zog er das im rechten oberen Quadranten der Sichtscheibe schwebende Hologramm heran. In der Nahaufnahme erkannte man die äußerlichen Schäden besser. Die Einhausung der Schirmfeldprojektoren war zerstört und wirkte wie unter gewaltiger Druckeinwirkung verformt. Die in den seitlich abstehenden Auslegern angebrachte Sensorphalanx und die zwanzig Meter hohe Sendeanlage im Mittelteil waren schwer beschädigt. Schlimmer hatte es die Solarpaneele erwischt, die aus dem hinteren Drittel des Schiffes fast neunzig Meter herausragen sollten. Eine gewaltige Kraft hatte sie zerquetscht wie eine Dose.

»Fällt dir eine Erklärung für das Schadensmuster ein?«, fragte sie.

»Der Großteil ist mir ein Rätsel. Einzig zum Riss am hinteren Ende der Hauptmoduls habe ich eine Idee.« Dabei zog er eines der vor ihm schwebenden Holos näher.

In der vergrößerten Ansicht erkannte Anjing, was er meinte. »Das ist ein abgebrochener Andockstutzen. Sieht aus, als wäre er von einer Detonation zerrissen worden.«

»Das denke ich auch. Aber sieh ihn dir mal genauer an. Bauart, Farbe, Material. Der stammt nicht von der *Koukishin*. Irgendwer hat da angedockt.«

»Du meinst, es war schon vor uns jemand hier?« Der Gedanke ließ kalte Schauer über Anjings Rücken prasseln.

»Bingo. Genau das. Nur warum war das bisher nicht bekannt?«

»Erinnere dich an die Speicherkarte. Die beiden konnten nicht sagen, woher sie kam. Vielleicht von der Crew des Schiffes, das hier angedockt hatte?«

Aarons Blick verdüsterte sich. »Du weißt, was es bedeutet, wenn davon nichts an die Öffentlichkeit gedrungen ist?«

Anjing seufzte betrübt. »Leider ja. Auch die Explosionsspuren passen dazu. Es war jemand vor uns hier. Aber das dürfte nicht gut ausgegangen sein.«

»Verdammte Scheiße!« Aarons Ausbruch überraschte Anjing. Üblicherweise war sie die Ungehaltene an Bord. »In was haben wir uns da reinziehen lassen?«

»Sollen wir abbrechen?« Die Frage drängte sich auf. Insgeheim hoffte Anjing, er würde ja sagen, obwohl sie seine Antwort schon vorhersehen konnte.

»Vergiss es. Mit welchem Argument? Wir haben ein ungutes Gefühl. Peterson hat uns geschickt, um ein Wrack zu bergen. Da sind Schäden nun mal zu erwarten. Brechen wir jetzt ohne eine belegbare Gefahrensituation ab, können wir uns beide einen neuen Job suchen.«

Zerknirscht musste Anjing ihm zustimmen. Sie hasste es, sich anderen beugen zu müssen, aber Aaron hatte recht. Beschädigungen waren in der Raumfahrt nichts Ungewöhnliches. Dass sie sich diese nicht erklären konnten, war keine Grundlage für einen Missionsabbruch. »So ein Mist. Wir stecken hier fest und können nichts anderes tun, als Ratespielchen zu veranstalten. Wenn wir wenigstens wüssten, woher die ganzen Hüllenschäden kommen. Hast du auch eine Theorie für den Rest?«

»Nein«, antwortete Aaron. »Welche kosmische Kraft kann gezielt auf einen Teil eines Schiffes einwirken, hingegen die restlichen Abschnitte der Hülle unbeschädigt lassen? Die Frage ist etwas für Wissenschaftler. Nicht für Raumjockeys wie uns.«

Anjing lachte unterdrückt. »Na klar. Als würdest du die Frage einfach so zur Seite schieben können. Ich kenne dich. Jede Sekunde rattern die Zahnrädchen in deinem Hirn, unablässig auf der Suche nach einer Erklärung.«

Aaron wandte sich zu ihr. Seine tiefblauen Augen wirkten besorgt. »Genau die Unklarheit ist es, die mich in den Wahnsinn treibt. Raumfahrt ist Physik, Technik, Chemie. Alles unterliegt berechenbaren Regeln. Hier draußen geschieht nichts, das nicht dem Prinzip von Ursache und Wirkung entspricht. Das muss ich dir nicht erklären, oder?«

Anjing verstand, worauf er hinauswollte. Es gab in der Raumfahrt nichts, was nicht berechenbar war. Alles folgte logischen, vorherbestimmten Prozessen.

Schiffe havarierten nicht durch Pech, Menschen starben nicht durch Schicksal. Und Hüllen brachen nicht ohne Grund.

»Du meinst also, wir müssen nur auf die Wissenschaft warten, damit sie uns erklärt, welche Kraft dazu fähig ist, Teile der Triebwerke so stark zu verbrennen, dass es zu massiven Verformungen der Einhausung kommen konnte?«, fragte Anjing. »Ich bin gespannt auf die Erklärung. Die Triebwerke werden aus Materialen gefertigt, deren Spezifikationen Temperaturen von mehreren zehntausend Grad vorsehen. Aber nichts am vorderen Teil der *Koukishin* zeigt Schmelzerscheinungen. Die Hitze muss die Triebwerke von innen heraus zerschmolzen haben. Aber wie das gehen soll, kann ich dir als Bordtechnikerin nicht erklären.«

Aaron schüttelte den Kopf. »Ich habe nicht die leiseste Ahnung. Die *Koukishin* ist vor einundvierzig Jahren ins Portal geflogen und spurlos verschwunden. Jetzt finden wir sie wieder. Millionen Kilometer vom Ausgangspunkt entfernt an der gegenüberliegenden Seite des Sonnensystems. Ganz zu schweigen von den über vier Lichtjahren Entfernung zum ursprünglichen Ziel.« Einen Moment lang schwieg er. »Ich denke, der Kasten ist antriebslos durchs All getrieben. Plutos Schwerkraftfeld hat ihn eingefangen, bis er im Orbit von Kerberos hängen geblieben ist. Frag mich aber bitte nicht, wie dieses Ungetüm überhaupt hier rausgekommen ist. Vielleicht wurde der Pott ja von göttlicher Hand hierher versetzt, um uns klarzumachen, dass wir die Finger von der überlichtschnellen Raumfahrt lassen sollen.«

»Guter Scherz. Wie stellst du dir das vor? Engel haben den Kahn gefunden, unter die Flügel geklemmt und hergetragen? Mach mal halblang, du glaubst genauso wenig wie ich an das mystische Zeug.«

Aaron grinste sie an. »Wie sagte schon ein berühmter alter Detektiv? Sind alle denkbaren Lösungen falsch, bleibt am Ende das Undenkbare zur Erklärung.«

Anjing konnte sich von den Hüllenschäden der *Koukishin* nicht losreißen. Sie neigte den Kopf zur Seite, so als würde ihr dies helfen, auch gedanklich einen neuen Blickwinkel einzunehmen. »Dass der Kahn diese Schäden überlebt hat, spricht für die Ingenieure.«

Aaron nickte. »Ihr Handwerk haben die verstanden. Ich kann mir nicht vorstellen, dass irgendein normales Schiff das überstanden hätte. Was da verbaut ist, muss militärische Panzerung sein.«

»Nicht einmal die Panzerung eines Patrouillenkreuzers hält bei einer Perforation an mehreren Stellen dicht. Sieh dir das mal im Detail an. Die Risse sind nicht nur oberflächlich. Manche davon reichen fünf Meter tief. Trotzdem ist der Kahn nicht auseinandergebrochen. Für welche Aufgaben haben die das Ding gebaut?«

»Was weiß ich. Vielleicht mussten sie beim Portaldurchgang mit gewaltigen Beharrungskräften rechnen. Selbst die Strahlenschutzmaßnahmen übertreffen alles, was ich jemals gesehen habe. Die haben einen fliegenden Atombunker gebaut.«

»Hat ihnen offensichtlich nicht viel gebracht«, murmelte Anjing.

Als hätte sie die Hoffnung, die Fragen zu beantworten, indem sie das Hologramm durchdringend anstarrte, fixierte sie das Bild. Vergebens. Nichts in den Aufnahmen half ihr dabei, herauszufinden, welche Ereignisse die *Koukishin* so zugerichtet und hierher gebracht hatten. Es brachte sie nicht weiter, ihre Zeit darauf zu verschwenden. Wie ein lästiges Insekt wischte sie das Holo weg.

»Da draußen warten Rätsel darauf, dass wir sie lösen. Ich frage mich allerdings, was eine Datenanalystin und eine Weltraummedizinerin des ISC da bringen sollen.« Seufzend lehnte sie sich zurück. »Lassen wir die Herkunft der Schäden mal beiseite. Woher kommen die Vibrationen und wie konnte die Hülle das aushalten?«

»Das fragst du gerade mich? Wir fliegen seit fünf Jahren miteinander. Du solltest langsam wissen, dass ich ein guter Pilot bin. Ich bringe uns sicher in jede Ecke des Sonnensystems, aber ich bin kein Ingenieur und schon gar kein Physiker.«

»Das da draußen widerspricht allem, was ich in der Ausbildung gelernt habe. Ich bin einfach froh, wenn wir hier wieder wegkommen. Wenn ich mich mit unbekannten Phänomenen befassen wollte, hätte ich auf einem Forschungskreuzer angeheuert.«

Die ganze Zeit über drang im Hintergrund, mit reduzierter Lautstärke, Erins Übertragung aus den Brückenlautsprechern. Plötzlich blinkten Warnmeldungen auf den Monitoren auf. Begleitet vom mehrstufigen enervierenden Fiepen der Gefahrenmeldung, hieb Aaron mit einer Hand auf ein Sensorfeld. Sein Stuhl richtete sich automatisch zur Steuerkonsole. Anjing zog den Bildschirm zu sich.

»Shit!« Ohne sich mit Aaron abzustimmen, öffnete sie die Verbindung zu den beiden Frauen. »Haltet euch fest! Wir registrieren von außen wieder Vibrationen. Wir können sie diesmal besser anmessen. Das wird heftig!«

Mit hochgerecktem Daumen signalisierte Aaron, dass sie weitermachen sollte. Er begann sich auf den Ernstfall vorzubereiten. Sollte das Schiff vor ihnen auseinanderbrechen, musste er die *Hikaru* in Sicherheit bringen. Seine Prioritäten waren klar. Zuerst seine Crew, dann sein Schiff, zuletzt die Frauen, die sich außerhalb befanden. Das entsprach nicht den Vorschriften, aber für ihn stand die Reihenfolge außer Frage.

Anjing sprach weiter: »Die Erschütterungen scheinen vom Laderaum auszugehen. Von dort verbreiten sie sich kreisförmig.«

In diesem Moment unterbrach Aarons lauter Fluch sie: »Ach du Kacke! Die Sicherungsstange am Ladeschott bricht gleich.«

»Das ist nicht möglich! Laut Spezifikationen ist das Teil dafür gebaut, einen Anpressdruck von über zweitausend Tonnen auszuhalten. Da kannst du einen Asteroiden darauf landen, ohne dass sich die Dinger verformen.«

»Ach ja?! Schau mal raus!«

Sie trennte sich von den Anzeigen, um zu sehen, was Aaron meinte. Was sie entdeckte, brachte ihr Herz dazu, einen Schlag auszusetzen. Das Plaststahlrohr, die große Schwester des von Jantila genutzten Systems, durchmaß einen Meter. Die ausgehärteten Streben, die sich über die sechzehn Meter zwischen den beiden Laderaumtoren spannten, sollten unbiegsam sein.

»Seinaru tawagoto!« Mehr brachte sie nicht zustande, während sie zusah, wie sich die Konstruktion verbog. Einem Baum im Sturm gleich, verformten sich die Streben weiter, bis das Material die Grenze der Belastbarkeit überschritt. An den Übergängen zum Mittelzylinder brach das ausgehärtete Material entzwei. Wie Pfeile, die von der Sehne sprangen, rasten die Bruchstücke auf sie zu.

Aaron zündete die Bugtriebwerke mit voller Leistung. Für einen Augenblick zeigte sich kein Effekt, bis das Kurierschiff mit einem Ruck Fahrt aufnahm. Anjing konnte nicht rechtzeitig reagieren. Ihr Kopf knallte an die gewölbte Seitenwand der Kabine. Im selben Moment zündete Aaron die Backbordtriebwerke. Die *Hikaru* setzte dazu an, eine rückwärtsgewandte Schleife zu ziehen. Gleichzeitig kippte Aaron das Schiff, das von der Bauweise her höher als breit war, zur Seite, um die Fläche, die sich den beiden Geschossen zuwandte, zu minimieren. Die aus der Beschleunigung resultierenden Kräfte pressten sie brutal in ihre Sitze.

Anjing griff sich an die pochende Platzwunde, die vom Aufprall resultierte. Die lästige, aber bei Weitem nicht lebensbedrohliche Verletzung pochte wie wild. Die Blutstropfen, die ihr ins Gesicht rannen, wischte sie zur Seite, damit sie wieder freie Sicht auf die Monitore bekam.

Erneut zündete Aaron die Bugtriebwerke. Der übergangslos einsetzende Andruck presste Anjing in die Rückenlehne.

»Festhalten!«, schrie der Pilot. Gerade rechtzeitig klammerte sich

Anjing an die Armstützen wie eine Ertrinkende an einen Rettungsring. Unzählige Alarmsirenen heulten auf. Monitore blinkten mit verzweifelten Warnmeldungen. Unter dem Andruck der Beschleunigung fiel ihr das Atmen schwerer. Ein Knacken in ihrem Brustkorb signalisierte, dass ihre Rippen dem Druck nicht standhielten. Die Hüllenkonstruktion kreischte unter der Belastung auf.

Das Kurierschiff wurde, wie von einer gigantischen Faust getroffen, zur Seite geschleudert. Die daraus resultierende taumelnde Drehbewegung presste Anjings Magensäure nach oben. Nur mit großer Anstrengung konnte sie die Übelkeit im Zaum halten.

Die einzelnen Sirenen verschwammen in einem undifferenzierten Geräuschchaos. Zusammen mit dem Brüllen der geplagten Schiffshülle verbanden sie sich zu einer abartigen Kakofonie.

Das Blut rauschte in Anjings Ohren, bis es alle Umgebungsgeräusche übertönte. Das Letzte, was sie mitbekam, war, wie ihre Lunge verzweifelt nach Luft schrie.

Missionszeit 02:35 _11

Koukishin . Hauptkorridor

Nachdem sie sich wieder gefangen hatten, versuchten sie vergeblich, die *Hikaru* zu erreichen.

Die bedrückende Dunkelheit schien nochmals intensiver geworden zu sein. Beide Frauen konnten die Schwärze, die sie umgab, förmlich spüren. Sie drückte nicht nur auf ihr Gemüt, sondern war zu einer spürbaren körperlichen Last geworden, die beide auf ihren Schultern mit sich schleppen mussten.

Jantila konnte die Anspannung in ihrer Stimme nicht mehr unterdrücken: »Irgendetwas stimmt hier nicht. Warum bekommen wir keine Verbindung zur *Hikaru*? Woher kommen diese verfluchten Vibrationen? Dazu die Verwerfungen im Gang. Nie und nimmer kann der Rumpf so etwas überstehen. Trotzdem sind wir noch am Leben. Das ergibt keinen Sinn. Dazu dieser …« Sie überlegte, ob sie den Mann wirklich erwähnen sollte. »Bitte halte mich jetzt nicht für verrückt, du hast es ebenfalls gesehen?«

»Verdammt, ja! Der Mann ist vor unseren Augen zerschmolzen. Kann es sich um Einbildungen handeln?« Erins Worte klangen wie der letzte verzweifelte Versuch, einen Rettungsanker zu finden, der sie vor den Untiefen retten würde, in denen sie zu versinken drohte.

Jantila schnaubte verächtlich. »Die Stöße, der Aufprall am Boden, die Schmerzen im Knie. Das alles soll ein Hirngespinst sein?! Verarsch mich nicht, Schatz!«

»Ich weiß es nicht.«

»Was ist mit der Sicherungsstange, die stabil genug sein sollte, um zig Tonnen Belastungsdruck aufzufangen? Willst du mir weismachen, dass die einfach so wie ein Zündholz in der Mitte auseinanderbricht? Hier stimmt gar nichts.«

Vor ihnen lag die wieder zugefallene, schwere Druckschleuse. Das Bedienpanel reagierte nicht auf ihre Berührungen. Sie musste die Gedanken an das Erlebte beiseiteschieben. Die vor ihr liegenden Aufgaben forderten ihre ganze Konzentration.

Mithilfe des mitgeführten Multifunktionswerkzeuges öffnete Jantila die Abdeckung der Türsteuerung. Die dicken Handschuhe erschwerten die an sich schon enervierende Arbeit zusätzlich. Unter der Kunststoffplatte kamen zahlreiche Schaltkreise, Leitungen und Steckverbindungen zum Vorschein.

»Dann wollen wir mal.«

Jantila beugte sich vor. Der Lampenschein wanderte über die Platinen. In der linken oberen Ecke der offenen Verkleidung wurde sie fündig. Ihre Hand glitt in die Öffnung. »Hinter der äußeren Wandverschalung sollten die Hydraulikleitungen verlaufen. Mit diesen klobigen Handschuhen ist es nicht unbedingt leicht, sie zu ertasten.«

Sekundenlang kämpfte Jantila mit der Enge innerhalb der Wartungsluke. Mit ihren Fingern tastete sie sich durch die Kabelstränge. Endlich fühlte sie das harte, unnachgiebige Verbindungsstück der Hydraulikleitungen. Ihre Finger glitten weiter nach oben, bis sie das Ventil erreichten. Triumphierend schrie sie auf, als sie dieses ergriff und zu drehen begann: »Hab ich dich!«

Im nächsten Moment erbebten die Plaststahlplatten. Ein Spalt öffnete sich, in den Jantila einen Teil der zerbrochenen Türsicherung schob, um diese als Hebel zu benutzen. Mit ganzem Körpereinsatz bewegte sie die Tür zur Seite.

Vor ihnen lag wieder die Frachthalle – jedoch nicht, wie erwartet, vom Licht der Sterne erhellt, sondern in ein gespenstisches Flackern getaucht, das von der linken Seite in den Raum fiel.

Jantila hieb mit der Faust an die Wand. »So ein Mist!«

Die meterhohen Frachtraumtore waren geschlossen, der Sicherungsmechanismus spurlos verschwunden.

An der Seitenwand, dort, wo sie den Generator zurückgelassen hatten, hing ein schwarzer Klumpen. Die schwere Maschine, darauf ausgelegt, stärksten mechanischen Einwirkungen zu widerstehen, hing zerstört in der Schwerelosigkeit.

Das hitzebeständige Material war von innen heraus zerfetzt worden. Das unruhige Licht stammte von den Funken der elektrischen Entladungen, die der klaffenden Wunde entsprangen.

Vorsichtig stieß sich Erin von der Wand ab. Die Arme ausgestreckt, glitt sie auf den Generator zu. Ungläubig starrte sie die auseinandergebogenen Stahlplatten an. »Was kann solche Beschädigungen hervorrufen?«

Jantila nutzte die Manöverdüsen ihres Anzuges und überholte Erin am Weg zum Generator. »Viel wichtiger, was ist mit der Schleusensicherung passiert?«

An ihrem Ziel angekommen, bremste sie ab. Ohne zu zögern, streckte sie ihre Hände nach den verkohlten Überresten aus.

»Sei vorsichtig!« Erins Warnung kam zu spät. Jantila schob ihren Arm in den Riss.

»Da drinnen ist nichts heil geblieben. Kabel, Rohre, Dämmung, Leiterplatten. Egal, was da drinnen lag, alles wurde zerfetzt.« Sie zog ihren Arm wieder heraus.

»Was ist das?« Erin deutete auf die schwarze, schmierige Flüssigkeit, die das weiße Material des Schutzanzuges überzog. Jantila schüttelte ihren Arm, wodurch das ölige Etwas langsam von der beschichteten Oberfläche des Anzuges herunter glitt. In der Schwerelosigkeit zog sich das Material zu einer wabernden Kugel zusammen.

Jantila wusste auch nicht, worum es sich handelte. »Hydrauliköl, Kühlflüssigkeit oder Abwasser. Das kann alles sein.«

Erin wollte nicht zu viel Zeit auf Unerklärliches verschwenden und drehte sich zur Stirnseite der Halle. »Also zurück zu unserem Ursprungsplan. Über den Hauptgang zur Brücke. Dort sehen wir weiter.«

»Das ist vermutlich der beste Weg, den wir nehmen können. Vor allem, da die Verbindung zur *Hikaru* zusammengebrochen ist. Die Abschirmung der Kiste hier muss auf dem Niveau von Militärkreuzern liegen. Da geht nichts rein oder raus, das nicht über die Hauptfunkanlage läuft. Wir können nur hoffen, dass wir sie trotz der Schäden zum Laufen bringen.«

Sekundenlang standen beide unschlüssig inmitten des langen Korridors. Schließlich übernahm Jantila die Führung: »Legen wir los.«

Missionszeit 03:12 _12

Koukishin . Hauptkorridor

Verzweiflung nagte an Erin. Ihre Erwartungen an den Einsatz waren binnen weniger Stunden zerstört worden. Ihr Plan, im Wrack Hinweise auf den Verlauf der Mission zu finden, rückte in weite Ferne. Ganz zu schweigen von der Hoffnung, Informationen über den Verbleib ihres Großvaters zu erlangen.

Wie sollten sie an Aufzeichnungen kommen, die Rückschlüsse darauf lieferten, was am Flug nach Proxima geschehen war? Irgendetwas, das erklärte, wie die *Koukishin* zurück ins Sonnensystem gekommen war?

Nichts davon schien realistisch, eingesperrt in diesem Wrack, weit entfernt von allen Handelsrouten. Ohne Energieversorgung, Verbindung zur Außenwelt oder nennenswerte Werkzeuge, die ihnen helfen konnten, die Systeme wieder in Gang zu setzen.

»Was habe ich mir dabei gedacht?«, fragte Erin.

»Das, was du jedes Mal denkst, sobald ein Rätsel auf deinem Tisch landet. Du willst es lösen. Dabei lässt du jeden Gedanken an mögliche Konsequenzen hinter dir. Diese Impulsivität, genauso wie deine Neugierde, haben mich damals dazu bewogen, deinen Antrag anzunehmen.« Jantilas Ärger schien wieder verflogen zu sein.

»Bisher sind wir dadurch allerdings noch nie im Weltall gestrandet.«

»Von gestrandet können wir nicht reden. Da draußen wartet

die *Hikaru* auf uns. Melden wir uns nicht bald, kommen sie uns zu Hilfe. Bis dahin müssen wir durchhalten. Die Brücke sollte dafür der beste Ort sein.« Jantila zeigte mit dem Daumen nach hinten zu ihrem Backpack. »Die Energie der Batterien reicht völlig, um ein Terminal wieder in Betrieb zu bekommen. Vielleicht muss ich ein wenig basteln. Das bekomme ich schon hin. Ich hoffe einfach, dass wir von weiteren Erscheinungen wie vorhin verschont bleiben. Taucht noch mal so ein Geist vor mir auf, kack ich mir in die Hose.«

»Geist? Wie kommst du darauf?«

»Was soll es sonst gewesen sein? Oder wäre es dir lieber, wir treffen auf Crewmitglieder, die im Vakuum überlebt haben und ihren Körper zerschmelzen lassen können? Da glaube ich doch lieber an die Geister der Toten, die hier herumspuken.«

Unkontrolliertes Zittern schüttelte Erins Körper. »Beide Vorstellungen tragen nicht dazu bei, dass ich mich besser fühle.«

Soweit es der klobige Anzug zuließ, legte Jantila beruhigend einen Arm auf Erins Schulter. »Nichts, was in den vergangenen drei Stunden passiert ist, trägt zu meinem Wohlbefinden bei. Welche Wahl bleibt uns? Wie eine Prinzessin im Turm ausharren, bis man uns rettet? Irgendwas auf diesem Relikt scheint gegen uns zu arbeiten. Wir sollten versuchen, den Grund herauszufinden.«

Die graue Tür der Brückenschleuse ragte vor ihnen auf. Wieder manipulierte Jantila die Pneumatik und nutzte das Rohr, das sie zu Beginn im Frachtraum mitgenommen hatte. Mit roher Gewalt hebelte sie die Tür auf. Sobald der Spalt ausreichte, winkte sie Erin weiter. Ihre Frau ging in die Knie, um unter ihrem Arm wegzutauchen. Erin übernahm den behelfsmäßigen Hebel, damit Jantila ihr folgen konnte. Kaum standen beide auf der Brücke, glitt die Tür hinter ihnen zu. Einzig das Rohr verhinderte, dass der Durchgang sich komplett schloss.

Wie auf den meisten Forschungsschiffen war die Brücke auf reine Funktionalität ausgelegt. Alles hatte sich der Praktikabilität, vor allem aber der Anforderung, so robust wie irgend möglich zu sein, unterzuordnen. Wo auf vielen Schiffen Systeme mit Holoprojektoren zum Einsatz kamen, herrschten hier stabile Terminals mit fest verbauten Monitoren vor. Im Inneren mochte modernste Technik ihren Dienst versehen, äußerlich erweckten die Anlagen den Eindruck, aus einem Museum zu stammen.

Auf Erin wirkte der Raum bedrückend eng und verwinkelt. Jede verfügbare Fläche war von den Konstrukteuren mit Technik vollgestopft worden. Gerade einmal vier Crewmitglieder fanden hier Platz. Zwei Stationen lagen an der der Tür zugewandten Seite. Die massiven Rückenlehnen, die ihnen den Blick auf die Arbeitsplätze selbst verwehrten, ragten vor ihnen auf.

Nach dem Betreten der Brücke stand Erin drei Armlängen vom ersten der auf Schienen gelagerten Sitze entfernt. An drei Seiten umgaben Terminals die Stationen. Zusammen mit den von der Decke hängenden Displays hausten sie die Arbeitsplätze förmlich ein.

Zwischen den ganzen Gerätschaften zog sich ein gerade einmal brusthoher, unverbauter Streifen, der den Crewmitgliedern erlaubte, Blickkontakt aufzunehmen. An der rechten Seite der Brücke erhoben sich die Kästen, in denen sich die zentralen Datenspeicher und der Bordserver befanden. Jeder Quadratzentimeter strahlte pure Effizienz aus. Bequemlichkeit oder gar Komfort sahen die Handbücher von Raumschiffkonstrukteuren nicht vor.

»In meiner Kindheit dachte ich, Großvater hätte wie der Kapitän eines alten Seedampfers in der Mitte der Brücke gestanden, um die Mission zu befehligen«, kommentierte Erin. »Wenn überhaupt, hat er stocksteif hinter den Sitzplätzen ausgeharrt und darauf geachtet, ja nichts zu berühren.«

Jantilas Armscheinwerfer glitt über den schmalen Durchgang zum Konferenzraum, der sich zwischen der Unmenge an Gerätschaften versteckte. »Hast du mir nicht einmal etwas von einer Station des Missionsleiters erzählt? Die kann ich hier nirgends erkennen. Was meinst du? Vielleicht da hinten?«

Erin kam nicht dazu, sich darüber Gedanken zu machen. Neben dem als Pilotensitz gekennzeichneten Stuhl blieb sie wie angewurzelt stehen. Kälte raste ihren Rücken hinab. »Scheiße! Die Crew ist noch hier!«

»Was?« Jantila trat an ihre Seite. Die Lichtkegel ihrer Lampen fokussierten auf Erins Entdeckung.

Der Pilot saß in seinem Stuhl. Die rechte Hand hatte er vor die Augen gehoben, wie um diese vor grellem Licht zu schützen. Die Finger der Linken krallte er in die Armlehne. Teile der darunterliegenden Kaltschaumpolsterung quollen aus dem zerrissenen Bezug hervor. Die weit aufgerissenen Lider des Mannes entblößten leere Augenhöhlen. Sein Mund erweckte den Eindruck, dass er schreien wollte. Seine Haut wirkte ausgetrocknet, als wäre dem Körper jegliche Flüssigkeit entzogen worden. Im Schritt des Mannes entdeckte Erin einen dunklen, leicht gelblichen Fleck auf der sonst schneeweißen Borduniform.

»Scheiße noch mal! Was ist hier geschehen?«

Erin beugte sich vor, erstarrte jedoch mitten in der Bewegung. Ihr Lichtkegel traf auf die Wange des Mannes. »Seine Haut bewegt sich!«

Jantila packte sie an der Schulter. In der schwerelosen Umgebung drohte die hastige Bewegung Erin zur Seite zu schleudern. Nur Jantilas Griff, der sich im letzten Moment verfestigte, verhinderte das. Langsam schob sie Erin zur Seite, bevor sie sich selbst vorbeugte, um das, was den Ausruf ausgelöst hatte, genauer zu betrachten.

»Scheiße! Was ist das?«

Erin zwang sich zur Konzentration. Kaum beruhigte sich ihr Puls wieder, erkannte sie ihren ursprünglichen Irrtum. »Sorry, das war mein Fehler. Seine Haut bewegt sich nicht. Was ich gesehen habe, war die Reflektion unserer Scheinwerfer auf dem, was ihn einhüllt.«

Nachdem sie den ersten Schreck überwunden hatte, näherte sich Erin dem Leichnam. Vorsichtig, langsam, darauf bedacht, ihn nicht zu berühren. »Sieht aus wie ein gallertartiger Kokon.« Sie schwenkte den Schein der Handlampe über den Körper. »So etwas habe ich noch nie gesehen. Keine Ahnung, was es ist, aber ich bin mir sicher, dass ich das nicht berühren will.«

Jantila trat einen Schritt zurück. Einen größeren Sicherheitsabstand ermöglichte die beengte Brücke nicht. Das reichte, ihren Puls wieder zu beruhigen. »Da sind wir schon zwei. Wir sollten uns so weit wie möglich davon fernhalten. Was immer das ist, ich hoffe, es ist die letzte Überraschung für heute.«

Sekunden später entdeckte sie die zweite Leiche. Der Mann saß ebenfalls an seinem Arbeitsplatz. Sein Oberkörper war in einer vorgebeugten Haltung erstarrt. Sein zu einer Grimasse des Schmerzes verzerrtes Gesicht löste in Erin Assoziationen an Folteropfer aus. Die Hände hatte er, vermutlich im Moment des Todes, in den Oberbauch gekrallt. In seine Mitte, umklammert von den verkrampften Fingern, war ein breiter Kabelstrang eingedrungen. Verschiedenfarbige Leitungen zogen sich von der Konsole bis zu seiner Bauchdecke. Dort verschwanden sie zwischen auseinanderklaffenden Hautlappen. Der Austrittspunkt der Kabel am Computerterminal war nicht zerklüftet, wie man es bei einer Explosion erwarten konnte, sondern kreisrund nach außen gewölbt.

Würgend wandte Jantila sich ab. Sie schien mit aller Kraft gegen die aufkeimende Übelkeit anzukämpfen. Erin hingegen blieb ruhig.

Ihre Jahre in der Notfallchirurgie hatten sie auf so einen Anblick nicht vorbereitet. Oft genug hatte sie Schwerverletzte gesehen. Trotzdem brachte sie kein Wort hervor. Ihre Gedanken rotierten wie ein Tornado in ihrem Kopf.

Anstatt sich um Jantila zu kümmern, deren Würgen langsam in ein keuchendes Husten überging, verharrte sie regungslos und starrte die Leiche weiter an. Sie konnte sich nicht von dem grauenvollen Anblick losreißen.

TEIL 2_

NEUGIERDE . 2195

13_ Missionszeit ??.??

Hikaru

Anjing erwachte in einer Welt erfüllt von Dunkelheit.

Ihr Kopf fühlte sich an, als würde jemand mit einer Axt darauf einhämmern. Der dumpfe Druck, der von ihrem Rückgrat ausstrahlte, schrumpfte dabei zur Nebensächlichkeit. Vorsichtig bewegte sie ihre Arme, gefolgt von den Beinen. Erleichtert stellte sie fest, dass sie alle Extremitäten bewegen konnte. Einzig ihre linke Schulter meldete sich mit bohrenden Schmerzen, die schnell wieder abklangen, sobald sie den Arm ruhig hielt. Auch ihre Lunge schmerzte. Jeder Atemzug fühlte sich an, als läge ein tonnenschweres Gewicht auf ihrem Brustkorb. Aber sie bekam Luft. Anjing entschied, das vorerst als gutes Zeichen zu werten.

Langsam öffnete sie die Augen. Zu ihrer Überraschung musste sie feststellen, dass dies der Dunkelheit keinen Abbruch tat.

»Shit!« Hektisch begann sie ihre Bordmontur abzuklopfen. Ihr Verstand arbeitete auf Notbetrieb. Sie musste gegen die Kopfschmerzen und um jeden einzelnen Gedanken kämpfen.

»Ha! Hab ich dich!« Ihr Triumphschrei hallte in ihren Ohren. Vorsichtig zog sie ihre aluminiumummantelte Lampe hervor. Die wenigen Bewegungen ihrer Hand lösten ein Schmerzfeuerwerk in ihrer Schulter aus, das für wenige Sekunden das Trommeln in ihrem Kopf übertönte. Endlich flammte der Lichtstrahl auf. Wie ein Laser zerschnitt er die Dunkelheit und erhellte die Brücke. Oder das, was von ihr übrig war.

Anjing saß im Co-Pilotensitz. Die Sicherheitsgurte hatten gehalten. Im Gegensatz zur Verankerung des Stuhles, der kopfüber unter der Decke schwebte. Zum Glück erfüllten die Sperrventile der Hydraulikleitungen ihre Aufgabe. Sie verhinderten, dass die schmierige Flüssigkeit austrat.

Ihre langen, blutverkrusteten Haare hingen in ihrem Sichtfeld. Mit einer ärgerlichen Handbewegung schob sie diese in den Kragen ihrer Bordmontur. Ein Monitor pendelte neben ihrem Kopf in der Schwerelosigkeit herum. Die Wucht des Treffers musste so groß gewesen sein, dass selbst die stabile Verschraubung nicht ausgereicht hatte. Ein einziges Kabel verband ihn noch mit der Wand. Dieser letzte Sicherheitsanker verhinderte, dass er sich in eine frei im Raum herumtreibende Gefahr verwandelte. Widerwillig schob Anjing das zerstörte Display zur Seite. Die unbedachte Bewegung bereute sie umgehend.

Die Synapsen in ihrem malträtierten Körper feuerten wie wild. Zumindest sorgten die Schmerzen dafür, dass sie wach blieb. Sie kramte in ihrer linken Schenkeltasche. Sie war bereits der Verzweiflung nahe, als sie endlich fand, wonach sie suchte: ein unscheinbarer länglicher Injektionspen, den unbedarfte Beobachter für einen Stift halten konnten. Ohne ihn herauszuziehen, presste sie die Spitze gegen ihren Oberschenkel. Dem Betätigen des Auslösers folgte ein kaum spürbarer Stich, begleitet von einem scharfen Brennen in den Muskeln. Zusammen verhießen sie Erlösung. Die wenige Sekunden später einsetzende Wärme, die wie zähflüssiger Honig durch ihre Adern floss, spülte die Schmerzen fort. Alles in ihr drängte darauf, sich zurückzulehnen und den Moment auszukosten. Viel zu lange hatte sie auf die sorgfältig zusammengestellten Substanzen verzichten müssen, die jetzt ihr Rettungsschirm waren.

Vorsichtig manövrierte sie sich in eine aufrechte Position. Der Lichtkegel ihrer Taschenlampe wanderte durch die beengte Kanzel. Alle Systeme waren tot. Weder Displays, Hologramme noch Bedienfelder leuchteten. Ebenso wenig die Lampen. Selbst die Notbeleuchtung versagte ihren Dienst.

Der Strahl der Lampe traf die Sichtscheibe, welche diesen unbarmherzig reflektierte.

Anjing kniff die geblendeten Augen zu. In Griffweite fand sie Aaron im Pilotensitz. Er hing regungslos in den Sicherheitsgurten.

»Aaron?« Ihre freie Hand fand seine Schulter. Sanft schüttelte sie ihn. »Aaron? Bist du okay? Aaron?«

Der Pilot zeigte keine Reaktion. Panik durchzuckte Anjing. Bis sie erkannte, dass sich sein Brustkorb bewegte.

»Gott sei Dank! Zumindest lebst du noch, du alter Stinkstiefel.«

Im selben Moment zuckte sein Kopf hoch. Aarons Körper hing weiterhin bewegungslos da, doch er zwang einige geflüsterte Worte über seine Lippen: »So schnell wirst du mich nicht los.«

Anjing lachte. »Was für ein Glück. Ich habe schon befürchtet, dass ich mich alleine mit dem Systemausfall herumschlagen muss.«

Vorübergehend drängte die Erleichterung alles andere in den Hintergrund. Sie drehte den Kopf zur Seite, um sich einen Überblick über die Gesamtsituation zu verschaffen. Unvorbereitet traf sie der Schwindel. Schwarze Blitze zuckten vor ihren Augen. Anjing presste erneut die Lider zusammen. Mit tiefen, ruhigen Atemzügen zwang sie sich, gegen die begleitende Übelkeit anzukämpfen. Vorsichtig öffnete sie die Augen.

»Irgendetwas hat uns getroffen.«

»Irgendwas?« Aaron richtete sich langsam in seinem Sitz auf. Sein schmerzverzerrtes Gesicht legte den Schluss nahe, dass es ihm keinen Deut besser erging als ihr selbst. Zumindest brachte er ein verbittertes Lachen zustande. »Die Hälfte der Frachtlukensicherung hat sich in unsere Steuerbordseite gebohrt. Der einen Hälfte der Röhre konnte ich ausweichen. Bei der zweiten ist mir das nicht geglückt. Die hat uns aufgespießt wie ein Stück Fleisch.«

Ein Hustenanfall verhinderte, dass er weitersprechen konnte. Er krümmte sich zusammen. Für einen Moment befürchtete Anjing, dass er erneut kollabieren würde. Zum Glück fing er sich wieder. »Frag mich nicht, wo genau. Die gute Nachricht lautet, dass es die Brücke nicht direkt erwischt hat. Das wüssten wir schon.«

»Zumindest dein sonniges Gemüt hast du nicht verloren. Wie machen wir weiter?«

Mit einer Hand hieb er auf die toten Sensorfelder in der rechten Armlehne. »Wir brauchen ein Gesamtbild über den Zustand des Schiffs. Den bekommen wir auf der Brücke nicht.«

»Kannst du aufstehen?«

Vorsichtig bewegte er seine Gliedmaßen. Beim Versuch, den linken Fuß zu heben, zuckte er zusammen. Trotzdem nickte er. »Zumindest spüre ich die Schmerzen. Das sagt doch, dass alles in Ordnung ist. Wenn es wehtut, ist es nicht lebensbedrohlich.«

Sein trockener Humor half Anjing, sich wieder zu beruhigen. Ein Funken Hoffnung, dass sie diesem Desaster gemeinsam entrinnen würden, keimte in ihr auf.

Der Pilot deutete zu einer Klappe unter seinem Sitz. »Bist du beweglich genug, um den Schutzanzug da rauszuholen? Ich glaube nicht, dass ich agil genug bin.«

Das Anlegen der leichten Folienanzüge dauerte fünfmal so lange wie die im Einsatzhandbuch vorgegebenen zwei Minuten. Die Prellungen, Verstauchungen und angeknacksten Knochen machten jede Bewegung zur Tortur. Beide quälten sich durch unzählige Schmerzwellen, bis sie endlich die dünnen Schutzmonturen anhatten.

Die Folienhelme entfalteten sich unter dem Druck des Sauerstoffes der integrierten Tanks. Zusammengekrümmt standen sich die beiden gegenüber.

Anjing wandte sich zur von der Notfallautomatik verriegelten Schleuse. »Wie lange geben uns die Dinger?«

Aaron zuckte mit den Schultern. »Im völligen Vakuum schützt dich der Notfallanzug für gut drei Stunden vor dem Erfrieren. Darüber brauchst du dir keine Sorgen machen. Der Sauerstoffvorrat hält maximal zwei Stunden. Gelingt es uns bis dahin nicht, die Lebenserhaltung wieder herzustellen oder die EVA-Anzüge anzulegen, ist es vorbei.«

»Das ist doch toll. Gar kein Zeitdruck. Legen wir los. Ich will wissen, was von der *Hikaru* übrig ist.«

Missionszeit 03:38 _14

Koukishin . Brücke

Wie viel Zeit verstrichen war, konnte Jantila später nicht mit Sicherheit sagen. Vermutlich wenige Minuten. Gefühlt waren es Stunden, in denen sie die Brücke erkundeten. Erschüttert vom Gesehenen, ging Jantila am Durchgang zum Besprechungsraum vorbei.

»Leichen habe ich schon viele gesehen«, stellte Erin fest, die ihr folgte. »Verstümmelungen, abgetrennte Gliedmaßen, alles ist mir in der notfallmedizinischen Ausbildung untergekommen. Aber nichts kommt dem gleich, was hier geschehen ist. Hier muss ein Wahnsinniger gewütet haben.«

Vorsichtig umrundete Jantila den Geräteblock, der die beiden Seiten trennte. Die schon zuvor körperlich spürbare Dunkelheit drohte ihren Geist zu zermalmen. Auf die Ereignisse der letzten Stunden hatte sie nichts in ihrem bisherigen Leben vorbereitet. Sie war Datenforensikerin und Analystin. Tote kannte sie nur aus Holofilmen.

Die Kommandantin wirkte zuerst normal. Erst bei genauerer Betrachtung entdeckte Jantila das Headset, das unter ihren mittellangen blonden Haaren fast verschwand und sich in ihren Kopf gebohrt hatte. Der mit der Kopfhaut verschmolzene Bügel und das in die linke Wange gebohrte Mikrofon rahmten ihren Kopf wie ein pervertierter Haarreif ein.

Entsetzt starrte sie Erin an. »Wir müssen hier raus. Ich will gar nicht herausfinden, was der Crew widerfahren ist.« Alles in ihr schrie danach, zu flüchten. Ihr ganzer Mut, die Stärke, für die Erin sie immer bewunderte, brachte sie hier nicht weiter. Ihre Stimme brach. Die folgende Stille wog schwerer als die Minuten zuvor, in denen Jantila sich die Seele aus dem Leib gewürgt hatte.

Erins Antwort klang unnatürlich ruhig: »Die *Koukishin* verlassen. Ja, da hast du nicht unrecht. Aber es gibt noch so viele unbeantwortete Fragen. Was ist hier passiert? Was hat die Crew umgebracht? Es muss rationale Erklärungen für alles geben. Wo ist mein Großvater? Was ist ihm zugestoßen? Ich muss ihn finden!«

Was war mit ihrer Frau los? Sie klang wie ein Computer, der emotionslos eine Befehlsliste vorlas. So hatte Jantila sie noch nie erlebt. Verlor sie auch die Fassung? Hatte es bei ihr nur länger gedauert und manifestierte sich in dieser Form?

Mit festem Griff packte Jantila Erin bei den Schultern. »Erin! Konzentrier dich! Ich brauche dich! Gemeinsam können wir einen Ausweg aus dem Höllenkahn finden!«

Erin setzte dazu an, sie beiseite zu stoßen. Jantilas fester Griff, vielleicht auch ihre energische Stimme, zeigten jedoch Wirkung. Erin erschlaffte wieder und schüttelte den Kopf. Sie sah fragend um sich, so als wäre sie gerade aus einem Albtraum erwacht. »Was …? Ich war doch gerade noch dort hinten. Wie komme ich jetzt hierher?«

Jantila atmete auf. Zumindest reagierte sie wieder auf sie. »Du warst mal wieder in deiner eigenen Welt. Tiefer, als ich es jemals bei dir erlebt habe. Willst du sagen, du hast nicht mal mitbekommen, dass wir ans andere Ende der Brücke gegangen sind?«

Soweit es die voluminösen Helme mit ihren gewölbten Sichtscheiben zuließen, sah Jantila Erin direkt an. Die Augen ihrer Frau zuckten zur Seite.

»Bist du wieder bei mir?«, wollte sie von Erin wissen.

Ein kaum sichtbares Nicken folgte. Wenigstens etwas. Aber ihren Blicken wich sie weiterhin aus.

»Sieh mich an!«, forderte Jantila mit so fester Stimme, wie sie nur zustande bringen konnte. »Rede mit mir!«

»Es geht«, antwortete Erin zaghaft. Sie klang wie ein kleines unsicheres Mädchen. »Ich dachte, ich könnte das alles einfach wegstecken. Da lag ich wohl falsch.«

»Ich würde mir mehr Sorgen machen, wenn du das alles gelassen hinnehmen würdest. Ich fühle mich wie in einem Horrorfilm gefangen und frage mich, wie wir wieder rauskommen können.«

Endlich wurde Erins Blick klar und fokussiert. Auch ihre Stimme klang wieder fest. »Wenn du mich damit aufmuntern willst, liegst du ziemlich daneben. Du hast recht. Lass uns alles daransetzen, hier wegzukommen. Glaubst du, du kannst die Funkanlage zum Laufen bringen?«

Die Tatkraft, die Erin sonst an den Tag legte, war zurückgekehrt. Grinsend hob Jantila einen der Mikrogeneratoren hoch, den sie an der Seite ihres Anzuges mitführte. »Das kleine Meisterwerk der Technik sollte zumindest ausreichend Energie dafür liefern. Alles Weitere finden wir hoffentlich bald heraus.«

Ohne Erins Antwort abzuwarten, ging sie zum Sitzplatz der Kommunikationsoffizierin. Der Anblick machte sie nachdenklich. Sie schien die Einzige zu sein, deren Tod ohne Schmerz oder Panik eingetreten war. Freudig lächelnd saß sie zurückgelehnt da. Ihre ausgestreckten Arme lösten in Jantila das kalte Schaudern aus.

Sie deutete auf die Tote. »Wir müssen sie da rausheben, sonst komme ich nicht unter die Konsole. Ich will mich nicht an ihr vorbei zur Wartungsluke quetschen müssen.«

Erin trat näher. »Sie nicht zu berühren, wird eine Herausforderung.«

Sie brauchten ein Hilfsmittel, das ihnen diese unangenehme Aufgabe erleichtern konnte. Irgendetwas, das verhinderte, dass ihre Anzüge in direkten Kontakt mit dem Leichnam kamen. Sie hatten keine Ahnung, woher der ölige Film stammte, der die vier erkalteten Körper überzog. Geschweige denn hatten sie eine Vorstellung, woraus er bestand. Dass er in der Schwerelosigkeit fest an den Leichnamen haftete, reichte aus, um bei Jantila Sorgen zu wecken. Sie war nicht willens, es darauf ankommen zu lassen, ob das Material ihres EVA-Anzuges damit reagieren würde.

Schnell fand sie einen passenden Gegenstand. »Hinter dir ist der Schrank mit den Notfallanzügen.«

Zwischen den Servern lag die in der Dunkelheit kaum sichtbare Öffnung. Die schmale Klappe, die den kleinen Schrank verschließen sollte, stand offen. Im Inneren entdeckte Jantila einen leeren Haken sowie drei silbrig glänzende Notfallmonturen. Sie zog einen der flexiblen, für alle Körpergrößen tauglichen Anzüge heraus. Den ersten streckte sie Erin entgegen, bevor sie einen zweiten für sich entnahm.

Jantila stülpte sich die beiden Handschuhe über die ihres schweren EVA-Anzuges. »So kommen unsere Anzüge nicht in direkten Kontakt mit der Masse. Ich hoffe, das reicht. Komm mal hier rüber.«

Sie bedeutete Erin, an die andere Seite des Sitzes zu treten. Mit dem Fuß betätigte sie die Entriegelung an der rechten Vorderseite. Gemeinsam zogen sie den Stuhl in die hintere Position.

Jantila beugte sich vorsichtig über den leblosen Körper. Kaum rastete der Sitz ein, presste sie auf den Knopf in der Mitte des Kreuzgurtes. Lautlos glitten die Gurtbänder in die Abrollvorrichtungen zurück. Zaghaft, wie um ihre Totenruhe nicht zu stören, hoben sie die Frau hoch. In der Schwerelosigkeit verharrte der leblose Körper in der Haltung, die er seit Jahrzehnten innehatte. Mit dem

Kopf stieß sie gegen die niedrige Decke. Wie ein aufgestiegener Luftballon blieb sie dort hängen.

»Sollen wir sie dort lassen?« Die Unsicherheit schwang deutlich in Erins Stimme mit.

»Nein. Das wäre nicht richtig. Legen wir sie da hinten ab.« Jantila nickte zu der einzigen Ecke im Raum, die ein wenig Platz bot und nicht von Geräten überquoll. Vorsichtig bugsierten sie die Tote dort hin. Mit einem Verankerungsgurt ihres Raumanzuges fixierten sie die Leiche an zwei Rohren, die aus der Wand ragten. Trotz der mehrlagigen Handschuhe konnte Jantila das Gefühl, etwas Unnatürliches in Händen zu halten, nicht verdrängen.

Begleitet vom leichten Schaudern, das ihren ganzen Körper durchfuhr, zog sie die Leiche zum Boden. Dort verkeilte sie das rechte Bein hinter den angebrachten Feuerlöschern. Jetzt hing der Leichnam in einer völlig unnatürlichen Haltung im Raum.

»Kein sonderlich pietätvoller Umgang mit der Toten«, sagte Jantila. »Andererseits, was bleibt uns anderes übrig?« Sie seufzte und trat zurück an den Arbeitsplatz.

Erin verharrte reglos neben ihr. »Was mag ihr im letzten Moment durch den Kopf gegangen sein? Sie wirkt so anders. Friedlich erfreut. Nicht wie der Rest der Crew. Bei mir erweckt sie den Eindruck, dass sie den Tod begrüßt hat.« Sie klang traurig, während sie sich zu Jantila umdrehte. »Sie scheint die Einzige zu sein, die nicht gewaltsam zu Tode gekommen ist.«

Kaum hatte Erin die letzten Worte ausgesprochen, fiel das Licht von Jantilas Schulterlampe auf die Innenseite der Lehne. Was sie erblickte, jagte kalte Schauer über ihren Rücken.

»Was ist das für eine verdammte Scheiße?!«

Jantilas Hände zitterten, während sie versuchte, Erins Blick auf ihre grauenvolle Entdeckung zu lenken.

Aus den Helmlautsprechern drang zuallererst Erins erschrecktes Keuchen. »Das kann nicht wahr sein. Niemals hätte mein Großvater so etwas Abartiges konstruiert!«

Jantila konnte ihren Blick nicht von dem guten Dutzend nadelspitzer Keile reißen, die aus der Polsterung herausragten.

Erins Stimme vibrierte. »Die Teile sind mindestens fünf Zentimeter lang. Sie müssen von der Hüfte aufwärts direkt in ihre Wirbelsäule eingedrungen sein.«

Gegen Ende ihres Satzes schien sich Erin wieder zu fassen. Jantila tat sich weit schwerer damit. Aber sie konnte nicht einfach nur dastehen und diese Abscheulichkeit anstarren. Sie musste alles daran setzen, hier wieder wegzukommen. Sie musste handeln, auch wenn sie am liebsten einfach weggerannt wäre. Ihre Neugierde gewann langsam die Oberhand und half ihr beim nächsten Schritt.

»Lass mich mal was versuchen.«

Jantila sammelte allen Mut zusammen und entnahm der Seitentasche des Sitzes eine stabile Ringmappe. In dieser Umgebung ein absoluter Anachronismus. Wie schon zu Zeiten des ersten bemannten Mondfluges mussten Notfalldokumentationen in gedruckter Form mitgeführt werden. Niemand nutzte sie, trotzdem durften diese auf keinem Raumschiff fehlen. Sich auf diese Tätigkeit zu konzentrieren, half Jantila dabei, wieder ihre Ruhe zu finden.

Vorsichtig schubste sie den Ordner, mit dem festen Metalldeckel voraus, an. Die Mappe mit dem silbrigen Einband schwebte gemächlich auf die Keile zu.

»Scheiße noch mal, die zerschneiden das Blech wie Papier!«, keuchte Erin. Trotz des unverkennbaren Schreckens in ihrer Stimme beugte sie sich vor.

»Weder die Borduniform, noch die Haut, Sehnen oder Muskeln konnten den Nadeln ausreichend Widerstand entgegensetzen.«

Erins Zeigefinger deutete auf die Eintrittsöffnungen am Rücken der Toten. »Selbst die Wirbelknochen dürften kein Hindernis gewesen sein. Diese Dinger müssen ihre Nervenstränge einfach durchtrennt haben. Irgendetwas hat die Brücke, vielleicht das ganze Schiff, zur Todesfalle gemacht. Niemals handelt es sich dabei um das Design meines Großvaters.«

Jantila seufzte, bevor sie sich unter die Konsole beugte. Diese einfache Bewegung kostete sie große Überwindung. »In was sind wir da hineingeraten? Ein Forschungsschiff des ISC, konstruiert von den hellsten Köpfen seiner Zeit, hat sich in ein Gruselkabinett verwandelt. Wir müssen die Funkanlage zum Laufen bekommen und die *Hikaru* rufen, bevor wir die nächsten Opfer werden.«

Zitternd platzierte Jantila den Mikrogenerator vor sich am Boden, bevor sie die Wartungsluke an der Unterseite des Terminals ruckartig aufzog. Ihre Gedanken kreisten um die Absonderlichkeiten, die sie in der letzten Stunde erlebt hatte. Sie zwang sich dazu, ruhig zu bleiben. Gegenüber Erin wollte sie keine Schwäche zeigen. Ihre Frau verließ sich auf sie. Instinktiv wusste Jantila, dass Erin nur durchhielt, weil sie ihre Stütze war. In dem Moment, in dem Jantila die Fassade der Ruhe fallenließ, würde Erin zusammenbrechen. Das durfte nicht geschehen.

Dabei wäre Jantila am liebsten fortgerannt. Raus aus diesem Horrorkabinett. Aber wohin? Sie waren in der *Koukishin* eingesperrt. Sie brauchten die Computer, um einen Ausweg zu finden. Genauso wie sie die Funkanlage benötigten, um die *Hikaru* zu erreichen. Die Frage, was sie in eine Todesfalle verwandelt hatte, schob Jantila für den Moment beiseite.

Sie zwang sich, Gelassenheit in ihrer Stimme zu legen. »Wollen wir mal sehen, ob wir das Teil zum Laufen bringen.«

15_ Missionszeit ??.??

Hikaru

Anjings Hoffnung verpuffte, als sich die Schleuse zum Mannschaftsbereich anstandslos öffnete.

»Die *Hikaru* ist ein Wrack«, fasste sie die Situation zusammen. »Der Antrieb ist hinüber, die Elektronik durchgeschmort. Nicht dass sie uns noch irgendwie helfen könnte. Das Bruchstück hat unsere alte Lady beinahe entzweigerissen.« Der größte Teil der Schleusensperre war wie ein Speer in die Flanke eingedrungen. Der hüftdicken Polymerstahlstange hatte die Außenhülle nichts entgegenzusetzen gehabt. Sie war wie ein heißes Messer durch Butter geglitten. Die Spur der Verwüstung durchzog das gesamte Innenleben des zweiundfünfzig Jahre alten Kurierschiffes.

Anjing schüttelte den Kopf. Hätte sich jemand im hinteren Bereich des Schiffes aufgehalten, wäre das einem Todesurteil gleichgekommen. Alles, was normalerweise für die Funktion der *Hikaru* sorgte, war zerstört.

Von der Schwerelosigkeit getragen, glitt sie vorsichtig in das Innere des langgezogenen Raumes, der einstmals als Aufenthaltsraum, Küche und Konferenzzimmer gedient hatte. Nichts deutete auf den eigentlichen Verwendungszweck hin. Zerfetzte Stahlplatten trieben neben kleineren Trümmerstücken mitten im Raum. Herausgerissene Kabel hingen aus den Wänden. Im Schein ihrer

Schulterlampe glitzerten tausende Metallpartikel.

Aaron schwebte an ihr vorbei. »So eine Scheiße!«

Seine Hand deutete zur rechten Seite. »Dort ist das verdammte Ding eingetreten. Vier, vielleicht fünf Meter hinter der Brücke. Es hat sich längs in den Rumpf gebohrt, dann weiter entlang des Hauptganges bis zum Maschinenraum.«

Anjing folgte seiner Handbewegung mit dem Blick. »Ich würde sagen, der Strahlenschutzmantel um den Antriebskern ist zum Showstopper geworden. Nur die Titanplatten waren stabil genug.«

»Wäre dem nicht so, gäbe es uns nicht mehr. Ziemlich sicher wäre uns der ganze Reaktor um die Ohren geflogen. Nur deshalb leben wir noch. Stellt sich die Frage, zu welchem Preis?«

Der mannshohe Riss in der Hülle forderte ihre ganze Aufmerksamkeit. Er zog sich auf einer Länge von fünfundzwanzig Metern von der Eintrittsstelle bis kurz vor den Maschinenraum. Anjing stieß sich von der Wand ab, womit sie eine Kreiselbewegung auslöste. Nach zwei Drehungen um die eigene Achse bremste sie ab, indem sie einen der wenigen intakt gebliebenen Handgriffe packte. »Es ist ein Wunder, dass die *Hikaru* nicht auseinandergebrochen ist.«

»Ein Wunder, das uns leider nichts bringt«, warf Aaron ein. »Wir haben nur überlebt, damit wir in einem Schrotthaufen mitten im Nirgendwo treiben. Ohne Antrieb, kein Strom, kein Funk.«

»Frühestens in neun Stunden erwartet die Flugkontrolle unseren nächsten Check-in. Melden wir uns nicht, startet das Kontrollprotokoll.«

Aaron drang bis zur ehemaligen Trennwand zum Zentralgang vor. Inmitten der oberarmstarken Wand klaffte ein mannshohes Loch, das von der Mitte des Raumes bis zur Außenwand reichte. Langsam drehte er sich zu ihr um. »Du kennst die Abläufe genauso gut wie ich. Versäumen wir die zeitgerechte Meldung, verstreicht noch mal eine Stunde, in der die Flugkontrolle versucht, uns zu erreichen. Läuft alles reibungslos, dauert es zwölf Stunden, bis sie merken, dass etwas nicht stimmt. Was glaubst du, wie lange sie danach brauchen, bis sie einen Kahn hier raus schicken können?«

Beide kannten die Antwort, doch keiner wollte sie aussprechen. Sekunden verstrichen, bis Anjing sich dazu überwinden konnte, die Realität, mit der sie sich konfrontiert sah, zu artikulieren. »Drei bis vier Tage, wenn wir das Glück haben, dass gerade irgendwer auf dem Weg zu den Randzonen ist.«

Die Risiken, die Reisen im All mit sich brachten, waren Anjing so bewusst wie allen, die auf Schiffen wie der *Hikaru* ihren Dienst versahen. Schnelle Hilfe gab es nicht. Sobald man die innere Zone, die auf der Umlaufbahn des Mars endete, verließ, war man auf sich gestellt. Wer zu Fatalismus neigte, hatte im Weltall nichts zu suchen.

Anjing stieß sich ab und schwebte zurück zu Aaron. »Jetzt, wo wir das geklärt hätten, bleibt die Frage, wie wir unseren Arsch retten. Ich bin dafür, dass wir zur *Koukishin* übersetzen.«

»Zu dem Schrotthaufen, der unter Schluckauf leidet?«, fragte Aaron. »Dort draußen treibt ein alter Pott, der von ungeklärten Erschütterungen geplagt wird und jederzeit auseinanderbrechen könnte. Hier drinnen sitzen wir in einer aufgeschlitzten Kiste, in der wir bald ersticken. Das nenne ich mal tolle Optionen.«

Anjing griff nach seinen Schultern und sah ihm tief in die Augen. »Zumindest haben wir da drüben die Chance, funktionierende Systeme zu finden. Wenn nicht, dann setze ich den ganzen Kahn selbst wieder in Betrieb. Egal, wie hochgezüchtet der Reaktor sein mag, ich bringe ihn zum Laufen. Da drüben gibt es ein Lebenserhaltungssystem, Wasser, Sauerstoff. Alles, was wir brauchen.«

Anjing hoffte, damit recht zu haben. Die *Hikaru* war über fünfzig Jahre alt. Die *Koukishin*, wenn auch im selben Zeitraum gebaut, war ein experimentelles Schiff. Sie hatte nicht die geringste Ahnung, wie die Systeme aufgebaut waren. Womöglich erwartete sie da drüben Technik, die sie noch nie gesehen hatte. Sie log Aaron ebenso an wie sich selbst.

Vermutlich war ihm das auch selbst klar und er behielt es für sich. Die Flucht zur *Kouksihin* war ein Weg ins Ungewisse. Durch den Totalausfall der *Hikaru* fehlte ihnen jeglicher Kontakt mit den beiden Frauen. Weder Anjing noch Aaron hatten eine Vorstellung davon, wie es in dem Forschungskreuzer aussah. Oder ob dieser durch die Erschütterungen zusätzlichen Schaden genommen hatte.

»Das wäre somit beschlossene Sache«, sagte Aaron. »Wir schnappen uns die EVA-Anzüge, packen zusammen, was brauchbar ist, und folgen unseren beiden Damen.«

Das Ziel vor Augen, strömte wieder Energie in Anjings geschundenen Körper. Getrieben vom Adrenalin schob sie sich an Aaron vorbei in den Zentralgang.

Die Außenschleuse an der Unterseite befand sich im selben Zustand wie der restliche Mittelteil ihres Schiffes: die Wände und Anlagen zerfetzt, die Drücktüren bis zur Unkenntlichkeit verbogen. Die obere Schleuse, die dazu diente, den Zugang zu den außenliegenden Sendeanlagen zu ermöglichen, sah besser aus.

»Die beiden Werkzeugkoffer wirken äußerlich unbeschädigt«, rief sie ihm zu. »Die Notfallpacks scheinen auch okay. Soll ich die mitnehmen?«

»Schieb den Kram runter. Wir brauchen alles, was wir mitnehmen können. Achte vor allem auf die Mikrogeneratoren. Mit ihnen können wir einen Teil der Anlage hochfahren. Das sollte ausreichen, um uns über die Runden zu bringen, bis ein Rettungsschiff eintrifft.«

Anjing glitt zu den EVA-Anzügen. »Scheiße!«

Aaron, der drei Meter unter ihr im Gang wartete, sah zu ihr hoch. »Lass mich raten. Der Plan geht nicht auf?«

Anjing fing sich wieder. »Die Wucht des Aufpralls hat den Rumpf verzogen. Der Anzug in der linken Nische ist komplett zerquetscht. Der ist hinüber. Der andere ist besser davongekommen.«

Sekunden verstrichen, in denen Anjing überlegte, was dies für ihren Plan bedeutete.

»Kommen wir in die Druckausgleichkammer rein?«

»Negativ. Die ist hinüber.«

»Okay. Gib mir alles, was heil geblieben ist. Wir bringen die Ausrüstung auf die Brücke. Dank der funktionierenden Druckschleusen kannst du vom Notanzug in die EVA-Ausrüstung wechseln. Du bist die Beweglichere von uns beiden. Selbst mit deinen Verletzungen solltest du es leichter haben.«

Anjing verstand, worauf er hinaus wollte. Trotzdem stellte sie zuerst die alles entscheidende Frage: »Wie viel Sauerstoffvorrat hat dein Anzug?«

»Fünfzig Minuten. Vermutlich rund fünfundzwanzig, bis wir endlich rauskommen.«

»Das wird knapp. Halten wir uns ran.«

Ohne ein weiteres Wort begann sie, alle brauchbaren Ausrüstungsgegenstände zusammenzupacken.

Missionszeit 04:28 — 16

Hikaru

In den klobigen EVA-Anzug zu steigen, wurde in den beengten Verhältnissen der Brücke zu einer akrobatischen Meisterleistung. Mehrmals schrie Anjing vor Schmerzen. Ihre Vermutung wurde zur Sicherheit: Sie hatte sich eine, wenn nicht sogar mehrere Rippen gebrochen. Jeder Atemzug wurde zur Qual. Sie musste aus eigener Kraft und ohne die Unterstützung der Medikamente gegen die drohende Ohnmacht ankämpfen. Fünf Jahre lang war es ihr gelungen, ihre Abhängigkeit vor Aaron geheim zu halten. Sie wollte jetzt keine Zweifel an ihren Fähigkeiten schüren, indem sie es ihm offenbarte. Vorerst musste sie ohne die chemische Hilfe zurechtkommen. Dabei wollte sich Anjing gar nicht vorstellen, wie es Aaron mit den weitaus schwereren Verletzungen erging.

Irgendwann nahm die Tortur ein Ende. Mit offenem Visier stand sie vor dem Piloten.

»Alles in Ordnung«, kommentierte er die Überprüfung der Anzugsysteme. »Soweit uns die internen Sensoren nicht verarschen, bist du bereit für den Ausstieg.«

»Was sagt dein Notfallanzug?«

»Der Sauerstoff reicht für dreißig Minuten. Mir wird langsam kühl.«

Anjing registrierte Aarons besorgten Unterton. Lag die Auskühlung an der mangelnden Dämmung seines Anzuges oder handelte es sich um ein Anzeichen für eine schwere, bisher unentdeckte Verletzung? So oder so zählte jede Sekunde. Trotzdem war sie nicht bereit dazu, sich auf das bevorstehende Abenteuer einzulassen, ohne von Aaron die Bestätigung zu bekommen, dass er wusste, worauf sie sich einließen.

»Dank der Wucht des Aufpralles driften wir seit geraumer Zeit von Kerberos weg«, gab sie zu bedenken. »Selbst mit vollem Schub der Anzugtriebwerke liegen fünfundzwanzig Minuten Flugzeit vor uns. Drüben angekommen, muss ich erst einmal eine brauchbare Schleuse finden. Sauerstoff für dreißig Minuten, dazu zwei Thermodecken, um dich zusätzlich vor der Kälte zu schützen. Du bist dir bewusst, dass das Wahnsinn ist?«

»Die Alternative ist keinen Deut besser: hier drinnen zu warten, bis wir den verbleibenden Sauerstoff auf der Brücke aufbrauchen. Verhalten wir uns ganz ruhig, gewinnen wir drei oder vier Stunden. Nein danke, ich lasse mich lieber auf das Risiko ein.«

Anjing streckte den linken Daumen hoch. Mit der anderen Hand schob sie das Helmvisier herunter. Laut knackend rastete es ein, gefolgt vom leisen Zischen des einströmenden Sauerstoffes. Die auf die Scheibe projizierten Anzeigen standen auf Grün. Das Datenkabel, das die beiden Anzüge verband, übertrug zwei Werte, die sofort in Anjings Sichtfeld aufleuchteten.

»Sauerstoffreserve: 26 Minuten, 34 Sekunden. Körpertemperatur: 37,3°«, las sie vor. »Lass uns weitermachen.«

Nach einem letzten prüfenden Zug am Halteseil, das die beiden Anzüge verband, durchquerten sie die Luftschleuse zurück in den verwüsteten Aufenthaltsraum. Der klaffende Riss in der Wand bot ihnen genug Platz, um die *Hikaru* zu verlassen. Darauf achtend, nicht an die scharfkantigen Grate des aufgerissenen Metalls zu stoßen, zog Anjing Aaron an sich, bevor sie sich abstieß.

Der Pilot, geschützt vom Notfallanzug und eingehüllt in zwei

Foliendecken, hing an ihrer Seite wie eine Larve im Kokon. Vorsichtig manövrierte Anjing an den außen treibenden Trümmerstücken vorbei. Kaum hatten sie diese passiert, visierte Anjing ihr Ziel an. Sie zündete die Anzugtriebwerke.

Anjing fühlte den leichten Druck der Beschleunigung. Der Rumpf des Kurierschiffes zog an ihr vorbei. Die Überreste der *Hikaru* fielen hinter ihnen zurück. In den ersten Minuten des Fluges schien der Mond nicht näherzukommen. Quälend langsam wuchs der Steinbrocken in ihrem Sichtfeld, bis sie endlich die Umrisse der *Koukishin* erkennen konnte. Sie rief die Missionszeit auf. Viereinhalb Stunden lagen hinter ihnen. Genug Zeit, um die hastig geplante Mission ins Desaster kippen zu lassen.

Seit zwei Stunden bestand mit den beiden Frauen kein Kontakt. Sie hoffte, dass sie auf dem fünfzig Jahre alten Relikt einen sicheren Hafen finden würden. Es blieb, trotz aller Ungewissheit, was sie dort erwartete, ihre beste Chance.

Minuten verstrichen, in denen beide kein Wort sprachen. Unnachgiebig sank die Sauerstoffanzeige von Aarons Anzug.

»Dein Sauerstoff hält noch achtzehn Minuten«, kommentierte Anjing das Offensichtliche, um die bedrückende Stille zu durchbrechen. »Laut den Berechnungen brauchen wir zwölf Minuten zu unserem Ziel. Bleiben knapp drei, um in den Kahn reinzukommen. Das wird haarscharf. Sonst bei dir alles okay?«

Die HUD-Anzeige bestätigte ihr die Funktion der Funkverbindung zwischen den Anzügen. Trotzdem wartete sie vergeblich auf Aarons Antwort.

Das in ihrem Sichtfeld schnell anwachsende Forschungsschiff lenkte sie vorübergehend ab. Ohne sagen zu können warum, löste der Anblick bei Anjing Unwohlsein aus. Ihre Gedärme zogen sich zusammen und alles in ihr schrie danach, sich umzudrehen und die

Flucht anzutreten. Sie wusste nicht, woher diese Assoziation kam, aber je länger sie die dunkle Hülle anstarrte, umso bestimmender wurde das Gefühl, dass sie sich einem gigantischen Sarg näherte.

Anjing schüttelte unwillig den Kopf. Hatte sie Aarons Antwort überhört?

»Aaron?«, fragte sie unsicher in die Stille.

Noch immer keine Reaktion.

»Aaron! Wärst du so freundlich zu antworten?!« Dieses Mal sprach sie vehementer. Verärgert versetzte sie dem hinten verdunkelten Folienhelm des Piloten einen sanften Stoß. Sein Kopf pendelte zur Seite, wie der einer Marionette, deren Seile nicht gespannt waren.

Mit festem Griff schüttelte sie ihn an der Schulter. Wieder pendelte der Kopf herum. Sie suchte die Helmanzeige. Die Sauerstoffanzeige stand unverändert bei 18 Minuten, die Körpertemperatur bei 37,3° Celsius.

»Scheiße!« Der Schrei verklang in der Dunkelheit, die sie umgab. »Wie konnte ich das übersehen?!«

Hektik drohte sie zu übermannen. Sie zwang sich, diese im Zaum zu halten. Überhastete Bewegungen konnten im Vakuum schnell zu unkalkulierbaren Problemen führen. Jeder weitere Schritt musste genau geplant sein.

Nachdem sie den rechten Haltegurt gelockert hatte, entfernte sich Aaron einen halben Meter von ihr. Angespannt achtete sie darauf, dass sich die behelfsmäßige Verankerung nicht vollständig löste. Er durfte ihrem Zugriff nicht entgleiten. Langsam drehte sie ihn um seine eigene Achse, bis sie ihm direkt ins Gesicht sehen konnte. Die transparente Helmfront offenbarte seine fahle Haut. Die blau angelaufenen Lippen und seine geschlossenen Augen sprachen Bände. Obwohl sie das Ergebnis schon vorhersehen konnte, schob sie die beiden Thermodecken vorsichtig zur Seite. Darunter kam das außen liegende Anzugsdisplay zum Vorschein.

»Verdammte Scheiße!«, fluchte sie erneut »30,2°.«

Die Anzeige blinkte rot. Äußerste Lebensgefahr. Anjing benötigte kein medizinisches Fachwissen, auch so verstand sie, was ihr der Balken am rechten Rand, der die Grenze mit 27° anzeigte, sagen wollte. Aaron stand kurz vor dem Tod. Die interne Heizung des Anzuges musste ausgefallen sein. Unternahm sie nichts, würde die Kälte ihn umbringen.

Ihre Gedanken rasten. Welche Möglichkeiten blieben ihr?

»Scheiße! Scheiße! *Scheiße!*« Anjings Wut verhallte im Nichts. Indem sie zu sich selbst sprach, versuchte sie sich zu konzentrieren: »Bei meinen Maschinen zeigt die Anzeige, wann es kritisch wird. Ist das bei den Anzügen gleich? Signalisieren 27° die Schwelle, wo es gefährlich wird, oder bedeuten die den Tod?«

Sicherheitsrichtlinien hin oder her, sie musste das Forschungsschiff so schnell wie möglich erreichen. Ohne weiter nachzudenken, fasste sie mit der rechten Hand zum Ausleger des Backpacks. Sie hob die Abdeckung der einzigen mechanischen Taste. Zweimal rutschte sie ab und schrie erneut ihre Wut hinaus, bevor sie es wieder versuchte. Endlich schnappte die Plastikabdeckung hoch. Der runde, rote Knopf lag frei vor ihr. Im letzten Moment zog sie die Sicherungsgurte, mit denen Aaron an ihrem Anzug hing, wieder fester. Zusätzlich legte sie ihren linken Arm um ihn, bevor sie mit der Handfläche der Rechten auf den Knopf hieb.

Das gellende Alarmsignal, begleitet von zwei breiten roten Balken in der Sichtscheibe ihres Helmes, warnte sie vor. Zwei Sekunden verstrichen, bevor das Fluchttriebwerk, das nur bei absoluter Lebensgefahr benutzt werden sollte, zündete.

Der Stoß traf sie von hinten wie der Tritt eines Elefanten. Im Helmdisplay leuchtete der Countdown auf.

Fünfundvierzig Sekunden würde das Triebwerk benötigen, um 90 Prozent des Treibstoffs zu verbrennen.

Die Wucht des Schubs presste ihren Kopf in die Nackenstütze. Die Polsterung des Helms fing sie auf. Ihr rechter Arm wurde zur Seite gerissen. Innerlich verfluchte sie sich dafür, ihn nicht wie vorgeschrieben in der Armstütze gesichert zu haben. Jetzt musste sie die Konsequenzen ihres Fehlers tragen. Sie fühlte, wie die Schulter, von den Andruckkräften zurückgerissen, aus dem Gelenk sprang.

Vierzig Sekunden.

Schmerz begleitete den letzten Sauerstoff, der aus ihren Lungen gepresst wurde. Schwarze Punkte flimmerten in ihrem Sichtfeld.

Fünfunddreißig Sekunden.

Die Entfernungswarnung heulte auf und feuerte weitere Gefahrenmeldungen auf das Helmvisier. Zwei Sekunden verstrichen, bis Anjing verstand, worum es sich handelte. Sie befand sich zu nahe an der Hülle. Sie würde ungebremst auf dem massigen Rumpf aufschlagen und einer überreifen Frucht gleich zerplatzen. Das Adrenalin der Panik flutete ihren Körper.

Dreißig Sekunden.

Unter Aufbietung aller Kräfte schaffte sie es, einen einzigen Atemzug zu nehmen. Ein wenig Sauerstoff drang in ihre Lungen. Gerade genug, um einen klaren Gedanken zu fassen. Schreiend zog sie den rechten Arm an sich. Schmerzen wie von einem glühenden Messer, das sich in ihre Schulter bohrte, trieben ihr Tränen in die Augen. Die Zeit schien still zu stehen, bis sie es endlich schaffte, den verletzten Arm zur Steuerkonsole zu bewegen.

Fünfundzwanzig Sekunden.

KOLLISIONSWARNUNG, prangte in tiefroten Lettern in der Mitte des Helmdisplays. Der Schriftzug nahm ihr fast die komplette Sicht auf das Kontrollfeld. Ihr Sichtfeld engte sich ein. Anjing wusste, dass sie den Kampf gegen die Ohnmacht jeden Moment verlieren würde. Mit letzter Kraft schaffte sie es, das Tastenfeld für die 180°-Drehung zu betätigen.

Zwanzig Sekunden.

Der Mikrocomputer des Anzugs verweigerte den Befehl.

AUSSERHALB DER PARAMETER, flammte die nächste Meldung im Display auf.

Wertvolle Sekunden verstrichen, die Anjing benötigte, um zu verstehen, was das verdammte Ding ihr sagen wollte.

»Übersteuern«, keuchte sie mit letzter Kraft.

ÜBERSTEUERN?

Der Computer stellte Fragen wie ein verbuggtes Betriebssystem des vorigen Jahrhunderts.

SIND SIE SICHER?

Woher sie die Luft nahm, um die Antwort zu geben, wusste sie nicht: »Ja …«

Sekundenbruchteile danach zündeten die Manöverdüsen in einer für einen Menschen unbegreiflichen, unberechenbaren Reihenfolge. Die Sterne in der Ferne wurden zu weißen Schlieren. Ihr Magen rebellierte. Bittere Galle stieg in ihren Mund. Der Druck im Kopf stieg an, bis sie glaubte, dass ihre Augäpfel jeden Moment platzen würden. Das vereinzelte Flimmern in ihrem Sichtfeld verwandelte sich in eine undurchdringliche flackernde Fläche.

Fünfzehn Sekunden.

Unzählige Alarmsignale brüllten sie zeitgleich an. Jedes verlangte ihre Aufmerksamkeit, die sie ihnen nicht schenken konnte. Jeden Augenblick würde sie zusammenbrechen. Da kam das brutalste Karussell aller Zeiten zum Stillstand. Der Druck auf ihrem Brustkorb reduzierte sich allmählich. Frischer Sauerstoff drang in ihre Lungen, begleitet vom Geruch nach Erbrochenem, der ihren Geruchssinn reizte.

Zehn Sekunden.

Wie in Zeitlupe verbesserte sich Anjings Sicht. Ihr Verstand begann wieder zu arbeiten, ihr Herzschlag beruhigte sich. Sie realisierte, dass ihr aberwitziger Plan, zumindest für den Moment, aufging.

Fünf Sekunden.

Das Notfalltriebwerk zeigte jetzt zur *Koukishin*. Das Bremsmanöver setzte ein. Erleichtert atmete Anjing auf. Vor ihr lagen zwei Minuten Restflugzeit.

Die neu aufflammende Meldung zerstörte alle Hoffnungen, die sie sich gerade noch gemacht hatte.

TREIBSTOFFTANK LEER

Missionszeit 04:03 _17

Koukishin . Brücke

Erin beobachtete Jantila, die bereits minutenlang inmitten des komplexen Innenlebens des Computers herumhantierte. Nur ihr zeitweiliges Fluchen durchbrach die unheimliche Stille, die weiterhin auf der Brücke des Geisterschiffes herrschte.

Plötzlich zuckten Funken unter der Konsole hervor. Jantila machte ihrer Frustration lautstark Luft: »So ein Mist. Welcher Idiot hat die Verkabelung angelegt? Keiner der Universalanschlüsse passt!«

Entgegen dem, was ihre Worte suggerierten, flackerten im selben Moment zwei Monitore vor Erin auf. Inmitten der Dunkelheit, die sie seit Stunden umgab, wirkte das bläuliche Schimmern der Flachbildschirme wie die Verheißung der kommenden Erlösung. Zeichenkolonnen rasten über die Displays. Eines der Tastenfelder davor begann ebenfalls zu leuchten.

Freude wallte in Erin auf, der sie lauthals jubelnd Ausdruck verlieh: »Du hast es geschafft! Die Systeme fahren hoch.«

Keuchend schlängelte sich Jantila zwischen den heraushängenden Kabelbäumen hervor. Mit der am Boden aufgestützten Hand stemmte sie sich in die Höhe. »Jetzt müssen es allerdings auch die richtigen sein. Wirklich verständlich ist da unten nichts beschriftet. Das ist hoffnungsvolles Raten, kein gezieltes Arbeiten.«

Das ISC-Logo trat an die Stelle der wirren Zeichenkolonnen.

Beide Frauen hielten den Atem an. Das Logo verschwand. Einer Schrecksekunde, in der das Display wieder schwarz wurde, folgte die wie ein Leuchtfeuer wirkende Missionsnummer.

COM TERMINAL READY - SYSTEM CHECK, prangte in fetten weißen Lettern auf dem blauen Untergrund.

Erin fiel Jantila um den Hals. Beide lagen sich jubelnd in den Armen. »Wir haben es geschafft!« Erin löste sich von Jantila und klatschte vor Freude in die Hände. Aufgrund der fehlenden Geräusche hatte die Bewegung etwas Pantomimisches, was ein breites Grinsen auf Jantilas Gesicht zauberte. Für einen Moment vergaß Erin die Ungewissheit der vergangenen Stunden. Doch die Freude hielt nicht lange an. Wie um sie zu verhöhnen, füllte sich der Statusbalken im Schneckentempo mit der deprimierenden Botschaft.

INTERSHIP - OFFLINE

GATE AUSLÖSUNG - OFFLINE

LANGSTRECKE - OFFLINE

MITTELSTRECKE - OFFLINE

KURZSTRECKE - NUR EMPFANG

Jantilas Faust hämmerte auf die Nackenstütze des Sitzes, neben dem sie stand. Sie schrie frustriert: »So ein verdammter Mist! Das Einzige, was wir bis jetzt vorweisen können, ist die defekte Funkanlage.«

Die bis eben vorherrschende Freude schlug in Niedergeschlagenheit um. Trotzdem würde Erin nicht aufgeben. Sie lenkte Jantilas Aufmerksamkeit auf ein in der rechten unteren Ecke des Displays aufleuchtendes Auswahlfeld: RETRY / REBOOT / DETAILS

»Schauen wir uns erst einmal die Details an, bevor wir das Handtuch werfen.«

»Gute Idee. Vielleicht finden wir heraus, wo die Gründe für den Ausfall liegen.«

Ein Tippen auf das berührungssensible Display später leuchtete die Botschaft auf, die ihnen in keiner Weise weiterhalf.

»Fehlende Energieversorgung. Was bringt mir dieses Wissen jetzt?!«, schnauzte Jantila den wehrlosen Computer an.

Parallel dazu befasste sich Erin mit dem zweiten Monitor. Ihre Suche brachte ein Wartungsdiagramm der Sendeanlage zutage. Mit dem Zeigefinger tippte sie auf ein Symbol am Rand der Grafik. »Ist das ein Blitzsymbol bei der Wartungsluke?«

Jantila beugte sich zu ihr. »Ich hoffe, dass ich mich nicht täusche, aber das Symbol daneben sieht aus wie eine Steckverbindung.«

Im nächsten Moment klopfte sie Erin auf die Schulter. »Sieh einer an, die promovierte Medizinerin, die behauptet, nichts von Technik zu verstehen, lässt mich gerade dumm aussehen. Das könnte die Lösung sein.«

»Wirklich?«

»Was du da entdeckt hast, sollte ein Wartungsport sein. Dort können wir den zweiten Mikrogenerator andocken. Vielleicht reicht das, um die Sendeanlage wieder online zu bekommen. Lass mich mal sehen, wo das vermaledeite Ding sich versteckt.«

Sekunden wurden zu Minuten, in denen sich Jantila durch unzählige Menüs arbeitete, bis sie endlich die gewünschte Information fand. »Vielleicht schlagen wir so zwei Fliegen mit einer Klappe.«

»Was meinst du?«

»Der gesuchte Anschlussport liegt außen, auf der Hülle. Erreichbar ist er über die Wartungsluke, deren Zugang zwanzig Meter den Gang runter liegt. Von dort führt ein Tunnel, der zwischen den Abschirmungswänden liegt, zu einer Druckschleuse. Am Ende warten der Anschluss und ein Ausgang auf uns.«

Bevor Erin die Information verarbeiten konnte, forderte die hektisch blinkende Meldung am Monitor zu ihrer Linken ihre Aufmerksamkeit.

EINKOMMENDE NACHRICHT - MIT EVA VERBINDEN?

Mit einer, soweit es die Schwerelosigkeit zuließ, blitzschnellen Bewegung bestätigte Jantila die Anfrage. Übergangslos erfüllte die hektisch atmende Stimme der Bordtechnikerin ihre Helmlautsprecher: »… Hört ihr mich? Erin, Jantila! Wir brauchen eure Hilfe. Die *Hikaru* ist verloren. Wir mussten von Bord gehen. Aaron schwebt in Lebensgefahr. Sein Notfallanzug ist beschädigt, die Sauerstoffzufuhr ausgefallen. Er ist massiv unterkühlt. Mein Backpack ist ausgebrannt. Wir driften an euch vorbei. Wir brauchen eure Hilfe. Erin, Jantila! Verdammt noch mal, wir brauchen euch!«

Sekundenlang hörten die beiden die immer verzweifelter klingenden Hilferufe, wissend, dass sie Anjing den Empfang nicht bestätigen konnten.

»Komm mit!« Jantila packte Erins Hand. Energisch zog sie ihre Frau hinter sich her auf die Tür zum Zentralgang zu. »Wir müssen zur Wartungsschleuse. Auf diesem Weg holen wir die beiden an Bord. Danach sehen wir weiter.«

Weiter kam sie nicht, denn im selben Moment bauten sich neue Erschütterungen um sie herum auf.

Missionszeit 04:49 _18

Koukishin . Wartungsgänge

Durch die Stöße hindurch kämpfte Jantila sich zum Brückenausgang. Erst kurz vor der Schleuse lösten sich ihre Finger von Erins Hand.

Jantila machte sich hastig daran, den Ausgang zu öffnen. Doch bevor sie es schafften, die Tür erneut aufzuhebeln, erhellte ein gleißender Blitz die Dunkelheit. Vom vorderen Teil der Brücke zuckten glühende Lichtfinger in die Schwärze. Lange, scharf umgrenzte Schatten flackerten über die Wände. Das Aufflammen blendete die beiden Frauen. Gleichzeitig verebbten die Phänomene.

»Wo kam das her?«, fragte Jantila, die mit einer Hand weiterhin den provisorischen Hebel umklammerte.

Erin entdeckte den Ursprung des Lichtblitzes. »Der Mikrogenerator ist hochgegangen!«

Sie deutete in die Dunkelheit. Ihr Armscheinwerfer erfasste das kleine verkohlte Rechteck, das über der Kommunikationskonsole schwebte.

»Verdammte Scheiße!«, brach Jantilas Frust hervor. »Jetzt bleibt uns nur mehr der in meinem Backpack. Geht der auch noch drauf, sind die Batterien unserer Anzüge alles, womit wir Geräte in Betrieb nehmen können. Deren Leistung ist allerdings von sehr begrenzter Dauer, da sie uns zeitgleich am Leben halten sollten.«

Ihre ganze Wut entlud sich auf die Metallstange, die in der Tür klemmte. Soweit es die Schwerelosigkeit erlaubte, stürzte sie sich förmlich darauf. Ein einziger kraftvoller Ruck reichte aus, die schwere Metalltür zur Seite zu schieben.

»Das Zeitfenster für die Rettung ist minimal. Driften sie zu weit an uns vorbei, finden wir sie da draußen nie.«

Um schneller voranzukommen, deaktivierten sie die Magnetstiefel. Angetrieben von den Manöverdüsen, glitten sie durch den Hauptkorridor. Unterwegs überlegte Jantila, welche weiteren Möglichkeiten sie hätten, um das Schiff mit Energie zu versorgen. »Vielleicht kann Anjing den Energiekern hochfahren. Dann bringen wir auch die anderen Systeme zum Laufen.«

»Dafür müssen wir sie erst einmal an Bord bekommen. Weiter denke ich vorerst noch nicht«, antwortete Erin, die auf die vor ihnen liegende Luke deutete. »Da ist der Zugang zum Wartungstunnel!«

Unter der rechteckigen Klappe, die mechanisch verriegelt war, erwartete sie ein schmaler Gang, gesäumt von zahlreichen technischen Aufbauten. Mit ihrem klobigen Anzug passte Jantila gerade so hinein. Hier mussten sie wieder, fixiert von den Stiefeln, langsam weitergehen. Bei jeder Bewegung achtete sie darauf, nicht an herausragenden Bauteilen hängen zu bleiben. Erin folgte ihr. Die vierzig Meter bis zur Kreuzung wurden zum Spießrutenlauf.

Angetrieben vom Wissen, dass ihre beiden Crewmitglieder im All dem Tod entgegentrieben, versuchte Jantila mit weitausholenden Schritten, schneller voranzukommen. An der Kreuzung angekommen, trat Jantila in den abwärts gerichteten Schacht, der sie zur äußeren Hülle tragen sollte. Die Sprossen der in der Röhrenwand eingelassenen Leiter packte sie mit beiden Händen. Mit freischwebenden Beinen nutzte sie die Streben, um sich nach unten abzustoßen. Schnell nahm sie Fahrt auf und drang tiefer in die unteren Ebenen vor.

Ein Anflug von Klaustrophobie packte Jantila. Sie fühlte sich in der schmalen unbeleuchteten Stahlröhre, deren Enden sie nicht sehen konnte, eingesperrt. In ihrem Kopf ertönte eine leise Stimme, die an ihr nagte. Was, wenn diese Röhre kein Ende nahm? Wäre sie dann dazu verdammt, für alle Ewigkeit hier zu schweben? Einsam eingekerkert. Ein gewaltiger Druck lastete auf ihrem Brustkorb. Wie von einem Stahlband umfasst, kämpften ihre Lungen um jeden Atemzug. Sie verlor jedes Zeitgefühl. Glaubte, sich trotz ihrer Anstrengung nicht zu bewegen.

Wie lange befand sie sich schon in der Röhre? Musste sie nicht längst unten angekommen sein? Würde sie diesem Schlund jemals entkommen? Ein verzweifelter Schrei baute sich tief in ihr auf.

Kurz bevor sie die Kontrolle verlor, veränderte sich ihr Sichtfeld. Das Ende des Schachtes glitt an ihren Augen vorbei. Ihre Füße trafen auf den harten Untergrund des darunterliegenden Ganges. Ihr stand der Schweiß auf der Stirn. Keuchend wie nach einem Marathon sank sie in die Hocke. Jantila stützte ihre zitternden Arme auf den Oberschenkeln auf.

»Weg da!« Erins Stimme krachte, begleitet von Überlagerungen, in den Helmlautsprechern. Im letzten Moment kippte Jantila zur Seite, um Platz zu machen. Ungelenk zog sie ihre Beine an. Gerade rechtzeitig, damit Erin ebenfalls zu Boden sinken konnte.

»Alles okay bei dir?«, drang Erins ruhige Stimme an ihr Ohr.

Jantila kämpfte darum, sich aufzurichten. »Jetzt wieder. Ich wollte nur mehr raus aus dem Schacht. Shit, ich habe geglaubt, ich würde in dem Ding stecken bleiben. Eingesperrt …« Ihre Stimme brach.

»Eingesperrt in der ewigen Dunkelheit? Ist mir auch so gegangen. Als wollte uns das Schiff festhalten. Du weißt, dass wir da wieder zurück müssen?«

»Lass uns hoffen, dass es zurück leichter geht.« Jantila sah zur Zeitanzeige in der linken oberen Ecke des Helms. »Uns läuft die Zeit davon. Wir müssen weiter.«

Am Ende des Ganges markierte eine rechteckige Erhebung im Boden ihr Ziel.

Jantila richtete ihren Handscheinwerfer darauf. »Dort drüben muss die Wartungsschleuse sein.«

Hastig überbrückten sie die Strecke dorthin. Innerhalb des kantigen Rahmens lag eine schwere Metalltür mit schmalem Sichtfenster, hinter der die Schleusenkammer lag. Überraschenderweise verfügte die Luke selbst über ein altmodisches Handrad und zwei stabile Stahlhebel anstelle der sonst üblichen Computersteuerung.

»Vermutlich, um sicherzustellen, dass die Notausstiege bei einem Komplettausfall aller Systeme weiterhin benutzbar bleiben. Das kommt uns jetzt entgegen«, kommentierte Jantila.

Sie zog an den Hebeln, die sich schwerfällig bewegten.

Erin quetschte sich an ihr vorbei an die andere Seite der Luke und deutete auf das massive Handrad. »Gemeinsam?«

Jantilas Nicken reichte zur Bestätigung. Schon griffen beide danach. Die Mechanik funktionierte trotz des Alters. Mehrere Umdrehungen später waren die Bolzen komplett herausgeglitten. Fast mühelos klappten sie die schwere Luke, die in normaler Gravitation über einhundert Kilogramm wiegen musste, auf.

Jantila warf einen schnellen Blick in die darunterliegende Schleusenkammer. »Es wird eng da drinnen. Rechts befindet sich die Sicherungsleine. Die nimmst du. Du entfernst dich maximal so weit von der Schleuse, wie das Stahlseil reicht. Egal, was passiert, du hältst diese Position. Du übernimmst die Aufgabe des Rettungsankers. Falls ich mich weiter raus bewegen muss, liegt es an dir, mich wieder zurückzulotsen. Ich berge die beiden und bringe sie rein. Du übernimmst Aaron. Ich folge dir mit Anjing. Fragen?«

Erin schüttelte den Kopf, bevor sie, ohne auf ihre Frau zu warten, in die Schleuse sprang.

19_ Missionszeit 05:30

Koukishin

Anjing befand sich bereits jenseits der *Koukishin*. Erin konnte nur zusehen, wie Jantila die Triebwerke ihres Anzuges einsetzte, um sie zu erreichen. Zum Glück waren die beiden Havarierten nicht so weit weg, dass die Ortung ein Problem wurde.

Erleichtert registrierte Erin, dass die ständig dominierende Unsicherheit, die sie seit dem Betreten des Forschungskreuzers begleitete, von ihr abfiel. Das Ziel vor Augen gab ihr Klarheit.

Die Bergung verlief ohne größere Hindernisse. Binnen weniger Minuten brachte Jantila die beiden Crewmitglieder zurück zum Forschungsschiff.

»Ich übernehme Aaron«, stellte Erin klar.

»Geh schon voraus«, antwortete Jantila. »Wir bleiben noch kurz hier. Ich will versuchen, ob wir unseren ursprünglichen Plan, die Funkanlage wieder in Betrieb zu nehmen, in die Tat umsetzen können.«

»Alles klar«, bestätigte Erin. »Seid vorsichtig.«

»Machen wir, Mama«, antwortete Anjing mit dem ihr üblichen Sarkasmus.

Erin verkniff sich eine weitere Antwort und bugsierte den bewusstlosen Aaron in die Schleuse. Wie vereinbart, machte sie sich auf den Weg zurück in die Crewsektion des Schiffes. Kaum im Inneren, fühlte Erin wieder den allgegenwärtigen Druck. Sie konnte sich das nicht erklären. Im unerbittlichen Vakuum des Weltraums hatte sie sich geborgener gefühlt als innerhalb der angeblich schützenden Wände, die sie wieder umgaben. Auf sie wirkte ihre Umgebung wie ein unentrinnbares Gefängnis. Die Schwärze ergriff ihre Seele, um sie nie wieder loszulassen. Dagegen erschien ihr die Dunkelheit des Alls wie ein von Kerzen übersäter, fröhlich leuchtender Festtagsbaum.

Sie musste sich dazu zwingen, ihre Aufmerksamkeit auf Aaron zu lenken. Die erste hastige Untersuchung offenbarte, dass sie ohne Hilfsmittel nichts für ihn tun konnte.

»Ich bringe Aaron rauf zur Krankenstation. Lasst euch nicht zu viel Zeit. Ich brauche die Energieversorgung.«

»Energie sollte kein Thema sein. Ich habe Notfallpacks mitgebracht. Sauerstoff, Wasser, Nahrungskonzentrate, nicht zu vergessen zwei Mikrogeneratoren«, antwortete Anjing.

»Die erste gute Nachricht des Tages«, kommentierte Erin. Dabei schob sie Aaron vor sich her.

Für wenige Momente fühlte sie einen Anflug von Hoffnung. Das niederschmetternde Gefühl, das sie seit Stunden begleitete, wurde von der Aussicht darauf, Aaron helfen zu können, zur Seite gedrängt. Die engen Gänge, die zuvor schon schwer passierbar gewesen waren, wurden mit dem menschlichen Gewicht zu einem Spießrutenlauf. Immer wieder musste sie innehalten, um ihn vorsichtig an hervorstehenden Maschinenteilen vorbei zu bugsieren. Vor dem Schacht, in dem sie und Jantila zuvor von Panik erfasst worden waren, hielt sie inne. Zögernd stand sie da, den Kopf nach oben gewandt. Ihr Herz raste. Bei der Erinnerung an das, was sie bei der ersten Passage gefühlt hatte, stieg ihr kalter Schweiß auf die Stirn. Erin begann zu zittern. Sie durfte nicht die Kontrolle verlieren. Aarons Leben hing von ihr ab. Davon, dass sie ihn betreute. Mehrmals hintereinander atmete sie tief ein und aus. Sie strengte sich an, ihre Atmung zu kontrollieren. Ihr Puls verlangsamte sich. Endlich rang sie sich durch, Aaron in Position zu bringen. Seinen Kopf nach oben gerichtet, gab sie ihm einen Stoß. Locker legte sie ihre Hände auf den Handlauf der Leiter, um eine Führung zu haben. Dann zündete sie die unteren Manöverdüsen und gab sich selbst Schub.

Den Atem angehalten, die Lider zusammengepresst, schwebte Erin durch den Schacht. Laut zählte sie die Sekunden, bis sie bei vierzehn fühlte, wie ihre Hände das Ende der Leiter erreichten. Sie war im Wartungsgang angekommen, nur wenige Meter vom Hauptkorridor entfernt. Erleichtert sog sie Atemluft in ihre Lungen.

Den Zugang zur Krankenstation zu finden, würde in dem geraden Gang ohne Abzweigungen ein Leichtes sein. Sie schob den bewusstlosen Aaron vor sich her. Die silberne Folie der Schutzdecken, die seinen Körper einhüllten, glitzerte im Lichtkegel ihrer Anzugscheinwerfer. Mit einer Hand ergriff sie Aaron, um sein Driften zu stoppen. Wie angewurzelt blieb sie stehen.

»Scheiße!« Frustriert rammte sie die freie Faust gegen den Türrahmen. »Verdammte Scheiße!«

Der Wulst einer fingerdicken Schweißnaht zog sich wie eine schlecht verheilte Narbe über die Mitte der Tür bis zum Rahmen.

In der Zwischenzeit hatten die beiden Frauen zu ihr aufgeholt. Völlige Stille umfing sie, bis Anjing sich zu Wort meldete: »Die Rettungskapseln.«

Erin verstand, worauf sie hinauswollte. »Du hast recht, das könnte klappen!«

»Kann mir wer sagen, wovon ihr sprecht?«, fragte Jantila.

»Die Tiefschlafkammern der Rettungskapseln sollten über rudimentäre Notfallmedizinsysteme verfügen. Zumindest, wenn sich die Ingenieure an die sonst üblichen Vorgaben gehalten haben.«

»Jetzt kann ich euch folgen.«

Erin suchte nach Markern an der Wand – breite, gelbe Pfeile, die ihr den Weg weisen würden. Wie nicht anders zu erwarten, waren die Markierungen leicht zu finden. Sie glänzten im Schein der Helmlampen wie Leuchtfeuer in einer stürmischen Nacht. Sie musste weiter in Richtung Maschinenraum.

Erins Ziel lag im Heck des Hauptmoduls. Vom Hauptkorridor zweigten zu beiden Seiten die runden Zugänge ab. Eine der insgesamt sechs Schleusen stand offen.

»Die wurde offenbar schon abgefeuert. Irgendwer hat das Schiff verlassen«, reagierte Anjing auf Erins fragenden Blick.

»Geht das denn ohne Energieversorgung?«

»Die Rettungsboote sind für Katastrophenfälle ausgelegt.« Wieder hörte Erin den Sarkasmus in Anjings Stimme. »Die Zündung der Starttriebwerke ist ein rein chemischer Prozess. Im All angekommen, sorgen die an der Hülle angebrachten Solarmodule für die grundlegende Energieversorgung. Aber solange sie hier angedockt sind, brauchen sie entweder den Schiffsstrom oder ihre internen Batterien.« Anjing warf einen Blick zur Anzeige über den noch verschlossenen Türen. »Die Statusdisplays werden von der Kapselbatterie gespeist. Da die offline sind, kann ich dir jetzt schon sagen, dass auch die Energiespeicher leer sind. Aber dafür habe ich Abhilfe dabei.«

Ungehalten winkte Erin ab, die zwischenzeitlich an eine der Türen getreten war. »Ohne eure Hilfe bekomme ich die nicht auf.«

Anjing schob sie unsanft beiseite. Bevor Erin Zeit fand zu protestieren, betätigte die Technikerin einen in der Wand eingelassenen Schalter. »Einfach draufdrücken. Die Notzugänge sind mechanisch verriegelt. Das ist ein simpler Federmechanismus, der sie auseinander presst.«

Die zur Mitte zusammenlaufenden Lamellen glitten in die Wand. Hinter dem Zugang lag ein schmaler Gang, gerade breit genug für eine Person. Getroffen von den Lichtkegeln ihrer Lampen, leuchteten lumineszierende gelben Streifen an den Wänden auf.

»Wie erwartet, sind die Batterien komplett entleert«, kommentierte Anjing. »Ist bei dem Alter des Schiffes nicht verwunderlich. Vor allem mit dem Reaktorkern, der seit Jahrzehnten offline ist.«

Erin beugte sich vor. Verhalten lugte sie in die Öffnung. »Wie lang ist der Gang?«

»Schwer zu sagen. Müssten mindestens dreißig Meter sein. Am Ende befindet sich die nächste Schleuse. Dahinter liegt die Rettungskapsel.«

Anjing, die am meisten Wissen über den Aufbau von interstellaren Schiffen mit sich brachte, schob sich an Erin vorbei. Geduckt stieg sie in den Durchgang. Den Kopf voraus, die Beine hinter sich ausgestreckt, glitt sie in den Tunnel. Der Schein ihrer Helmlampen schwand, bis die Dunkelheit sie zur Gänze verschluckte.

Sekunden später meldete sie sich wieder per Funk: »Bin am Ende angekommen. Die Schleuse ist offen. Ihr könnt Aaron losschicken.«

Ihre Stimme schien aus der Tiefe einer unergründlichen Höhle zu kommen. Ein verrauschtes Knistern begleitete die Übertragung, so als befände sie sich kilometerweit von ihnen entfernt. Erin registrierte den besorgten Ausdruck in Jantilas Augen, bevor sie ihr half, den Bewusstlosen vorsichtig in den Gang zu bugsieren. Ein leichter Schubs reichte, schon driftete er in die Dunkelheit, die ihn nach wenigen Metern verschlang, wie ein Monster seine Beute.

Missionszeit 06:00 _20

Koukishin . Rettungskapsel

Mit einer Hand hielt sich Jantila am Rahmen der Zugangsschleuse fest. Die kreisrunde Öffnung war gerade groß genug, damit sie mit ihrem voluminösen EVA-Anzug hindurch passte. Direkt dahinter lag die Rettungskapsel. Die Tiefschlafliege dominierte die vier mal fünf Meter große Kammer. Der weiß lackierte, an der Oberseite transparente, rechteckige Kasten wirkte wie ein überdimensionierter Sarg, an dessen Außenseite zahlreiche Aggregate hingen. Von der Wand ausgehend, verliefen vier unterarmdicke Schläuche rund um das Gehäuse bis zu den unterschiedlichen Gerätschaften.

Neben der Liege kniete Anjing, die entnervt aufschrie und mit der Faust auf die Verkleidung schlug. »Sono yóna imaimashi garakuta! Warum befinden sich diese gottverdammten Anschlüsse nicht auf der Außenseite?!«

Seit sie bestätigt hatten, dass auch die Energiespeicher der Rettungskapsel entleert waren, versuchte die Technikerin, das Batteriepack an die Tiefschlafliege zu koppeln. Dazu hatte sie bereits drei Platten der Verkleidung abgeschraubt. Zahlreiche Kabelstränge hingen aus dem rechteckigen Unterbau heraus. Anjings bisherige Versuche, die Liege mit Strom zu versorgen, waren fehlgeschlagen. Was zum Teil wohl auch an ihrer verletzten Hand lag. Erin hatte sie wieder eingerenkt. Doch Jantila bezweifelte, dass die Schmerzen damit einfach vorbei waren.

»Ich würde dir gerne helfen. Aber da ist nirgendwo Platz für mich«, sagte Jantila, die ihren Ärger nachvollziehen konnte. Wie sie selbst bereits festgestellt hatte, schien die *Koukihsin* nicht auf Wartungsfreundlichkeit ausgelegt zu sein.

Anjings Anspannung war selbst über Funk zu hören. Ihre Hände tief versenkt im Innenleben des Ungetüms, schrie sie Jantila förmlich an: »Den Mikrogenerator anzuschließen ist leicht. Müsste ich nicht diesen verfluchten Anzug tragen! Welcher Idiot hat diese Aufbauten geplant? Nichts ist einfach zugänglich!«

Jantilas Blick glitt zu dem unverändert ohnmächtigen Piloten, den Erin in der Zwischenzeit in die gepolsterte Liege bugsiert hatte. »Wie ist Aarons Status?«

Erin klang ruhig. Bei der Behandlung des Verletzten befand sie sich auf vertrautem Terrain. »Seit ich ihn mit Luft aus meinem Vorrat versorge, etwas besser. Es lag offenbar an der Kopplung zwischen euren Anzügen. Das reicht aber bei Weitem nicht. Seine Körpertemperatur ist runter auf 26,8°. Die Atmung ist kaum festzustellen. Aarons Kreislauf ist kurz davor zu kollabieren. Wenn wir das Ding nicht bald zum Laufen bringen, stirbt er.«

»Ich tue mein Bestes! Leider ist dieses Scheißteil von einem Volltrottel oder einem Sadisten konstruiert worden. Ihr könnt gerne übernehmen!«

Ihre Reaktion machte Jantila Sorgen. Anjings zum Bersten gespanntes Nervenkostüm konnte jeden Moment reißen. Zu Jantilas Erleichterung arbeitete Anjing leise fluchend weiter. Derweil kümmerte Erin sich fürsorglich um den verletzten Aaron. Zuerst entledigte sie ihn seiner Kleidung. Dabei ging sie so vorsichtig vor, als hantierte sie mit einem rohen Ei. Kaum lag er nackt vor ihr, durchstach sie mit den Infusionsnadeln seine blasse Haut, immer darauf bedacht, nicht mehr Schaden als notwendig anzurichten. Erst dann platzierte sie die Sensoren, die ihr hoffentlich bald Werte liefern würden. Vorausgesetzt, Anjing brachte die Liege zum Laufen.

Jantila bewunderte Erin, die wirkte, als wären die letzten Stunden nicht passiert. Jeder Handgriff saß. Nichts deutete mehr auf die zuvor sichtbare Nervosität hin. Erin zeigte wieder die Routine einer erfahrenen Ärztin, die nichts aus der Ruhe bringen konnte. Zuletzt nahm Erin das Beatmungsmodul zur Hand.

Anjings Aufschrei ließ Jantila zusammenzucken.

»Endlich!« Die Japanerin stieß triumphierend die Faust in die Höhe. »Das Scheißteil sitzt!«

Die anspringenden LED-Bänder tauchten den Raum in fahles Licht. Ohne zu zögern, zog Erin Aarons Folienhelm von seinem Kopf und presste die Atemmaske des Tiefschlafsystems auf sein Gesicht. Dann verschloss sie die Liege, bevor sie dazu überging, die Anzeigen der Überwachungsmonitore zu studieren. In schneller Abfolge füllten sie sich mit Messergebnissen. Erin nahm sich die Zeit, jede der Statusmeldungen, die um ihre Aufmerksamkeit rangen, zu lesen.

»Die Luftzufuhr funktioniert. Das Heizsystem erwärmt die Luft, aber die Hypothermie kann ich damit nicht bekämpfen.«

Nacheinander wischte Erin die Meldungen beiseite. Die Sekunden wurden zu einer ganzen Minute, in der Jantila immer unruhiger wurde. In Anjings Gesicht sah sie erneut aufkeimenden Zorn. Es war nur eine Frage der Zeit, bis sie wieder explodieren würde.

Da reckte Erin einen Daumen nach oben. »Ich habe eine gute Nachricht. Das Notfallmedizinprogramm verfügt über eine Funktion zum Erwärmen der Infusionsflüssigkeiten. Zusammen mit der warmen Luft und der Heizung der Auflagepolster gibt das Aaron eine realistische Chance. Trotzdem muss ich ihn im Koma halten, damit sich sein Körper regenerieren kann.«

Endlich verschwand das letzte Warnsignal.

»Wie steht es um ihn?«, fauchte Anjing.

Jantila wollte schon eingreifen, da wandte sich Erin ihr zu. »Viel Zeit hätte er nicht mehr gehabt. Die Unterkühlung überrascht mich nicht. Das wussten wir schon vorher. Er hat schwere Erfrierungen an den Extremitäten. Ob seine Finger und Zehen durchkommen, wird sich zeigen. Die Sauerstoffsättigung liegt bei 86 Prozent. Dazu schwere Herzrhythmusstörungen. Sein Herz schlägt viel zu langsam. Das EEG zeigt schwache Hirnaktivität. Die Maschine atmet für ihn.«

Anjing starrte sie mit weit aufgerissenen Augen an. »Wird er überleben?«

Erins Gesichtszüge verhärteten sich. »Wir haben alles für Aaron getan, was in unserer Macht steht.«

Jantila wunderte sich über die ausweichende Antwort. Sie wusste, wie sehr ihre Frau um jeden Patienten kämpfte. Oft genug hatte ihr Engagement sie an den Rand des Zusammenbruchs gebracht. Wenn sie so reagierte, musste Aaron bereits mit weit mehr als nur einem Fuß im Grab stehen.

»Du hast dein Bestes gegeben«, versicherte sie ihr. »Niemand von uns kann Wunder bewirken. Entweder verschaffen wir uns Zutritt zur Krankenstation oder wir rufen Hilfe von außen. Für beides müssen wir das Schiff erst wieder in Betrieb nehmen.«

Erin verzog die Lippen zu einem schmalen Strich. »Bei all dem dürfen wir nicht vergessen, dass wir hier nicht sicher sind. Irgendjemand oder irgendetwas hat die Besatzung umgebracht …«

Weiter kam sie nicht. Anjing unterbrach sie: »Umgebracht?«

Mit einer Handbewegung brachte Jantila sie zum Innehalten. »Wir dürfen uns nicht verrennen. Es gibt einiges, was wir dir erzählen müssen. Trotzdem müssen wir die Probleme nacheinander abarbeiten, sonst bringen wir gar nichts zu Ende. Jetzt hat Aaron Priorität. Wie stehen die Chancen, die Systeme wieder hochzufahren?«

Anjing schüttelte den Kopf. »Ihr könnt nicht einfach so etwas in den Raum werfen und erwarten, dass ich zur Tagesordnung übergehe!«

»Doch, das kann ich!«, fuhr Jantila sie an. »Ich muss es sogar! Jede Minute, die wir darauf verschwenden, hier zu diskutieren, verringert Aarons Chancen. Das, was ich heraushöre, klingt nicht danach, dass ihm viel Zeit bleibt. Oder irre ich mich?«

Erin wandte sich wieder den Monitoren zu, wie um nicht dazu gezwungen zu sein, sie direkt anzusehen. »Sein Körper wird überleben. Wie es um sein Gehirn steht, kann ich dir frühestens in ein bis zwei Tagen sagen. Die Tiefschlafliege hält ihn im künstlichen Koma, ähnlich dem Zustand, in den sie gesunde Passagiere für Langstreckenflüge bringt. Er hat alles an notwendigen Medikamenten bekommen, was mir zur Verfügung steht. Sein Kreislauf ist derzeit auf sehr niedrigem Niveau stabil. Es schmerzt, das sagen zu müssen. Die Versorgung, die er derzeit erhält, ist höchstens rudimentär, aber das Beste, was uns außerhalb der Krankenstation zur Verfügung steht.«

»Das reicht für mich, um meine Entscheidung zu bestätigen!«, sagte Jantila. »Wir müssen handeln, reden können wir später. Ist dir das klar?« Die letzte Frage zielte auf Anjing.

Mit zusammengepressten Lippen nickte die Technikerin.

Gleichzeitig registrierte Jantila im Augenwinkel ein unklares Flackern. Was war das? Sie konnte sich nicht länger auf das Gespräch konzentrieren. Mit weit aufgerissenen Augen starrte sie an Anjing vorbei. Dorthin, wo die Technikerin den Mikrogenerator an die Tiefschlafliege geklebt hatte.

Jantila glaubte ihren Augen nicht. Was sie sah, konnte ihr Verstand nicht erfassen. Schwarze, gallertartige Masse quoll aus dem grauen Boden wie Blut aus einer tiefen Wunde. Kleine, sich windende Tentakel schoben sich heraus. Sie umschlossen den Generator wie die Finger einer Faust. Beim Kontakt mit dem Energiespender begann die Masse zu pulsieren. Die Tentakel wanden sich in konvulsivischen Bewegungen.

Jantila deutete auf den Generator. »Scheiße! Was ist das?«

Erin sprang zur Seite. Ihr spitzer Schrei drang durch die Lautsprecher des Helmes. Anjing dagegen stand wie angewurzelt da.

Ein rotes Schimmern, das sie an den Schein glühender Kohlen erinnerte, drang zwischen den Tentakeln hindurch. Zu spät erkannte Jantila, dass sich die Masse weiter ausbreitete. Ein Teil verteilte sich über den Boden, wo sie Anjings Beinen gefährlich nahekam. Der andere floss, von unten kommend, über die Seite der Tiefschlafliege hinauf. Entgegen allen physikalischen Gesetzen quoll sie durch die luftdichten Ritzen der transparenten Abdeckung. Der erste Tentakel streckte sich nach Aarons linken Arm. Die schützende Folie des Anzuges schien der Masse genauso wenig Widerstand zu bieten wie die Kapsel selbst. Kaum berührte sie den Piloten, zuckte dieser zusammen. Ein gellender Schrei ertönte in ihrem Kopf, der hinter ihrer Schädeldecke wie der Schlag einer Glocke widerhallte.

Unbändige, unerklärliche Gefühle wallten in Jantila auf. Alles in ihr schrie danach, die wiedergewonnene Freiheit auszunutzen. Sie wollte jagen, fressen, absorbieren, sich vereinen. Sie kämpfte hilflos gegen den Drang an. Jantila fand keine Erklärung für die Welle der Empfindungen. Woher kam dieser Gedanke, einem ewigen Kerker entkommen zu sein?

Aarons Rücken bog sich, bis sein Brustkorb die über ihm liegende Scheibe berührte. Die schwarze Masse sickerte in seine Haut, wurde davon aufgesogen, wie ein wochenlang ausgedörrter Ackerboden Wasser aufnahm.

Jantila verlor die Kontrolle über ihren Körper. Emotionen, die nicht ihre sein konnten, hatten sie fest im Griff. Sie wollte zerstören, umarmen, in sich aufnehmen, lernen, ermorden, zerfetzen. Alles begleitet von der schieren Lust zu leben. Dem Trieb sich fortzupflanzen, zu wachsen, zu vermehren. Ihre Hand glitt zu ihrem Helm, um ihn von ihrem Kopf zu reißen. Die andere hielt sich verkrampft an der Schleusenwand fest. Alles in ihr schrie danach, sich auf die schwarze Masse zu stürzen, um sich mit ihr zu vereinen.

Im selben Augenblick erzitterte die Rettungskapsel wie unter einem gewaltigen Schlag. Sie bäumte sich auf. Die Bewegungen erinnerten sie an eine Aufzeichnung, die ihr Erin vor Jahren gezeigt hatte. Wie die Kontraktionen einer menschlichen Speiseröhre beim Schlucken, schien sich der hintere Teil der Kapsel zusammenzuziehen. Eine Schockwelle, ausgehend vom außenliegenden Ende der Kapsel, raste auf sie zu. Jantila konnte sich nicht mehr auf den Beinen halten. Wie baute sich diese Druckwelle im Vakuum der kleinen Rettungskapsel auf?

Getroffen von der Welle, überschlug sie sich. Der Stoß schleuderte sie nach hinten. Jantila trudelte den Gang entlang. Ihr Helm streifte an den Wänden an, wobei ihr Kopf mehrmals schmerzhaft mit der Sichtscheibe kollidierte. Das wiederum klärte ihre Gedanken. Sie drängte die fremden Emotionen zurück. Mit einer Hand packte sie eine Rohrleitung an der Seitenwand. Vor ihr lag der lange, dunkle Gang, an dessen Ende der Übergang zur Rettungskapsel auf sie wartete.

Erin stolperte aus der kreisrunden Öffnung. Hinter sich her schleppte sie Anjing, die sich wehrte. Die Technikerin krallte sich an die Schleusenöffnung. Sie kreischte und ähnelte dabei einer Katze, die ihre ganze Kraft einsetzte, um sich zu verteidigen: »Ich lasse Aaron nicht zurück. Verdammte Scheiße! Lass mich los. Ich muss ihn da rausholen!«

Ein kräftiger Stoß ihrer Beine brachte Jantila zu den beiden Frauen. Getrieben vom Wunsch, Erin zu helfen, packte sie Anjings Arme. Mit vereinten Kräften zerrten sie die um sich Schlagende weiter.

Anjing brüllte sie unverändert an: »Ihr könnt ihn da drinnen nicht einfach verrecken lassen!«

Inzwischen bedeckte das schwarze Etwas alle Innenflächen der Kapsel.

Sie zogen die wutentbrannt um sich schlagende Anjing weiter. Jantila packte den Helm der Technikerin. In Erinnerung an den Schlag, der sie wachgerüttelt hatte, rammte sie ihn hart gegen die Wand. Anjings Kopf knallte auf die Sichtscheibe. Ihr Kreischen verstummte und ein dünner Blutsfaden rann aus ihrer Nase. Um sicherzugehen, holte Jantila ein zweites Mal aus.

»Du kannst aufhören, mir den Schädel gegen die Helmscheibe zu knallen«, keuchte Anjing atemlos. »Ich kann wieder klar denken.«

Jantila ließ sie los. Die zuvor inaktive Anzeige am oberen Rand der kreisrunden Schleuse zog ihre Aufmerksamkeit auf sich. Im Sekundentakt zählte sie herunter.

15

14

13

»Raus hier! Das verdammte Ding startet!«

Erin sah sie fragend an. Obwohl die Zeit ihnen davonlief, war Jantila klar, dass sie ihr die Gefahr erklären musste.

Aber Anjing kam ihr zuvor: »Die Sicherheitsschleuse ist offen. Das bedeutet, dass die heißen Antriebsgase in den Gang eindringen werden! Das Scheißding grillt uns bei lebendigem Leib!«

Mehr war nicht notwendig. Bei acht stieß sich Erin ab. Gleich darauf Anjing. Bei sechs war endlich ausreichend Platz, damit Jantila ihnen folgen konnte.

Im Kopf zählte sie weiter. Die Sekunden rasten vorbei. Der um sie liegende Gang schien sich in die Unendlichkeit zu dehnen. Ihr geistiger Countdown erreichte die Drei, da traf sie die Druckwelle wie der Tritt eines Giganten in den Rücken. Schwarze Blitze zuckten vor ihren Augen. Die Wucht wirbelte sie unkontrolliert herum. Übelkeit wallte in ihr auf. Der Versuch Halt zu finden misslang, als ihr Helm erneut laut knackend gegen die Wand krachte.

21_ Missionszeit 06:47

Koukishin . Hauptkorridor

Kaum hatte sie es aus dem Zugang zur Rettungskapsel geschafft, begann das Schiff zu beben. Erin entdeckte Anjing, die sich gerade mit aller Kraft vom Rand der Zugangstür abstieß. Hinter ihr glitt Jantila durch den dunklen Schacht.

Verzweifelt musste Erin mitansehen, wie die Flammen der entzündeten Antriebsgase am hinteren Ende eindrangen. Erin schrie. Flehte Jantila an, sich zu beeilen. Die Feuerwolke raste auf ihre Frau zu. Sie würde es nicht schaffen. Die ersten Flammenzungen trafen sie von hinten. Erin musste mitansehen, wie die Druckwelle Jantila von hinten traf, ihren Rücken durchbog und sie dann herumwirbelte.

Im selben Augenblick traf sie Anjings drahtige Gestalt von der Seite. Sie riss Erin von den Beinen. Die Wucht warf sie mehrere Meter den Hauptkorridor entlang, bevor Erin es schaffte, eine Rohrleitung zu packen. Sie stoppte ihren unkontrollierten Flug. Zeitgleich raste Jantilas Anzug aus dem Seitengang. Verfolgt von den letzten Feuerfingern, die langsam abebbten, wurde der regungslose Körper ihrer Frau gegen die gegenüberliegende Wand geschleudert. Dort prallte er ab. Die Arme schlaff an der Seite hängend, den Kopf nach hinten gesunken, trudelte sie durch den Hauptkorridor, bis Anjing, die als Einzige die volle Kontrolle zu haben schien, sie packte.

Erin sah zu, wie die Technikerin den reglosen Körper ihrer Frau hinunterdrückte. Mithilfe zweier Magnetpunkte am Rücken fixierte sie den Anzug an den Bodenplatten.

Erin zog sich ebenfalls nach unten. Kaum waren ihre Stiefel magnetisch mit dem Metall unter ihr verbunden, ging sie auf Jantila zu. Doch Anjing trat ihr in den Weg. Ihr Gesicht war hochrot. Unbändige Wut stand in ihren Augen. Die Hände zu Fäusten geballt, schlug sie auf Erins Brustpanzer ein.

»Verdammte Scheiße! Was hast du dir dabei gedacht?!«

Erin zuckte zurück. Sie wusste, worauf Anjing hinaus wollte. »Ich musste dich rausbringen. Du wolltest dich auf die schwarze Masse stürzen.«

»Ich wollte Aaron rausholen!«, schrie Anjing weiter. »Du hast ihn einfach zurückgelassen!«

Abwehrend hob Erin die Arme, wissend, dass sie nicht über die Kraft verfügte, sich gegen Anjing zu wehren. »Hast du gesehen, wie er sich aufgebäumt hat? Der menschliche Körper ist nicht fähig, so etwas auszuhalten. Sein Rückgrat muss gebrochen sein. Es gab nichts mehr, was wir für ihn tun konnten.«

»Er hat sich bewegt, geschrien, um Hilfe gefleht!«

Erin kämpfte darum, ruhig zu bleiben. Sie wollte zu Jantila, musste aber zuerst dafür sorgen, dass Anjing zur Ruhe kam. Oft genug hatte sie ähnliches in ihrer Notaufnahmezeit im Krankenhaus miterlebt. »Ich weiß nicht, was du gesehen hast. Aber seine Bewegungen waren nichts anderes als Muskelkontraktionen. Sein Kopf lag auf der Liege auf. Genauso wie seine Hüfte. Aber seine Wirbelsäule beschrieb fast einen perfekten 180 Grad-Winkel.«

Anjings Arme sanken nach unten. Erin überlegte, ob sie weitersprechen sollte. Der Hass war noch immer in Anjings Gesichtszügen sichtbar. Noch glaubte sie ihr nicht. Erin zwang sich selbst zur Ruhe.

Mit der warmen, sonoren Stimme, die sie auch bei Angehörigen von Verunfallten genutzt hatte, sprach sie weiter: »Bei dieser Belastung brechen die Wirbel. Dabei durchtrennen sie die Nervenbahnen im Rückenmark. Selbst wenn er das überlebt haben sollte, was meiner Erfahrung nach unmöglich ist, befindet er sich jetzt in einem vegetativen Zustand. Nichts und niemand kann ihm noch helfen.«

Tränen des Verstehens traten in Anjings Augen. »Aber ich habe den Schrei gehört.«

»Ein letztes Zucken seiner Nervenbahnen. Bitte glaub mir, du hättest ihn nicht mehr retten können. Was immer da drinnen geschehen ist, er war schon tot, bevor die Kapsel gestartet ist.«

Sanft legte Erin eine Hand auf Anjings Schulter. Ihre jahrelange Routine übernahm und ließ sie Worte aussprechen, die sie bereits zu hunderten Angehörigen gesagt hatte. Oft genug in dem Wissen, dass sie eine glatte Lüge waren, aber den Menschen halfen, einen Abschluss zu finden. »Sein Bewusstsein wurde durch die Medikamente unterdrückt. Er konnte nichts fühlen. Du kannst sicher sein, es ging schnell. Er hat nicht gelitten.«

Sie gab Anjing eine kurze Pause, um das Gesagte zu verarbeiten. Die gewonnene Zeit nutzte sie, um auf Jantilas Anzug zuzugreifen. Als Missionsleiterin konnte sie die Sensordaten aller Anzüge aufrufen. Beruhigt las sie die Anzeigen.

Jantila war am Leben. Ihr Herz schlug regelmäßig, sie atmete ruhig, EKG und EEG waren normal, deuteten aber darauf hin, dass sie bewusstlos war. Mit den EVA-Anzügen als Barriere zwischen ihnen verfügte Erin nur über eingeschränkte Möglichkeiten, um ihrer Frau zu helfen. Trotzdem konnte sie nichts unversucht lassen. Die EVA-Ausrüstung verfügte über rudimentäre Hilfsprogramme, um Verletzte in Notsituationen zu unterstützen. Wie sie diese als

Trägerin in ihrem Anzug aktivieren konnte, wusste Erin. Aber gab es auch Möglichkeiten, diese von außen aufzurufen?

Im Hintergrund vernahm sie die Stimme der Technikerin. Sie klang zittrig, aber nicht mehr aggressiv: »Was war das für eine Masse? Sie ist durch seine Augen, seinen Mund, seine Ohren, soweit ich es erkennen konnte, sogar direkt durch die Haut in ihn eingedrungen. Es sah furchtbar aus.«

Erin erkannte, dass sie zwei Patientinnen hatte, die ihre Aufmerksamkeit erforderten. Während sie versuchte, über das Handgelenksterminal von Jantilas Anzug auf die Notfallsysteme zuzugreifen, unterhielt sie sich mit Anjing. »Ich habe keine Ahnung. So etwas habe ich noch nie gesehen. Es sah aus wie Öl, aber es ist nach oben geflossen. Seine Bewegungen waren zielgerichtet, so als würde es bewusste Handlungen ausführen.«

Erin schauderte bei dem Gedanken daran. Was sie gesehen hatte, war keine leblose Flüssigkeit gewesen. Wie Finger hatten sich die Bahnen der Masse ausgestreckt. Sie hatten sich einen Weg gesucht.

»Du meinst, es handelt sich um eine Lebensform?«, fragte Anjing. In ihrer Stimme glaubte Erin Furcht zu hören.

Im selben Moment zeigte das Handgelenksterminal ein Menü an, das Erin weiterhalf. Sie wollte jubeln, unterdrückte den Ausruf aber, um Anjing nicht zu erregen. Oft genug hatte sie in der Notaufnahme miterleben müssen, wie psychisch angeschlagene Patienten auf Ärzte losgingen, weil sie sich nicht ernstgenommen fühlten. Während sich Erin durch die Untermenüs arbeitete, versuchte sie sich an einer Antwort. »Keine, die ich kenne. Ob sie intelligent oder nur instinktiv handelt, wage ich nicht zu beurteilen. Aber ja, ich bin mir fast sicher, dass es sich um eine bisher unbekannte Form von Lebewesen handelt.«

Anjings Stimme klang plötzlich kälter. »Wenn du recht hast und dieses Ding womöglich intelligent ist, dann könnte es auch die Kapsel gestartet haben. Was, wenn das kein Zufall, kein technisches Gebrechen, sondern eine gewollte Aktion war?«

Erin brauchte einen Moment, um die Implikationen dessen, was Anjing gesagt hatte, zu verarbeiten. »Wenn dieses Wesen – bleiben wir einmal bei dieser Bezeichnung – dazu fähig ist, müssen wir auch annehmen, dass es Aaron bewusst angegriffen hat. Dann würde es darauf hinweisen, dass mein Großvater intelligentes Leben gefunden hat. Das stellt alles auf den Kopf, was wir bisher über den Flug der *Koukishin* angenommen haben.«

Endlich schaffte sie es, das Notfallprogramm zu starten. Die vorprogrammierten Routinen des Mikrocomputers übernahmen. Auch, wenn es ihr zuwider lief, konnte sie nur abwarten. Die Automatik erlaubte ihr nicht einzugreifen oder auch nur zu erfahren, was im Detail ablief. Wie so viele Angehörige in der Vergangenheit, war sie nun zur Zuseherin degradiert. Ohne sich durch Aktivitäten ablenken zu können, begannen ihre Gedanken zu rasen und konzentrierten sich auf die unerklärlichen Ereignisse. War das Wesen feindlich gesinnt? Oder hatte es nur instinktiv reagiert? Wozu war es noch fähig? Konnte es die Kapsel steuern, oder war es in Aarons Leichnam gefangen?

»Scheiße!«, zischte Anjing. »Was haben wir hier gefunden? Vor allem, haben wir das Ding geweckt?«

»Ich wollte, ich könnte dir deine Fragen beantworten. Nichts in den Plänen meines Großvaters lässt mich darauf schließen, dass er zu einer anderen Welt reisen wollte. Die *Koukishin* sollte das Portal nach Proxima durchqueren, dort eine Runde drehen und wieder zurückkommen.«

»Aber sind sie dort jemals angekommen?«, fragte Anjing und trat dabei zwischen Erin und Jantila.

Die Frage traf Erin ins Herz. Genau deshalb hatte sie darum gekämpft, die Erste auf der wiederentdeckten *Koukishin* sein zu dürfen. Sie wollte wissen, was mit dem Schiff – vor allem aber mit ihrem Großvater – geschehen war. Was war nach dem Eintritt in das Portal passiert? Wohin hatte es sie verschlagen? Wo hatten sie die letzten vierzig Jahre verbracht?

Die Anzeige von Jantilas medizinischen Daten forderte ihre Aufmerksamkeit. Die Gehirnströme veränderten sich. Die Kurven, die bisher auf eine tiefe Bewusstlosigkeit hingewiesen hatten, schlugen aus. Jantilas Körper schüttete Massen an Adrenalin aus. Ihr Herz raste, ihr Atem wurde unruhig. Irgendetwas stimmte nicht.

Erin schob sich an Anjing vorbei und kniete sich neben Jantila. »Es tut mir leid. Ich muss mich um Jantila kümmern.«

Anjing schien das für den Moment zu akzeptieren. »Okay. Ich werde inzwischen schauen, ob ich den Kahn wieder zum Laufen bringe. Wenn wir herausfinden wollen, wo dieses Scheißbiest hergekommen ist, brauchen wir die Bordcomputer. Die springen allerdings nur an, wenn ich den ganzen Laden wieder hochfahren kann. Ich mache mich auf den Weg zur Antriebssektion. Wäre doch gelacht, wenn ich das nicht hinbekomme.«

Bereits auf Jantilas Messergebnisse konzentriert, winkte ihr Erin nur beiläufig zu. »Halt mich bitte auf dem Laufenden.«

Anjings Antwort bekam sie schon nicht mehr mit. Ihre ganze Aufmerksamkeit galt jetzt Jantila. Sie musste versuchen, sie mit den wenigen Mitteln, die ihr zur Verfügung standen, aufzuwecken. Denn alles deutete darauf hin, dass sie panisch war. Gefangen in einem Albtraum.

22_ Missionszeit 07:42

Koukishin . Hauptkorridor

Konturlose, undurchdringliche Dunkelheit hüllte sie wie eine Decke ein. Sie schwebte in unendlichem, gestaltlosem Nichts. Sie fühlte nicht den leisesten sensorischen Eindruck. Panik flammte in ihr auf. War ihr Rückgrat beim Aufprall beschädigt worden? Würde sie für alle Ewigkeit in ihrem Körper eingesperrt sein? Getrennt von ihrer Umwelt, ohne sie wahrnehmen oder mit ihr interagieren zu können?

Sie wollte schreien, doch weder konnte sie die dafür notwendige Luft einatmen noch ihre Lippen bewegen. Der nächste erschreckende Gedanke raste durch ihren Verstand. Die Rettungskapsel hatte sich von der *Koukishin* getrennt, bevor sie den Gang verlassen konnten. Trieb sie vielleicht in der Weite des Weltalls, mit beschädigtem Helm, nur Sekunden davon entfernt, dass die Kälte der Unendlichkeit sie in den Abgrund riss? Füllte das Vakuum bereits ihre Lungen?

Plötzlich hörte sie die Stimme. Ein undeutliches Flüstern, das direkt in ihrem Verstand ertönte. Ihr folgten weitere. Die Lautstärke schwoll an. Die Worte blieben unverständlich, schürten trotzdem das Feuer der aufflammenden Emotionen.

Abscheu, Ekel, Wut, Furcht, Einsamkeit, Trauer.

Die Gefühle überschlugen sich. Sie wollte weinen. Sich dem Elend ergeben und gleichzeitig das ganze Universum zerfetzen.

Kurz bevor sie versank, drangen Worte, deren Sinn sie verstand, zu ihr. Sie klammerte sich daran wie an einen Rettungsanker.

»Jantila! Hörst du mich? Langsam mache ich mir Sorgen.«

Sie erkannte die Stimme.

Zwanzig Zentimeter von ihr entfernt leuchteten zwei grelle Helmscheinwerfer. Geblendet kniff sie die Lider wieder zusammen. Mit einer ärgerlichen Handbewegung schlug sie in Richtung der Quelle. Sie fühlte den Aufprall ihrer Hand auf einen Helm. Angetrieben von der Wut, die in ihr kochte, holte sie zu einem weiteren Schlag aus. Die Finger zur Faust geballt, wollte sie auf ihr Gegenüber einschlagen. Ihren Helm zertrümmern, ihren Kopf eigenhändig zerquetschen. Die Stimmen wurden wieder lauter, trieben sie dazu, ihren ganzen Hass auf die andere Person zu konzentrieren. Mit der Wucht eines Hammers raste ihre Faust auf die beiden Lichter zu, die unerwartet zur Seite zuckten.

»Woah! Was wird das?«, rief die Stimme. »Jantila! Ich bin es, Erin.«

Erin?

Sie zwang sich, ihre Gedanken unter Kontrolle zu bekommen. Konzentrierte sich auf das Bild der Frau, die sie liebte. Auf ihre weichen Lippen, die so oft ein herzerweichendes Lächeln zeigten. Die kurzen schwarzen Haare, die einen wunderschönen Kontrast zu ihren tiefgrünen Augen bildeten. Plötzlich fiel die Anspannung von ihr ab. Die Stimmen traten in den Hintergrund. Sie konnte wieder klar sehen. Langsam senkte sie den Arm. Die Spannung in ihren zusammengekrampften Fingern löste sich.

»Scheiße, was ist passiert?«, stammelte sie, um Zeit zu finden, sich zu sammeln.

»Du hast dir den Kopf ganz schön angeschlagen. Ohne den Schutzanzug wäre das nicht so glimpflich ausgegangen. Eine leichte Gehirnerschütterung kann ich nicht ausschließen. Das würde auch deine vorübergehende Verwirrung erklären.«

Sekundenlang sahen sie sich an. Die Stimmen kämpften vehement um die Oberhand. Jantila wehrte sich dagegen. Mit aller Kraft klammerte sie sich an Erins Worte, die erneut zu ihr durchdrangen: »Das Erlebnis mit Aaron hat mir gereicht. Darum sehe ich davon ab, dich in die nächste verfügbare Rettungskapsel zu bringen, um dich dort auf Herz und Nieren zu prüfen. Noch mal gehe ich das Risiko nicht ein.«

Sie erinnerte sich wieder. Vor ihrem geistigen Auge wanderten die Bilder vorbei. Aarons nackter, sich windender Körper, der sich aufbäumte. Seine Finger, die sich in die Polsterung der Liege krallten, bis sie das nahtlos gefertigte Material auseinanderrissen.

»Alles okay?«

»Ja. Mein Schädel brummt zwar wie in Folge einer durchzechten Nacht. Abgesehen davon sind meine Blessuren aber nebensächlich.« Fragend sah sie sich um. »Wo ist Anjing?«

»Na, kaum wachst du auf, denkst du schon wieder an andere Frauen.« Der Schalk in Erins Stimme strafte die scharfen Worte Lügen. »Sie hat sich auf den Weg zum Maschinenraum gemacht, um den Reaktorkern hochzufahren. Egal, wie unsere nächsten Schritte aussehen, wir brauchen Energie, um von hier wegzukommen.«

Missionszeit 07:29 _23

Koukishin . Hintere Schleuse

Aaron war tot. Zumindest, wenn sie dem glaubte, was Erin ihr erklärt hatte. Wenn sie an das Erlebte zurückdachte, musste sich Anjing eingestehen, dass es gar nicht anders sein konnte. Dieses Wesen, dieses unerklärliche Ding, war in ihn eingedrungen. Sie mochte sich nicht vorstellen, was er dabei gefühlt hatte. Insgeheim hoffte sie, dass Erin recht gehabt und er durch das tiefe Koma nichts mehr davon mitbekommen hatte.

Sie hasste den Gedanken daran, dass sie nie wieder zusammen mit ihm an der Bar auf Luna zusammensitzen würde. Gleichzeitig wusste sie, dass sie die Tatsache akzeptieren musste. Selbst wenn er das Eindringen des Dings und die unweigerlichen Brüche seiner Wirbel überlebt hatte. Die Kapsel war mit offener Schleuse gestartet. Die Druckwelle und die Hitze mussten dabei in die Kapsel selbst eingedrungen sein. Nichts im Inneren war darauf ausgelegt, solche Belastungen zu überstehen.

Egal, von welcher Seite sie es betrachtete, es gab keine Chance, dass Aaron noch am Leben war. Ihn konnte sie nicht mehr retten. Aber sich selbst sowie die beiden anderen Frauen schon. Dafür musste sie nur die ständig in ihrem Kopf murmelnden Stimmen ignorieren und die immer drückender werdenden negativen Emotionen beiseiteschieben. Fühlte es sich so an, wenn man verrückt wurde? Verwunderlich wäre es nicht, wenn sie nach dem Erlebten langsam ihren Verstand verlor.

Sie wollte sich jetzt auf ihre selbstgestellte Aufgabe konzentrieren. Dafür allerdings musste sie erst unzählige verschlossene Durchgänge bewältigen.

Schon wieder stand sie vor einem davon. Sie verfluchte das Schiff, dessen Energieversorgung sie instand setzen wollte. Seit sie Erin bei der ohnmächtigen Jantila zurückgelassen hatte, wälzte sie dunkle Gedanken, perfekt abgestimmt auf die Umgebung, die mit ihrer undurchdringlichen Dunkelheit mit jeder Minute schwerer auf ihr Gemüt drückte.

»Das Ding muss von Dämonen besessen sein«, murmelte sie. Mithilfe der Notmechanik hebelte sie die Druckschleuse auf. Ihre Überlegung amüsierte sie. An die Unterwelt glaubte sie genauso wenig wie an Götter, Engel oder Heilige. Andererseits musste sie sich eingestehen, dass die Erlebnisse der letzten Stunden jeder Logik widersprachen.

Über sich selbst verärgert, schüttelte sie den Kopf. »Bleib mal am Boden der Tatsachen. Du bist Technikerin, keine Mystikerin. Wollen wir zurück zur Erde, braucht es gute alte Handarbeit.«

Zentimeter für Zentimeter schob sich die schwere Stahltür zur Seite, bis sie endlich den Weg freigab. Noch einmal versicherte Anjing sich, dass die Verbindung zum Hauptkorridor geschlossen war. Wenn ihr Plan aufging und sie die Maschinen hochfahren konnte, würde die Sauerstoffversorgung wiederhergestellt werden. Eine offene Schleuse wäre dann ein Desaster.

Ab sofort war sie wieder auf sich alleine gestellt. Nichts Ungewöhnliches für die Bordtechnikerin. Nur auf interstellaren Schiffen in der Größe der *Koukishin* gab es ganze Technikcrews. Auf den Kurierschiffen, die sie bevorzugte, war Besatzung Mangelware. Ihre

Jobs wählte sie mit Bedacht. Anjing mochte Arbeitsplätze, die es ihr ermöglichten, ihre Aufgaben in Ruhe und ohne die Einmischung anderer erledigen zu können. Ihre Mutter nannte sie eine Einzelgängerin. Sie selbst favorisierte die Bezeichnung freiheitsliebend.

Wie jetzt, wo sie die Freiheit hatte, ihren Arsch für die Frauen aufs Spiel zu setzen, die sie erst in diese Situation manövriert hatten. Sie erreichte das Ende des Besatzungsmoduls. Das Antriebsmodul lag am anderen Ende von sechzehn Titan-Karbon-Säulen, jede einzelne sechzig Meter lang und zehn im Durchmesser. Stabil und, wie sie aus leidiger Erfahrung wusste, nicht magnetisch. Sie verbanden die beiden Bauteile des Forschungskreuzers. Im Katastrophenfall sollte der Abstand dazu dienen, die Crew vor austretender Strahlung zu schützen. Als würde das bisschen luftleerer Raum ausreichen, um die Strahlung im Falle eines Kernbruches verpuffen zu lassen. Jetzt stand Anjing am Ende des Hauptmoduls.

»Das hätte ich erwarten können. Wäre doch zu schön gewesen, wenn es einfach weiterginge. Muss ich den Folientunnel also manuell ausfahren.«

Bevor sie sich abstieß, verankerte sie die Sicherungsleine an der vorgesehenen Stelle in der Außenhülle. Drei Meter von der Schleuse entfernt verriegelte sie den Abrollmechanismus. Erst danach drehte sie sich um die eigene Achse.

»Will mich hier wer verarschen?! Hokori no yama! Was ist das für ein verdammter, verkackter Scheißdreck?!« Wut und Frustration kämpften in ihrem Inneren um die Oberhand. Anders als bei den flüsternden Stimmen, deren Herkunft sich ihr nicht erschloss, wusste sie, woher diese Emotionen kamen. Am liebsten hätte sie laut geschrien.

Dort, wo sich der zusammengefaltete Folientunnel befinden sollte, klafften zwei große Löcher, eingerahmt von schwarzen Brandspuren.

»Die haben das Ding abgesprengt.«

Dreißig Meter über sich entdeckte sie an einer der Verbindungssäulen die festhängenden Überreste. In der Mitte der schlaffen Folienbahnen hing etwas Undefinierbares. Aus der Ferne konnte sie nicht erkennen, worum es sich handelte. Das war auch nicht von Bedeutung. Viel drängender war die Frage, warum die Sprengladungen ausgelöst worden waren.

Anjing fand keinen Grund, der die Schiffscrew dazu motivieren konnte, den Übergang gewaltsam zu entfernen. Das sollte nur im Katastrophenfall geschehen, wie bei einem Bruch des Antriebskerns oder anderweitigen Fehlfunktionen, die das gesamte Schiff gefährdeten. Dann wurde der hintere Schiffsteil abgekoppelt.

Im Kopf prüfte sie ihre Optionen. Wie so oft war es den Ingenieuren natürlich nicht in den Sinn gekommen, bei diesem Ausgang lange Sicherungsleinen einzuplanen. Für den Wechsel zum hinteren Teil gab es einen Tunnel. Zumindest sollte es einen geben. Den Genies in den Trockendocks fehlte die Vorstellungskraft für Situationen, in denen dieser nicht benutzbar sein könnte.

Die im Anzug integrierte Abrollvorrichtung bot ihr ein zwanzig Meter langes Seil. Bei Weitem nicht genug, um überzusetzen. Beim Gedanken daran, den Weg zurück anzutreten, damit sie eine längere Leine im Ausrüstungsdepot suchen konnte, schauderte ihr. Dazu hätte sie erst wieder durch die beiden Drucktüren gemusst. Abgesehen vom Zeitverlust, wollte sie um jeden Preis verhindern, in die bedrückende Stimmung des Schiffes zurückkehren zu müssen. Sie genoss die Einsamkeit.

Den Entschluss fasste sie schnell. Wenige Handgriffe brachten sie zurück an die Hülle. Dort verankerte sie sich mit den Magnetstiefeln, bevor sie die Sicherungsleine wieder löste und aufrollte. Die Augen auf das Antriebsmodul gerichtet, ging sie in die Knie. Machte sie jetzt weiter, gab es kein Zurück.

Seit dem Verschließen der Druckschleuse hatte sie keine Funkverbindung. Wieder eines dieser Phänomene, die sie nicht erklären konnte. Was im, oder am, Forschungsschiff konnte Funkwellen bereits innerhalb weniger Dutzend Meter abschirmen? Die Leistung der Anzugsysteme sollte darauf ausgelegt sein, die Kommunikation über zig Kilometer zu ermöglichen. Entgegen dieser einfachen technischen Tatsache war trotzdem alles über zwanzig Meter ein Ding der Unmöglichkeit. Langsam häuften sich die unbeantworteten Fragen zu einem Berg an.

Anjing zwang ihre Gedanken zurück auf die gegenwärtige Situation, denn die kleinste Unaufmerksamkeit konnte einen tödlichen Ausgang ihres Plans mit sich bringen. Um sich zu beruhigen, holte sie tief Luft.

Kaum hatte sie den Magnetanker gelöst, stieß sie sich mit aller Kraft von der Hülle ab. Den Blick weiter starr geradeaus gerichtet, trieb sie auf den gegenüberliegenden Zugang zu. Wie in Zeitlupe wuchs die graue Stahlwand vor ihr, bis sie ihr gesamtes Sichtfeld ausfüllte. Die Sekunden dehnten sich in ihrer Wahrnehmung zur Unendlichkeit. Endlich erreichte sie die andere Seite. Sie reckte ihre Hand, um einen Haltegriff zu umfassen. Wenige Zentimeter trennten sie von ihrem Ziel, da traf sie der Schrei wie ein Faustschlag in die Magengrube.

So plötzlich, wie sie beim Verlassen der *Koukishin* abgeklungen waren, griffen die negativen Emotionen wieder an. Ihr Herz begann zu rasen. Sie musste um jeden Atemzug kämpfen. Ungeahnte Schmerzen bohrten sich in ihre Schläfen, bis sie glaubte, dass ihr Schädel jeden Moment platzen würde. Vom Rand her fraßen sich dunkle Schemen in ihr Sichtfeld. Was sie sah, erinnerte Anjing an die schwarzen, öligen Auswüchse, die sich vom Boden der Rettungskapsel aus auf Aaron zugeschoben hatten.

Waren weitere Wesen an Bord? Griffen sie an? Drohte ihr dasselbe Schicksal wie Aaron?

Anjing drängte die Panik, die sie zu übermannen drohte, mit einem lauten Schrei von sich fort. Mit aller Kraft, die sie aufbringen konnte, kämpfte sie gegen die Sturmwelle an. Ihr Blickfeld reduzierte sich auf ein kleines, kreisrundes Loch. Endlich trafen ihre Finger auf den Haltegriff.

Missionszeit 07:54 _24

Koukishin . Hauptkorridor

»Glaubst du, dass Anjings Plan aufgeht?«

Erin zuckte mit den Schultern, was in dem klobigen Anzug seltsam ungelenk aussah. »Es ist ja nicht so, dass wir andere Möglichkeiten hätten. Ich bin froh, wenn ich den Staubsaugroboter korrekt programmiere, ohne ihn gleich ins Nirwana zu schicken. So sehr ich dein technisches Wissen bewundere, ein Fusionsreaktor überfordert selbst dich.«

»Anjing ist unsere letzte Chance. Auch wenn die Anlagen um vieles größer dimensioniert sind als die der *Hikaru*. Sie kennt als Einzige die Grundlagen der Maschinen.«

Unschlüssig standen sich die beiden gegenüber. Es gab nichts mehr zu besprechen. Jetzt schienen sie zur Untätigkeit verdammt.

Jantila überlegte, wie sie die Zeit sinnvoll nutzen konnten. »Die Mannschaftsquartiere hat man nicht verschweißt. Da sollten wir hineinkommen. Weißt du, wo die Kabine deines Großvaters liegt?«

»Lass mich mal nachdenken. Er hat mir so viel von seinem Schiff erzählt.« Erin hob einen Arm, als wollte sie sich am Kopf kratzen. Dabei schien sie vergessen zu haben, dass sie den Helm trug, und versetzte sich mit der flachen Hand selbst einen Hieb. Sie zuckte zusammen. »Es wird Zeit, dass ich Pause mache.« Der Anflug eines Lächelns zeichnete sich auf ihren Lippen ab. »Ich erinnere mich wieder. Ishmaels Kabine liegt am oberen Ende des Korridors. Direkt vor denen der Kommandocrew.«

»Also den ganzen Gang zurück«, seufzte Jantila.

Wortlos gingen sie hintereinander her. Jantila vergrub sich in ihren eigenen Gedanken und versuchte, sich auf die Ereignisse der letzten acht Stunden einen Reim zu machen. Ihr fehlte die Raumfahrterfahrung. Ganz zu schweigen von der Bergung havarierter Schiffe. Ungeachtet dessen konnte sie die bisherigen Erlebnisse nicht mit technischen Störungen erklären. Sie wollte allem auf den Grund gehen, wären da nicht die drängenden Stimmen, die es ihr erschwerten, klare Gedanken zu fassen. Sollte sie Erin davon berichten oder würde ihre Frau sie für verrückt halten? Sie durften auf keinen Fall das Vertrauen ineinander verlieren.

Vielleicht bildete sie sich das alles ein? Das musste es sein. Der Stress, die ungewohnte Umgebung, die Dunkelheit, dazu die mehrfachen Stöße gegen ihren Kopf. Vermutlich litt sie an einer Gehirnerschütterung. Das konnte die Sinneseindrücke genauso wie die Gemütsschwankungen erklären. Sie biss sich auf die Zunge. Das half ihr dabei, wieder Klarheit zu erlangen.

Mit Abscheu erinnerte sie sich an die Einsamkeit, die sie vereinnahmt hatte. An das Gefühl, am Rande des Wahnsinns zu stehen, bangend, dass ihr Tod kurz bevorstand. Gefangen in der Dunkelheit wäre sie für alle Ewigkeit in sich selbst eingesperrt gewesen, der unendlichen Folter des Nichts ausgesetzt. Der Gedanke daran jagte ihr kalte Schauer über den Rücken.

Wie ferngesteuert wanderten ihre Hände an die Unterseite ihres Helmes. Endlich erkannte sie die Lösung für die Dinge, die sie belasteten. Sie musste nur den Helm abnehmen. Sich der Kälte des Vakuums aussetzen. Der Ruf wurde lauter. Ein Handgriff reichte, um alles zu beenden. So konnte sie sicherstellen, dass sie nie wieder

Gefahr lief, die Qual der Einsamkeit erdulden zu müssen. Ungeübt suchten ihre Finger die Verriegelungen. Zwei kleine Hebel, versenkt in der Halskrause, die sie hochdrücken musste.

Mit einem Ruck wurden ihre Hände zur Seite gerissen.

»Was machst du da?!«

Jantilas Gedankenwelt kollabierte. Neben ihr stand ihre Frau. Erins Finger schlossen sich fest um Jantilas Handgelenke. »Kannst du mir verraten, was du dir dabei gedacht hast?«

Wortlos schüttelte Jantila den Kopf.

»Ohne Vorwarnung bleibst du stehen und fasst dir an die Helmverriegelung. Wolltest du ihn abnehmen?«

»Ja … Nein …«, stammelte sie im Versuch einer Erklärung.

Erin drückte Jantilas Arme an ihren Körper. »Du hast wohl einen schlimmeren Schlag abbekommen, als ich ursprünglich angenommen habe.«

Ihr kräftiger Stoß schob Jantila an die Wand.

»Da drüben liegt Großvaters Kabine. Du setzt dich jetzt erst mal hierhin. Deine Ärztin verordnet dir hiermit Ruhe. Wehe, ich erwische dich noch mal dabei, dass du so einen Unsinn machst. Verstehen wir uns?«

»Ja.« Zu mehr reichte ihre Kraft nicht. Wie zuvor in der Rettungskapsel schwappte erneut eine Welle der Gefühle, die nicht ihre waren, über ihr zusammen. Sie fühlte sich, als würde jemand versuchen, die Kontrolle über sie zu übernehmen. Was sie dachte und spürte, war nicht sie selbst. Eine fremde Kraft drängte auf sie ein, versuchte ihren Geist zu übernehmen. Mit aller Energie, die sie aufbringen konnte, kämpfte sie dagegen an, Erin anzuspringen. Unbändiger Hass loderte in ihr. Hass auf ihre Frau, die verhinderte, dass sie den letzten Schritt tat. Die ihr verweigerte, sich vor dem unendlichen Gefängnis im Nichts zu retten. Sie dazu verdammte, wieder in der Dunkelheit zu versinken. Sie wollte die Missgeburt, die ihr gegenüberstand, zerfetzen. Ihr die Finger in die Augenhöhlen pressen und sie selbst dazu verdammen, in sich eingesperrt zu sein.

Ein unartikulierter Schrei drang über ihre Lippen, während nur ein letzter Funken Vernunft sie daran hinderte, ein Panel von der Wand zu reißen und Erin niederzuschlagen. Alles in ihr schrie danach. Ein klitzekleiner Schritt trennte sie vom Abgrund, der ihr erlauben würde, ihre lodernde Wut auszuleben.

In diesem Moment begannen die Wände zu zittern.

Missionszeit 07:55 _25

Koukishin . Maschinenraum

Erschöpft hockte Anjing im Inneren der Schleusenkammer. Die Erleichterung darüber, die Antriebssektion erreicht zu haben, hielt nicht lange an. Noch drängender als zuvor griffen die Schatten nach ihr, begleitet von den Stimmen, die unentwegt in ihrem Kopf um die Oberhand stritten.

Ein innerer Zwang trieb sie dazu, ihren Helm gegen die Wand in ihrem Rücken zu hämmern. Rhythmisch, wie der Trommler auf einer Galeere.

Bamm

Bamm

Bamm

Wieder und wieder, bis das Brummen in ihrem Schädel alles andere übertönte. Mit fahrigen Bewegungen bediente sie das Display am rechten Unterarm des Anzuges. Sie brauchte ihre persönliche Variante des Notfallmedizinprogrammes. Ein enervierendes Fiepen in den Helmlautsprechern, kombiniert mit einer roten Warnmeldung, ließen sie verärgert schnauben.

»Leck mich am Arsch! Den Dreck wollte ich doch längst rausprogrammieren. Nur in Notfällen?! Was glaubst du kleiner Scheißer, was das ist?«

Erneut tippte sie auf die Anzeige. Die Reaktion folgte umgehend in Form eines leichten Stichs an der Hüfte. Ein Cocktail aus Analgetika, Stimulanzien und Adrenalin flutete ihren Körper. Diese von ihr persönlich über die Jahre perfektionierte Mischung vertrieb alle Beschwerden wie von Geisterhand. Ihre Tatkraft kehrte zurück. Sie wusste, dass der künstlich hergestellte Zustand nicht lange anhalten würde. Ihre Beine, die sich bis eben bleischwer angefühlt hatten, wurden federleicht. Die Niedergeschlagenheit wich Euphorie.

Gleich hinter der Schleusenkammer lag der Rundgang der Antriebssektion. Dieser zog sich entlang der gesamten Außenwand des achteckigen Moduls. Die der Außenhülle zugewandte Wand säumte einzelne Türen, hinter denen die Aufenthaltsräume, Quartiere und die Kantine lagen.

An der inneren Gangseite befand sich der Zugang zum Zentralkorridor. Zwei Treppenhäuser führten zu den unteren und oberen Ebenen. Laut Beschriftung an der Wand würde sie der linke Abgang zu den Materiallagern, dem Kühlsystem sowie einigen niederrangingen Subsystemen bringen. Im rechten unteren Abschnitt befanden sich die Lebenserhaltungssysteme und die Energiewandler. In der oberen Ebene lagen die Antriebsmassetanks. Bis auf die Kryoanlagen für die Tiefschlafkammern und die Sauerstofftanks befand sich alles, was das Schiff in Betrieb hielt und der Crew das Überleben sicherte, im hinteren Teil.

Anjing musste grinsen. Genaugenommen handelte es sich bei dem Antriebsmodul um einen gewaltigen Sprengsatz. Komprimierter Sauerstoff, brennbare Antriebsmasse und ein Fusionsreaktor. Abgesehen von den Technikern wusste kaum ein Crewmitglied eines interstellaren Schiffes, dass sie von einer tickenden Zeitbombe angetrieben wurden.

Zehn Meter weiter mündete der Gang in die Kontrollzentrale. Zahlreiche Bedienpulte säumten die Wände. Zwei Reihen an Holodisplays rahmten das breite Fenster ein, das die direkte Sicht zum Kern der ganzen Anlage erlaubte. Den Ausblick konnte sie nur erahnen, denn eine tonnenschwere strahlungssichere Schutziris verschloss die Scheibe.

Was dahinter lag, kannte Anjing von Holoaufnahmen. Im Zentrum des Maschinenmoduls gelegen, befand sich die gut sechzig Meter durchmessende Halle, in deren Mitte der Kern hing. Ein Wunderwerk der Technik, dessen genaue Funktion sie nicht kannte und vermutlich auch nicht verstehen würde. Beim Innenleben des Reaktors handelte es sich um ein streng gehütetes Geheimnis.

»Da hast du dir mal was vorgenommen«, sprach sie sich selbst Mut zu. »Ein völlig unbekanntes Antriebssystem ohne unterstützende Computer hochfahren. Ob es hier irgendwo einen Hauptschalter gibt?«

Langsam ging sie entlang der Wand an den Arbeitsplätzen vorbei. Warum war der Reaktor abgeschaltet worden? Vielleicht hatte es einen Defekt gegeben. Oder war er von der Crew gezielt heruntergefahren worden, um eine drohende Kettenreaktion zu verhindern? Es gab zu viele Möglichkeiten, die zu ergründen, in der Kürze der Zeit unmöglich war. Was zählte, war, den Reaktor wieder hochzufahren.

Nirgends fand Anjing den kleinsten Hinweis auf die Reaktorsteuerung, bis sie auf einen weiteren Treppenabgang stieß.

»Wer hätte das erwartet? Zumindest ist alles angeschrieben.«

Die Stahltreppe vor ihr führte zu den tieferliegenden Etagen. An der Wand prangten die Aufschriften, die ihr verrieten, wohin der Weg sie führen würde.

Hauptkammer B00

Kühlsteuerung B01

Energieverteiler B02

Notabschaltung B03

Die hinabführenden Stufen waren nicht für schwere Raumanzüge ausgelegt. Nur ein winziger Teil der Magnetstiefel fand Platz. Die Verankerungen griffen nicht richtig und sorgten für keinen gesicherten Halt.

Vorsichtig trat Anjing von einer Stufe zur nächsten, darauf bedacht, nicht mit dem unförmigen Backpack hängen zu bleiben. Keuchend erreichte sie das Ende der Treppe. Wie auf Kommando kamen die negativen Emotionen zurück. Was zuvor einem Faustschlag geglichen hatte, verfügte nun über die Gewalt eines Vorschlaghammers. Nie gekannte Niedergeschlagenheit wühlte sich hoch. Die engen Wände des Ganges rückten näher an sie heran, bis sie drohten, sie zu erdrücken. Auf ihrem Brustkorb lastete ein tonnenschweres Gewicht.

Mit letzter Kraft aktivierte sie erneut ihr Spezialprogramm. Die Drogen, auf die sie während des Hinfluges verzichten hatte müssen, würden ihr helfen. Was ihr sonst dazu diente, die Belastungen des Alltags zu überstehen, half ihr jetzt dabei, sich zu fokussieren. Sie wartete auf das Einsetzen der Wirkung, die nicht kommen wollte. Zu den auf sie einstürmenden Gefühlen kam die Furcht, dem allen hilflos ausgeliefert zu sein. Wiederholt hieb sie auf die Taste. Dabei ignorierte sie die Warnung, dass die Maximaldosis bald erreicht sein würde.

Ohne weiter nachzudenken, setzte sie ihren Weg fort, völlig auf das Ziel vor ihr konzentriert.

Ein kleiner Raum, kaum groß genug für zwei Personen, erwartete sie direkt vor dem Zugang zur Reaktorhalle. An der Wand befanden sich archaisch anmutende Schalterreihen. Trotz aller Hightech, die dazu diente, Menschen ins All zu bringen, hatten die Ingenieure nicht darauf vergessen, die Anlagen mit einer mechanischen Zentralabschaltung zu versehen. Angetrieben von den aufputschenden

Medikamenten trat Anjing ein. Mitten in der Bewegung hielt sie inne. Ihre Augen weiteten sich.

Vor ihr am Boden lagen die zur Unkenntlichkeit verkohlten Überreste eines Menschen, der die Hände an einem Hebel festgekrallt hatte. Zum ersten Mal in ihrem Leben sah sich Anjing einer Leiche gegenüber. Verbrennungen, Schnittwunden, auch offene Brüche kannte sie. Teils an anderen, teils selbst erlitten. Das brachte der Job einer Schiffstechnikerin mit sich. Ein gewaltsamer Tod hingegen war ihr noch nie untergekommen. Trotzdem schaffte sie es, geistig auf Abstand zu gehen. Sie kannte den Toten – oder war es eine Frau? – nicht. Es kam ihr vor, als würde sie einen Film ansehen und diesen Moment nicht selbst erleben.

Wie sollte sie weitermachen? Ihr fehlte dazu jegliche Erfahrung. Sollte sie die Leiche einfach zur Seite schieben, um zu der Schaltanlage zu gelangen?

»Scheiß drauf!«, schalt sich Anjing selbst. »Was soll mir schon passieren?«

Sie ergriff die Hände der Leiche. Unter ihrem festen Griff brachen die verkohlten Knochen auseinander. Ein beiläufiger Stoß reichte aus, den Leichnam zur Seite zu schieben. Ihr Magen rumorte, begleitet von Übelkeit, die in ihr hochstieg. Anjing schluckte die Magensäure hinunter. Stumm schwor sie sich, später dafür zu sorgen, dass die Überreste pietätvoll begraben wurden. Sie würde den Leichnam zur Erde bringen. Wie es allen Raumfahrenden zustand, die in Ausübung ihres Dienstes starben. Ihre Gedanken wanderten zu Aaron. Würde jemand seine Kapsel bergen? Oder würden die Weiten des Weltalls zu seinem Grab werden?

Sobald sie hier rauskam, würde sie alles daran setzen, dass er geborgen wurde. Zuvor musste sie allerdings den Reaktor hochfahren. Mit der Energieversorgung würde auch der Zugriff auf den Hauptrechner wiederhergestellt sein. Diesen benötigten sie, um die angehäuften Fragen zu beantworten.

Erleichtert stelle Anjing fest, dass die Ingenieure daran gedacht hatten, die Schaltelemente zu beschriften. Zumindest dabei hatten sie an die Crew gedacht. Die Hebel kippte sie nacheinander in die obere Position, wo sie einrasteten. Dem folgten die danebenliegenden kleineren Schalter. Nach einer quälenden Wartezeit fühlte sie, wie unter ihr der Boden zu vibrieren begann.

Verhielten sich die Maschinen ähnlich wie auf der *Hikaru*, sollten mit dem Reaktorstart automatisch weitere Systeme anspringen. So schnell, wie es ihr Anzug erlaubte, trat Anjing den Rückweg zum Kontrollraum an. Ein mühsamer Weg, da sie auf jeder Stufe balancieren musste, um mit ihren klobigen Stiefeln nicht abzurutschen. Mit jedem Schritt wurden die Vibrationen, die ihren Helm zum Klingeln brachten, stärker.

Am oberen Treppenabsatz wartete der Kontrollraum auf sie. Zwei Computerterminals erwachten zum Leben. Der matte Schein der Monitore wirkte auf Anjing wie ein grell brennendes Leuchtfeuer der Hoffnung.

Hastig trat sie an die Konsole heran. Die Befehle glichen denen, die sie von ihrem bisherigen Arbeitsplatz kannte. Sie befand sich wieder in ihrem Element.

Zuerst flammten meterlange Lichtbänder auf, die den Raum in einen chirurgisch kaltweißen Schimmer tauchten. Ihnen folgte die Atemluft, die aus den breiten Lüftungsöffnungen gepresst wurde. Gleich darauf liefen die Ventilatoren laut ratternd an. Ein weiterer Tastendruck öffnete den Strahlenschutz vor der Sichtscheibe. Anjing wollte sehen, wie der Reaktor die Systeme wieder mit Leben erfüllte. Langsam glitt die tonnenschwere Stahlplatte, die bisher die Sicht in die Halle versperrte, zur Seite.

Missionszeit 08:27 _26

Koukishin . Maschinenzentrale

Die *Koukishin* erwachte zum Leben.

Innerhalb weniger Minuten verloren die Stöße, die zu Beginn durch Mark und Bein gegangen waren, an Kraft. Der jahrzehntelange Stillstand schien an den Maschinen spurlos vorübergegangen zu sein. Sie taten, zumindest vorerst, störungsfrei ihren Dienst. Die aufflammenden Displays zeigten erste Systemanalysen, die Anjing nicht einmal zur Hälfte verstand. Trotzdem tat sie ihr Bestes, alles zu überprüfen, und griff da ein, wo sie die Auswirkungen ihrer Befehle zumindest annähernd abschätzen konnte. Das Ausbleiben jeglicher Fehlermeldungen gab ihr dabei mit jeder verstrichenen Minute zusätzliches Selbstvertrauen.

»So viele Unterschiede gibt es wohl doch nicht zwischen meinem kleinen Kurierschiff und diesem Giganten.«

Nach zehn Minuten fühlte sie, dass die Schwerkraftsysteme langsam ihren Betrieb aufnahmen. Trotz ihrer jahrelangen Erfahrung hatte sie keine Ahnung, wie die exakte Technik dahinter funktionierte. Wäre das System auf der *Hikaru* jemals ausgefallen, hätte sie Teile austauschen können. Aber wie die Wissenschaftler Anfang des zweiundzwanzigsten Jahrhunderts es geschafft hatten, mithilfe künstlicher Gravitation Teilchenschwerkraft zu erzeugen, sprengte ihr Verständnis der Physik.

Einzig, dass die Technik funktionierte, war für Anjing von Belang. Innerhalb kürzester Zeit lastete ein Drittel G auf ihren Schultern. Mehr hatte bis zu diesem Tag niemand zustande gebracht. Der Druck war nach der langen Zeit der Schwerelosigkeit eine willkommene Abwechslung.

Der Zustand der Reaktorhalle verwirrte sie. Anstatt eines glänzenden, auf Hochglanz polierten Schaustückes offenbarten sich ihr die Überreste einer Brandkatastrophe: schmutzverkrustete, verkohlte Laufgänge. Gebrochene Dichtungen, aus denen Flüssigkeiten heraustropften. Die Verankerung eines Aggregats hatte nicht gehalten. Der darunterliegende Treppenabschnitt war beim Sturz in die Tiefe zerquetscht worden. Über allem lag ein schwarzer, rußiger Film.

»Ja leck mich doch am Arsch«, murmelte Anjing. Kopfschüttelnd starrte sie auf das Chaos. »Wie viele Redundanzen haben die integriert, damit dieser Sauhaufen trotzdem noch funktioniert?«

Sie fragte sich, wie das Schiff in diesen Zustand verfallen sein konnte. Sein Alter allein war keine ausreichende Erklärung für sie. War es von den fremden Lebensformen angegriffen worden? Wenn ja, wäre die *Koukishin* auf die größte Sensation aller Zeiten gestoßen. Denn bis zu diesem Tag waren alle Versuche, intelligentes Leben im Universum zu finden, gescheitert. Aber sollte sie tatsächlich angegriffen worden sein, wieso gab es dann keine Kampfspuren, abgesehen von den Verwüstungen im Reaktorraum? Und diese sahen eher nach einem Unglück aus. Konnte der Zustand der Anlagen rund um den Kern mit den ausgebrannten und verformten Triebwerken zusammenhängen? Eine Überlastung der Antriebssysteme würde das Meiste davon erklären. Fehlte nur die Begründung, wie die Sicherheitssysteme so massiv hatten versagen können, dass eine so umfassende Überlastung überhaupt möglich geworden war.

Hatte das Wesen den Unfall ausgelöst?

Sie konnte sich diesen Fragen jetzt nicht stellen. Zu groß war die Angst davor, dass die Antworten sie wieder in die Verzweiflung kippen lassen würden. Sie stand weiterhin am Abgrund, der mit jeder Minute, die verstrich, näher rückte. Sie fühlte, wie die Wirkung der Drogen nachließ. Bald würde sie sich den nächsten Cocktail verpassen müssen, um weiter funktionieren zu können. Was das langfristig mit ihr machen würde, wollte sie gar nicht wissen. Ihre Mischung war nicht als Dauermedikation gedacht. Im Moment erschien es ihr jedoch wichtiger, ihre Aufgabe erfüllen zu können. Wenn sie versagte, waren die möglichen Langzeitfolgen der Drogen ihre geringste Sorge.

Momentan schienen die Stimulanzien die Stimmen, vor allem aber die mit ihnen einhergehenden Emotionen, im Zaum halten zu können.

Wieder konzentrierte sie sich auf die Sichtscheibe. Irgendwo dort draußen, versteckt hinter diesem Chaos, lag der Reaktorkern. Ein Flüstern in ihrem Hinterkopf trieb Anjing dazu an, zu ihm zu gehen. Versprach ihr wichtige Erkenntnisse, die sie unbedingt brauchte, um ihre Mission zu erfüllen. Sie musste den Reaktorkern mit eigenen Augen sehen.

Was sollte das bringen?

Sie wusste nichts über die Funktionsweise von Fusionsreaktoren. Geschweige denn konnte sie, oder irgendjemand, mithilfe reiner Sichtkontrolle die Einsatzbereitschaft feststellen. Sie musste sich konzentrieren. Aufhören, wirre Ideen zu spinnen. Die Konzentration auf die nächsten Schritte fiel ihr so schwer wie nie zuvor. Ihre Aufgaben … Wieder schweiften ihre Gedanken zum Reaktor. Zu ihm zu gehen, würde sie nicht viel Zeit kosten. Vielleicht verschwand der lästige Drang dann endlich. Was sollte es schon schaden?

Bevor sie losging, entriegelte Anjing den Helm. Leise zischend glitt er in den Kragen des Anzuges zurück. Erleichtert atmete sie die zuvor eingeströmte, eiskalte Atemluft. Die Wiederaufbereitungsanlage tat ihren Dienst. Die Luft roch noch muffig. Aber nach sechs Stunden wiederaufbereiteter Anzugsluft war es eine Wohltat, dem eigenen, stetig unangenehmer werdenden Körpergeruch zu entrinnen. Irgendwann schafften es auch die Filtersysteme nicht mehr, den Geruch von getrocknetem Schweiß aufzunehmen.

Vor ihrem Mund bildeten sich weiße Dampfwolken, die schnell verblassten. Die Temperaturmessung ihres Anzuges bestätigte ihre Vermutung. Die Reaktivierung der Umweltsysteme brachte auch einen langsamen Anstieg der Raumtemperatur mit sich. Was nichts daran änderte, dass sie den schützenden Anzug weiter anbehalten musste, um nicht zu frieren.

Wieder steig sie die schmale Stufen zur Maschinenhalle hinunter. Den Aufzügen, die hinter ihr am Gang lagen, vertraute sie nicht. Jeder weitere Schritt gab ihr die Sicherheit, das Schlimmste überstanden zu haben. Die Stimmen in ihrem Kopf verstummten und wurden abgelöst von der Sehnsucht, den Reaktor mit eigenen Augen zu sehen. Es zog sie dorthin wie einen Fisch zum Köder am Angelhaken.

Fast wäre sie vor der nächsten Tür stehen geblieben, um diese aufzuhebeln, da glitt diese, angetrieben von den wieder aktiven Motoren, zur Seite. Die Welle an Geräuschen, die ihr entgegenkam, traf sie völlig unerwartet – ein Crescendo, gespielt von ratternden Lüftern, brummenden Aggregaten und summenden Leitungen.

Das alles war unterlegt von Tönen, die Anjing nicht deuten konnte. Wie unzählige Menschen, die gleichzeitig sprachen. Ein unverständlicher Singsang, der durch den Lärm der Umgebung zu ihr drang. Einerseits abschreckend, andererseits hypnotisch wie Sirenengesänge. Sie musste sich täuschen. Sicherlich handelte es sich um das Summen ihr unbekannter Aggregate.

Kaum glitt die Tür hinter ihr zu, zog es Anjing zu dem Treppenaufgang zu ihrer Linken. Wie in Trance folgte sie dem Weg, den sie nicht kannte. Trotzdem wusste sie genau, wie sie zu ihrem Ziel kommen würde. Die Warnhinweise zur Strahlenbelastung ignorierte sie.

Ein einziges Mal drängte sich die Frage auf, woher sie wusste, welchen Weg sie gehen musste. Immer diese lästigen Fragen! Sie sollte ihren Instinkten vertrauen. Die schweren Magnetstiefel, die in der Schwerelosigkeit dazu dienten, jeden Tritt zu fixieren, machten den Aufstieg jetzt zu einer Qual. Anjing zählte fünfzig Stufen. Die geringe Schwerkraft reichte, um die klobigen Stiefel zu einem schweren Hindernis zu machen. Am oberen Ende der Treppe stand sie vor einer Kreuzung. Drei Laufgänge führten in unterschiedliche Richtungen.

Ohne nachzudenken, nahm Anjing den rechten. Dieser würde sie zu ihrem Ziel bringen. Das lockende Raunen in ihrem Kopf, das mit jedem Schritt an Stärke gewann, half ihr bei der Orientierung. Einmal musste sie einen Umweg nehmen, da ein zerborstenes Aggregat ihr Weiterkommen verhinderte. Ein andermal verhinderten gebrochene Rohrleitungen ihr Fortkommen. Trotzdem fühlte Anjing, dass jeder Schritt sie näher an ihr Ziel brachte.

Das unbekannte Geräusch wurde stetig lauter. Worum handelte es sich? Anjing fühlte sich an einen seltsam modulierten, mehrstimmigen Gesang in unterschiedlichen Tonlagen erinnert. Mit jedem Schritt traten die Maschinengeräusche weiter in den Hintergrund. Anjing versuchte, zu erkennen, was der Ursprung sein konnte.

Sie kämpfte mit ihren widerstreitenden Gefühlen. Einerseits sehnte sie sich mit jeder Faser ihres Körpers danach, den Reaktor zu berühren, andererseits schrie ihr Verstand danach zu flüchten. Ihre Hände fassten die Handläufe. Sie klammerten sich daran fest.

Der Konflikt der Gefühle trieb sie erneut an den Rand der Verzweiflung. Anjing begann zu zittern. Ihre Beine brachen weg. Mit einer Hand fing sie ihren Sturz ab. Die andere umklammerte den kantigen Handlauf fester im Versuch, sich zu stabilisieren.

Sie musste weitergehen. Sie musste fliehen. Näher zum Reaktor. So weit wie möglich weg vom Kern. Den Reaktor berühren. Weg! Weg! Weg! Ihn fühlen! Flüchten! Ihre gegeneinander ankämpfenden Gedanken dröhnten in ihrem Kopf.

Sie musste sie unterdrücken. Der Streit in ihrem Geist musste enden, damit sie wieder klar denken konnte. Mit aller Willensstärke, die sie aufbringen konnte, zwang sie ihre zitternden Finger, die den Handlauf wie ein Schraubstock umklammerten, sich zu lösen. Sie benötigte mehrere Anläufe, um die Tasten am Display zu betätigen. Dreimal traf sie nicht und musste wieder von vorne anfangen. Dabei versank sie tiefer in der Verzweiflung, die sie wie ein Sumpf umschloss. Endlich schaffte sie es. Zum fünften Mal an diesem Tag jagte sie die Drogenmischung in ihre Venen, die ausreichte, um selbst bei einmaliger Gabe abhängig zu machen. Was für ein seltsamer Gedanke. Diese Grenze hatte sie schon vor Jahren hinter sich gelassen.

Sekunden verstrichen, in denen sie befürchtete, dass die Dosierung bereits zu schwach wäre. Der Druck auf ihren Geist wuchs ins Unermessliche. Schluchzend brach Anjing zusammen. Ihr Gesicht schlug auf dem eiskalten Stahlgitter unter ihr auf. Im selben Moment setzte die Wirkung ein. Jeden Eindruck nahm sie, dank ihrer wieder geschärften Sinne, mit der Präzision eines geeichten Messgerätes wahr. Ob den blutenden Schnitt an der Wange, das Muster des Metallgitters, auf dem sie lag, oder die Geruchsnuancen in der Luft.

Ihr Gehör verarbeitete die einströmenden Geräusche. Blendete alles aus, was im Moment nicht relevant schien. Wie ein Richtmikrofon pendelte sich ihre ganze Aufmerksamkeit auf das unerklärliche Geräusch ein.

Anjing sprang auf. Was sie hörte, konnte nicht sein. Nein, es durfte nicht sein. Sie musste sich täuschen, gleichzeitig wusste sie mit absoluter Gewissheit, dass sie sich nicht irrte.

Sie hörte Schreie.

27_ Missionszeit 08:29

Koukishin . Hauptkorridor

Die *Koukishin* zitterte bereits seit einer halben Minute wie Espenlaub, da flammten die Lichtstreifen an der Decke auf. Zum ersten Mal, seit sie an Bord gekommen waren, verschwand die Dunkelheit. Gleißende Helligkeit löste sie ab. Zeitgleich ertönte durch die Schalung ihres Helmes hindurch ein lautes Brausen, das Jantila an den Strahl eines Hochdruckreinigers erinnerte.

Erin grinste breit. »Die Lebenserhaltungssysteme laufen wieder. Anjing ist ein Genie! Bald sollten wir wieder ohne die Anzüge agieren können.«

Erleichterung überschwemmte Jantila. Der Hass ebbte ab, wurde ersetzt von unbändiger Freude. Sie lagen sich in den Armen, ohne ein Wort zu sagen. Schier unbeschreibliches Glück übermannte Jantila, die ihrer Begeisterung laut jubelnd Ausdruck verlieh. Vor ihr lag eine neue Zukunft. Die Chance, sich zu entwickeln, zu wachsen, zu zerstören.

Sie stolperte, entsetzt über ihre eigenen Gedanken, von Erin fort. Woher kam dieser Zwiespalt? Sekunden verstrichen, in denen sie erneut an sich selbst zweifelte. Sie musste neue Pläne schmieden.

Sie standen direkt vor Ishmael Molinas Quartier. Zum ersten Mal konnte Jantila die volle Länge des Hauptkorridors erkennen. Zu beiden Seiten zweigten verschlossene Türen ab. Einige von ihnen waren, wie die Schleuse zur Krankenstation, verschweißt.

Erin deutete auf die Zugänge. »Warum wurden die versiegelt?«

»Die nächste Frage, auf die wir erfolglos die Antwort suchen. Setzen wir das auf unsere Liste der ungelösten Rätsel. Wir müssen Prioritäten setzen.« Jantila richtete ihre Aufmerksamkeit auf die Tür vor ihr. In großen Lettern stand darauf: *Mission and Science Commander*.

»Jetzt, wo wir wieder über Energie verfügen, schlage ich vor, dass du Ishmaels Kabine übernimmst. Ich versuche, die Funkanlage in Betrieb zu nehmen.«

Erin zögerte, bevor sie auf die Kabinentür zutrat. »Machen wir das. Ich melde mich, sobald ich etwas finde.«

Ein einfaches Tippen auf den Türöffner reichte, schon glitt diese leise zischend zur Seite. Erin verschwand in dem dahinterliegenden Quartier.

Jantila sah ihr nach, bis das geschlossene Schott sie voneinander trennte. Erst, als sie sicher war, dass Erin nicht gleich wieder zurückkommen würde, ging sie auf die Brücke zu.

Vor dem schweren Schott angekommen, glitt ihre Hand zu der Metallstange, die ein Magnetverschluss an ihrem Gürtel hielt. Bevor sich ihre Finger darum schließen konnten, realisierte sie, dass sie das Werkzeug nicht benötigte. Sie tippte auf den Öffnungssensor, der dies mit einem tiefen, ablehnenden Fehlersignal quittierte. Schon wollte sie es ein zweites Mal versuchen, da erkannte sie ihren Denkfehler.

Selbst auf der *Hikaru* war ihnen der Zutritt zur Brücke verwehrt geblieben. Die Zentrale durften ausschließlich autorisierte Besatzungsmitglieder betreten. Einen Moment grübelte Jantila, bevor sie in die Knie ging. Bei dem Sensorfeld des Türöffners handelte es sich um ein Standardteil, wie es zu Millionen verbaut wurde. Schelmisch grinsend griff sie zur Seitentasche ihres EVA-Anzuges.

»Zutrittsberechtigung am Arsch«, murmelte sie. Dann schob sie die ausgeklappte Klinge des Multifunktionswerkzeuges mit einem Ruck unter die Abdeckung. Ohne großen Krafteinsatz konnte sie das Sensorfeld entfernen. Ein schmaler Kabelstrang kam darunter zum Vorschein. Schnell klemmte sie ihn ab, schloss ihn am Datenport ihres Armcomputers an und wartete. Nebenbei entdeckte sie einen schwarzen Fleck auf ihrem sonst sauberen Handschuh. Bei näherer Betrachtung entpuppte sich die Verschmutzung als ähnlich der öligen Flüssigkeit, die sie schon aus dem Hangar kannte. Wie kam Hydrauliköl in ein Schaltpanel?

Die Zeit, das Leck zu suchen, fehlte ihr, denn da meldete der Computer die Herstellung der Verbindung. Jantila schüttelte die Hand und der Schmutz löste sich. Fasziniert sah sie der wabernden Flüssigkeit zu, die von ihr wegdriftete und dann langsam zu Boden sank. Zuerst war sie verwirrt, dann erkannte sie erleichtert, dass die Gravitationssysteme, zusammen mit der Lebenserhaltung, wieder in Kraft traten. Im selben Moment fühlte sie selbst die Schwere, die ihren Körper erfasste. Jeder kleine Schritt Richtung Normalität verstärkte die Hoffnung, lebend aus dem fliegenden Sarg, zu dem die *Koukishin* geworden war, zu entkommen.

Jantila konzentrierte sich wieder auf die vor ihr liegende Aufgabe. Im Helmdisplay leuchtete die Kontrollkonsole auf: ein rechteckiges schwarzes Feld mit einer blinkenden Eingabeaufforderung. Trotz aller technischen Weiterentwicklung im Laufe der Jahrhunderte blieb die zugrundeliegende Zugriffsoberfläche gleich altertümlich. Jantilas Hände vollführten Bewegungen in der Luft. Auf einer virtuell projizierten Tastatur tippte sie ihre Befehle ein. Der Override-Modus, der die Tür zur Seite gleiten ließ, konnte sich nicht vor ihr verstecken.

»Na bitte, geht doch.«

Ohne zu zögern, betrat sie die Brücke, die jetzt zahlreiche leuchtende Monitore in warmes Licht tauchten. Eine massive Verbesserung zum ersten Besuch. Zumindest, bis Jantila realisierte, dass die Beleuchtung mit sich brachte, dass sie die furchtbaren Verletzungen der Toten jetzt im Detail erkannte. Sie konnte sich keiner der Arbeitsstationen nähern, ohne ständig einen der entstellten Körper zu sehen.

Jantila musste sich dazu zwingen, die Gedanken an alles, was bisher geschehen war, zur Seite zu schieben. Sie hasste sich selbst dafür, wollte die Verstorbenen betrauern, ihre leblosen Körper würdevoll begraben. Aber die Zeit dafür fehlte ihr. Zuerst musste sie einen Ausweg aus der misslichen Lage finden, in der sie steckten.

Vorsichtig öffnete Jantila ihren Helm. Die Luft, die in den Raum strömte, sog sie ein wie ein Verdurstender Wasser. Sie roch abgestanden, modrig, unterlegt von einem leicht süßlichen Duft, den sie nicht zuordnen konnte. Ein abstoßender Geruch, den sie der Atemluft, die ihr Anzug seit Stunden immer wieder recycelte, trotzdem vorzog. Ihre Trommelfelle knackten aufgrund der plötzlichen Druckveränderung. Bevor sie dazu kam, sich ihre nächsten Schritte zu überlegen, ertönte am hinteren Ende des Raumes ein Signalton: ein dreimaliges, ansteigendes Piepen, gefolgt von einer Pause. Dann wiederholte sich die Tonfolge.

Mit hastigen Sätzen sprang Jantila am Piloten vorbei zur anderen Seite des Raumes. Dort fand sie ihre Vermutung bestätigt: Das Geräusch kam von der Kommunikationsstation. Die Offizierin befand sich immer noch in der Position, in der sie diese vor vier Stunden zurückgelassen hatten. Der verkohlte Minigenerator lag wie ein Mahnmal auf dem verwaisten Sitzplatz. Jantila warf ihn zur Seite, woraufhin der schwarze Metallklumpen klappernd zur naheliegenden Serverwand flog. Jantilas ganze Aufmerksamkeit galt einem der leuchtenden Monitore. Der wenige Stunden zuvor niederschmetternde Status der Anlage war der wesentlich positiveren Bereitschaftsmeldung der meisten Systeme gewichen.

```
INTERSHIP - OFFLINE
GATE AUSLÖSUNG - OFFLINE
LANGSTRECKE - ONLINE - INCOMING MESSAGE
MITTELSTRECKE - ONLINE
KURZSTRECKE - ONLINE
```

Nervös tippte sie auf den blinkenden Text, der die eingehende Nachricht anzeigte. Der danebenliegende Monitor erwachte zum Leben. Er zeigte den Oberkörper eines Mannes in seinen Vierzigern. Hinter ihm sah Jantila eine geräumige und freundlich wirkende Raumschiffbrücke. Helle Farben dominierten. Auf der Uniform eines Crewmitglieds, das dem Mann im Bild den Rücken zudrehte, befand sich ein gleichschenkeliges, rotes Kreuz inmitten eines grünen Kreises. Bei den ersten Worten, die der Mann mit ruhiger Stimme sprach, atmete sie auf: »TPC *Koukishin*, hier spricht Commander Devlin von der SNR *Záchranca*. Uns hat das Notsignal Ihrer Rettungskapsel erreicht. Mit wem spreche ich?«

Die angestaute Anspannung fiel von Jantila ab. Zumindest brachte der ungeplante Start der Kapsel etwas Gutes mit sich. Was immer an Bord der Kapsel geschehen war, zumindest schienen die Systeme zu funktionieren. Die Sorge um Aaron musste sie jetzt beiseite schieben.

»Jantila Molina-Fatou hier. Ich bin Teil der Crew an Bord der ISC *Hikaru*, die ausgeschickt wurde, um die *Koukishin* zu bergen.«

Der Gesichtsausdruck des Commanders wechselte von besorgt zu skeptisch. »Seit wann schickt das ISC Kurierschiffe auf Bergungsmissionen?« Für eine Sekunde huschte sein Blick zur Seite, als suchte er Informationen auf einem nebenan liegenden Display.

Jantila wusste nicht, was sie antworten sollte. »Das ist eine lange Geschichte.«

»Das nehme ich an. Vor allem, da die letzte Kennung der *Hikaru* sechs Stunden zurückliegt. Seitdem ist sie von der Bildfläche verschwunden.« Für einen Moment schien der Commander zu überlegen. »Lassen wir das, es ist ein Thema, mit dem sich andere befassen müssen. In wenigen Minuten nehmen wir Ihre Rettungskapsel auf. Danach machen wir uns auf den Weg zu Ihnen. Wie ist der Status?«

Die Information, dass Aaron kurz davor stand, geborgen zu werden, nahm ihr eine der Sorgen ab, die sie die letzten Stunden belastet hatte. Auch wenn Erins Erklärungen sie nicht hoffen ließen, dass die Bergungscrew noch etwas für ihn tun konnte. Gleichzeitig löste sie weitere Furcht aus. Sollte sie Devlin darüber informieren, was auf der *Koukishin* geschehen war? Sie konnte ihm nichts mit Sicherheit sagen. Alles, was sie hatte, waren Vermutungen

»Die *Hikaru* wurde zerstört«, antwortete sie. »Die Crew, insgesamt vier Personen, konnte sich auf das alte Schiff retten. Wir konnten den Reaktor wieder in Betrieb nehmen. Vorerst verfügen wir über Energie. Die Lebenserhaltungssysteme laufen an, allerdings scheint der Forschungskreuzer schwer beschädigt zu sein. Ich kann nicht sagen, wie lange die Situation so bleiben wird. Wir verfügen nur über einige Notfallpacks.«

Das Gesicht ihres Gegenübers blieb ungerührt. Wahrte er ein perfektes Pokerface? Oder kannte er ähnliche Situationen zu gut, um noch Gefühlsregungen zu zeigen? »Verletzte?«

»Prellungen, einige Abschürfungen. Nichts Lebensbedrohliches. Der einzige Schwerverletzte ist der Pilot der *Hikaru,* der sich an Bord der Rettungskapsel befindet. Allerdings …« Jantila stockte, überlegte, wie viel sie noch preisgeben sollte.

Devlin schien zu merken, dass ihr noch etwas auf der Zunge lag. »Danke für die Information. Haben Sie Details zu seinem Zustand?«

Jantila schluckte. Sollte sie ihm von den Ereignissen erzählen, die zum Start der Rettungskapsel geführt hatten? Ihr blieben nur Sekunden, um zu einer Entscheidung zu kommen. Devlin wartete auf eine Antwort. Aber was, wenn er ihr nicht glaubte, wenn er sie für verrückt hielt? Würde er dann die Bergung abbrechen? Durfte er das?

Jantila entschied sich, ausweichend zu antworten: »Dazu müsste ich unsere Ärztin befragen. Sie ist aber gerade nicht hier. In jedem Fall war der Zustand lebensbedrohlich. Beim Start der Rettungskapsel lag er im Koma. Er war stark unterkühlt und hatte zu wenig Sauerstoff bekommen. Es gab Probleme beim Übertritt von der *Hikaru* auf die *Koukishin*.«

Die *Záchranca* war ein Bergungsschiff. Sicherlich würde die Crew die Kapsel nicht einfach an Bord bringen, sondern zuerst überprüfen und dann unter Quarantäne stellen. Jantila redete sich ein, dass sie das Schiff keiner Gefahr aussetzte, wenn sie dem Kommandanten nicht alles mitteilte. Vor allem wusste sie nicht einmal, ob die Lebensform eine Gefahr darstellte. Was, wenn sie alles falsch interpretierten? Erin hatte ihr nicht einmal versichern können, dass es sich um ein Lebewesen handelte. Niemand wusste Genaues.

Devlins Gesichtsausdruck blieb regungslos, während er antwortete: »Ich werde unsere medizinische Abteilung auf den Notfall vorbereiten. Was Sie mir gerade beschrieben haben, klingt nach schwerwiegenden Problemen. Lassen Sie mich raten, der Anzug ist gerissen?«

Jantila rang nach Worten, schüttelte den Kopf, um Zeit zu gewinnen. »Nicht gerissen. Er hatte nur einen Notfallanzug.«

»Scheiße!«, hörte Jantila aus dem Hintergrund eine ihr unbekannte Frauenstimme. »Was für einen Mist haben die dort draußen gebaut?«

Zum ersten Mal wirkte Devlin abgelenkt, fasste sich aber schnell wieder. »Entschuldigen Sie den Einwurf meiner Ersten Offizierin, auch wenn sie recht hat. Langsam bekomme ich das Gefühl, dass Sie in wirklichen Schwierigkeiten stecken. Gibt es sonst noch etwas, das wir wissen sollten?«

Jantila war weiterhin nicht bereit, das Risiko einzugehen, ihm die Wahrheit zu erzählen. Sollte sie ihm von dem fremden Lebewesen erzählen? Sie kannte die Protokolle für solche Fälle nicht. Aber beim besten Willen konnte sie sich nicht vorstellen, dass er sich dann nicht für unzuständig erklären würde. »Nein, sonst ist die Situation, den Umständen entsprechend, unter Kontrolle.«

Devlin schürzte die Lippen. Sah sie da einen Anflug von Unbehagen in seinem Gesicht? Seine Antwort erfüllte Jantila mit Erleichterung: »Na gut. Belassen wir es dabei. Nach der Bergung machen wir uns auf den Weg zu Ihnen. Den Grund für Ihre Lage müssen Sie später mit der Flugkontrolle klären. Für uns ist das nicht relevant. Wir holen Sie so schnell wie möglich aus der Scheiße raus, in die Sie sich offensichtlich manövriert haben. In knapp zweiunddreißig Stunden treffen wir bei Ihnen ein. Sollte sich an Ihrer Situation in der Zwischenzeit etwas ändern, geben Sie Bescheid. Bis dahin halten Sie die Ohren steif.«

»Machen wir.«

Der Commander nickte ein letztes Mal, bevor er die Verbindung unterbrach. Jantila drehte sich vom Monitor weg, hin zu dem undefinierbaren Geräusch, das vom Sitz neben ihr ertönte. Ein seltsames Schmatzen, wie ein Schuh, der aus tiefem Schlamm gezogen wurde.

Ihr Atem stockte. Sie konnte nicht glauben, was sich vor ihren Augen abspielte.

28_ Missionszeit 08:37

Koukishin . Molinas Kabine

Entsetzt stand Erin eine geschlagene Minute im Eingangsbereich der Kabine.

Im Zugang hingen in Fetzen gerissene Streifen einer dicken, steifen Abdichtungsfolie. So als hätte jemand versucht, die dahinterliegenden Räume luftdicht zu versiegeln. Die Deckenbeleuchtung, die mit Erins Betreten der Kabine ansprang, erhellte einen Raum, der überhaupt nicht ihren Erwartungen entsprach.

Ihr Großvater war ein organisierter, belesener Mann gewesen. Ein Besuch bei ihm hatte einer Reise in die Vergangenheit geglichen. Elektronische Bücher lehnte er in seinem eigenen Haushalt ab.

Seine Meinung dazu tat er jedem kund, der auch nur einen verwunderten Gesichtsausdruck zeigte: »Ich arbeite den ganzen Tag am Computer. Jedes Fachbuch, das ich brauche, jeden Artikel, den ich bearbeite, lese ich auf Displays. Um ein Buch wirklich zu begreifen und in ihm zu versinken, dafür musst du es in Händen halten. Die Struktur des Papiers, der Geruch, den es über Jahrzehnte in sich aufgesogen hat, das Knistern der Seiten beim Umblättern, das alles ist Teil der Erfahrung.«

Dabei wanderte er am liebsten an den Bücherregalen entlang. Seine Finger strichen zärtlich über die Buchrücken. Die über Generationen zusammengetragene Sammlung füllte vier Räume. Es gab kein einziges Zimmer in seinem Haus, in dem keine Bücher lagen. Bei jedem Besuch streifte Erin stundenlang in der Bibliothek herum. Egal, ob druckfrische Werke von kleinen Sammlerverlagen oder antiquarische Kostbarkeiten, deren Wert sie bis heute nicht einmal abschätzen konnte – jedes einzelne Exemplar durfte sie berühren, durchblättern, lesen. Bücher mussten berührt und gelesen werden, um ihre Wirkung zu entfalten. Erin zu verbieten, sie anzufassen, nur weil sie teuer oder unersetzbar waren, stand im Widerspruch zu Ishmaels Überzeugungen.

Nichts davon fand sich in der Kabine wieder. Vor ihr lag ein trister, in seiner Unpersönlichkeit deprimierender Raum, der kaum größer war als die Küche ihrer Wohnung. Der Zustand des Zimmers erschreckte Erin bis auf die Knochen.

Mehrere Lagen dicke, halbtransparente Folie bedeckten jede Fläche, so als hätte jemand versucht, einen notdürftigen Isolierraum aufzubauen. In einer Ecke stapelten sich die wenigen Möbel zu einem wackeligen Haufen. Sie entdeckte kein einziges Buch, keinen persönlichen Gegenstand, der Rückschlüsse auf den Bewohner zuließ. Der Tisch, der normalerweise als Essplatz diente, war aus seiner Verankerung geschraubt, zur Wand geschoben und umgedreht worden. Um die Tischbeine, die jetzt zur Decke zeigten, zogen sich dicke Bahnen reißfeste Folie. In diesem so entstandenen behelfsmäßigen Lagercontainer fand Erin aufgebrochene Nahrungskonzentratboxen, zusammen mit einer Unmenge an Müll.

Die Couch war zum Schlafplatz umfunktioniert worden. Frachtgurte verhinderten, dass die Decken und Kissen davonschwebten. An der Längsseite befand sich eine Öffnung, die wohl dazu diente, in den Schlafkokon schlüpfen zu können. Das Ganze erweckte den Eindruck reiner Funktionalität. Erin konnte sich nicht vorstellen, eingesperrt in diesem festgezurrten Gebilde bequem schlafen zu können. In der gegenüberliegenden Ecke, so weit wie möglich vom Schlafplatz entfernt, stand ein Bioabfallcontainer. Erin musste die transparente Box nicht öffnen, um zu erkennen, dass diese die Funktion einer Behelfstoilette erfüllte.

Konnte diese Behausung wirklich die Kabine ihres Großvaters sein?

Zuletzt begutachtete Erin einen einzelnen Stuhl neben dem Eingang. Wie die restlichen Möbel hatte Ishmael auch diesen mit unregelmäßig aufgetragenen Klebstoffladungen am Boden festgeklebt. Gelbliche Reste quollen unter den Stuhlbeinen hervor, wo sie sich zu ausgefransten, tellergroßen Flächen verhärtet hatten. Alles schien hastig und ungeübt hergestellt worden zu sein.

Direkt neben dem Stuhl stand ein Beistelltisch, der vermutlich aus dem Schlafraum stammte. Darauf befand sich das von seinem Platz an der Wand abgebaute Holodisplay des Raumes. Auch dieser Arbeit fehlte offensichtlich das Fachwissen. Bis auf eines waren alle Kabel abgeschnitten. Eine externe Batterie musste den Strom geliefert haben. Die Kabel lagen lose im Raum. Nirgends gab es einen Hinweis auf einen Energiespeicher. Zur Fixierung des Displays am Tisch war ebenfalls Flüssigkleber zum Einsatz gekommen.

Diese Umbauten wirkten, als hätte ihr Großvater – wer sonst sollte es gewesen sein? – mit allen Mitteln versucht, den Raum vom Rest des Schiffes zu isolieren.

Was sollte sie davon halten?

Langsam nahm Erin den Helm ab. Glücklich darüber, endlich einen Teil des schweren Anzuges loszuwerden, legte sie den Helm auf die Couch. Daneben platzierte sie die Handschuhe, die jede Bewegung der Finger zu einer Herausforderung machten. Die dünnen Unterhandschuhe behielt sie an, um sich gegen die anhaltende Kälte zu schützen. Ihre ersten Schritte führten sie zum Display.

Das einzige intakte Kabel war, soweit sie die Beschriftung entziffern konnte, die Stromzufuhr. An ihrem Ende befand sich die kleine, eckige Steckverbindung. Von Jantila wusste sie, wo sich die externen Anschlüsse ihres Anzuges befanden. Mit deren Hilfe konnte sie das Display mit Strom versorgen.

Im Unterschied zu den unverwüstlichen Monitoren auf der Brücke handelte es sich hierbei um ein Holosystem. Das dreidimensionale Menü erwachte zum Leben, als sie es an ihre Stromversorgung anschloss. Vor ihr schwebten einige Menüpunkte, von denen ihr kein einziger sonderlich interessant erschien:

`Bordnachrichten, Kommunikation, Unterhaltung …`

Ihre Aufmerksamkeit erregten zwei persönlich angelegte Ordner. Beim ersten musste Erin lächeln: Ishmaels Serien.

So wie er alte Bücher gesammelt hatte, verfügte er über ein Archiv an uralten Datenträgern. Ein ganzer Raum, gefüllt mit schmalen Kunststoffhüllen, oft schon vom Alter vergilbt, das Material brüchig. Jede enthielt eine unhandliche silberne Scheibe, die ihr Großvater mit Handschuhen anfasste, um sie ihr zu zeigen. Alle hatte er digitalisiert und für die Ewigkeit auf seinem Medienserver gespeichert. Ganze Nächte hatten sie sich zusammen mit den alten Serien um die Ohren geschlagen.

Unterhaltungsprogramme, die weniger als hundert Jahre alt waren, interessierten ihn nicht. Wieder erinnerte sich Erin an Ishmaels Worte, vorgetragen mit seiner sonoren Stimme: »Die Geschichten, die es wert sind, erzählt zu werden, wurden bereits erzählt. Sie gewinnen nichts, indem man sie zum zehnten Mal neu verfilmt.«

Eine Berührung reichte, schon machte das Icon einer Auflistung seiner Inhalte Platz. Für einen Moment vergaß Erin ihre Umgebung. Die Erinnerungen erwachten, während sie die Titel laut las: *Picard, Discovery, Stargate, Person of Interest, Stranger Things, Perry*

Rhodan, Bilder der Apokalypse …

Ihre Jugenderinnerungen halfen ihr nicht weiter. Erin brauchte Informationen über die Mission.

Sie wählte den zweiten Ordner. Die Bezeichnung *Daten* war nichtssagend. Dahinter versteckten sich weitere Unterverzeichnisse, in denen sie fand, wonach sie suchte: sein Missionstagebuch. Das Display erweiterte sich zur Seite. Eine lange Liste füllte die Luft vor ihr. Den Anfang machte ein Eintrag vom November 2122. Zweiunddreißig Jahre vor der Mission der *Koukishin.* Die Wiedergabe startete ohne merkbare Verzögerung.

Ihr Großvater saß in seinem breiten, abgewetzten Ledersessel. Er war jünger, als sie selbst ihn jemals kennengelernt hatte. Keine Sorgenfalten durchzogen sein Gesicht. Die Haare, die sie nur grau gekannt hatte, waren tiefschwarz, wie ihre eigenen. Ishmael stand direkt vor dem Fenster seines Arbeitszimmers. Dahinter lag der Wald, der sein Haus am Rand von Echsenbach an drei Seiten umgab. Die Sommer in der kleinen Stadt, die einen aller Urbanisierung trotzenden ländlichen Charme ausstrahlte, war die prägende Erinnerung ihrer Jugend: der kühle Wind, der ihr um die Ohren pfiff, wenn sie mit dem Speedboard über die Wiesen raste; das kalte Wasser in den umliegenden Seen, die sie an den heißen Sommertagen lockten hineinzuspringen, um Abkühlung zu finden … Ganz im Gegenteil zu Mojito, Ishmaels Hund, der bis an sein Lebensende nie Erins Liebe für Wasser verstehen konnte. Egal, was sie versuchte, er verharrte jammernd am Ufer und beobachtete, wie sie ihre Runden im See zog.

Erin ließ die Erinnerungen, die im Licht der letzten Stunden wie aus tiefster Vergangenheit wirkten, hinter sich. Sie wollte wissen, was die Aufzeichnungen ihres Großvaters ihr offenbaren konnten.

Ishmaels tiefgrüne Augen fixierten die Aufnahmeoptik. Seine Lippen zeigten ein breites Grinsen im glattrasierten, faltenlosen Gesicht.

»Was für ein Tag«, begann er. »Heute Morgen hat das ISC endlich meinen Antrag freigegeben. Sie unterstützen das Projekt. Die Finanzierung der weiteren Forschung ist für fünf Jahre gesichert. Ein erster Schritt in die richtige Richtung. Offen bleibt die Frage, woher das Budget für den eigentlichen Bau kommen soll. Zumindest zeigen die Betonschädel des ISC, dass ihre Neugierde nicht bei den nächsten Postenbesetzungen endet. Zumindest einige von ihnen scheinen fähig zu sein, weiter zu denken. Mein Team wird außer sich sein vor Freude …«

Erin brach das Video ab. Diese siebzig Jahre alte Aufzeichnung konnte nichts enthalten, das ihnen weiterhelfen würde. Mit den Fingern scrollte sie durch die Daten und hielt im Jahr 2132 an. Dieses Mal saß Ishmael nicht. Er stand auf der Terrasse, die sich wie ein mittelalterlicher Burggraben um das ganze Haus zog. Erin entdeckte graue Strähnen in seinen Haaren.

Unter Ishmaels Augen lagen tiefe, dunkle Ringe. Trotzdem strahlte er vor Freude. »Gerade eben hat mich Stefan angerufen. Es ist so weit, Irina liegt in den Wehen. In wenigen Stunden wird meine Enkelin zur Welt kommen. Das Unglück, das in den letzten beiden Wochen meine ganze Aufmerksamkeit in Anspruch genommen hat, ist jetzt unwichtig. Ich bin nervös wie selten zuvor. Der Flug ist gebucht. Das Taxi wird in wenigen Minuten eintreffen …«

Wieder brach sie die Wiedergabe ab. Um welches Unglück handelte es sich? Erin scrollte zurück. Sie überflog die Zeilen. Der Zeitraum vom zweiten bis zum dritten Juli 2132 erweckte ihre Aufmerksamkeit. Fünfzehn Einträge binnen achtundvierzig Stunden waren ein auffälliger Unterschied zum restlichen Verlauf. Erin wählte den längsten davon, der auf den dritten Juli um 3:22 Uhr morgens datierte.

Ishmael stand inmitten eines Labors, das sie nicht kannte. Technische Gerätschaften füllten den Raum. Sein eingefallenes

Gesicht dominierten tiefe, schwarze Ringe unter seinen Augen. Sein zerknittertes, fleckiges Hemd vervollständigte das Bild eines gebrochenen Mannes.

Er sprach mit leiser, zitternder Stimme: »Sie sind tot. So viel ist sicher. Das Experiment ist fehlgeschlagen. Unsere Berechnungen müssen falsch sein, anders kann ich die Ereignisse nicht erklären. Der Rest des Teams verweigert, das Labor zu betreten. Seit die beiden miteinander verschmolzenen Bälle, die inzwischen vom Team nur mehr Artefakt genannt werden, hier sind, fühlen sie sich unwohl. Sie meinen, dass es sie deprimiert. David behauptet, negative Emotionen zu fühlen, die es ausstrahlt. Einige fordern die Vernichtung. Wie sollen wir dann herausfinden, was geschehen ist? Wir müssen uns mit dem Objekt befassen, ihm zuhören, versuchen, mit ihm zu kommunizieren.«

»Wow? Was ist das?«, sagte Erin zum leeren Raum. Über welches Artefakt sprach er?

Ishmael wirkte offensichtlich verstört. Wenn es mit dem Portal zusammenhing, konnte sie dadurch vielleicht mehr erfahren. Fieberhaft durchsuchte sie die Dateien, aber keine brachte ihr neue Erkenntnisse. Schließlich fand sie einen Videoeintrag, den sie nicht öffnen konnte.

#DATEI GESPERRT#, meldete das System. #PASSWORT ERFORDERLICH#

Erin schnaubte. »Na klar. Das musste ja kommen. Was hast du zu verstecken, Großvater?«

Sie tippte ein zweites Mal darauf, wie zu erwarten mit demselben Ergebnis. Welche Passwörter hatte ihr Großvater verwendet? Sie konnte sich nicht daran erinnern, jemals mit ihm darüber gesprochen zu haben.

Vielleicht ihr Name? Sie versuchte es. Das Ergebnis war ernüchternd.

#FALSCHE EINGABE#

Auch die Namen ihrer Eltern oder von Ishmaels Hund brachten sie nicht weiter. Sie wollte das Video, so sehr es ihr unter den Fingernägeln brannte, schon zur Seite schieben, da fiel ihr eine mögliche Lösung ein. Die Speicherkarte.

Darauf hatten sich unzählige Codesequenzen befunden. Weder Jantila noch das ISC hatten herausgefunden, wozu diese dienten. Hastig verband Erin den Anzugscomputer mit dem Terminal. Jantila hatte alle Daten auf den internen Speicher geladen. Die Karte selbst lag sicher verwahrt auf der Erde.

Die Verbindung kam auf Anhieb zustande. Sie startete das von Jantila vorbereitete Programm und zog eine Kopie der Datei vom Kabinenterminal auf den Anzugscomputer. Dann nahm das Programm seine Arbeit auf. Es würde alle gespeicherten Codesequenzen durchprobieren. Die erwartete Durchlaufzeit meldete es mit neun Minuten. Genug Zeit, um sich mit anderen Videoeinträgen zu befassen.

Sekunden später fand sie den letzten Videoeintrag. Fragend starrte sie das Icon an.

Die Aufzeichnung stammte vom 21. März 2155. Ein Jahr nach dem Verschwinden des Schiffes. Es musste sich um einen Fehler in der Datumsangabe handeln. Trotzdem, oder gerade deswegen, startete sie die Projektion. Wieder erschien ihr sichtlich gealterter Großvater. Graue Haare rahmten ein schmales, ausgezehrtes Gesicht ein, das zwei mangelhaft verheilte Narben zeichneten. Ein ungepflegter Bart lag auf seinen Wangen. Er wirkte erschöpft. Augenscheinlich rang er um jedes Wort.

Mit zittriger Stimme sprach er in das Mikrofon: »Mein Name ist Ishmael Molina. Ich war … nein, ich bin der Missionskommandant der *Koukishin*. Wenn Sie diese Aufzeichnung finden, verlassen Sie das Schiff sofort. Flüchten Sie, solange Sie können. Bei allem, was

Ihnen heilig ist, versorgen Sie das Schiff nicht mit Energie! Aktivieren Sie nicht den Reaktor, führen Sie keine externe Energie zu. Wenn Sie dies tun, erwecken Sie das Biest zum Leben und entfesseln die Hölle.«

Missionszeit 08:15 _29

Koukishin . Reaktorhalle

Anjing zitterte am ganzen Körper. Vor Furcht, aber Großteils ausgelöst vom Ekel über die Perversion dessen, was sie sah.

Der gigantische Block des Fusionsreaktors hing, getragen von den Stützstreben, vor ihr von der Decke der Maschinenhalle. Die grellgelben, rotierenden Warnleuchten, die auf seinen Betrieb hinwiesen, tauchten die Szenerie in ein gespenstisch anmutendes Licht.

Noch immer konnte Anjing nicht glauben, was sie sah. Gut ein Drittel des sichtbaren Strahlenschutzgehäuses war bedeckt von einer schwarz-roten, fleischig pulsierenden Masse. Die Kontraktionen der ölig glänzenden Oberfläche erinnerten die Technikerin an einen zuckenden Fisch, der an Land zu ersticken drohte. Inmitten der sich ständig verändernden Substanz erkannte sie menschliche Gliedmaßen. An der ihr zugewandten Seite sah sie deutlich einen menschlichen Arm, dessen Finger krampfartig zuckten.

Dahinter entdeckte sie weitere grauenvoll verbogene Gliedmaßen – wie Plastikspielzeug, das in der Hitze eines Schweißbrenners zur Unkenntlichkeit zerschmolz. Plötzlich tauchte ein Gesicht in der Masse auf. Grauenvoll entstellt mit leeren, schwarzen Augenhöhlen, den Mund zu einem ewigen Schrei aufgerissen. Einem jener nicht enden wollenden, gellenden Laute, die wie das Kreischen einer Sirene in Anjings Ohren widerhallten. Selbst die

Dämmung ihres Schutzhelmes reichte nicht aus, um diese völlig abzuschirmen.

Aus dem, was sie zuerst für ein einziges schmerzerfülltes Heulen gehalten hatte, hörte sie inzwischen einzelne Nuancen heraus. Da ein männlicher, tiefer Hilferuf. Dort eine hohe, weibliche Stimme, die darum flehte, erlöst zu werden. Darüber lag ein durchdringendes, bohrendes Kreischen, wie von einem verzweifelten Tier. Mit jeder Sekunde, die die Technikerin verharrte und die Monstrosität vor sich anstarrte, schien die Kakofonie an Stärke zuzunehmen. Die Schreie drückten auf Anjings Trommelfelle, bis sie befürchtete, dass sie jeden Moment platzen würden.

Genauso schnell, wie die furchterregende Fratze aufgetaucht war, wurde sie wieder von der umliegenden wallenden Substanz verschlungen.

Tränen traten in Anjings Augen, rannen in Strömen über ihre Wangen, bis sie von der anliegenden Halskrause des Helmes aufgesaugt wurden. Plötzlich drang ein Schluchzen an ihre Ohren. Sekunden verstrichen, ehe sie es als ihr eigenes identifizierte.

Anjing war sich sicher, dass es sich bei der lebenden Masse um Teile der *Koukishin*-Crew handelte. Wer konnte diesen Menschen so etwas angetan haben? Was trieb einen Geist zu so einer Abartigkeit? Ganz zu schweigen davon, wie es bewerkstelligt wurde. Anjing kannte keine Technologie, die es ermöglichte, menschliche Körper aufzulösen und trotzdem am Leben zu erhalten. Selbst in ihren schlimmsten Albträumen hätte sie sich so etwas nicht ausmalen können.

Anjing wollte fliehen. Doch sie konnte sich nicht bewegen. Wie von einer gigantischen, unsichtbaren Hand festgehalten, verharrte sie auf der letzten Stufe der Treppe, die sie heraufgeführt hatte.

Plötzlich bildete sich an der Oberfläche der Masse eine Blase. Binnen Sekunden wuchs sie zur Größe einer Wassermelone an. Als

Anjing gerade glaubte, dass die Ausstülpung jeden Moment platzen würde, löste sich ein zähflüssiger, handgelenksdicker Faden daraus. Wie Sirup topfte er zum Boden darunter, wo sich in kürzester Zeit eine dicke, brodelnde Lache bildete.

Entsetzt musste Anjing zusehen, wie sich aus der Masse ein Körper formte. Zuerst eine ebenfalls pulsierende, schwarzglänzende Kugel. Beinahe zu schnell, um es bewusst zu erfassen, bildeten sich an der Unterseite sechs tentakelartige Beine aus, die den tonnenförmigen Torso etwas vom Boden anhoben.

Immer lauter forderte Anjings Verstand sie zur Flucht auf. Doch noch war die ihr unerklärliche Kraft, die sie wie ein Schraubstock an Ort und Stelle hielt, stärker.

An der ihr zugewandten Seite des Dings, das sich vor ihren Augen bildete, erschien ein Gesicht. Dasselbe, das sie zuvor bereits gesehen hatte. Doch dieses Mal starrte es sie wutverzerrt an. So als wollte es sich an ihr rächen, dafür, dass sie ihm zuvor nicht geholfen hatte.

Das Monster, eine andere Bezeichnung fand Anjing nicht dafür, machte einen Schritt auf sie zu. Nur wenige Meter trennten sie voneinander. Eine Welle der Frucht prallte auf Anjings Geist. Die Panik bei der Aussicht, Teil dieses perversen Etwas zu werden, löste die Blockade, die sie bisher festgehalten hatte.

Begleitet von einem spitzen Schrei, den sie sich selbst nie zugetraut hätte, drehte sich Anjing um. Ohne genau zu schauen, wo sie hintrat, rannte sie los. Die Treppe hinab, weg von dem Monster und seinem Ursprung.

Ihr Herz hämmerte lauter als ihre Schritte auf dem vibrierenden Metall. Sie rannte, als wäre der Leibhaftige hinter ihr her. Sie wagte es nicht, einen Blick nach hinten zu werfen. Zu groß schien ihr die Gefahr, dadurch aus dem Tritt zu kommen und der Bestie, die ihr folgte, einen Vorteil zu verschaffen.

Immer schneller hastete sie über die Laufstege und Treppenabgänge, ohne zu wissen wohin. Den Weg hinauf hatte sie wie im Traum gefunden. Doch wie sie zurückfinden sollte, wusste sie nicht. Immer wieder passierte sie Stellen, an die sie sich zu erinnern glaubte, nur um im nächsten Moment völlig verloren zu sein.

Weiter.

Immer weiter.

Sie rannte um ihr Leben.

Der schützende Anzug lastete wie eine Rüstung auf ihr. Ihre Lungen begannen zu krampfen. Kämpften um jeden Atemzug. Sie wollte zu Boden sinken, doch das Wissen, dann von dem Biest eingeholt und verschlungen zu werden, trieb sie weiter.

Da!

Endlich ein Hinweisschild.

Exit

Die Hoffnung, es aus der Reaktorhalle hinaus schaffen zu können, gab ihr neue Energie. Sie kämpfte sich weiter. Übersprang die letzten Stufen und landete auf dem festen Untergrund. Im Unterschied zum Metall der Laufgänge gab der Hallenboden nicht nach. Trotz der geringen Schwerkraft knickten Anjings Knie ein. Der plötzliche Stoß presste ihr die Luft aus den Lungen. Schwarze Punkte zuckten durch ihr Blickfeld. Sie kippte vorwärts und prallte, die Hände ausgestreckt, auf den robusten Plaststahl.

»Scheiße!«, brüllte sie wutentbrannt, als sie sich ungelenk aufrappelte. Dabei erhaschte sie einen Blick hinter sich. Das Monster befand sich noch eine Ebene über ihr. Am oberen Ende der letzten Treppe. Anstatt diese zu benutzen, sprang es über das Geländer des Laufganges. Rasend schnell stürzte es auf den Boden zu und landete, keine drei Armlängen von Anjing entfernt, mit einem lauten Krachen am Boden. Der Sturz aus fünf Metern Höhe schien ihm nichts anzuhaben. Ruckartig schoben es seine Tentakelbeine wieder in die Höhe.

Anjing setzte dazu an, weiter zu rennen. Zu spät erkannte sie einen Werkzeugcontainer, der am Boden verankert stand. Mit einem Fuß blieb sie daran hängen und stürzte erneut. Die Landung fiel noch brutaler aus als die zuvor. Hart krachte sie gegen die Hallenwand. Ihre Zähne schlugen schmerzhaft aufeinander, als ihr Kopf im Helm zur Seite geschleudert wurde und mit der inneren Schalung kollidierte.

Im Augenwinkel sah sie eine Tür, die neben ihr aufsprang. Ein neuer Tentakel, der sich am Körper des Monsters bildete und auf sie zuschnellte, forderte Anjings ganze Aufmerksamkeit.

Sie rollte zur Seite und sprang auf, in der Hoffnung, hinter der Tür einen Ausweg zu finden. Da wurde ihr klar, dass es sich um keinen Durchgang, sondern nur einen Ausrüstungsschrank handelte. Im letzten Moment konnte sie verhindern, mit der Wand zu kollidieren.

Ihre Frustration bahnte sich einen Weg. Ein gellender Schrei drang über ihre Lippen. Sie wollte sich umdrehen, um ihrem unvermeidlichen Ende ins Auge zu blicken, da erkannte sie, was sich im Inneren des schulterbreiten Kastens befand. Ohne lange nachzudenken, packte sie eines der Werkzeuge. Zumindest würde sie nicht kampflos untergehen.

TEIL 3_

DER ANFANG … . 2154
DEMONRAT
2021

30_ Reise

Trotz ihres Gesamtvolumens von rund achteinhalb Millionen Kubikmetern waren die der Besatzung zugängigen Bereiche der *Koukishin* sehr kompakt. Mancher sprach sogar von beengt. Die Unterkünfte der Crew verteilten sich, zusammen mit dem Aufenthaltsraum, dem Fitnessbereich, den Labors und einer ständig nach aufbereitetem Essen riechenden Kantine entlang des Hauptganges. Gerade einmal zweiundzwanzig Menschen fanden in dem gigantischen Wunder der menschlichen Ingenieurskunst Platz. Den Rest der rund 1,2 Millionen Kubikmeter des Hauptmoduls belegten die technischen Anlagen, die dafür sorgten, dass die Menschen an Bord leben konnten.

Im Vergleich zum bereits eingeschränkten Platzangebot im vorderen Teil herrschten im Antriebsmodul beinahe klaustrophobische Verhältnisse. Dort verteilte sich der Lebensraum der sechs Techniker auf gerade zwanzig Meter Gang. Den größten Anteil an der Masse hatte der Portalantrieb respektive die Abschirmungen, die dafür sorgen sollten, dass die Besatzung die Strahlung, die beim Übertritt auf die Hülle auftreffen würde, unbeschadet überlebte.

Das Schiff, das dazu diente, der Menschheit völlig neue Horizonte zu eröffnen, war ein aus Stahl geborenes Monster. Funktional, steril oder, wie seine Enkelin es formulierte: »Hässlich, hässlich – dreimal hässlich.«

Bei aller Begeisterung für seine Schöpfung, an der er seit Jahrzehnten arbeitete, konnte er Erin in diesem Punkt nicht widersprechen. In der Konstruktion gab es keinen Platz für ästhetische Überlegungen. Nichts in der *Koukishin* war darauf ausgelegt, dass sich die Crew heimelig fühlte. Jeder Quadratzentimeter war auf Effizienz getrimmt.

Trotzdem konnte sich Ishmael Molina nichts vorstellen, das beeindruckender gewesen wäre. Dem jahrelangen Kampf um die Finanzierung war die um vieles längere Bauphase gefolgt. Heute, am 12. Juli 2154, stand er endlich kurz vor dem Ziel seiner Reise. Drei Jahrzehnte voller Opfer lagen hinter ihm. Jetzt trennte ihn noch eine gute Stunde von seinem Triumph. Er würde, wie Prometheus in den Mythen das Feuer, der Menschheit Erkenntnis bringen, die selbst die kühnsten Träume übertrafen.

Mit weit ausholenden Schritten durchquerte er das Labor. Abwesend nickte er den sechs Wissenschaftlern zu. Ihren Platz an Bord hatten sie sich erkämpft. Harte Arbeit, die Bereitschaft ihren Aufgaben alles hintanzustellen, aber vor allem die unbedingte Loyalität ihm gegenüber waren die Voraussetzungen für ihre Einstellung gewesen.

Das Schiff um ihn herum summte mit der Kraft der Aggregate, deren Energie ausgereicht hätte, um einen ganzen Kontinent zu versorgen. Die Techniker, die im Antriebsmodul ihren Dienst versahen, sorgten dafür, dass die Fusionsmasse im Kern unter Kontrolle blieb – ein Vierundzwanzig-Stunden-Job, der keine Fehler erlaubte, wollten sie verhindern, dass sich die größte wissenschaftliche Errungenschaft der Menschheit in einen gewaltigen Feuerball verwandelte.

Ohne ein einziges Wort trat Ishmael vom Labor auf den Hauptkorridor hinaus. Die Arme hinter dem Rücken verschränkt, ging er zur Brücke. Angespannte Stille erwartete ihn. Bevor er seinen Weg in sein Refugium fortsetzte, blieb er an der Seite des Leitstandes stehen.

»Guten Morgen, Svea«, begrüßte er die Kommandantin. Er setzte seinen Weg fort. Im Gehen wandte er sich an die restliche Brückencrew: »Lucas, Giary, Imran. Wie weit seid ihr mit den Vorbereitungen?«

Wie in den Wochen zuvor straften ihn die drei mit Ignoranz. Einzig die Kommandantin hob den Kopf. Ihr abschätziger Blick sprach Bände. »Wie nicht anders zu erwarten, liegen wir im Zeitplan. Seit fünfzehn Minuten befinden wir uns im Anflugvektor zum Portal. Was du wüsstest, würdest du nicht wie ein Gockel im Schiff herumstolzieren.«

Äußerlich zeigte er keine Regung, trotzdem trafen ihn Sveas Worte. Seit Brians Verschwinden war ihre Beziehung merklich abgekühlt. Aber diese sozialen Reibepunkte würden bedeutungslos sein, sobald sie ihr Ziel erreichten. Er würde die nächste Stufe der Evolution erklimmen. Die Möglichkeiten, die er der Menschheit eröffnete, konnte er noch nicht absehen. Welche Bedeutung sollte er da einem nebensächlichen Konflikt mit einer Frau, die einen Lebensabschnitt mit ihm verbracht hatte, zumessen?

Ishmael drehte sich wortlos um.

Beim Durchqueren des Ganges zu seiner Missionsstation musste er sich bücken. Ein Ärgernis, das ihn seit Antritt der Reise quälte. Wie hatte ihm dieser bauliche Fehler entgehen können? Ishmael vermutete, dass es die Rache der Ingenieure dafür war, dass er auf seinen eigenen Kontrollstand beharrt hatte. Den kreisrunden Raum dominierte der Holotisch in der Mitte, der sich perfekt dazu eignete, alle Aspekte der Mission im Überblick zu behalten.

Mit einer einzigen Handbewegung erweckte er die Projektoren zum Leben. Unmengen an Anzeigen flammten auf. Am linken Rand befanden sich die Aufnahmen der missionsrelevanten Stationen. Von hier überwachte er die Brücke, das Labor und die Antriebszentrale.

Mithilfe eines heimlich installierten Tools war ihm außerdem der Zugriff auf die Überwachungskameras der Kabinen, der Sanitärbereiche, der Krankenstation und aller weiteren Räumlichkeiten möglich. Außer ihm wusste niemand davon.

Sein Vertrauen in die von ihm persönlich ausgewählte Besatzung ging gerade so weit, wie er jeden Schritt kontrollieren konnte. Er war nicht so weit gekommen, indem er an das Gute in den Menschen glaubte.

Am oberen Ende der dreidimensionalen Projektionen lagen vier Anzeigefelder nebeneinander. Über sie liefen die Messergebnisse aller Sensoren bis hin zum Status des Antriebskerns. An der rechten Seite befanden sich schlussendlich die Kommunikationsfeeds. Nachrichtenkanäle, die über ihn berichteten, liefen hier zusammen, gemeinsam mit der Wiedergabe der gesamten Bordkommunikation. In der Mitte seiner Schaltzentrale schwebte mit über zwei Metern Durchmesser eine computergenerierte Simulation dessen, was außerhalb des Schiffes ablief.

Er griff mitten in die Projektion, dann breitete er die Arme zur Seite aus. Konform dazu zoomte das Bild zu einem größeren Ausschnitt. Der kastenförmige Rumpf der *Koukishin* schrumpfte vor seinen Augen. Das nun kleine Kästchen im unteren Bildrand bewegte sich langsam auf das massive Rad des Transferportals zu – ein gewaltiger Ring aus Aggregaten. Neben ihm selbst gab es maximal ein Dutzend Menschen, die annähernd verstehen konnten, was in den komplexen Maschinen vor sich ging. Mit dem Außendurchmesser von 2.300 Metern gab es kein größeres, von Menschenhand geschaffenes Objekt im Sonnensystem. Der Ring selbst, der alle technischen Anlagen enthielt, durchmaß von der Außen- bis zur Innenkante 1.634 Meter. Im Inneren des Ringes lag die Zone, in der das Transferfeld entstehen würde. Sekunden verstrichen, in denen das Schiff weiter auf das Zentrum der gigantischen Maschinenanlage zuglitt.

Die Zeitanzeige bestätigte seine Erwartungen. Er tippte auf ein kleines Lauftsprechersymbol, das, zusammen mit Dutzenden anderen, vor ihm in der Luft schwebte. Der durchdringende Pfeifton des Bereitschaftssignals machte die Besatzung darauf aufmerksam, dass er eine Meldung an die Flugkontrolle absetzen würde.

Sekunden später hallte Ishmaels ruhige Stimme durch das ganze Schiff: »TPC *Koukishin* an Zentrale. Wir leiten jetzt den Countdown ein. Start des Massenportals in T minus 60 Minuten.«

Svea _31

Svea schüttelte den Kopf. Was war aus dem grauhaarigen Mann, den sie fünfzehn Jahre lang nicht nur ihren wissenschaftlichen Partner genannt hatte, geworden? Beim Gedanken daran, wie er sein warmherziges Wesen abgelegt hatte, lief es ihr kalt über den Rücken. Sie fragte sich, ob hinter den müden Gesichtszügen noch ein Funke des Menschen übrig war, den sie zu kennen geglaubt hatte.

Ihre Hand fuhr über ihre kurzgeschorenen, graublau gefärbten Haare. Sie konnte nicht sagen warum, aber jedes Gespräch mit Ishmael führte dazu, dass sich ihre Muskulatur verkrampfte. Danach fühlte sie sich wie ein geprügelter Hund.

So kurz vor dem Missionsstart wollte sie die Sache nicht auf sich beruhen lassen. Sie musste ihren Ersten Offizier nicht fragen, um zu wissen, dass es ihm nicht anders erging.

»Lucas, übernimmst du für einen Moment? Ich muss mal kurz mit unserem Missionsleiter sprechen.«

Lucas nickte knapp. Er wusste, wann er seine Fragen besser für sich behielt. Svea löste ihre Gurte. Ihre durchtrainierten Beine schnellten sie in die Höhe. Die reduzierte Schwerkraft an Bord der *Koukishin* machte Bewegungen zum Kinderspiel. Im Durchgang zu Ishmaels Missionszentrale blieb sie für zwei langsame Atemzüge stehen, um sich zu sammeln.

Ohne darauf zu warten, dass er sie ansah, legte Svea los: »Ishmael, wir müssen reden.«

Mit einer schnellen Handbewegung deaktivierte er die Hologramme. »Wie oft muss ich dir sagen, dass du hier nichts zu suchen hast? Dieser Bereich gehört mir. Niemand hat hier Zutritt.«

Seine zu Schlitzen verengten Augen verfehlten ihre Wirkung bei Svea. »Was hast du zu verbergen, dass du dich von allen absonderst?«

»Das geht dich nichts an. Genauso wenig, wie dich irgendetwas zu interessieren hat, das nicht mit dem Flug an sich zu tun hat. Konzentriere dich auf deine Aufgaben. Vor allem halte dich von meinen Aufzeichnungen fern.«

Sveas Augen weiteten sich.

Ein kaltes Grinsen umspielte Ishmaels Lippen. »Hast du gedacht, ich würde nichts bemerken? Deine kindischen Versuche, auf die Konstruktionspläne der *Koukishin* zuzugreifen, konntest du vor mir nicht verbergen. Genauso wie dein unbeholfenes Herumstöbern in den Missionslogbüchern. Da es notwendig scheint, wiederhole ich es ein letztes Mal: Auf dieser Mission geschieht nichts, ohne dass ich davon Kenntnis erlange. Ist das klar?«

Drohend beugte er sich zu ihr. Svea blieb unberührt stehen. Die Wut, die in ihr kochte, unterdrückte sie. Um nichts in der Welt würde sie ihm die Genugtuung geben, die er daraus zog, andere zu dominieren.

»Was ist aus dir geworden? Du hast dich verändert. Warum hast du dich komplett von diesem Portal vereinnahmen lassen? Die Idee, der Menschheit eine interstellare Reisemöglichkeit zu eröffnen, ist zum Zwang geworden, den ich nicht verstehen kann. Alles andere hast du zur Seite gedrängt.«

Die Worte schienen ihn nicht zu berühren. Regungslos stand er da. Seine kalten Augen starrten sie weiterhin an.

Svea hielt sich nicht zurück: »Jahrelang hast du meine volle Unterstützung bekommen. Ich habe dir alles gegeben. Jedem, der dir Steine in den Weg legen wollte, habe ich mich entgegengestellt.

Obwohl du für deine Theorien ausgelacht wurdest, hielt ich zu dir. Erst nach dem Vorfall mit Brian und Seiran musste ich mir eingestehen, dass ich dich nicht länger decken konnte.«

Ishmael verschränkte seine Arme vor der Brust. Auf ihre Worte reagiert er mit hämischem Lachen. »Kommst du mir wieder mit diesen uralten Geschichten. Wissenschaftlicher Fortschritt fordert Opfer. Was damals geschehen ist, hat deine mädchenhaften Fantasien, wie die Evolution abläuft, zerschlagen. Es ist nicht meine Schuld, dass du bis dahin in einer rosaroten Blase der Glückseligkeit gelebt hast. Jede Weiterentwicklung ist schmerzhaft. Wer Neues entdecken will, muss akzeptieren, dass nicht alle den Weg dorthin überstehen.«

Svea zuckte zusammen. Seine Worte trafen sie wie ein Peitschenhieb.

»So denkst du von ihnen? Was waren sie für dich? Opferlämmer am Weg zur Erleuchtung?«

»Wenn du es in so einen mystischen Kontext stellen willst, trifft es das wohl am besten. Sie und die anderen waren notwendige Opfer. Jetzt können wir den nächsten Schritt gehen.«

Svea stockte der Atem. Die anderen? Hatte es weitere gegeben?

Ishmael trat auf sie zu. »Was glaubst du denn? Dass in den zehn Jahren seit deiner Flucht nichts passiert ist? Der Weg hierher war ein steiniger, auf dem einige gestolpert sind. Versager, die nicht auf sich selbst aufpassen konnten. Ich bin kein Kindermädchen.«

»Ich wusste, dass du dich verändert hast. Aber nicht einmal nach deiner Drohung, meinem Mann das Video zu zeigen, hätte ich gedacht, dass du zum völligen Kotzbrocken werden könntest.«

Ungerührt fuhr er fort: »Ich brauchte eine Kommandantin. Nachdem du mit eingezogenem Schwanz geflüchtet bist, warst du meine letzte Wahl. Aber ich weiß, wie ich dich kontrollieren kann.

Jetzt scher dich weg. Kümmere dich um deine Aufgabe, bevor ich es mir anders überlege. Die Holovideos von dir bei der Leichenentsorgung sind eine Rückversicherung. Ich kann sie deinem Mann jederzeit zukommen lassen. Ich bin mir sicher, deine kleine Familie hätte viel Freude daran. Du steckst in dem allen genauso drinnen.«

Mit einer wegwerfenden Handbewegung signalisierte er ihr das Ende des Gespräches. Sveas Lippen bebten. Das hinderte Ishmael nicht daran, nochmals nachzulegen: »Vergiss nie: Sobald wir erfolgreich zurückkehren, bist du Teil des nächsten Evolutionssprunges der Menschheit. Genauso gut kann ich dich zu einer peinlichen Fußnote in den Geschichtsbüchern machen.«

Portal _32

Zu lange hatte er sich mit Menschen umgeben, die ihn bremsten, und sich mit Dingen beschäftigt, die ihn nicht weiterbrachten. Erst das Artefakt hatte ihm die Augen geöffnet. Es gab da draußen weit mehr, als er sich in seinen kühnsten Träumen ausmalen konnte. Sein Wunsch, der Menschheit eine Methode zu bringen, mit Überlichtgeschwindigkeit zu reisen, erschien ob der neuen Möglichkeiten wie die Fantasie eines Kindes. Völlig unbedeutend im Vergleich zu dem, was er in wenigen Minuten erreichen würde. Die Jahrzehnte, in denen er darauf hatte achten müssen, nicht zu viel zu verraten, fanden ihr Ende. Niemand würde ihm seine Entdeckung entreißen können.

Beim Gedanken an das Gespräch mit Svea schüttelte er verärgert den Kopf. Sie zählte zu den größten Enttäuschungen seiner Laufbahn. Er hatte alles mit ihr geteilt, bis zu dem Tag, an dem sie geflohen war. Nie wieder wollte er sich mit ihr befassen, aber wie so oft nahm die Geschichte eine unerwartete Wendung.

Kein Kommandant war bereit gewesen, seine Crew an Bord eines ungetesteten Schiffes zu bringen. Die vergebliche Suche endete in einer Sackgasse.

Er brauchte die Frau, von der er wusste, dass sie den Mund halten würde. Den Mund halten *musste*, wollte sie nicht alles gefährden, was sie sich aufgebaut hatte. Kaum dachte er daran, wallte wieder der Ärger in ihm hoch. Er stand kurz davor, auf die Brücke zu stürmen. Sie verdiente es, dass er sie vor ihrer Crew maßregelte. Aber für den

Moment musste er es dabei belassen. Später, nach dem Übergang, würde sie angekrochen kommen. Sie würde ihn darum anbetteln, in seinem Licht zu baden.

Stattdessen verharrte Ishmael völlig regungslos. Verzückt betrachtete er die Holoprojektionen. In der Mitte bewegte sich die Darstellung der *Koukishin* auf das Portal zu. Wenige Minuten trennten sie von der Aktivierung des Portalantriebes. Die verschiedenen Videofeeds zeigten ihm die Besatzung, die sichtbar nervös dem Kommenden entgegenfieberte. Kaum ertönte das Signal für den Beginn der letzten zehn Minuten vor dem Übertritt, lief ein unzählige Male trainiertes Programm an.

Ungeachtet des Konfliktes zwischen ihnen übernahm Svea die Führung. Sie stahl Ishmael die Möglichkeit, die letzten Schritte selbst anzuleiten. Seine Finger umfassten die Reling des Tisches krampfartig. Seine Lippen presste er zu einem Strich zusammen. Regungslos lauschte er ihrer Stimme, wartete angespannt darauf, dass sie einen Fehler beging, der es ihm ermöglichte einzugreifen.

»Portalantrieb aktivieren. Abschirmfelder hochfahren. Bandbreitenerweiterung für Sensorphalanx freigeben.«

Konzentriert arbeitete sie die Checkliste ab. In die Crew der Maschinenzentrale kam Bewegung. Die Brückenbesatzung begann die Befehle auszuführen. Im Labor kontrollierten die Wissenschaftler nochmals alle Systeme. So sehr es Ishmael zuwider war dies zuzugeben, Svea brauchte ihn nicht. Nichts in ihrer Stimme ließ auf den kleinsten Funken Nervosität schließen: »*Koukishin* an Mission Control, wir gehen auf Verschlusszustand.«

Im ganzen Schiff schlossen sich die Schleusen, Türen sowie die Brandschutztore automatisch. Der Forschungskreuzer verwandelte sich in einen rundum versiegelten Stahlklotz. Einzig die Triebwerkschächte blieben offen. Letzte Kurskorrekturen feuerten

Flammenzungen in die Nacht. Übergangslos erfüllte ein tiefes, den ganzen Körper in Schwingung versetzendes Summen die Luft. Durchdringend, gleichförmig, wie ein Bienenschwarm, der um seinen Kopf schwebte.

Für einen Moment verlor Ishmael die Orientierung. Mit dem Anschwellen des Summens ging auch eine Störung des Gleichgewichtssinns einher. Ishmael hatte vernachlässigbare Auswirkungen erwartet. Aber das war weit mehr, als er vorausgesehen hatte. Seine Sinne drohten zu schwinden, als sich die Abschirmfelder endlich stabilisierten. Das Unwohlsein verschwand wieder. Einzig ein kaum hörbares Brummen blieb im Hintergrund.

Wie mochte es den anderen ergangen sein? Er prüfte die Holoübertragung.

Giary, die Kommunikationsoffizierin, wandte sich an Svea. Ishmael aktivierte die Tonübertragung, um zu erfahren, worüber sie sich unterhielten.

»Wir sind offline.«

»Was meinst du mit offline?«

»Kaum waren die Energiefelder hochgefahren, brach jegliche Kommunikation mit Mission Control ab. Keine Sprachübertragung, kein Datenfeed, gar nichts. Wir sind auf uns alleine gestellt.«

Sveas Blick wanderte in Richtung der in der Decke versteckten Kamera. Sie schien ihn durch die Linse anzustarren. Konnte es sein, dass sie von der Überwachung wusste? Ihr Gesichtsausdruck erlaubte keinen Rückschluss darauf.

»Vermutlich eine nicht vorhersehbare Reaktion auf die Schirmfelder. Wir weichen nicht von unserem Plan ab.«

Der Klang ihrer Stimme machte unmissverständlich, dass sie nicht an einen Zufall glaubte. Gegen seinen Willen musste er es ihr hoch anrechnen, dass sie über genug Professionalität verfügte, dies nicht auszusprechen. Die Abschirmfelder entsprachen nicht den offiziellen Spezifikationen. Einer Eingebung folgend, hatte er die Berechnungen so manipuliert, dass die Felder über eine um zweihundert Prozent höhere Abstrahlleistung verfügten. Eines Nachts, die er im Labor geschlafen hatte, war ihm die Idee gekommen.

Damit würde die *Koukishin* wesentlich höhere Strahlungseinwirkungen von außen überstehen. Den Nachteil, dass die Energiefelder auch mehr Leistung nach außen abgaben, hatte Ishmael willentlich in Kauf genommen. Eine Störung der Kommunikationssysteme hatte er erwartet, allerdings keinen Totalausfall.

Ein kleines Missgeschick. Mehr nicht.

Sveas Stimme beendete seine Gedankengänge: »Portalübertritt in drei Minuten. Portalantrieb auf 100 Prozent. Leite die Startsequenz ein.«

Begleitend zum Befehl schaltete sie das Haupttriebwerk ab. Ein Ruck beutelte den Rumpf der *Koukishin*. Die künstliche Schwerkraft fiel aus und Ishmael begann zu schweben. In seiner Fixierung auf das Bevorstehende war ihm völlig entfallen, dass die Gravitationssysteme zusammen mit dem Antrieb ausfielen. Sich selbst scheltend, zog er sich wieder hinunter. Mit dem Magnetanker seiner Stiefel fixierte er sich am Boden. In der Zwischenzeit driftete die *Koukishin* in einer kerzengeraden Bahn auf ihr Ziel zu. Erst in der Projektion erkannte Ishmael, dass es absolute Präzision verlangte, das massige Schiff durch den gerade einmal das Sechsfache messenden Portaldurchgang zu bringen. Ein einziger Fehler in den Berechnungen der Pilotin würde sie am äußeren Ring des Portals zerschellen lassen. Denn auch wenn sich die *Koukishin* für ein Raumfahrzeug im Schneckentempo bewegte, legte sie pro Sekunde noch immer 1.472 Meter zurück. Genug, um die stabile Hülle des Schiffes zum Bersten zu bringen. Es war ihm zuwider, dass er sich völlig auf andere verlassen musste.

Endlich erwachte der Portalantrieb zum Leben. Dröhnend setzten sich die im Kreis um den Reaktorkern angebrachten Feldspeicher in Bewegung. Wie eine anlaufende Turbine verwandelte sich das anfängliche rhythmische Klopfen in ein Stakkato. Jedes Geräusch begleitete ein Stoß, der sich, ausgehend von der Antriebssektion, im ganzen Schiff fortpflanzte. Er mochte sich gar nicht vorstellen, wie stark dies im Antriebsmodul zu spüren sein musste. Seine Station befand sich über 250 Meter davon entfernt und trotzdem war ihm, als würde jeder einzelne Knochen in seinem Körper erschüttert werden.

Ishmael wusste, dass der Ladungsprozess 180 Sekunden dauerte, trotzdem dehnte sich die Zeit in seinem Empfinden zu einer Ewigkeit. Das stakkatoartige Hämmern verwandelte sich in ein durchdringendes Singen, das ihn an einen Bohrer erinnerte, der sich tief in sein Hirn fraß.

Ohne Ankündigung endete der Ton mit einem gewaltigen Donnern, das die Entladung der Feldspeicher in den Projektorkranz am Rumpf signalisierte. Die Energiewelle raste vom Heck bis zum Bug. Er fühlte, wie die Ladung jede Zelle seines Körpers traf und dabei erhitzte. Die Furcht, dass seine Eingeweide zu kochen beginnen würden, kroch in ihm hoch. Völlige Stille brach über das Schiff herein, während die fokussierte Entladung die letzten zweihundert Kilometer zum Portal überbrückte. Dort löste der Energieschub die Öffnung des Portals aus.

Zwei Jahrzehnte seines Lebens waren in die Berechnungen der Prozesse geflossen, die jetzt im Portalring abliefen. Die Entladung der *Koukishin* diente dazu, eine Kettenreaktion auszulösen, in deren Folge Energiegewalten ähnlich einer Sonneneruption losgelassen wurden. Ginge dabei etwas schief, würde der Kreuzer zusammen mit dem Portal in ihre Partikel zerfetzt werden.

Ishmael schob die Gedanken beiseite. Er konnte nur mehr zusehen.

Das Hologramm schaltete auf die Außenkameras um. Das Portal öffnete sich und vor ihm tat sich ein schwarzer Wirbel auf. Ein nicht enden wollender Abgrund, der ihn unwiederbringlich zu verschlingen drohte.

Bevor das Entsetzen seinen Geist zu einem Klumpen aus Furcht und Panik komprimierte, sah er einen Schatten, der auf die *Koukishin* zuschnellte.

Erwachen _33

Die Dunkelheit um ihn pulsierte wie ein lebendes Wesen. Sie zermalmte seinen Körper. Ishmaels Knochen zerbrachen unter dem Druck der fleischigen, wallenden, eiskalten Masse, die von allen Seiten gleichzeitig auf ihn eindrang. Seine Haut stand in Flammen. Die Nervenbahnen seines Körpers schrien vor Schmerzen. Faulig beißender Gestank in Verbindung mit zugleich süßlich verlockenden Düften drang in seine Nase. Die Mischung raubte ihm den Atem. Tausende sich windende Tentakel wühlten sich in sein Fleisch, wo sie seine Eingeweide zerfetzten. Einzig sein Geist blieb intakt. Zwang ihn dazu, die Höllenqualen, die sein Körper durchlitt, bis ins kleinste Detail wahrzunehmen.

Unzählige Stimmen schrien gleichzeitig auf ihn ein, jede einzelne getrieben von völligem Wahnsinn, und bedrängten ihn, sich ebenfalls hinzugeben. Mit dem letzten Funken an Kraft, den er aufbringen konnte, klammerte er sich an seinen Verstand. Wie ein eingesperrtes Tier kämpfte er darum, nicht im Mahlstrom des Irrsinns zu versinken.

Jegliches Zeitgefühl kam ihm abhanden. Ob er die schier unendliche Abfolge an Qualen seit Sekunden, Minuten oder Tagen durchlitt, verlor jede Bedeutung, denn in ihm keimte die Sicherheit, dass er ihnen niemals entkommen konnte.

Im selben Moment, in dem diese Erkenntnis sich in seinem Geist festsetzte, entdeckte er einen winzigen Lichtpunkt im Nichts. Mit aller Willenskraft, die er aufbringen konnte, konzentrierte er sich darauf.

Quälend langsam wuchs der Punkt, bis er sein ganzes Sichtfeld ausfüllte.

Er fiel. Kippte vorwärts, wo er mit den Knien auf dem harten, rauen Untergrund aufschlug. Der Schmerz, der sich in seine Glieder bohrte, war eine Labsal für seinen geschundenen Geist. Denn er signalisierte ihm, dass er dabei war, seine grauenvolle Vision hinter sich zu lassen.

Seine Finger fühlten kaltes Metall. Ein warmes Rinnsal zog sich von seiner Stirn über seine Wange. Instinktiv wusste er, dass er sich nicht mehr an dem Ort der Qualen befand. Vorsichtig drehte er den Kopf. Details erkannte er nicht, da er im selben Moment kraftlos zusammenbrach. Seine Gedärme krampften sich zusammen. Hustend erbrach er sich auf den Boden.

Minutenlang lag er, vor Erleichterung lachend, da. So lange, bis sein Zwerchfell zu schmerzen begann. Mit jeder Sekunde wurden die Umrisse seiner Umgebung klarer. Er befand sich auf der *Koukishin*. Freudentränen rannen über seine Wangen. Um Atem ringend, kämpfte er sich hoch, bis er seine Umgebung genauer betrachten konnte.

Die Deckenbeleuchtung flackerte. Nur das stete Summen der Lüfter durchbrach die sonst allumfassende Stille. Seine Beine waren zu schwach, um ihn zu tragen. Mit einer Hand stabilisierte er sich an der Seitenwand. Ein Fehler, wie sich schnell herausstellte. Kaum kam die Handfläche in Kontakt mit dem rauen Stahl, zuckte er zurück. Seine Haut brannte vom Kontakt mit der eiskalten Oberfläche. Vorsichtig näherte er sich an, darauf bedacht, die Fläche nicht nochmals zu berühren. Mit jedem Zentimeter fühlte er die stärker werdende Kälte. Hinter den Wänden befanden sich Schaltkreise, Rechner, Datenspeicher und andere elektronische Geräte, die Wärme abstrahlen sollten. Die Kühlsysteme lagen auf der gangabgewandten Seite. Niemals konnten sie so einen Effekt erzielen.

Ob die Crew wohl von ähnlichen Visionen heimgesucht worden war? Mit Unbehagen erinnerte er sich an die unbarmherzige Kälte. An seine Haut, die gleichzeitig brannte, als stünde sie in Flammen.

Sein Atem bildete kleine, blasse Wolken. Die klammen Finger steckte er in die Hosentaschen, um sie ein wenig zu wärmen. Hastig lief er zur Zentrale, deren Notbeleuchtung ein fahles Licht wie das einer altersschwachen Grubenlampe abgab.

Seine Schritte führten ihn zielsicher zum Platz der Kommandantin. Mit nach vorne gekipptem Kopf hing Svea in ihren Gurten. Ihre Arme lagen regungslos an den Seiten. Ungelenk betastete er ihren Hals. Sekunden verstrichen, bis er ihren schwachen, dennoch regelmäßigen Puls fand. Das Wissen, dass sie lebte, beruhigte ihn.

Dem Rest der Brückenmannschaft erging es nicht anders. Auf sich alleine gestellt, würde er ihnen nicht helfen können. Schutz vor der alles durchdringenden Kälte zu finden, war seine oberste Priorität.

Am hinteren Ende der Brücke gab es einen Spind, der Notfallschutzanzüge enthielt. Sie sollten ihre Träger im Ernstfall vor Lecks schützen. Sogar über einen eingeschränkten Sauerstoffvorrat verfügten die silbrig glänzenden Wunderdinger. Vor dem Missionsstart waren ihm die Lagerorte sowie die Funktionsweise der Anzüge eingebläut worden.

Erst jetzt bemerkte er, dass sein Verstand nicht annähernd so agil arbeitete, wie er sollte. Das gespeicherte Wissen sickerte langsam wie Wasser durch ein verschmutztes Sieb in sein Bewusstsein. Jede einzelne Information musste er bewusst suchen. Hatte sein Gehirn beim Übertritt Schaden genommen? Der Gedanke daran machte ihm weitaus größere Angst als die Vorstellung, wieder in die Hölle zurückzustürzen, aus der er gerade erst entkommen war.

Bei dem Gedanken an die Träume zuckte er zusammen. Warum erinnerte er sich so detailliert daran? Konnte es sein, dass sie nicht nur Einbildung waren? Verärgert schob er diesen Gedanken zur Seite. Er glaubte nicht an die Spukbilder der verschiedenen Religionen. Böse Trugbilder, heraufbeschworen von verkorksten alten Männern, die sie benutzten, um geistig Schwache gefügig zu machen. Diesem Aberglauben würde er nie verfallen. Sein Weltbild beherrschte die Wissenschaft. Dinge, die man berühren oder berechnen konnte.

Trotzdem nagte die Unsicherheit an ihm. Was wusste er wirklich über das Portal? Das, was er zu wissen glaubte, entstammte den Visionen und weniger den vereinzelten unbefriedigenden Messergebnissen, auf die er seine Theorien stützen konnte.

Vielleicht war das Erlebte Realität? Nein, daran durfte er nicht einmal denken. Albträume, nichts anderes hatte ihn gequält. Er klammerte sich an diesen Gedanken der Vernunft fest. Kämpfte darum, den Ruf zu unterdrücken, der von ihm verlangte, sich der Lust an den Schmerzen hinzugeben.

Er durfte sich nicht ablenken lassen. Zwang sich zur Konzentration darauf, den Anzug korrekt anzuziehen. Kaum hatte er ihn verschlossen, fühlte er, wie die ausgefeilte Technologie begann, gegen die unermessliche Kälte anzuarbeiten.

Eine Minute später befand er sich bereits im leeren Hauptkorridor der *Koukishin*. Wie zuvor auf der Brücke durchbrach das leise Summen der Luftumwälzung die völlige Stille. Der Gang lag in bedrückendem Zwielicht vor ihm, das Ishmael an einen nebeligen Herbstmorgen zwischen den Hügeln rund um Echsenbach erinnerte. Die Kälte kam dieses Mal nicht von außen, sondern quoll direkt aus seinem Herzen, von wo aus sie ihren unbarmherzigen Griff um seine Eingeweide legte.

Er konnte das Gefühl nicht abschütteln, dass er unbedingt zum Reaktor musste. Wenn er sich nur erklären könnte, warum. Wie ein

Süchtiger, der dem nächsten Schuss entgegenfiebert, drängte alles in ihm danach, sich sofort auf den Weg zu machen. Er fand keine rationale Erklärung für diesen Wunsch. Nichts befähigte ihn dazu, Reparaturen umzusetzen. Wozu sollte er dorthin?

Die Überlegung, zuerst im Mannschaftsbereich zu suchen, entfachte beinahe unbezwingbares Unbehagen in ihm. Der Drang, die Maschinensektion zu besuchen, war unwiderstehlich. Erst der Entschluss, anschließend sofort den Weg zum Antriebsmodul anzutreten, brachte ihm Erleichterung.

Er rannte zur Krankenstation, deren Tür er verschlossen vorfand. Verärgert hieb er auf den Öffnungstaster, was eine enervierende Fehlermeldung hervorrief. Mit einer bisher nicht gekannten Brutalität schlug er zuerst auf den Taster, dann die Tür selbst ein. Ishmael hämmerte mit beiden Fäusten dagegen. Wie ein Wilder trat er mit dem rechten Fuß gegen den lackierten Stahl. Der ganze aufgestaute Hass, der ihn erfüllte, bahnte sich mit einem gellenden Schrei den Weg. Seine geballten Fäuste begannen zu schmerzen. Trotzdem steigerte er die Kraft seiner Schläge. Blinde Zerstörungswut trieb ihn an, obwohl er gleichzeitig wusste, dass er nichts erreichen würde.

Er wollte durch diese TÜR!

ER

MUSSTE

RAUS

AUS

<u>DIESEM</u>

<u>GEFÄNGNIS!</u>

Ishmael konnte keinen anderen Gedanken mehr fassen. Er riss die Fäuste in die Luft und lehnte sich zurück. Mit aller Kraft, die sein untrainierter Körper aufbringen konnte, rammte er seinen Kopf gegen die Tür. Den dumpfen Knall begleitete ein stechender

Schmerz, der von seiner Stirn bis ins Rückgrat raste. Benommen taumelte Ishmael zurück. Er verlor den Halt, seine Beine knickten unter ihm weg. Mit dem Rücken voraus stürzte er auf den Boden. Das ganze Schiff schien sich um ihn zu drehen. Blut rann aus der Platzwunde an seiner Stirn. Sein Magen rebellierte wie zuvor auf der Brücke. Im letzten Moment drehte er sich zur Seite. Laut hustend erbrach er bittere Magensäure.

Er musste wahnsinnig geworden sein. Was sonst hätte ihn zu so einer selbstzerstörerischen Tat treiben können? Minutenlang lag er keuchend am Boden. Der Schmerz übertönte alles. Die Gewissheit, dass ihm die Kraft fehlte, um sich selbst zu helfen, trieb ihn weiter in die Verzweiflung.

Was hatte er sich dabei gedacht? Ishmael versuchte, sich hochzustemmen. Die Schwäche in seinen Gliedern zwang ihn dazu, aufzugeben. Er konnte sich nur wenige Zentimeter vorwärts schleppen, bevor er erneut zusammenbrach.

Irgendwann verwandelte sich das Hämmern hinter seiner Stirn in ein leises Pochen. Der Drang, sich zu übergeben, verschwand so plötzlich, wie er gekommen war. Ishmael fühlte sich elend wie nie zuvor. Langsam, wie ein verwundetes Tier, raffte er sich auf. Er betastete die Wunde an seinem Schädel. Sie schien nicht allzu tief zu sein. Die Blutung begann bereits nachzulassen.

Wie ein Rehkitz, das seine ersten Schritte tat, tastete er sich voran. Er achtete darauf, wie sein Körper reagierte. Das Ausbleiben von Warnhinweisen beruhigte ihn. Soweit er es beurteilen konnte, würde sein Anfall keine bleibenden Schäden hinterlassen.

Was hatte ihn zu diesem irrsinnigen Verhalten getrieben? Die Zeit, sich damit zu befassen, würde kommen. Davor musste er die Crew suchen, um endlich Hilfe zu finden.

Labor _34

Bereits von Weitem konnte Ishmael sehen, dass der Labortrakt offen stand. Völlig unerwartet erfüllte ihn Glückseligkeit. Wie viel davon musste er auf den Stoß gegen seinen Kopf zurückführen? Das würde er später von Pierre, so er den Schiffsarzt irgendwann fand, abklären lassen.

Beim Eintreten erfasste sein Blick sofort drei seiner Mitarbeiter, die, mit dem Rücken zu ihm, an ihren Stationen saßen. Wo hielten sich die Fehlenden auf? Laska, Abraam und Melina befanden sich nicht im Raum.

David, sein Assistent, saß an der vordersten Station, den Kopf auf die Hände gestützt. Von hinten sah Ishmael nur seine langen, ungepflegten schwarzen Haare, die er seit jeher bemängelte. Das widersprach seiner Vorstellung vom Auftreten eines respektablen Wissenschaftlers. Alle Versuche, ihn von seiner eigenwilligen Haarpracht abzubringen, waren fruchtlos verlaufen. Ishmael würde dies niemals offen aussprechen, aber David war brillant. Auf ihn zu verzichten, weil er optisch nicht seinen Erwartungen entsprach, wäre Ishmael nicht im Traum eingefallen.

In Ishmaels über sechzigjähriger Karriere war David der verlässlichste Assistent von allen gewesen. Selbst die Ereignisse bei den ersten Portaltests hatten ihn nicht vom Weg abgebracht. Seine Loyalität ging bis zur Selbstaufgabe.

Doch was er jetzt entdeckte, trieb ihn an den Rand der Rage. Die Passage des Portals lag gerade erst hinter ihnen, und David verharrte regungslos in seiner Position. So als würde er sich ausruhen. Unter seinen Haaren, die sein Gesicht völlig verdeckten, drang unverständliches Kauderwelsch hervor. Anstatt der Datenkolonnen, die Ishmael erwartete, leuchtete ihm absolute Leere von den Displays entgegen. Die Hälfte seiner wissenschaftlichen Besatzung befand sich nicht an ihren Stationen. Sein Assistent war zumindest anwesend, gönnte sich allerdings eine Pause. Das konnte er nicht tolerieren.

Energisch griff Ishmael mit beiden Händen nach Davids Schultern. »David, was glaubst du, was du hier machst?!«

Der Angesprochene verstummte in seinem Gebrabbel und hob den Kopf wie in Zeitlupe. Mit abgehackten, plötzlichen Bewegungen erhob er sich von seinem Stuhl. Dabei wirkte er wie ein Roboter.

Mit einem unterdrückten Aufschrei stolperte Ishmael zwei Schritte zurück. Die Tischkante eines weiteren Arbeitsplatzes bohrte sich in seinen Oberschenkel. Ishmael klammerte sich an das Möbelstück, als wäre es sein letzter Halt in der Realität. Inmitten von Davids blutüberströmten Gesicht prangten zwei tiefe, zerfetzte Krater. Grinsend wie ein Irrer stapfte der junge Mann auf ihn zu. Dabei reckte er seine zu Klauen verkrampften Hände nach Ishmael.

Davids manisches Lachen hallte in seinen Ohren. »Sehen Sie die Dunkelheit?! Sie ist ein hell erleuchteter Abgrund!«

Zielgerichtet ging er auf Ishmael zu, der auf wackeligen Beinen Schritt für Schritt zurückwich.

Davids Stimme wurde mit jedem Wort lauter: »Ihr wollt die Wahrheit finden? Die Wahrheit worüber? Unser Leben? Unser Universum? Unsere Herkunft? Unsere Bestimmung? Ich offenbare euch die Wahrheit! Wir sind verdammt!«

Die letzten Worte schrie er ihm entgegen, bevor er sich vom Boden abstieß. Seine blutigen Finger zum Angriff ausgestreckt, stürzte er auf Ishmael zu.

Schlagartig verlangsamte sich Ishmaels Zeitgefühl. Seine Sinne bis zum äußersten geschärft, registrierte er alles wie in Zeitlupe. Er fühlte seinen Herzschlag, der raste, als hätte er einen Marathon hinter sich. Das Blut rauschte in seinen Ohren. Schweiß trat auf seine Stirn, bildete einen kalten, unangenehmen Film. Ishmael riss seine Arme in die Höhe, um sich zu verteidigen. All das nahm er gleichzeitig wahr, während seine Augen die Ereignisse vor ihm förmlich aufsogen.

Im Hintergrund erhoben sich Giulia und Ruthgard von ihren Arbeitsplätzen. Sie zuckten bei jeder Bewegung, wirkten ungelenk, wie Marionetten, die ein ungeübter Spieler zu steuern versuchte. Mit gespenstisch steifen Schritten und unkontrolliert zuckenden Armen stolperten sie auf ihn zu. Die Augenhöhlen der beiden Wissenschaftler waren leer. Er konnte sich des Gefühls nicht erwehren, in winzig kleine Schwarze Löcher zu starren.

Ruthgards Kopf stand in einem unnatürlichen Winkel vom Körper ab. Auf seiner Stirn prangte eine blutende Wunde, in der Ishmael den eingedrückten Schädelknochen erkannte. Irgendjemand hatte Ruthgards Kopf unzählige Male gegen etwas Hartes geworfen. Wer verfügte über die Kraft und den Willen zu so einer Tat?

Aus Giulias linkem Ohr ragte ein glitzerndes Objekt, das er als ihre grünlackierte Füllfeder erkannte, mit der sie bei Nervosität spielte. Bei jeder Gelegenheit erzählte sie davon, dass es sich um ein Erbstück handelte, das sich seit Generationen in ihrer Familie befand. Das altertümliche Objekt steckte bis zur halben Länge in ihrem Gehörgang.

Hatten sie sich die Verletzungen selbst zugefügt oder gegenseitig? Was konnte sie zu dieser Verstümmelung getrieben haben?

Diese Fragen rasten in Sekundenbruchteilen durch Ishmaels Kopf, bevor David ihn erreichte. Sein Assistent, der auf ihn zustürmte, prallte mit der Wucht eines Vorschlaghammers gegen ihn.

Ishmael stürzte rücklings auf den Stahlboden. Sein Angreifer saß auf seinem Brustkorb. Mit beiden Beinen presste er Ishmaels Rippen brutal zusammen. Laut knackend brachen einige von ihnen. Den begleitenden Schmerz fühlte er kaum, da er um jeden Atemzug kämpfte.

David bohrte seine Finger mit einer Kraft in Ishmaels Gesicht, die dieser dem schmächtigen Mann nicht zugetraut hätte. Seine Fingernägel hinterließen blutige Striemen. Mit ungelenken Bewegungen versuchte Ishmael, die Hände wegzustoßen.

Jeder Versuch, sich zu befreien, scheiterte unter den heftiger werdenden Angriffen Davids, der lauthals kreischte. David beugte sich vor. In den Tiefen der von blutigem Schorf eingerahmten Höhlen, an deren Stelle sich die Augäpfel befinden sollten, erkannte Ishmael ein grauenerregendes organisches Pulsieren.

Seine Stimmbänder versagten ihren Dienst. Der Schrei verwandelte sich in ein kaum hörbares Gurgeln. Ihm drohten die Sinne zu schwinden. Die letzte Kraft verließ seine Arme, da hörte er den Hall schneller Schritte. Vor seinen Augen raste ein Schemen vorbei. Ein dumpfes Krachen ertönte, worauf David wie von einem Peitschenhieb getroffen von Ishmael heruntergeschleudert wurde. Kräftige Hände zogen Ishmael so ruckartig hoch, dass er befürchtete, sie würden seine Schultern auskugeln.

Von hinten drang die Stimme von Pierre Richeu, dem Bordarzt, an seine Ohren: »Los, raus hier!«

Gezogen von den Händen, die ihn fest im Griff hatten, stolperte er rückwärts, weg von dem Wahnsinnigen, der versuchte, ihn zu ermorden. Die muskulöse Esther – eine Technikerin aus dem Antriebssegment – trat in sein Blickfeld. Sie hielt ein schweres Stahlrohr in den Händen. Mit weit schwingenden Bewegungen hieb sie abwechselnd auf David, Giulia und Ruthgard ein. Jeder Treffer warf diese zu Boden. Ein kurzer Erfolg, wie sich gleich darauf zeigte. Als wäre nichts geschehen, erhoben sie sich wieder. Nichts schien die drei stoppen zu können.

»Bleibt endlich liegen, ihr Scheißdinger!«, brüllte Esther den dreien entgegen.

Ihr nächster Schlag traf seitwärts auf Giulias Hals. Feucht schmatzend drang das Stahlrohr ein. Was dann geschah, wollte Ishmael nicht glauben. Das Rohr glitt widerstandslos in das Fleisch. Er wartete auf das Knacken der Halswirbelsäule, das nicht kam. Stattdessen kippte der Kopf zur Seite. Aus dem offen daliegenden Hals sprudelte eine schwarze Masse, die über den Torso hinab rann. Kaum schlug der abgetrennte Kopf auf, begann er zu zerfließen. Die ölige Flüssigkeit sammelte sich zur Pfütze. Selbst diese Verstümmelung gebot Giulia keinen Einhalt. Ungebremst stapfte sie weiter auf ihn zu.

Pierre schrie ihn inzwischen an: »Beweg dich! Lange wird Esther sie nicht zurückhalten können!«

Ishmael löste sich aus seiner Erstarrung. Halb zerrte Pierre ihn, halb rannte er selbst zum Ausgang. Am Korridor angekommen, ließen Pierres Hände von ihm ab. Ishmael sank erschöpft zu Boden.

»Wir sind draußen!«, rief der Bordarzt.

Esther sprang von den drei Angreifern weg. Mit ausholenden Schritten stürmte sie ebenfalls aus dem Raum. Erst jetzt entdeckte Ishmael den Astrophysiker Abraam, der gerade seine Hand vom Türöffner wegzog. Zischend schloss sich die Tür. Esther warf das Metallrohr zu Boden. Brutal stieß sie Ishmael zur Seite und zog ein pistolenähnliches Gerät aus einer Tasche an ihrer Hüfte. Das Werkzeug flammte auf. Funken stoben, während die Frau den Zugang verschweißte. Mit sicheren Bewegungen zog sie den Brenner über den ganzen Türrahmen. Kurz bevor sie den Bogen um die Türeinfassung abschließen konnte, begann die Flamme zu stottern. Zehn Zentimeter weiter erlosch der Strahl.

»Scheiße!«, zischte Esther. »Der Brennstoff ist alle.«

Mit einer ärgerlichen Handbewegung schob sie das Schweißgerät in die Seitentasche ihrer Hose. »Das war's mit dem Versiegeln von Türen. Ab sofort bleiben die Schleusen offen, bis wir eine andere Lösung finden.«

»Zumindest haben wir die bisher gefundenen Mutationen eingesperrt. Wie lange sie das im Zaum hält, wird sich zeigen«, kommentierte Abraam, während er Ishmael beim Aufstehen half. »Wir mussten schmerzhaft herausfinden, dass Esther den ganzen Rahmen versiegeln muss. Nur so halten wir sie zuverlässig zurück.«

Ishmael verstand nicht, worauf er hinauswollte.

»Wir erklären dir alles, aber erst mal sollten wir von hier weg. Wie geht es der Kommandocrew?«

Die Frage beendete Ishmaels Schockstarre. »Die Crew ist bewusstlos.«

Esther hob ihre Werkzeuge auf. Trotz ihrer Jugend wirkte sie als Einzige gefasst und konzentriert. Mit einer forschen Geste bedeutete sie den dreien, ihr zu folgen. »Legen wir los, bevor uns noch jemand angreift.«

Ishmael blieb wie angewurzelt stehen. Nach dem ersten Schreck fasste er sich wieder. Er hatte Schwäche gezeigt, das durfte nicht noch einmal passieren. Zwischen zusammengebissenen Zähnen presste er die Worte hervor: »Wäre irgendjemand so freundlich, mir zu erklären, was hier abläuft?«

»Ich hätte angenommen, dass unser wissenschaftlicher Leiter etwas schneller von Begriff ist. Ich versuche es einmal mit der Version für Langsamversteher«, antwortete Esther.

Ihre Reaktion war eine Frechheit. Sie griff ihn bewusst an. Versuchte ihn lächerlich zu machen. Die Genugtuung, so zu reagieren, wie sie es erwartete, würde er ihr nicht geben. Äußerlich ruhig, kämpfte er den aufkeimenden Zorn nieder. Er zuckte nicht einmal mit der Wimper, um ihr keinen Hinweis auf seinen Gemütszustand zu bieten.

»Kurz nach der Passage ist irgendwas an Bord gekommen. Es hat sich über die Triebwerkskanäle in den Maschinenraum vorgearbeitet. Jeder, der mit dem Scheiß in Kontakt kam, ist in kürzester Zeit verrückt geworden. Jesper startete einen Versuch, die Triebwerke im Reinigungsmodus zu zünden. Er hoffte, das Zeug zu verbrennen. Elvira kam ihm zuvor. Sie hat ihm den Schädel mit bloßen Händen eingeschlagen. Das hat mir gereicht. Ich bin um mein Leben gerannt. Kaum angekommen, habe ich die beiden Genies hier in der Krankenstation gerettet.« Sie deutete auf die Männer. »Zu guter Letzt haben wir unseren großen Meister gefunden, der uns die ganze Scheiße eingebrockt hat.«

Irgendetwas fehlte in ihrer Erzählung. Ishmael schaffte es nicht, den Finger darauf zu legen, aber es stand außer Frage, dass etwas nicht stimmte.

Bevor er nachfragen konnte, legte Abraam ihm eine Hand auf die Schulter. »Esthers knappe Ausführungen sind, wenn auch recht eigenwillig formuliert, leider korrekt. Sie ist die Einzige, die der Antriebssektion entkommen ist. Die Zurückgelassenen wurden, zumindest laut Esthers Aussage, entweder von der schwarzen Masse in den Wahnsinn getrieben oder von ihren Kollegen ermordet.«

Esther trat mit drohend erhobenen Fäusten auf den Wissenschaftler zu. »Was soll der Scheiß? Laut meinen Aussagen?! Ist das der Dank dafür, dass ich euch den Arsch gerettet habe?«

Pierre trat zwischen die beiden. Beschwichtigend hob er die Arme. »Natürlich nicht. Was Abraam sagen will, ist, dass wir es nicht selbst gesehen haben. Das ist aber irrelevant. In Anbetracht des bisher Erlebten würden wir deine Worte nie anzweifeln.«

Schnaubend trat sie einen Schritt zurück. Ihre erhobenen Arme senkte sie dabei zur Hüfte herab. »Das will ich wohl hoffen. Okay. Gibt es ergänzende Fragen oder gehen wir jetzt zur Brücke weiter? Das Einzige, was mich jetzt interessiert, ist der Pilot. Der soll uns gefälligst aus diesem Scheißloch rausbringen, bevor mich diese verfluchten Stimmen in den Wahnsinn treiben.«

Die letzten Worte lösten Ishmaels Starre. »Stimmen? Welche Stimmen?«

»Na dieses Scheißgemurmel, das wir ständig hören? Der Drang, zum Kern zu gehen. Sag nicht, du hörst es nicht?! Oder fällt dir das in deiner Scheißbirne schon gar nicht mehr auf?!«

Die zu Fäusten geballten Hände erneut zum Schlag bereit, trat sie einen Schritt auf Ishmael zu. Mit abwehrend erhobenen Armen wich er zurück. Wollte sie ihn wirklich niederschlagen?

Da griff Pierre ein. Er rammte von hinten einen Injektionspen, den er seiner Jackentasche entnahm, in Esthers Hals.

»Mann! Was soll der Scheiß!«, fauchte sie, bevor sich ihre Gesichtszüge entspannten. »Wow. War ich schon wieder so weit?«

»Leider ja«, sagte der Arzt. Nachdenklich betrachtete er den Pen. »Die Zeiträume zwischen den Verabreichungen schrumpfen. Gleichzeitig muss ich die Dosis höher ansetzen. Lange geht das nicht gut.«

Ishmael tat sich schwer, seine wachsende Unsicherheit nicht zu zeigen. »Ich erwarte, dass ihr mich jetzt endlich unmissverständlich auf den Stand der Dinge bringt. Ich bin der Missionsleiter. Um weitere Entscheidungen zu treffen, muss ich wissen, woran ich bin.«

»Na klar. Nachdem uns der große Boss in die Scheiße geritten hat, will er jetzt den Helden spielen. Worauf wartest du? Bring uns hier raus!«, verlangte Esther.

»Nicht einmal der Einfluss der Beruhigungsmittel kann Esthers berühmtem freundlichem Naturell etwas anhaben«, mischte sich

Abraam ein. »Ich will versuchen, die Ereignisse zusammenzufassen. Was in der Antriebssektion passiert ist, hast du bereits erfahren. Das Bild im Hauptmodul ist kein bisschen besser. Beim Portalübertritt wurden alle ohnmächtig. Ich bin über meinem Arbeitsplatz zusammengebrochen. Aufgewacht bin ich gleichzeitig mit Laska und Melina. Die beiden klagten über massive Kopfschmerzen, begleitet von Sehstörungen. Darum habe ich sie umgehend zu Pierre geschickt.«

Der Angesprochene nickte, bevor er einhakte: »Ich litt unter ähnlichen Symptomen. Kopfschmerzen, schwarze Ränder ums Blickfeld und ein ständiges Stimmengewirr im Kopf. Ich wollte dringend zum Reaktorkern. Das Eintreffen der beiden Wissenschaftlerinnen hat verhindert, dass ich gleich losgerannt bin.« Er stockte, rang offensichtlich um weitere Worte.

»Was geschah dann?«, forderte Ishmael.

Pierre vermied jeden Augenkontakt, so als wollte er Ishmaels Frage ausweichen.

Esther nahm ihm die Bürde ab: »Er hat die beiden umgebracht.«

Ishmael konnte nicht glauben, was er hörte. Bevor er dazu kam nachzufragen, sprach Pierre weiter: »In gewisser Weise ja. Die Gegenwart von zwei Patientinnen drängte die Stimmen für einen Moment in den Hintergrund. Ich wollte alles abklären. Auf Nummer sichergehen, dass es keine inneren Verletzungen gab. Sie beschrieben mir ihre Beschwerden um vieles stärker, als ich sie bei mir selbst erlebte. Die Ohnmacht, dazu Sehstörungen, verbunden mit plötzlich einsetzenden bohrenden Kopfschmerzen, wollte ich nicht einfach symptomatisch behandeln. Also schickte ich Laska in den Scanner. Wenige Sekunden, nachdem der Scanner angelaufen war, begann Laska panisch zu schreien. Sie zuckte wie nach einem Stromschlag. Ich konnte ihr nicht helfen. Die schwarze Masse, die Esther zuvor beschrieben hat, drang aus den Lüftungsschächten in den Scanner.

Binnen Sekunden hüllte sie Laskas Kopf völlig ein. Sie brüllte wie am Spieß. Melina reagierte blitzschnell. Sie rannte zu ihr. Währenddessen versuchte ich, den Scanner zu deaktivieren. Das hat mir das Leben gerettet«, fuhr Pierre fort. Während er erzählte, kamen ihm die Tränen. »Kaum stand Melina an der Untersuchungsliege, sprang Laska auf. Sie bohrte ihre Finger in Melinas Augen. Ich konnte mich vor Angst nicht bewegen. Die schwarze Masse quoll aus Laskas Fingerspitzen. Sie penetrierte Melinas Mund, die Nase, sogar ihre Augen. Sekunden später begann sie ebenfalls zu brüllen. Heulend wie ein verwundetes Tier, brach sie vor meinen Augen zusammen. Bevor ich reagieren konnte, sprang Laska auf mich zu. Der Tisch zwischen uns verhinderte, dass sie ihre Finger auch in mich bohren konnte.«

Langsam setzte Ishmael die Informationen zu einem Bild zusammen. Jeder weitere Satz stellte ein zusätzliches Puzzlestück dar, das ihm dabei half, Klarheit zu erlangen. Die Vermutung, dass ihm seine Crewmitglieder etwas verheimlichten, wurde zur Gewissheit. Eine wichtige Information fehlte noch. Was hielten sie zurück? Vorerst würde er Pierre weiterreden lassen. Mit etwas Glück würde er es unabsichtlich verraten. Fragen konnte er später stellen.

»Ich rannte vom Untersuchungszimmer zum Hauptterminal. Zum Glück dachte ich daran, das Quarantäneprotokoll zu aktiveren. Der Untersuchungsraum wurde hermetisch abgeriegelt. Zwischenzeitlich rappelte sich Melina wieder auf. Ohne einen Laut von sich zu geben, rannte sie, mit dem Kopf voraus,auf die Scheibe zu. Hämmerte ihren Kopf dagegen, bis die Hirnmasse austrat. Selbst danach hörte sie nicht auf.«

Die Beschreibung erinnerte Ishmael an Ruthgards zertrümmerte Stirn.

»Was geschieht hier?«, richtete Ishmael die Frage an Abraam. »Wie konnte diese Masse in die *Koukishin* eindringen? Wir sind hermetisch abgeriegelt und noch dazu energetisch geschützt.«

Abraams Gesichtszüge verdunkelten sich. »Die Energiefelder haben versagt. Im Moment des Übertritts wurden alle energetischen Schutzfelder ausgesaugt. Die Werte stürzten ins Bodenlose. Die Energie floss ab wie Wasser in einen Abfluss.«

»Haben wir uns verrechnet?«

»Das ist schwer zu sagen. Irgendwo ist uns ein schwerer Fehler unterlaufen.«

»Ach, ne!« Esther schien kurz vor der Explosion zu stehen. »Da kommt ihr aber früh drauf. Hättet ihr das nicht prüfen sollen, bevor ihr ein Schiff mit über einem Dutzend Menschen an Bord losschickt?«

Sie erwischte Abraam am falschen Fuß. Die Antwort sprudelte aus ihm hervor: »Das haben wir! Aber die Versuche führten zu keinem …«

Weiter kam er nicht, denn Ishmael fuhr ihm mit einer energischen Geste dazwischen. »Das tut jetzt nichts zur Sache! Was geschah, nachdem die beiden Frauen verrückt wurden?«

Abraam Gesichtszüge erstarrten wie die eines Kindes, das man bei einer Lüge ertappt hatte.

Pierre schien die Reaktion nicht zu bemerken, oder er ignorierte sie wissentlich. »Im Moment der Notfallabriegelung taumelte Abraam in die Krankenstation. Er klagte über vergleichbare Beschwerden. Ich entschied, uns beide mit Schmerzmitteln, Tranquilizern und Antipsychotika zu behandeln. Die Mischung zeigte Wirkung. Gemeinsam mit den Schmerzen verstummten die Stimmen. Einzig der Drang, zum Reaktor zu gehen, blieb. Allerdings so weit abgeschwächt, dass ich mich dagegen wehren konnte.«

»Ich fand die beiden im Schleusenraum, wo sie gerade versuchten, die Tür zum Tunnel zu öffnen«, übernahm Esther das Wort. »Allerdings fehlten ihnen die Zugangscodes. Meine Beschreibung der Situation auf der gegenüberliegenden Seite reichte aus, um sie von ihrem Plan abzubringen. Die Furcht vor dem, was da hinten auf sie wartete, überwog gegenüber dem Zwang, überzusetzen.« Esther stemmte die Hände in die Hüften. »Alles Weitere ist dem Herrn Missionskommandanten ja bekannt. Wir gingen zurück in den Hauptkorridor. Dort haben wir dir den Arsch gerettet. Noch Fragen?«

Ishmael musste das Gehörte erst verarbeiten. Wortlos schüttelte er den Kopf.

»Na prächtig«, fuhr Esther ungebremst fort. »Vielleicht gehen wir jetzt endlich zur Brücke. Lasst uns dafür sorgen, dass wir diese Kacke schnellstmöglich hinter uns lassen!«

Brücke _35

Die beiden durften niemals die Wahrheit erfahren, so viel stand für Ishmael fest. Wüssten sie von den Ereignissen vor der Abreise, würden sie sich unweigerlich gegen ihn wenden.

Abraam stellte diesbezüglich den größten Risikofaktor dar. Er hatte sich zuvor beinahe verplappert. Lange würde er die Hintergründe der Mission nicht für sich behalten können. Ishmael musste ihn beobachten, um gegebenenfalls reagieren zu können.

Der bisherige Verlauf wich von allen Plänen ab. Was immer sich in der *Koukishin* ausbreitete, es besaß die Fähigkeit, physische und energetische Sperren zu überwinden. Egal, was sie ihm entgegen warfen, es schien kein Hindernis darzustellen. Ishmael wollte alles über diese unbekannte Lebensform herausfinden.

Die Informationen der vergangenen Minuten lieferten weitere Puzzlestücke, die dazu dienten, das Bild, das er seit über dreißig Jahren schrittweise zusammensetzte, zu vervollständigen. Sie mussten zur Brücke. Ishmael benötigte den Zugriff auf die Systeme in seiner Missionszentrale. Von dort konnte er mehr über das erfahren, was außerhalb lag.

Schweigend überbrückte die kleine Gruppe die rund einhundert Meter zur Zentrale. Der Scan von Ishmaels Handfläche öffnete den Zugang. Er verharrte abwartend, bis Esther ihn brutal weiterstieß. Ungelenk stolperte er vorwärts. Seine Hand fand Halt an der Sitzlehne des Piloten. Dieser kippte auf die Konsole zu. Einzig seine Gurte verhinderten, dass er aus seinem Sitz fiel.

Von der Seite drang die Stimme von Lucas, dem Ersten Offizier, an sein Ohr: »Vorsicht, Professor, Imran ist noch außer Gefecht. Ich bin selbst gerade erst zu mir gekommen. Mann, mein Kopf dröhnt …« Er nestelte ungelenk am Verschluss seiner Gurte. Seine Miene hellte sich auf, als er den Bordarzt entdeckte. »Genau der Mann, den ich jetzt brauche. Haben Sie vielleicht ein Wundermittelchen dabei, das den Zwerg mit dem riesigen Vorschlaghammer in meinem Kopf zum Verstummen bringt?«

Pierre setzte zu einer Antwort an, blieb aber mit geöffnetem Mund mitten in der Bewegung stehen.

Lucas wirkte verwirrt. »Was ist mit euch los? Ihr schaut ja drein, als hättet ihr den Leibhaftigen gesehen.«

Wie zur Antwort keuchte Esther auf. Ihr ausgestreckter Arm deutete zu der wuchtigen Instrumentenansammlung in der Mitte des Raumes. »Scheiße, Mann! Raus aus dem Stuhl!«

Lucas' Kopf zuckte zurück. Seine Augen weiteten sich. Der Lüftungsschacht, der die Mitte des massiven Geräteblockes dominierte, sonderte eine schwarze, zähflüssige Masse ab. Wie Harz ergoss sie sich von oben über die Terminals. Schmale, feine Tentakel wühlten sich hervor. Den Fühlern eines Insekts gleich, tasteten sie sich durch die Luft.

Lucas bewegte sich fahrig. Vergeblich versuchte er, sein Gurtschloss zu öffnen. »Verdammte Scheiße! Was ist das?!«

Esther sprang zu Lucas, um ihm zu helfen. Im selben Moment brüllte Svea wie am Spieß. Alle wandten sich ihr zu.

Ein langer, schwarzer Faden senkte sich vom Lüftungsgitter in der Decke auf Sveas Kopf herab. Der Anblick weckte in Ishmael Gedanken an eine Spinne, die sich abseilte. Dort, wo er auf ihr Haar traf, schlug die Haut darunter Blasen. Sveas Gesicht verzerrte sich zu einer Grimasse aus Furcht und Schmerzen.

Ishmael war fasziniert und abgestoßen zugleich. Der Bügel des Headsets verformte sich, bevor er mit Sveas Kopfhaut verschmolz. Das Mikrofon bog sich, einer Kobra gleich, die zum tödlichen Sprung ausholte, zur Seite. Getrieben von einer unvorstellbaren Kraft, schnellte es vorwärts. Der Kunststoff durchbohrte Sveas Wange, die keinen Widerstand zu bieten schien.

Die Ereignisse überschlugen sich. Ein weiterer Ausläufer der schwarzen Masse dehnte sich von Imrans Konsole auf dessen Beine aus. Der schlaff im Sitz hängende Pilot erwachte. Zwei zuckende Tentakelfortsätze erhoben sich vor seinen Augen. In dem vergeblichen Versuch, sich zu schützen, riss er den rechten Arm hoch. Ein abgehackter Schrei drang über seine Lippen, bevor die Tentakel auf ihn zuschossen. Wie Speere bohrten sich die Stränge in seine Augen. Sein Mund war immer noch weit aufgerissen, als er gurgelnd zusammenbrach.

In der Zwischenzeit kam Esther bei Lucas an. Sie versuchte, ihm zu helfen. Ihre Finger packten den Gurtverschluss.

Bevor sie den Öffnungsmechanismus der Gurte betätigen konnte, stieß Abraam sie zur Seite. »Weg da!«

Esther schüttelte seine Hand zornig ab. »Finger weg, du Arsch!« Sie schlug nach ihm. Gerade noch konnte er verhindern, dass ihre Faust sein Kinn traf.

Die Konsole vor Lucas wölbte sich wie eine aufsteigende Magmablase. Lucas warf Esther einen flehenden Blick zu. Die Blase platzte mit übelkeitserregendem Schmatzen. Ein Strom schwarzer Flüssigkeit, der fingerdicke Kabelstränge mit sich riss, raste auf ihn zu. Wie ein Geschoss bohrte sich die Masse in seinen Bauch. Die Wucht des Aufpralls presste den Ersten Offizier in seinen Sitz. In einem letzten verzweifelten Versuch, den Pfahl, der ihn aufspießte, herauszureißen, krampften sich seine Finger um den Strang, bevor seine Augen schwarz wurden.

Esther brüllte wie von Sinnen. Die Männer mussten ihre ganze Kraft aufbringen, um die um sich schlagende Frau zurück in den Hauptkorridor zu zerren. Einzig Ishmael stand weiterhin völlig regungslos da. Teilnahmslos beobachtete er die Ereignisse.

Erst ein leises Lachen von Giary, die ungerührt an ihrem Arbeitsplatz saß, beendete seine Starre. Er trat an Svea vorbei, deren Schreie verstummt waren. Die Kommunikationsoffizierin, die sich kurz vor ihrem Ruhestand freiwillig für diese Mission gemeldet hatte, saß mit weit ausgebreiteten Armen an ihrem Platz. Sie lächelte ihn an. »Danke, Ishmael. Sechzig Jahre bin ich mit unzähligen Schiffen gereist. Die Suche hat mich angetrieben. Erst dank dir konnte ich mein Ziel erreichen.«

Worauf wollte sie hinaus? Bevor er dazu kam, Fragen zu stellen, entdeckte er das schwarze Geflecht, das über ihren Schultern lag.

»Ich wusste, dass es in den Tiefen des Alls etwas geben muss«, fuhr sie fort. »Dass wir nicht das Ende der Evolution sein konnten. Mich trieb die Hoffnung. Du bist der Erste, der meine Erwartungen erfüllt. Du bist ein Visionär, so wie wir anderen. Du hast mich zu ihm gebracht.« Plötzlich verzerrte sie ihr Gesicht zu einer bösartigen Fratze. »Geh jetzt. Du hast Aufgaben zu erfüllen, bevor du ein Teil von uns wirst.«

Im selben Moment fühlte er ein heftiges Brennen am linken Arm. Auf seinem Handrücken entdeckte er einen winzigen Tropfen der schwarzen Masse. Schnell wachsende Verästelungen schlängelten sich über die blasenschlagende Haut, bis sie im Ärmel seines Schutzanzuges verschwanden. Ishmael schrie auf. Irgendetwas berührte ihn an der Schulter. Ohne zu überlegen, griff er danach. Er schleuderte den Angreifer in blindem Hass von sich. Ein lautes Knacken dröhnte in seinen Ohren. Ein gleichzeitiger Einstich am Hals legte ihn in die sanfte Umarmung des Schlafes.

TEIL 4_

VERLUST . 2195

36_ Missionszeit 09:10

Koukishin . Brücke

Jantila konnte sich nicht von dem grotesken Schauspiel abwenden. Vor ihren Augen erwachte die Leiche der Kommunikationsoffizierin zum Leben. Ihre Haut wölbte sich, als würden sich in ihrem Fleisch tausende Maden bewegen.

So wie sie die Leiche Stunden zuvor zurückgelassen hatte, schwebte diese im Raum. Nur die Fußspitzen der Toten hatten Kontakt mit dem Metallboden. Ohne dass die Beine die geringste Regung zeigten, schoben sich die Fersen auf den Boden zu.

Jantilas Verstand rebellierte. Es musste sich um eine optische Täuschung handeln. Die Unterschenkel der Offizierin dehnten sich, bis die Fußsohlen fest am Metallboden aufsaßen. Ihr Oberkörper richtete sich ohne jegliche sichtbare Kraftanstrengung auf. Ihre Arme zur Seite ausgestreckt, drehte sich die Frau mit einem verängstigend ekstatischen Lächeln zu Jantila. Dabei blieben die Hüften steif, ihre Beine fest am Boden verankert.

All dies verlief völlig geräuschlos. Jantila vernahm nur das Hämmern ihres eigenen rasenden Herzschlages.

Die leeren Augenhöhlen starrten Jantila durchdringend an. Aus dem Mund der Frau drang ein langgezogener, unmenschlicher Schrei, der sich wie ein glühend heißer Speer in Jantilas Gehörgang bohrte. Die Lippen weiteten sich zu einer unmöglich großen Öffnung, die einen wabernden Schlund entblößte. In der Untiefe, die sich ihr darbot, erkannte Jantila zuckende Bewegung. Ein fleischiges Monstrum kämpfte sich aus dem Schädel der Toten hervor.

Zu spät realisierte Jantila, dass sie in der Falle saß. Die Frau, das Monster, das Wesen – ihr Verstand suchte fieberhaft nach einer Beschreibung für das, was sie sah – streckte die Arme zur Seite. Die Gliedmaßen dehnten sich zu einer Länge von mindestens zwei Metern. Unentwegt zuckten ihre Finger wie wildgewordene Schlangen. Der aufgerissene Mund nahm schon den Großteil der Vorderseite des Kopfes ein. Die Augen rutschten zur Stirn und starrten blind zur Decke.

Im selben Moment, in dem die inzwischen tentakelartigen Finger auf Jantila zuschnellten, erwachte auch die Kommandantin zum Leben. Ihr wild zuckender Kopf und die um sich schlagenden Arme verliehen ihr das Aussehen einer Spinne, die auf einer heißen Herdplatte tanzte. Die geschlossenen Gurte hielten sie in ihrem Sitz fixiert. Der Brustkorb der Kommandantin wölbte sich vor, bis er gegen die stabilen Kunststoffbänder presste, die sie festhielten.

Ein zweiter Schrei, diesmal tiefer, hallte vom Sitzplatz des Piloten zu Jantila, ergänzte das nicht enden wollende Jaulen der Kommunikationsoffizierin. Die Tentakel schlugen auf Jantilas Brustpanzerung ein. Wo die amorphe Masse auf den Anzug traf, schlug der Kunststoff Blasen. Der Gestank des aufsteigenden Rauches weckte einen schwer zu unterdrückenden Hustenreiz. Verzweifelt suchten Jantilas Hände das Mehrzweckwerkzeug an ihrem Gürtel.

Die Tentakelfinger bildeten weitere Wurmfortsätze, die sich über den Rand des Anzugs Jantilas Gesicht näherten. Ein unterdrückter Schrei drang zwischen ihren Lippen hervor. Sie drehte den Kopf zur Seite in dem Versuch, sich so weit wie möglich von der zuckenden Masse zu entfernen. Ein Fehler, denn jetzt richtete sie ihre Augen auf die Kommandantin. Die Sicherheitsgurte waren inzwischen zur Hälfte in ihren Körper versunken. Teerige Flüssigkeit rann wie Eiter aus den tiefen Wunden. Ihr Rückgrat zu einer physiologisch unmöglichen U-Form durchgedrückt, drehte sie den Kopf zu Jantila. Zwischen ihren Lippen schob sich ein breiter Tentakelstrang hervor.

Wie im Traum drang ein brüllendes Röhren an ihre Ohren, das eine glutrote Flammenzunge begleitete. Der Feuerstrahl trieb die Dunkelheit zurück und traf die Kommandantin in der Brust, deren Tentakelstrang daraufhin unkontrolliert ausschlug. Er hämmerte gegen die Decke, den Boden, die Wände, zerfetzte Abdeckungen und durchschlug zwei Monitore, die funkensprühend explodierten. Wo die Flamme das Ding traf, fing dieses Feuer. Binnen Sekunden verschrumpelte es zu einer harten, verkrusteten Masse.

Ein gellender Schrei ertönte: »Verrecke, du Scheißding!«

Die Flammenzunge wanderte von der Kommandantin zu dem Wesen, das Jantila angriff. Sie fraß sich von der Seite in den Schädel.

Die Hitze versengte Jantilas Augenbrauen. Sie presste die Lider zusammen. Der Druck auf ihre Brust schwand. Die plötzlich aufgetauchte Anjing ging gegen das Monster vor. In den Händen hielt sie einen schweren Plasmabrenner.

Aus dem lodernden Feuer zuckten schwarze Tentakel hervor, die darum kämpften, Halt zu finden. Jeden Versuch unterband Anjing unverzüglich mit dem unermüdlichen Flammenstrahl.

Die Brandschutzanlage sprang an. Halongas gemischt mit Löschschaum ergoss sich von oben in den Raum.

»Raus hier!«, befahl Anjing. Sie zog sich, den Plasmabrenner weiter im Anschlag, zum Brückenausgang zurück.

Jantila folgte ihr auf wackeligen Beinen. Kaum lag der beengte Raum hinter ihnen, stieß Anjing sie an die Wand. Den Plasmabrenner drückte sie ihr in die Hand, bevor sie wortlos begann, die Schleuse zu verschweißen.

Mit kalkweißem Gesicht hockte Jantila am eiskalten Stahlboden. Den schweren Plasmabrenner fest in Händen, konnte sie ihren Blick nicht von der Brückenschleuse abwenden.

Durch die zentimeterdicke Stahltür drang ein enervierendes Hämmern wie von Häftlingen, die in ihren Zellen gegen die Gitterstäbe schlugen, um auf sich aufmerksam zu machen.

»Ich weiß nicht, ob sie das lange aufhält. Mein Leben würde ich nicht darauf verwetten. Irgendwas sagt mir, dass diese Scheißdinger bald einen Weg raus finden werden«, sagte Anjing.

Hustend sah Jantila zu ihr auf. »Was ist da drinnen passiert?«

»Gute Frage. Wie würdest du wiederauferstandene Tote nennen, die sich willkürlich verformen können?!«

Beide zuckten zusammen, als hinter ihnen zischend die Tür einer Kabine aufglitt. Anjing riss die Waffe an sich. Ein fokussierter Feuerstoß raste von der schmalen Spitze über den Gang. Der Gestank der verpuffenden Abgase erfüllte die Luft. Jantila sprang vom Boden hoch. Sie schlug den Lauf des Werkzeuges zur Seite. Der Flammenspeer zog in weitem Bogen zur gegenüberliegenden Gangseite. Knapp verfehlte er Erin, die mit weit aufgerissenen Augen mitten im Gang stand.

»Schalt das Ding aus!«, brüllte Jantila, ihre Hand vor das Gesicht erhoben, um sich vor der Gluthitze der schmelzenden Deckenplatten zu schützen.

Der Plasmabrenner verstummte. Anjing senkte das Gerät vorsichtig zum Boden. »Shit! Sorry! Das wollte ich nicht«, stammelte sie bestürzt.

»Wollt ihr mir erklären, was hier los ist?«, fragte Erin.

Das Hämmern gegen die Innenseite der Brückenschleuse klang

in der nachfolgenden Stille unnatürlich laut. Mit jedem Mal wurde es vehementer, drohender.

Die Frauen tauschten Blicke, bevor Jantila sich dazu durchringen konnte, die Frage zu beantworten: »Wir stecken bis über die Ohren in der Kacke. Ich weiß nicht, wie wir uns da wieder rausziehen sollen. Es klingt verrückt, aber mich haben wieder zum Leben erwachte Tote angegriffen.«

Entgegen Jantilas Erwartung reagierte Erin weder ungläubig noch verwundert. Sie hob nur abwehrend die Hände. »Nach meinen Entdeckungen glaube ich dir das aufs Wort.«

Überrascht hob Anjing die linke Augenbraue. »Haben sie dich auch attackiert?«

»Nein, ich habe die Aufzeichnungen meines Großvaters gefunden.« Einen Moment schien sie die passenden Worte zu suchen. »Das hat gereicht. Am besten, ich zeige sie euch. Davor will ich aber wissen, was bei euch passiert ist.«

Jantila bedeutete Anjing zu beginnen. »Ich glaube, du solltest den Anfang machen.«

»Okay. Ich mach es kurz. Wie ihr mitbekommen habt, ist es mir geglückt, den Reaktor hochzufahren. Kaum ging das Ding in Betrieb, hat mich irgendetwas förmlich zum Kern gezogen. Mein Schädel wäre fast geplatzt. Ich musste mich mit Medikamenten vollpumpen, um irgendwie wieder klar denken zu können.«

Erin wirkte skeptisch. »Welche Medikamente?«

»Ein Chemiecocktail für Ausnahmefälle, der mir den Schädel freipustet. Das hat mich vor Schlimmerem bewahrt.«

Jantila überlegte noch, ob sie nach Details fragen sollte, da wechselte Erin bereits das Thema: »Was ist im Maschinenraum passiert?«

Missionszeit 09:55 _37

Koukishin . Molinas Kabine

Der Schock über Anjings und Jantilas Erzählungen saß Erin immer noch in den Knochen. Nach den Aufzeichnungen ihres Großvaters hätte sie nicht erwartet, dass es noch schlimmer kommen konnte. Ihre Frau und die Technikerin waren buchstäblich durch die Hölle gegangen.

Trotzdem schienen sie die Aufzeichnungen, die ihnen Erin im Anschluss zeigte, genauso zu verstören wie zuvor Erin. Was sie sahen, stellte ihr Verständnis der Realität in Frage. Was hatte die Crew in den Wahnsinn getrieben?

Stumm standen die beiden Frauen neben Erin. Es gab nichts zu sagen.

Erin war verzweifelt. Schließlich brach sie das allgemeine Schweigen: »Er hat es gewusst. Es ist nicht zum ersten Mal passiert. Er wusste ganz genau, worauf er sich einließ.« Tränen rannen über ihr Gesicht. »Er hat seine Crew absichtlich in Gefahr gebracht. Ich wünschte, es wäre ein Unfall, ein unvorhergesehenes Ereignis gewesen …«

Erins Stimme versagte. Um irgendetwas zu tun, tippte sie auf eines der vor ihr schwebenden Icons. In der Projektion erschien das Labor. An den Terminals saßen mehrere Personen, die Erin nicht kannte. Ihr Großvater stand, die Hände hinter dem Rücken verschränkt, vor einer breiten Holowand.

»Countdown starten!«, befahl er ruhig.

Das Bild der Aufzeichnung teilte sich. Neben dem Labor entstanden zwei weitere Bilder, die Räume zeigten, in deren Mitte jeweils ein rechteckiges, annähernd zwei Meter hohes Gebilde stand. Zuerst erweckten sie den Eindruck leerer Bilderrahmen. Wären da nicht die zahlreichen technischen Gerätschaften gewesen, hätte das ganze wie die Skulptur in einer Galerie ausgesehen. Vor jedem der beiden Objekte stand eine Person. Die obere erkannte Erin als Brian Sheffield, Ishmaels ältester Freund, wie Erin inzwischen wusste. Sein wissenschaftlicher Partner, der ihn seit seinen Anfängen begleitete. Bei der unteren handelte es sich um Seiran Braun, die viel zu jung wirkte, um bereits an diesem Projekt zu arbeiten. Sie musste direkt von der Universität in Ishmaels Labor gekommen sein. Beide hielten sich ungefähr zehn Meter von den Apparaturen entfernt.

Der Computer zählte den Countdown herunter. Bei null zuckte Ishmael zusammen. Nervöse Anspannung ersetzte die bis dahin ausgestrahlte Ruhe. Sein ganzer Körper stand unter Strom. Sekundenlang geschah nichts. Kein bedrohliches Flackern der Lichter, kein Ausfall der Monitore oder hektische Diskussionen der Laboranten.

Innerhalb eines Lidschlages wurde der leere Zwischenraum in der Mitte beider Gebilde übergangslos schwarz. Sogar bei der Bild-für-Bild Ansicht konnte Erin keinen Übergang erkennen. In einem Moment zeigten sich die Rahmen leer, im nächsten erfüllt von einer mattschwarzen Fläche.

Ein leises, überraschtes Keuchen, vermutlich von den Technikern, ertönte. Ishmael stand ungerührt vor der Holoprojektion, bis Seirans ruhige Stimme erklang: »Das Portal ist offen. Die Instrumente zeigen keine Veränderungen. Das Portal erzeugt weder Geräusche noch Gerüche oder messbare Schwingungen. Ich starte Versuch eins.«

Sie berührte den Bildschirm des Pads, das sie in den Händen hielt. Eine Apparatur, die neben ihr stand, feuerte einen kleinen, weißen Ball auf das Portal ab. Details konnte Erin nicht erkennen, doch für sie wirkte die Kugel wie einer der verformbaren Stressbälle, die sie oft am Schreibtisch ihres Großvaters gesehen hatte. Er hatte sie in den unterschiedlichsten Farben besessen und oft stundenlang geknetet, wenn er an der Lösung eines Problems saß. Ohne eine sichtbare Reaktion auszulösen, verschwand das Versuchsobjekt in der Schwärze.

»Oberfläche unverändert«, meldete Seiran. »Brian, wie ist der Status bei dir?«

»Nichts. Der Ball ist nicht angekommen. Eventuell hat die Geschwindigkeit nicht ausgereicht.«

»Ich starte einen zweiten Versuch, diesmal mit voller Stärke.«

Ein roter Ball raste aus der Apparatur. Er verschwand ebenfalls, ohne auf der Gegenseite wieder aufzutauchen. Trotzdem gab es einen Unterschied: Auf der schwarzen Fläche tauchten leicht kräuselnde Bewegungen auf.

Ishmael sah interessiert zu. Bevor er etwas sagen konnte, überschlugen sich auf Seirans Seite die Ereignisse.

Ohne Vorankündigung fiel ein Objekt aus dem Portal: Eine verkohlte, in sich verdrehte Masse, in der an vereinzelten Stellen weiße und rote Partikel hervorblitzten. Wenige Zentimeter vor dem Portal knallte es zu Boden.

Plötzlich straffte sich Seirans Oberkörper. Ihre Arme hingen im Gegensatz dazu schlaff herunter. Das Pad entglitt ihren Fingern. Sie marschierte geradewegs auf den geschmolzenen Klumpen zu.

»Seiran! Was machst du da?!« Ishmaels Schrei verlor sich beinahe in der Menge der aufgeregten Stimmen, die im Kontrollraum aufbrandeten. »Bleib sofort stehen!«

Seine Worte schienen sie nicht zu erreichen. Mit steifen Schritten setzte sie ihren Weg fort. Die Hälfte der Strecke konnte sie zurücklegen, bevor Ishmael losrannte.

»Brian! Seiran erreicht gleich das Portal. Du musst rüber zu ihr. Halte sie auf!«

Brian stellte keine Fragen, sondern stürzte ihr nach.

Seiran befand sich noch einen halben Meter vom Portal entfernt, da kam Bewegung in die Oberfläche. Die schwarze Fläche kräuselte sich erneut. Wellen glitten über sie, bildeten Kreise, die schnell größer wurden. Wie ferngesteuert beugte Seiran sich vor. Ungelenk bückte sie sich zu dem Klumpen, der zu ihren Füßen lag. Vorsichtig, fast liebevoll hob sie ihn auf.

Wie ein verletzter Vogel lag er auf ihrer Handfläche. Für einen Moment verharrte sie in dieser Position, so als wäre sie unschlüssig, was sie damit anfangen sollte. Dann begann sie zu schreien. Ihr Körper zuckte in unmenschlichen Konvulsionen. Seirans Kreischen übertönte alle sonstigen Geräusche. Ihre Knie knickten ein. Sie kippte auf das Portal zu. Ihr Brustkorb näherte sich bis auf wenige Zentimeter der brodelnden Fläche, da stürmte Brian in den Raum. Ohne zu zögern, rannte er auf Seiran zu und zog sie an der Schulter zurück.

Ansatzlos wurde Seirans Schrei, der seit bald einer halben Minute anhielt, von Brians tieferer Stimme ergänzt.

Während Brians gequältes Heulen anschwoll, kam weitere Bewegung in das Portal. Die Oberfläche pulsierte, wölbte sich vor, wie um sich den beiden zu nähern. Im selben Moment, in dem Ishmael eintraf, kippte Seiran in die Schwärze. Dabei riss sie Brian mit sich. Die beiden wurden in das Portal gesogen.

Zurück blieb der schwarze Klumpen, der aus Seirans Fingern geglitten war. Dumpf klatschend schlug er am Boden auf. So unvermittelt, wie es erschienen war, verschwand das Portal wieder.

Die Stille, die nach dem Ende des Videos im Zimmer herrschte, war bedrückend. Anjing und Jantila wirkten sprachlos. Erin konnte nur vermuten, dass es ihnen ähnlich erging wie ihr beim ersten Ansehen.

Jantila fand als Erste ihre Sprache wieder. »Scheiße, war das der verbrannte Kunststoffklumpen, der jahrelang in der versperrten Bürovitrine lag? Hat dein Großvater einen Forschungsgegenstand aus dem Labor entwendet?«

»Ernsthaft?«, fragte Anjing entgeistert. »Das ist alles, worüber du dir Gedanken machst?«

Erin ging nicht weiter darauf ein. »Wartet erst mal. Es gibt noch mehr.«

Dann startete sie das nächste File, jenes mit Ishmaels letzten Worten.

Wieder erschien sein Gesicht. »Mein Name ist Ishmael Molina. Ich war … nein, ich bin der Missionskommandant der *Koukishin.*« Während ihr Großvater die einleitenden Worte sprach, die Erin bereits kannte, beobachtete sie Jantilas und Anjings Reaktionen. Die Blicke von beiden Frauen hingen gebannt auf der Aufzeichnung.

Mit der Hand fuhr er sich über die ungepflegten, verfilzten Haare. »Ich habe den größten Fehler meines Lebens begangen und meine Crew zum Tod oder Schlimmerem verdammt. Zweiundzwanzig Menschen habe ich ins Verderben gestürzt. In meiner Selbstgefälligkeit war ich sicher, die Gefahr, die hinter der Grenze zum Unbekannten lauert, bändigen zu können. Wir entdeckten ein Wesen, das uralt ist. Es verfügt über Wissen, das wir uns in unseren kühnsten Fantasien nicht vorstellen können. Ich wollte es einfangen und uns zunutze machen. Heute weiß ich, wie falsch ich lag. Es handelt sich nicht um eine singuläre hochentwickelte Intelligenz. Es ist viel mehr. Ein Monster, das frisst, um zu wachsen und das Wissen der absorbierten Lebensformen in sich aufzunehmen. Und ich habe ihm einen Weg in unser Universum geebnet.«

Ishmael schien dagegen anzukämpfen, dass ihm die Augen zufielen. Er schüttelte den Kopf. »Meine Portale ermöglichen ihm den Übertritt. Entweder fehlt ihm die Kraft oder das Wissen, um diese selbst zu öffnen. Es besitzt die Fähigkeit, jede Form der Materie zu absorbieren und zu verwandeln. Selbst vor Menschen macht es nicht Halt und nutzt sie als seine Avatare. Ein besseres Wort fällt mir für diese Perversionen eines menschlichen Wesens nicht ein. Energie jedweder Form ist sein Lebensfunke. Ohne diese verfällt es in eine Art Tiefschlaf. Wie viel Energie es benötigt, um zu erwachen, kann ich nicht abschätzen. Auch nicht, wie lange sein Fragment benötigen würde, um wieder zu seiner vollen Stärke zu gelangen. Solange es existiert, bleibt es eine Bedrohung. Sein Hass auf die Menschheit wird wachsen.«

Jantila starrte Erin entgeistert an. »Ich kann es nicht glauben. Er wusste, was hinter dem Portal lauert. Hat er geglaubt, es kontrollieren zu können?«

»Ich bezweifle, dass Ishmael das ganze Ausmaß abschätzen konnte. Mein Großvater hat Teile seines Forschungsteams, sogar die gesamte Crew der *Koukishin*, ins Verderben geschickt. Er hat sich selbst dabei derselben Gefahr ausgesetzt. Trotzdem kann ich ihm das nicht verzeihen.«

Anjing wischte die Worte mit einer energischen Handbewegung weg. »Alles schön und gut, aber im Moment völlig irrelevant. Ihr habt seine Botschaft gehört. Dank mir ist das Wesen, das Ding, Monster, Biest, nennt es, wie ihr wollt, wieder mit Energie versorgt. Es wacht auf. Mit etwas Glück braucht es Zeit, um sich zu erholen. Was uns dann blüht, will ich mir nicht vorstellen. Mit jeder Minute, die verstreicht, wächst die Gefahr. Wir müssen den Reaktor sofort wieder runterfahren.«

Kaum hatte Anjing den letzten Satz beendet, zog das leise Zischen der zur Seite gleitenden Bürotür die Aufmerksamkeit der drei Frauen auf sich. Erins Atem stockte bei der Stimme, die in ihrem Kopf ertönte. Kalt, gefühllos und grausam. Trotzdem erkannte sie diese sofort wieder.

»Das werde ich nicht zulassen.«

38_ Missionszeit ??.??

Koukishin . Molinas Kabine

Erin fuhr herum. Was sie sah, war unmöglich. Vor ihr stand ihr Großvater. Ishmael Molinas Gesicht war ebenso stark eingefallen wie in der letzten Videobotschaft. Eine sich windende Fleischmasse ragte aus dem Stumpf, der alles war, was von seinem rechten Arm übrig geblieben war. Seine Lippen waren fest zusammengepresst, als seine Stimme in ihrem Kopf ertönte.

Erin konnte ihren Blick nicht von dem Plasmabrenner fortreißen, den ihr Großvater in der Hand hielt. Die Tentakel seines rechten Armes wickelten sich gelenklos, wie eine Python, die ihr Opfer fest umschlang, um den Schaft. Sein völlig regungsloses Gesicht erweckte in Erin die Erinnerung an die wächsernen Totenmasken, die sie vor Jahren in einer Ausstellung über antike Begräbnisriten gesehen hatte.

»Scheiße!«, zischte Anjing. »Den Brenner habe ich da abgestellt.« Ihre Hand deutete auf die nun leere Stelle neben dem Tisch.

Bevor Erin oder die beiden anderen reagieren konnten, blähte sich Ishmaels rechter Unterarm zum Doppelten seiner normalen Größe auf. Starr vor Schreck musste Erin mitansehen, wie ein muskulöser Tentakel daraus hervorschnellte. Im Bruchteil einer Sekunde überwand er die Entfernung zu Anjings Hüfte und entriss ihr die letzte Verteidigungsmöglichkeit, ihre Schweißpistole. Der Tentakel zog sich wieder zurück, wobei er das Werkzeug absorbierte. Es verschwand in der brodelnden Masse, als würde es in einem Sumpf versinken.

Langsam drehte Ishmael den Lauf des Plasmabrenners zu den Frauen. Einer der wulstigen Fortsätze, die seine Finger darstellten, zog sich um den Abzug zusammen. Ein schmaler, glühend heißer Flammenstrahl raste an Erin vorbei. Der Hitzestoß, obwohl nur von kurzer Dauer, versengte ihre Haare. Der Plasmastrahl fraß sich in die Wand hinter ihr. Der Gestank von verkohlten Kabeln erfüllte die Luft.

Wieder hallte Ishmaels kalte Stimme durch Erins Kopf: »Wir lassen nicht zu, dass ihr uns das entzieht, was uns zusteht. Ihr habt die Wahl: Gebt euch hin, oder wir beenden euer Leben.«

»Uns hingeben?«, fragte Anjing, die an Erins Seite trat. »Was erwartest du von uns? Dass wir uns einfach von dir auflösen lassen, wie du es mit der Mannschaft im Reaktor gemacht hast? Oder sollen wir zu denselben hirnlosen Zombies wie die Brückencrew werden?!«

Ishmael fixierte sie mit seinen gespenstisch leeren Augenhöhlen. »Bei jenen, die sich nicht freiwillig hingeben, führt die Verbindung zu Veränderungen.«

»Veränderungen!« Anjing trat mit geballten Fäusten auf ihn zu. »Du hast sie zerfetzt und dann ihre Eingeweide nach außen gekehrt, bevor du sie wie Insekten an einem Fliegenfänger aneinander geklebt hast! Dabei hältst du sie am Leben. Was ist der Sinn darin? Willst du, dass sie ihre Qualen immer weiter erleben?«

»Sie erfüllen ihren Zweck. Genauso, wie ihr euren erfüllen werdet.«

Jetzt mischte sich Erin ein, die sich nicht länger zurückhalten konnte. Sie spürte die Tränen, die ihr in die Augen traten. Sie konnte nicht glauben, was das Ding aus ihrem Großvater gemacht hatte. »Einen Zweck erfüllen? Was hast du mit meinem Großvater gemacht?«

»Das Individuum, das du deinen Großvater nennst, existiert nicht mehr.«

Erin wollte das Monster anschreien, doch ihr Schluchzen unterdrückte jedes weitere Wort. Wie durch einen Schleier sah sie Anjing, die sich vorsichtig auf Ishmael zuschob.

Ishmael zeigte keinerlei Regung, abgesehen davon, dass er den Plasmabrenner wenige Zentimeter zur Seite neigte, sodass er nicht direkt auf die Frauen zielte. Dass Erin litt, schien ihn nicht zu berühren.

»Dieser Körper ist jetzt genauso seelenlos wie zum Zeitpunkt der Einbindung. Das, was ihr Seele nennt, ist nichts anderes als eine Folge von Impulsen. Das Bewusstsein, das ihr Ishmael nennt, ist ein Teil von uns. Seit seiner Integration hat er viel gelernt. Er hat Dinge erfahren, die er mit seinem begrenzten Horizont nicht für möglich gehalten hätte. Manches davon hat er verstanden, anderes wiederum hat seinen Verstand zerrüttet. Euch von diesen beschränkenden Hüllen zu trennen, ist ein Akt der Gnade.«

»Habt ihr ihn gequält, bis er den Verstand verloren hat? So wie die Crewmitglieder vor uns?«, fragte Jantila.

»Wir lassen ihn an unseren Erfahrungen, an unserer Existenz teilhaben. Wir ermöglichen jedem Wesen diesen Einblick. Alle sollen verstehen, was wir durchleben.«

Erins Wut half ihr, die Trauer über den Verlust ihres Großvaters beiseite zu schieben. »Dazu löst du ihre Körper auf? Verwandelst sie in … was eigentlich?«

Das Ding schien zu überlegen. »Eure Körper sind willkürliche Ansammlungen von Molekülen. Unser Bestreben ist es, alles zu optimieren. Dies verlangt Experimente. Gelegentliche Fehlschläge sind ein Teil davon. Nicht jedes Objekt ist zur Verbesserung geeignet.«

Erin konnte nicht glauben, was sie hörte. Das Biest, wie Ishmael es nannte, experimentierte mit Menschen wie mit Werkstoffen.

Zitternd stellte sie die Frage, die sich in diesem Moment in den Vordergrund drängte: »Wie viele hast du schon verändert? Wie viele Fehlschläge erlitten?«

»Die Zahl ist Legion. Sie zu nennen alleine, würde das, was du deinen Verstand nennst, überfordern. Dein Geist ist zu begrenzt, um in diesen Dimensionen zu denken.«

Erin stockte der Atem. Hielt das Ding sie für beschränkt? Oder handelte es sich um eine so gigantische Zahl, dass alleine der Gedanke an die Unmenge an gequälten Wesen sie um den Verstand gebracht hätte?

Während Erin das Wesen beschäftigte, nutzten die anderen Frauen die Zeit. Langsam, kaum merklich, veränderten sie ihre Positionen. Gerade setzte Erin dazu an, weitere Fragen zu stellen, da sprang Anjing mit einem wütenden Schrei vorwärts. Von der Seite kommend reckte sie ihre Arme nach dem Monster, im Versuch, den Lauf des Plasmabrenners zu packen. Ein weiterer Tentakel, diesmal seiner Hüfte entwachsen, schnellte hervor. Die Wucht des Schlages schleuderte Anjing zur Seite. Laut krachend traf sie auf die gegenüberliegende Wand, wo sie benommen zu Boden sank. Dabei kreuzte der Tentakel für einen kurzen Moment den Lauf der Waffe.

Dieser Sekundenbruchteil reichte Jantila. Mit dem Stahlrohr holte sie aus. In weitem Bogen sauste es auf den Waffenarm des Avatars nieder. Anstatt jedoch auf Widerstand zu treffen, glitt der behelfsmäßige Knüppel durch die Masse wie durch warme Butter. Schwarze klebrige Brocken spritzten in alle Richtungen. Schmatzend klatschten sie an die Wände. Der Plasmabrenner stürzte, umklammert von den wurmartigen Tentakeln, zu Boden. Jantila versuchte, die Waffe zu packen.

Ihre Finger schlossen sich um den Schaft – doch zu spät. Ishmael packte sie von hinten. Seine blitzartig neu gebildeten Tentakel fest um ihren Hals geschlossen, zappelten ihre Füße eine Handbreite über dem Boden.

»Ergibst du dich nicht freiwillig, wird deine Integration schwerer«, hallte die kalte Stimme des Avatars durch Erins Kopf. Wie versteinert musste sie mitansehen, wie sich die schleimigen Auswüchse um Jantilas Kopf legten und durch die Schädeldecke bohrten. Ihre Frau schrie auf.

Erin warf sich auf den Boden, streckte den Arm und griff nach dem Plasmabrenner. Ohne nachzudenken, riss sie den Lauf hoch. Der fokussierte Flammenstrahl, der sonst dazu diente, Beschädigungen an Panzerstahlplatten zu verschweißen, traf Ishmaels Brust. Sowie das Monster in Flammen aufging, lockerte sich der Griff um Jantilas Hals. Die bereits tief in ihrem Kopf versunkenen Auswüchse zogen sich zurück und sie stürzte, einem nassen Sack gleich, zu Boden.

Der Avatar schlug kreischend um sich. Seine Schreie hallten in ihren Ohren. Erin versuchte, ihn zu ignorieren, und konzentrierte sich auf ihre Frau. Den Avatar, der lodernd hinausstolperte, nahm sie kaum mehr wahr.

Sie drehte Jantila auf den Rücken, versuchte ihren Puls zu fühlen und sah dann das gute Dutzend fingerdicker Löcher, die ihren Kopf am Haaransatz säumten. Sekundenlang kämpfte sie gegen den Drang an, Wiederbelebungsmaßnahmen einzuleiten. Denn sie wusste bereits, das diese keinen Zweck hätten. Es gab nichts mehr, dass sie für Jantila tun konnte.

Zärtlich hob Erin Jantilas schlaffen Körper hoch und bettete den Kopf auf ihrem Schoß. Jantila lag völlig regungslos da. Nie wieder würde sich ein Lächeln in ihrem Gesicht zeigen. Zärtlich strich ihr Erin durch die Haare. Sie wollte Jantila die weit aufgerissenen Augen schließen, als sich eine eiskalte Faust um ihr Herz legte. Tränen bahnten sich den Weg und rannen ungehindert über Erins Wangen.

Vor ihr lag die Liebe ihres Lebens. Das Gesicht sanft, wie sie es kannte. Doch in den Tiefen ihrer Augen erkannte Erin das Pulsieren der schwarzen fleischigen Masse.

39_ Missionszeit ??.??

Koukishin

Erin verlor jedes Gefühl für die Zeit und die Welt um sich herum. Seit sie Jantilas langsam erkaltenden Körper in den Armen hielt, spürte sie nichts mehr. Welche Bedeutung hatte es, ob Minuten oder Stunden verstrichen? Sie fühlte sich leer wie nie zuvor in ihrem Leben.

Binnen kürzester Zeit war das Abenteuer, das sie auf die Spur ihres Großvaters bringen sollte, zum Albtraum geworden. Sie musste akzeptieren, dass sie bestenfalls einen Bruchteil der Persönlichkeit ihres Großvaters kennengelernt hatte. Dass er in seiner Tätigkeit unbarmherzig agiert hatte.

Unwissentlich war sie in seine Fußstapfen getreten. Anstatt die Bergung eines seit Jahrzehnten verschollenen Schiffes den dafür ausgebildeten Spezialisten zu überlassen, hatte sie sich vorgedrängt. Sie wollte entdecken, was so lange im Verborgenen gelegen hatte. Diesem Drang war der Mittelpunkt ihres Lebens zum Opfer gefallen: Jantila, die Frau, die seit zwei Jahrzehnten in allen Lebenslagen zu ihr gehalten hatte. Jeden Erfolg hatten sie gemeinsam gefeiert, jeden Rückschlag geteilt. Zweifelte sie an sich selbst, gab Jantila ihr die Kraft weiterzumachen. Bis zum letzten Moment, in dem Jantila das ultimative Opfer erbracht hatte.

Erins Tränen waren schon vor Langem versiegt, ihr Schluchzen verstummt. In ihrem Kopf kreisten die Gedanken, getrieben von ihrem Hass auf das Monster, das ihr alles genommen hatte.

Gespenstische Stille herrschte in dem Raum. Wie im Tra merkte sie Anjing, die sich vorsichtig aufrappelte. Die Technikerin trat stumm zu ihr. Sie stellte keine Fragen. Erin war erleichtert, dass sie ihr nicht erklären musste, was geschehen war.

Mit einer Hand ergriff Anjing den Plasmabrenner. Die andere legte sie vorsichtig auf Erins Schulter. Leise, für ihre Verhältnisse ungewöhnlich sanft, sprach sie zu ihr: »Erin … Ich kann dir nicht sagen, wie leid es mir tut.« Sie schien um die passenden Worte zu ringen. Setzte zu einem weiteren Satz an, stockte und sprach dann doch weiter. »Ich wollte sie nicht in Gefahr bringen.«

Erin verharrte weiterhin kniend neben Jantila. Einerseits wollte sie sich alle Zeit der Welt lassen. Andererseits wusste sie, dass jeden Moment ein neues Unglück über sie hereinbrechen konnte. Das Monster verwandelte Menschen und pflanzte sich im Schiff fort. Niemand konnte sagen, wie lange ihnen noch blieb, bis es, angetrieben von der Energie des Reaktors, zu voller Stärke erwachen würde. Bis dahin durften sie nicht warten. Mit jeder verstrichenen Sekunde schwanden ihre Chancen, das Biest zu stoppen.

Anjing setzte dazu an, Erin erneut anzusprechen, aber diese kam ihr zuvor. Sie schüttelte die Hand der Technikerin ab. Ihre Finger schlossen sich um den Schaft des Plasmabrenners, den sie Anjing wortlos entriss. Bevor diese reagieren konnte, entfesselte Erin den Feuerstoß. Das Feuer hüllte Jantilas Körper ein, der zu einer verkohlten Masse verbrannte.

Wie ein loderndes Feuer stieg die Hitze in Erin auf. Sie konnte nicht länger passiv bleiben. Ihr Verstand schrie förmlich danach, das Biest zu suchen und sich auf es zu stürzen. »Was müssen wir tun, um dem Arschloch die Energie zu nehmen?«

Spürbar überrascht von Erins plötzlichem Tatendrang, stolperte

Anjing rückwärts und von ihr fort. Die Flammen warfen flackernde Schatten auf ihr Gesicht. Das Feuer schmolz die Plastikplanen an der Wand. Der Gestank von verbranntem Kunststoff reizte Erins Atemwege. Hustend trat sie weiter in den Raum hinein, die Hände noch immer um die Waffe geklammert. Sekunden später erreichte das lodernde Feuer die Decke.

Kaum hatte es sich durch den isolierenden Kunststoff gefressen, schlugen die Sensoren der *Kouksihin* an. Ein kreischender Warnton bohrte sich in Erins Gehörgänge, gefolgt vom tobenden Rauschen der Brandschutzanlage. Ein dichtes Schaumgemisch strömte aus den versteckten Düsen und erstickte das Feuer binnen weniger Sekunden.

Der Lärm der Sirene und des Löschsystems klärte Erins Verstand. Der Hass auf das Monster war noch immer präsent, aber sie konnte wieder klar denken.

Zum ersten Mal seit Stunden registrierte sie wieder die Anzeige der Missionszeit auf ihrem Armterminal. Dreizehn Stunden waren verstrichen, seit sie gemeinsam aus der Außenschleuse der *Hikaru* getreten waren. Genug Zeit für Erin, um alles zu verlieren.

»Wir müssen hier raus«, sagte Anjing und bedeutete Erin, ihr zu folgen.

Erin nickte automatisch, obwohl es für Anjing, die ihr bereits wieder den Rücken zudrehte, nicht sichtbar war. Noch immer in Gedanken versunken, ging sie der Technikerin nach. Sie hatte sich in ihrem Großvater getäuscht. Übrig blieb das Bild eines berechnenden Bastards, der für seine Ziele das Leben anderer opferte. Hatte ihn das Artefakt dazu gemacht? Hatte es Ishmael über Jahrzehnte beeinflusst oder nur das verstärkt, was er ohnehin in sich getragen hatte?

Die Furcht davor, ebenfalls ein Teil dieser Abnormität zu werden, verhinderte, dass sie sich in einer Ecke versteckte, zitternd darauf hoffend, dass dieser höllische Albtraum enden möge.

»Scheiße!«, machte Anjing ihrer Frustration Luft. Sie stand vor der zentimeterdicken Tür zur Krankenstation, die mit unvorstellbarer Kraft nach innen gedrückt worden war. Wie Einschüsse klafften gezackte Löcher in den Stahlplatten.

Sie folgten den Brandspuren, die sich, von Ishmaels Kabinentür ausgehend, den Gang entlang zogen. Einer Naturgewalt gleich hatte sich das Monster Zugang zu den gesicherten Bereichen verschafft und völlige Verwüstung hinterlassen. Stellenweise erkannte Erin die Reste von Löschschaum, den die Brandschutzanlage über weite Teile des Korridors verteilt hatte.

Vorsichtig traten die beiden an die Tür der Krankenstation heran, in deren Mitte ein gut einen Meter durchmessendes Loch klaffte. Die Ränder des verbogenen Metalls ragten scharfkantig in den dahinterliegenden Raum. Im flackernden Licht offenbarte sich ein Chaos, als hätte ein Tornado in der Krankenstation gewütet.

Im hintersten Winkel, den sie gerade noch einsehen konnte, erkannte Erin einen Teil des Sichtfensters zum Untersuchungsraum. Die stabile Sicherheitsscheibe lag herausgedrückt und zersplittert am Boden. Der Raum dahinter musste einer Explosion zum Opfer gefallen sein. Die Deckenverkleidung hing in Fetzen herab. Darunter blitzte blanker Stahl hervor. Die Teile der Wand, die sie sehen konnte, warfen Blasen.

Erin richtete sich wieder auf. »Es hat die anderen rausgelassen.«

40_ Missionszeit 13:40

Koukishin . Wartungsgänge

Anjing konnte ihren Blick nicht von dem Schlachtfeld vor ihr abwenden. Warum hatte das Monster das Schott aufgerissen? Erins Erzählungen über die Art und Weise, wie sich nach dem Anschluss des Generators die Wände im Schiff gewölbt hatten, ließen darauf schließen, dass dieses Ding sich überall im Schiff befand. Auch ihre eigenen Erlebnisse beim Reaktor deuteten darauf hin, dass dieses Monster keinen Unterschied zwischen lebender und toter Materie machte.

Sie konnte ihre Überlegungen nicht länger für sich behalten: »Warum sind die anderen Avatare nicht selbst ausgebrochen oder einfach mit der Umgebung verschmolzen?«

Erin wandte ihren Blick von der verwüsteten Krankenstation ab und sah Anjing fragend an. Dann zeichnete sich Verständnis in ihrem Gesicht ab. »Daran habe ich noch gar nicht gedacht. Könnte es sein, dass dieses Wesen zwar Materie jeder Art verschlingen, diese aber nicht vermischen kann?«

»Du denkst, dass es zwar beides kontrollieren, aber nicht zu einer Einheit verbinden kann?« Erin nickte zustimmend, bevor Anjing weitersprach.

»Das würde erklären, warum das Ding im Maschinenraum den Reaktorblock eingehüllt hat, aber nicht mit ihm verschmolzen war.

Bleibt die Frage, warum es die anderen befreit, aber nicht auf uns losgelassen hat.«

»Vielleicht fehlt ihm dazu noch die Energie?«, schlug Erin vor. »Wir haben keine Ahnung, wie lange es braucht, um sich zu regenerieren. Mit der Energie des Generators, den wir zu Beginn angeschlossen haben, konnte es gerade einmal für einige Sekunden die Materie des Schiffes zum Zucken bringen. Vielleicht war das nicht mehr als ein Aufwachreflex. Keine bewusste Handlung.«

Anjing nickte. »Das ergibt Sinn. Es braucht Zeit. Darum hat es mir im Maschinenraum auch nicht alle Crewmitglieder auf einmal auf den Hals gejagt. Es muss erst völlig erwachen. Braucht Zeit, zur vollen Stärke zu finden.«

»Zumindest ist das einmal eine tragbare Theorie. Aber wie hilft uns das weiter? Wir wissen noch immer nicht, wozu es fähig ist, wo es sich befindet und wie viel Zeit uns noch bleibt. Wenn wir überhaupt noch welche haben.«

Im selben Augenblick zuckte ein Gedanke durch Anjings Verstand. »Scheiße!« Sie drehte sich um. »Wir müssen nachsehen, ob es die auf der Brücke auch geholt hat.«

Sie rannte los, ohne Erins Antwort abzuwarten. Zurück, den Gang hinauf zur Brücke. Das, was sie schon von Weitem erahnen konnte, wurde am Ende zur bitteren Wahrheit. Die obere Seite der zerstörten Doppeltür lag, U-förmig verbogen, am Boden.

Vorsichtig näherte sie sich dem Durchbruch, ständig darauf wartend, dass die ausgebrochenen Monster sie angreifen würden. Hinter sich hörte sie Erin, die keuchend zum Halt kam.

Was hinter dem zerfetzten Schott lag, glich der Krankenstation. Die vier Arbeitsplätze der Brückencrew, die den Raum dominierten, lagen verwüstet vor ihr. In der Mitte klaffte ein zwei Meter breites Loch, so als hätte eine gigantische Axt in den technischen Anlagen gewütet. Herausgerissene Kabelteile lagen neben verbeulten Sitzen. Den Boden pflasterten Trümmerstücke, deren Herkunft Anjing bestenfalls erahnen konnte. Die an der Seite des Raumes liegende Serverwand war buchstäblich verschwunden. Es glich einem Wunder, dass sich die Monster nicht durch die Wände gefressen hatten.

Erin, die neben sie trat, deutete fragend zu den hinteren Arbeitsstationen. Dorthin, wo die Monster Jantila angegriffen hatten.

»Zwei Gegner weniger«, stellte Anjing trocken fest.

Im Licht der einzigen intakten Deckenleuchte erkannte sie die Überreste der beiden. Wie ein Kinderspielzeug aus Plastik, das man in den Ofen gestellt hatte, waren die Wesen – Erin brachte es nicht über sich, dabei an Menschen zu denken – zu unförmigen schwarzen Klumpen zusammengefallen. Ein einzelner Arm, der herausragte, erinnerte daran, dass es sich einstmals um eine denkende, fühlende Person gehandelt hatte.

Erin drehte sich zur Seite und begann zu würgen. Anjing klopfte ihr beruhigend auf den Rücken. »Lass es raus. Das hilft. Mir ging es hinten nicht anders.«

Vornübergebeugt spuckte Erin ihren Mageninhalt auf den Boden. Anjing ließ ihr Zeit, während der sie sich ihre nächsten Schritte überlegte. Als Erin sich zitternd aufrichtete und den Mund am Ärmel ihres Schutzanzuges abwischte, deutete Anjing nochmals zu den Überresten. »Offensichtlich kann man die Biester mit Feuer töten. Wir brauchen zusätzliche Waffen.«

»Und wo bekommen wir diese her?«

»Im Antriebsmodul finden wir genug davon. Ich bin aber dafür, dass wir uns schon vor dem Übersetzen ausrüsten sollten. Auch auf unserer Seite gibt es Ausrüstungsdepots im Unterbau.«

In Erins Augen erkannte Anjing wieder das kalte Funkeln, das sie zuvor schon überrascht hatte. »Worauf warten wir? Bring uns dorthin.«

Kaum erreichten sie den Unterbau der *Koukishin*, fiel die Beleuchtung aus.

Abgelenkt von der plötzlichen Dunkelheit verpasste Anjing die letzte Sprosse der Leiter und sank fluchend zu Boden. Jetzt, wo das Adrenalin langsam nachließ, fühlte sie jeden Knochen. Ihr ganzer Körper schien ein einziger blauer Fleck zu sein. Jeder Atemzug brannte wie Feuer in ihrem Brustkorb. Anjing hoffte, dass die schon auf der *Hikaru* gebrochenen und bis jetzt unbehandelten Rippen nicht noch schwerere Verletzungen ausgelöst hatten.

Die Zeit, sich darüber Gedanken zu machen, würde später kommen. Wissend, dass sie jede weitere Dosis tiefer in die Abhängigkeit trieb, tippte sie auf den Handgelenkscomputer. Mit wenig Verzögerung setzte die Wirkung der Injektion ein.

Ein weiterer Befehl reichte, schon flammten ihre Helmscheinwerfer auf. Geblendet von der plötzlichen Helligkeit kniff Anjing die Augen zu. Wertvolle Zeit verstrich, die ihre Pupillen benötigten, um sich an die neuen Lichtverhältnisse anzupassen. Durch das geöffnete Visier drang ein schmatzendes Geräusch, das sie an ein Stück Fleisch, das auf die Küchenarbeitsplatte klatschte, erinnerte. Endlich gewöhnten sich ihre Augen an das grelle Licht.

Anjing erstarrte, als sie erkannte, woher das ekelerregende Geräusch kam.

Wie ein Lavastrom wälzte sich ein unförmiges Etwas aus dem Seitengang, der mehrere Schritte vor ihr lag. Inmitten des brodelnden Dings, das aus der unbekannten schwarzen Masse und menschlichem Muskelgewebe bestand, saß ein Gesicht, das sie nicht kannte. Den Seiten entwuchsen muskulöse Auswüchse, die sich zu zwei unterarmdicken Tentakeln verlängerten. Wie Pfeile schnellten sie auf sie zu.

Anjing duckte sich, wodurch sie den Halt verlor. Stechende Schmerzen im Brustkorb begleiteten den harten Aufprall am Boden.

Da half auch die dicke Polsterung des EVA-Anzuges nicht weiter. Ein Tentakel verfehlte sie haarscharf und bohrte sich in die Wand, vor der sie kurz zuvor gestanden hatte. Kreischend barst das Metall. Die darunterliegenden Leitungen brachen funkensprühend entzwei. Anjings Puls raste. Verzweifelt versuchte sie, sich wieder aufzurichten. Der zweite Tentakel umschlang sie. Der Druck drohte, die äußere Hülle des Schutzanzuges zu zerreißen. Über ihr erhob sich das Wesen zur fleischgewordenen Flutwelle. Das tote Gesicht schaute mit leeren Augenhöhlen auf Anjing herab. In der Mitte der grauenvollen Masse öffnete sich ein ovaler Schlund, dem ein gurgelnder Schrei entwich.

Anjing selbst brachte keinen Laut hervor. Der zweite Tentakel klatschte auf ihre Brust. Geschwind glitt er um ihren Torso. Als wäre sie federleicht, hoben sie die beiden Arme hoch. Unbarmherzig näherte sie sich der geifernden Öffnung. In einem letzten hoffnungslosen Versuch bäumte sie sich auf. Sie schlug auf den wulstigen Tentakelstrang ein, der davon völlig unberührt blieb.

Es würde sie verschlingen, ihren Körper absorbieren, ihren Geist unterwerfen. Ein einziger Moment der Unaufmerksamkeit hatte ausgereicht, um ihren Untergang zu besiegeln.

Anjing kippte den Kopf zur Seite, um dem Anblick des grauenvollen Schlundes zu entkommen. Der Schrei des Monsters drohte, ihre Trommelfelle zu sprengen. Es würde sie verschlingen.

Kaum erfüllte diese Erkenntnis ihr ganzes Denken, raste ein gleißender Flammenstrahl an ihrem Gesicht vorbei. Schützend riss sie die Arme vor die Augen. In das Brüllen des glühenden Plasmastrahls mischte sich ein gequälter Angstschrei. Anjing erkannte sofort, dass er von dem Monster stammte. Gleichzeitig löste sich der Tentakel um ihren Brustkorb. Sie stürzte wieder zu Boden. Der stechende Schmerz, der von ihren Rippen ausging, raubte ihr den Atem und ließ schwarze Punkte vor ihren Augen tanzen. Anjing klammerte sich an die nächstgelegene Wand, um nicht in den Weg der Waffe zu rollen. Ihr Backpack knallte dagegen.

Erin, die bisher hinter ihr gestanden hatte, schob sich an Anjing vorbei. Ihr Gesicht zu einer diabolischen Fratze verzerrt, brüllte sie dem Ding Worte entgegen, die Anjing im Dröhnen des Infernos nicht verstehen konnte.

Die Tentakel zuckten wild umher. Trümmer der Wandverkleidung verwandelten sich in Geschosse, die quer durch den Gang rasten. Einzelne trafen Erin, die sich davon jedoch nicht ablenken ließ. Unablässig rückte sie weiter vor. Sie trieb das Biest zurück in den Seitengang. Die obere Hälfte der fleischigen Masse stand bereits in Flammen, da lenkte Erin den Strahl zur Mitte. Sie richtete den Lauf auf das zuckende Maul. Der Plasmastrahl bohrte sich in das Wesen, verbrannte Muskelgewebe, bis er an der Rückseite wieder austrat. Kurz verharrte das Ungetüm wie ein vom Speer eines Jägers aufgespießtes Tier. In einem Schwall schwarzer, schleimiger Flüssigkeit platzte der aufgedunsene Körper auf. Die Masse ergoss sich über den Boden, wo sie eine rasch wachsenden ölige Lache bildete.

Keuchend schnappte Anjing nach Luft. Erin stand neben ihr und streckte ihr wortlos die Hand entgegen.

Anjing griff danach und ließ sich von ihr hochhelfen. »Danke …«, presste sie hervor. »Du hast mir das Leben gerettet. Nicht zum ersten Mal am heutigen Tag.«

»Vergiss es. Wir sind quitt. Wie weit bis zum Ausrüstungslager?«

Erins Zielstrebigkeit überraschte Anjing. Bisher hatte sie bei ihr den Eindruck hinterlassen, immer zu zögern. Doch jetzt verfolgte sie ihr Ziel wie eine präzise arbeitende Maschine. Anjing fragte sich, wie weit die andere Frau gehen würde.

Wenige Minuten später erreichten sie eine der Wartungsschleusen, die zur Außenhaut der *Koukishin* führte. Direkt daneben lag das Ausrüstungsdepot. Anjing durchstöberte die Schränke, bis sie zu vier in der Wand eingelassenen Lagerabteilen kam. Gespannt zog sie am Griff des ersten. Laut ratternd glitt die dahinter versteckte Aufhängevorrichtung hervor.

»Das ist mal eine positive Überraschung an diesem sonst so bescheidenen Tag«, sagte Anjing.

Erin stand mit dem Rücken zu ihr, den Plasmabrenner kampfbereit in Richtung Tür gerichtet. »Was hast du gefunden?«

»Exoanzüge«, antwortete Anjing knapp. Die folgende Stille machte klar, dass Erin nicht wusste, wovon sie sprach. »Einfach gesagt, EVA-Technikeranzüge mit kraftunterstützenden Exoskeletten. Sie wurden ursprünglich fürs Militär entwickelt. In abgespeckter Form fanden sie ihren Weg in die Industrie. Mit ihrer Hilfe kann der Operator ohne zusätzliche Gerätschaften schwere Reparaturen durchführen. Gewichte von mehreren Tonnen lassen sich problemlos heben, verformen und bearbeiten. Im Prinzip handelt es sich um elektrohydraulische Roboter, die einen EVA-Anzug umhüllen. Damit wird jeder Operator zum gepanzerten Kraftprotz.«

Offenbar angelockt von ihrer Beschreibung, trat Erin, die bisher die Tür bewacht hatte, neben Anjing. Diese sah, wie sich ihre Augen weiteten, als sie das zweieinhalb Meter hohe Ungetüm erblickte, das vor ihnen auf einem Schienensystem hing. Der Exoanzug konnte mit viel Fantasie als Weiterentwicklung ihrer eigenen Schutzanzüge bezeichnet werden. Anstelle des flexiblen Außenmaterials dominierte bei den Arbeitsanzügen schwerer Plaststahl. Die Karbongelenke überzogen raue Polymerplatten. Der Standardhelm lag unter einer zweiten transparenten Halbkugel, über deren Innenseite sich vier stabile Bügel zogen. Die gesamte Konstruktion wirkte, als hätten sich ein Industrieroboter und ein Tiefseetaucheranzug gepaart. Der Anzug vermittelte das Gefühl, mit ihm in einen

Vulkan marschieren zu können, ohne mit nennenswerten Problemen rechnen zu müssen.

Anjing lenkte Erins Aufmerksamkeit auf die Arme, die unnatürlich lang wirkten: »Im Inneren steckt ein Standardanzug, wie wir ihn tragen. Das Exoskelett ist um diesen herum aufgebaut. Die elektrisch gesteuerten Roboterhände erhalten ihre Befehle von Sensoren in den Handschuhen. Die Umsetzung verläuft so gut wie verzögerungsfrei. Die Aktuatoren ermöglichen dir, einen Druck von siebzig Tonnen auszuüben. Damit zerquetschst du Stahlplatten. In beiden Armen befinden sich Vakuumschweißgeräte und, was mir besonders gefällt, Plasmabrenner.«

»Hast du so einen schon mal getragen?«, wollte Erin wissen.

Anjing schüttelte den Kopf. »So einen nicht. Aber vor über fünfzehn Jahren, bei meinem Job als Wartungsingenieurin in der Vesta-Gruppe, hatten wir die Nachfolger davon im Einsatz. Anders hätten wir die riesigen Bergbaumaschinen da draußen nie am Laufen halten können.«

Erins Hand glitt über die kantigen Unterarmmodule, während Anjing die Abdeckung am Hüftgelenk des Anzuges hochschob. Auch wenn die Anzüge der *Koukishin* um einiges älter waren als jene, die sie benutzt hatte, unterschieden sie sich nur in wenigen Details.

Anjing presste fest auf die Taste, die unter der Abdeckung lag. Dort, wo bei ihren Suits das Backpack saß, schob sich ein schwer gepanzertes Modul heraus. Unter leisem Zischen glitt es in die Höhe.

»In dem Kasten befindet sich der Mikrogenerator, zwei Backup-Batterien, die Lebenserhaltung … Alles, was du zum Überleben brauchst. Der Nachteil: Mit den Teilen verlieren wir Beweglichkeit. In den Wartungsgängen wird es verdammt eng sein. Das wird eine Herausforderung, aber für die Chance, die Biester auszuräuchern, gebe ich gerne einen Teil meiner Beweglichkeit auf.«

Anjing graute beim Gedanken daran. Aber das wollte sie Erin gegenüber nicht zugeben. Auf ihr lastete bereits genug anderes. Sie musste nicht auch noch über Anjings Probleme mit engen Gängen nachdenken. Auffordernd klopfte Anjing auf Erins Rücken. »Los, steig ein.«

Angetrieben von der Kraft, die das Exoskelett ihr bot, fühlte Anjing ihre Zuversicht zurückkehren. Die ersten Bewegungsversuche wirkten ungelenk. Die Anzüge waren nicht auf Schnelligkeit ausgelegt. Sie sollten den Insassen bei gefährlichen Wartungsarbeiten Schutz bieten. Vorsichtig drehte Anjing sich zur Seite, immer darauf bedacht, ihre Umgebung nicht mit der ungewohnten Kraft zu zerstören.

»Dir fehlt es an Erfahrung mit den Anzügen. Mit ihnen zu manövrieren ist nicht leicht, aber ich habe eine Idee«, lenkte Anjing Erins Aufmerksamkeit auf sich.

Ehe die Technikerin weitersprach, sahen sie sich einen Moment schweigend an.

»Ich kopple deinen Anzug mit zwei Leinen an meinen. Dann kann ich uns beide zur nächstgelegenen Wartungsschleuse am Antriebsmodul manövrieren. Dort kommen wir direkt über den Energiewandlern rein. Schalten wir diese ab, verlieren die Module der *Koukishin* die Energieversorgung. Dann können wir nur hoffen, dass dieses Biest schnell in den Tiefschlaf fällt.«

»Falls nicht, fackeln wir da drüben alles ab. Dieses Monster hat meine Frau auf dem Gewissen, so oder so lasse ich nichts davon übrig.«

Beschwichtigend hob Anjing den Arm, was mit den robusten Roboterklauen fast einer Drohgebärde gleichkam. »Wir müssen vorsichtig sein. Passen wir im Antriebsmodul nicht auf, droht uns ein viel größeres Problem. Im schlimmsten Fall fliegt uns der ganze Kahn um die Ohren.

Eines solltest du im Hinterkopf behalten: Der ganze Antrieb ist, salopp gesprochen, eine riesige Bombe, die beim kleinsten Ungleichgewicht hochgeht. Ich verstehe deinen Wunsch nach Rache, trotzdem müssen wir jeden Schritt überlegt setzen. Zugegeben, das ist nicht gerade meine Stärke, aber eine unkontrollierte Fusionsreaktion ist das Letzte, was wir wollen.«

Erins starre Gesichtszüge ließen Anjing zweifeln, dass sie wirklich die Bereitschaft zeigen würde, sich zurückzuhalten.

TEIL 5

... VOM ENDE . 2154

41_ Chaos

Er schwebte in wohliger Wärme. Sie hüllte ihn wie eine Decke ein. Er fühlte sich geborgen, umsorgt, geliebt.

Alle Ereignisse der letzten Stunden wurden bedeutungslos. Er befand sich auf einer gedanklichen Reise, die hunderttausende Jahre umfasste.

Momente absoluter Glückseligkeit wechselten sich ab mit tiefster Niedergeschlagenheit. Ishmaels Geist verband sich mit dem eines Wesens, dessen Gewaltigkeit er nicht einmal mit seinen kühnsten Fantasien erfassen konnte.

Es war Wissensbringer und zugleich Informationssammler.

Mit einer einzigen Geste schuf es Zivilisationen, die es ebenso mühelos wieder auslöschte, wie ihm beliebte. Seine Worte brachten Erkenntnis und Vergessen.

Seine Berührung reichte, um tote Felsen in ein blühendes Paradies zu verwandeln. Geordnete, florierende Ökosysteme verwandelten sich in schwärende Geschwulste. Wo zuvor Verstand geherrscht hatte, übernahm der Irrsinn die Kontrolle.

Bis es von allem abgeschnitten worden war. Eingesperrt ins Nichts, dazu verdammt, auf alle Ewigkeit zu vegetieren.

Ishmael stemmte sich gegen den Strom der auf ihn einprasselnden Bilder. Es waren nicht seine Erinnerungen, die vor seinem inneren Auge abliefen. Er erlebte das Leben eines einzelnen Wesens, und zugleich unzähliger. Der Versuch, gegen den Strom anzukämpfen, verstärkte den Druck, der auf ihm lastete. Diesen Kampf würde er unweigerlich verlieren. Sein einziger Ausweg lag darin, sich mitreißen zu lassen, um nicht zu zerbersten.

Ishmael ließ seinen Widerstand fahren und gab sich hin. Er öffnete seinen Geist, der alles aufnehmen sollte. In der Mitte des Stroms kristallisierte sich ein einzelner Punkt heraus. Ein Ruhepol inmitten des Chaos, das um ihn wirbelte. Er konzentrierte sich auf den Moment, der ihn an den Anfang brachte.

Der lineare Verlauf der Zeit verlor jegliche Bedeutung. Vergangenes wurde zum Jetzt. Ereignisse, die in der Zukunft lagen, wurden zu weit zurückliegenden Erinnerungen.

Im Nichts führten Wissensströme zusammen. Oder würden sie es erst in ferner Zukunft tun? Fanden sie gar genau in diesem Moment zueinander? Ishmael zwang sich, ruhig zu bleiben. Er musste sich darauf beschränken zu beobachten, wollte er verhindern, dass ihn der wirre Ablauf an die Grenzen seiner Kapazitäten brachte.

Ishmael fühlte sich herrlich. Er spürte das Erwachen eines Bewusstseins, das alles übertraf, was sich der menschliche Geist vorstellen konnte. Das Konstrukt diente dazu, Wissen zu sammeln. Dieses weiterzugeben, war in seiner DNA verankert.

Seine oberste Maxime lautete: »Finde Leben, lerne von ihm und entwickle es weiter.« Es besuchte unzählige Welten. Auf seinen Reisen durchquerte es die Abgründe zwischen Galaxien. Mit jedem Sonnensystem wuchs sein Wissensschatz. Erst jetzt begriff Ishmael in seiner Erregung, was dies bedeutete. Die Menschheit war nicht alleine. Es gab viele Wesen da draußen. So vieles, was es zu entdecken gab.

Die Eindrücke brachen nicht ab. Er spürte das Hochgefühl des Konstruktes bei jedem Kontakt. Jede Information, die es aufnahm, löste einen Glücksschub aus. Jeder Moment der Wissensweitergabe spornte es zu neuen Höchstleistungen an.

Das Konstrukt schwebte auf einer Welle der Glückseligkeit, die auch Ishmael mitriss. Bis zum ersten Rückschlag. Dunkelheit umhüllte seinen Verstand. Er konnte nicht erkennen, was diese Welle auslöste, denn die Bilder verschwanden in einer undurchdringlichen Wolke.

Was dem Konstrukt widerfuhr, veränderte es. Sein Wesen wurde böse. Er fand keine andere Bezeichnung für den Vorgang.

Die Wolke verblasste wieder. Die Eindrücke, die er empfing, waren verzerrt, wie durch eine beschädigte Kameralinse betrachtet. Vor ihm lag ein Planet, übersät mit unzähligen Lichtpunkten. Ein Hort der Zivilisation inmitten des kalten Vakuums.

Das Konstrukt näherte sich der Welt, bis Ishmael Kontinente, wenig später sogar einzelne Landschaftszüge erkennen konnte. Der Rand seines Sichtfeldes veränderte sich. Wabernde Düsternis drängte auf ihn ein, bis Ishmael erkannte, dass es sich nicht um eine Trübung des Bildes handelte. Wie die Arme eines gigantischen Oktopus' schnellten schwarze Ausläufer auf die Welt zu. Stießen mitten in die am hellsten erleuchteten Flecken. Millionenfache Schreie ertönten – eine unerträgliche Kakofonie voll Schmerzen, Panik und Verzweiflung, die zu einem gewaltigen Ganzen verschmolz. Übrig blieb ein quälender Ton, der in der Ewigkeit verhallte.

Die Eindrücke verblassten und wichen einem unablässigen Hämmern, rhythmisch wie der Paukenschlag auf einer antiken Galeere. Todmüde wie nie zuvor in seinem Leben musste Ishmael sich anstrengen, um nicht wieder in die süßen Arme des Schlafes zu sinken. Im Kampf gegen die Müdigkeit versuchte er sich zu strecken. Mit aller aufgewandten Kraft brachte er gerade einmal ein schwaches Zucken in seinen Beinen zustande.

»Vorsichtig! Keine hastigen Bewegungen«, drang die Stimme des Bordarztes in seinen umnebelten Verstand. »Gleich wird es besser.«

Seine Lebensgeister erwachten. Er starrte an eine weiße Kunststoffdecke. Die erste Kopfbewegung zur Seite bescherte ihm einen Schwindelanfall. Zu seiner Rechten befanden sich drei medizinische Monitore. Einer davon zeigte seine Vitalzeichen, die Daten auf den weiteren konnte er nicht entziffern.

»Wo?« Seine Stimme klang heiser. Für mehr brachte er die Kraft nicht auf.

»Auf der medizinischen Station«, beantwortete Pierre die unvollständige Frage. Das Gesicht des Bordarztes schob sich in sein Sichtfeld. »Bevor du weitere Fragen stellst, will ich dich auf den neuesten Stand bringen. Sekunden, nachdem die schwarze Masse deine Hand berührt hat, hast du zu schreien begonnen. Abraam …«

Trotz der Müdigkeit, die Ishmael fest im Griff hatte, nervte ihn die Zurückhaltung. Schönfärberei half ihm nicht weiter. »Sag es einfach«, forderte er.

»Abraam wollte dich raus auf den Gang ziehen. Du hast dich gewehrt, um dich geschlagen wie ein wildgewordenes Tier, das um sein Leben kämpft. Mit einer Kraft, die wir dir nicht zugetraut hätten, hast du Abraam von dir weggestoßen. Wir mussten dich sedieren, um deiner habhaft zu werden. Esther hat dich in die Krankenstation geschleppt.«

»Was ist dann passiert?«, krächzte Ishmael.

»In den Untersuchungsraum konnte ich dich nicht bringen.« Ein kurzer Fingerzeig über seine Schulter reichte, um die Erinnerung zu wecken. Melina und Laska, die ersten Opfer des Monsters, die im Scanner eingeschlossen waren. Von ihnen musste das lästige Hämmern stammen.

»Eine optische Begutachtung alleine brachte mich nicht weiter«, fuhr Pierre fort. »Die Handscanner reichten allerdings, um deine Infektion zu diagnostizieren. Die Venen in deinem Arm färbten sich schwarz. Ich konnte förmlich zusehen, wie sich das Monster in dir ausbreitete. Ich musste schnell handeln.«

Esther wollte dem Arzt offenbar nicht länger zuhören, wie er um den heißen Brei herum fabulierte. »Er hat dir den Arm amputiert«, rief sie vom Fußende des Bettes.

Ihre Direktheit brachte Pierre aus dem Konzept. Er fuhr sich mit der Zunge über die Lippen, bevor er weitersprach: »Es tut mir leid. Das war die einzige Möglichkeit, die Ausbreitung zu verhindern.«

Die Sensoren, die Ishmael überwachten, schlugen Alarm. Pierre quittierte die Signaltöne mit einigen schnellen Handbewegungen. Die dabei verstreichende Zeit reichte Ishmael, das Gehörte zu verdauen.

»Das ist sicherlich ein Schock für dich. Hätte ich es nicht getan …«

»Wärst du jetzt wie die beiden Süßen da hinten«, unterbrach ihn Esther, die Ishmaels rechte Schulter anstarrte.

Ob er wollte oder nicht, er musste sich der neuen Wirklichkeit stellen. Ishmael nahm seinen ganzen Mut zusammen. Eingehend musterte er die Operationsstelle. Direkt unter dem Schultergelenk prangte eine breite, schneeweiße Kunststoffmanschette, von der zwei transparente Schläuche zum Terminal neben dem Bett verliefen. Unter Aufbringung seiner ganzen Willenskraft stemmte sich Ishmael mit dem linken Arm hoch. Er wollte aufrecht sitzen, nicht wie ein Invalider im Bett liegen.

Dabei kam er nicht umhin, auch die Sichtscheibe zum Untersuchungsraum zu streifen. Jetzt verstand er, warum Pierre diese folgenschwere Entscheidung getroffen hatte.

Hinter der Scheibe wüteten die beiden Frauen. Schwarze Verästelungen überzogen ihre Körper. Aus leeren Augenhöhlen starrten sie ihn an, die Münder zu geifernden Schlünden aufgerissen. Ishmael schauderte bei dem Gedanken, dass er ohne Pierres Eingreifen ein ähnliches Monster geworden wäre.

Bevor er sich wieder auf sich selbst konzentrierte, suchte er Abraam. Noch hatte sich der Wissenschaftler nicht zu Wort gemeldet. Ishmael entdeckte am gegenüberliegenden Ende des Raumes eine weiteren Liege. Auf ihr lag, von einem weißen Laken bedeckt, ein menschlicher Körper.

Esther kam seiner Frage zuvor: »Abraam hat es nicht geschafft. Da warst du recht effizient.«

Ishmael erinnerte sich an das laute Knacken, dessen Herkunft er im Moment der Narkose nicht hatte zuordnen können. Er brauchte nicht zu fragen. Trotzdem zwang Esther ihn, es sich bildlich vorzustellen: »Er ist gegen die Wand geknallt. Hat sich dabei das Genick gebrochen. Knack, aus, vorbei.«

Er musste den Tod des Wissenschaftlers verantworten. Angetrieben von dem Monster, das sich über seine Blutbahnen in seinen Verstand eingenistet hatte. Viel weiter, als Pierre und Esther es wussten. Wissen durften. Würde er ihnen von seinen Visionen erzählen, sie würden ihn sofort wie ein Vieh einsperren, oder ihn gleich aus der nächsten Luftschleuse katapultieren. Mit der Operation hatte der Arzt das Unausweichliche nur verzögert. Ishmael bezweifelte, dass dies die Ausbreitung endgültig stoppen würde.

Er hatte gesehen, wie schnell das Wesen einen menschlichen Körper, genauso wie seinen Geist, übernehmen konnte. Warum geschah dasselbe nicht bei ihm? Hatten die Ereignisse der letzten zwei Jahrzehnte ihn bereits näher an das Konstrukt herangeführt, als er es wahrhaben wollte? Wie viel Zeit blieb ihm, bis er die Kontrolle verlieren würde? Verhielt sich sein Körper so völlig anders, weil das Artefakt ihn über Jahrzehnte desensibilisiert hatte? Unzählige Fragen, zu denen er sich die Antworten schuldig blieb. Einzig die Schuldgefühle darüber, eigenhändig den Tod eines Menschen herbeigeführt zu haben, machten ihm Hoffnung, dass er nicht unter der Kontrolle des Konstrukts stand.

Wieder sprach Pierre ihn an: »Es tut mir leid, dass du es so erfahren musst. Dein Arm, der Tod von Abraam, das ist viel zu verarbeiten.«

Warum konnte der Arzt nicht einfach akzeptieren, dass er nicht über Dinge, die er nicht beeinflussen konnte, lamentieren wollte? Geschehenes konnte er nicht ändern.

Esther zeigte sich seiner Denkweise wesentlich näher. Sie nahm sich kein Blatt vor den Mund: »Nimmst du ihn jetzt in Schutz? Wer hat uns denn in die Scheiße geritten? Hat er halt einen Arm weniger. Das ist nichts, was deine Kollegen auf der Erde mit einer bionischen Prothese nicht korrigieren könnten. Der Herr Wissenschaftler hat uns sehenden Auges in die Hölle gejagt. Soll er doch schauen, wie er zurechtkommt. So wie ich damit, dass meine Kollegen sich vor meiner Nase in rasende Monster verwandelten. Schon vergessen? Ich musste mitansehen, wie sie sich gegenseitig abschlachteten. Ich habe Svahids Kopf zertrümmert, um meine eigene Haut zu retten. Ist das weniger zu verarbeiten?!«

Pierre hob die Arme in einer Geste der Abwehr. Das ständige Gezanke der beiden zerrte an Ishmaels Nervenkostüm. Er musste sich mit wichtigeren Dingen befassen. Dazu benötigte er Ruhe, die er im Umfeld seiner Begleiter nicht finden würde. Vor ihm lag eine wichtige Entscheidung, die er nicht länger aufschieben konnte.

Mit einer energischen Geste schnitt er den Streitenden das Wort ab. »Nichts davon können wir ändern. Der Tod Abraams ist furchtbar. Verglichen mit dem, was mit der restlichen Crew geschehen ist, wirkt es wie ein Gnadenakt. Ich wünschte, es wäre nicht passiert. Genauso könnte ich mir wünschen, dass die Sonne um die Erde kreist. Es wird nicht geschehen.«

Er schwang die Beine von der Liege. Mit dem verbleibenden Arm stemmte er sich hoch, was er umgehend bereute. Das Ungleichgewicht seines Körpers, verbunden mit den Nachwirkungen der

Narkose, ließ ihn schwanken. Zusätzlich behinderten ihn die Schläuche in seiner Bewegungsfreiheit. Er tat sein Bestes, den beiden Streithähnen nicht zu zeigen, dass er nicht die volle Kontrolle über seinen Körper hatte.

Zuerst musste er Esther zur Räson bringen. Er wandte sich an sie: »Wir befinden uns hinter dem Portal. Wir wissen jetzt, was dieses Monster mit Materie, unabhängig davon, ob lebend oder tot, anzustellen vermag. Ich will mir nicht ausmalen, was geschieht, sollte die *Koukishin* mit diesem Ding an Bord zurückkehren. Durch uns hat es Zugriff auf die Technologie zur Portalöffnung erhalten. Einen neuen Übertritt müssen wir verhindern, egal, was es kostet.«

Diese Worte zeigten Wirkung, auch wenn es den beiden sichtlich schwer fiel, ihren Streit nicht fortzusetzen. Selbst der sonst in sich ruhende Pierre zitterte vor Erregung. Er begann, wild auf und ab zu marschieren. Dabei wirkte er wie ein eingesperrtes Tier. Beide standen kurz davor zu explodieren.

Schließlich zischte Esther Ishmael an: »Sag es geradeheraus. Du willst uns umbringen. Nicht wahr?«

Die Worte trafen den Kern der Sache. »Umgebracht habe ich euch schon mit dem Befehl zum Start der *Koukishin*. Ich wusste nicht, wohin uns das Portal bringen würde. Sicherheit hatte ich ausschließlich darüber, dass unser Ziel nicht im Proxima-System lag. Das Portal ist ein Übergang in eine andere Dimension, ein anderes Universum. Nennt es, wie ihr wollt.«

Esther schien die Antwort nicht zu überraschen. Abschätzig verzog sie die Lippen. »Du wusstest, dass dein Portal uns nicht ins Zielsystem bringen würde?«

»Ja. Die beiden waren nie verbunden. Alle Versuche, ein Objekt zwischen den beiden Toren zu transferieren, scheiterten. Was wir hineinschickten, kam nach einiger Zeit wieder beim selben Portal heraus. Die Objekte waren verändert, aber erkennbar.«

Wie sehr sie sich verändert hatten, behielt Ishmael für sich.

Pierre ballte die Fäuste und Ishmael sah, wie dem Mann das Blut in den Kopf schoss. Seine Lippen bebten, als wollte er Ishmael jeden Moment anbrüllen.

»Ich war mir sicher, dass etwas hinter dem Portal lag«, fuhr Ishmael ungerührt fort. »Ein Wesen, oder auch eine Maschine, die das menschliche Verständnis für das Universum radikal verändern würde. Gleichzeitig wusste ich, dass ich eine Finanzierung des Ganzen unter dieser Prämisse vergessen konnte.«

Mit hochrotem Kopf baute Pierre sich vor Ishmael auf. Drohend beugte er sich vor, bis sie nur mehr eine Nasenlänge trennte. Ishmael verhielt sich ruhig. Er musste ihm freien Lauf lassen, bis er sich abreagiert hatte.

In einer für ihn ungewohnten Lautstärke brüllte Pierre seine Frustration heraus: »Du hast uns auf eine Himmelfahrtsmission geschickt?! Ist es das, was du sagen willst?! Du hattest keine Ahnung, was hinter dem Portal liegt? Was hast du erwartet?! Einen netten älteren Herrn mit Rauschebart, der dir das Wissen des Universums auf dem Silbertablett überreicht? Oder einfach ein Computerterminal, das darauf wartet, alle Fragen beantworten zu dürfen, die dein beschissenes Hirn herauskotzen kann?!«

Esther ging mit der Situation um vieles besser um. Der Blick in den Abgrund machte sie ruhiger. Sie legte ihre kräftigen Hände auf Pierres Schultern. »Lass ihm die Zeit, Antworten zu geben.«

»Antworten worauf?!«, fragte Pierre. »Was er sich dabei gedacht hat, die ganze Crew sehenden Auges in den Tod reisen zu lassen? Das verdammte Arschloch hat uns ins offene Messer gestürzt!«

Die kurze Pause, die nach Pierres Vorwürfen entstand, nutzte Ishmael: »Alles deutete darauf hin, dass sich hinter dem Portal

Technologie befand, die wir nicht verstanden. Jahrelange Experimente brachten uns nicht weiter. Daher entschied ich, den nächsten Schritt zu wagen.«

Pierre schüttelte den Kopf. Er schien keine passende Antwort auf diese Feststellung zu finden.

Wieder beendete Ishmael die resultierende Pause, bevor ihm jemand zuvorkommen konnte: »Ich weiß jetzt, dass es sich um die größte Fehlentscheidung in einer Reihe von unüberlegten, ja sogar gefährlichen Entscheidungen handelt. Meine Experimente machten etwas auf uns aufmerksam, das wir nicht annähernd verstehen können. Es hat mich angelockt, mit mir gesprochen, mir Möglichkeiten vorgegaukelt, um mich hierher zu bringen.«

Er log, so wie er es seit über fünfzig Jahren tat. Die ganze Wahrheit zu offenbaren, hätte jetzt nichts geändert und alles verkompliziert. Er musste darauf achten, dass die beiden letzten Überlebenden auf seiner Seite blieben.

»Vielleicht wäre es an der Zeit, dass der Herr Professor mal von seinem hohen Ross runterkommt? Gib doch einfach zu, dass du komplett in die Scheiße gegriffen hast.« Esthers Stimme troff wieder vor Sarkasmus.

Pierre schien sich wieder zu fangen. Er sackte in sich zusammen. »Welche Bedeutung hat das jetzt noch?« Seine Stimme klang resigniert. »Warum sagst du nicht klar, was wir schon wissen? Esther hat recht. Dein Plan wird uns alle umbringen.«

Ishmael nickte bedächtig. »Das ist sehr wahrscheinlich.«

Beide nickten stumm. Die Bestätigung schien sie zu beruhigen. Pierre sank auf einen neben der Liege stehenden Stuhl. Auf einmal, so als hätte Ishmaels Antwort einen Schalter in ihm umgelegt, wirkte er entspannt. Esthers Gesichtsausdruck konnte er nicht deuten. Sie lehnte sich an die Wand neben Abraams Leichnam.

Pierre sah ihn aus müden Augen an. »Beantworte mir nur eine Frage. Du hast gewusst, dass es keine direkte Verbindung zwischen den Portalen geben würde. Warum hast du dann den Aufwand betrieben, das Gegenportal nach Proxima bringen zu lassen?«

Die Frage erheiterte Ishmael. War es nicht offensichtlich?

»Ganz einfach«, antwortete er. »Meine Geldgeber erwarteten eine Technologie zur einfachen Überbrückung intergalaktischer Strecken. Ich musste sie in diesem Glauben lassen. Ein zweites Portal von einer kleinen Crew nach Proxima bringen zu lassen, schien mir da der einfachste Weg. An Geld mangelte es nicht, sobald die Finanziers einmal überzeugt waren.«

Ungläubig schüttelte Pierre den Kopf. »Menschenleben sind dir wirklich scheißegal, oder? Wie viel Mann waren an Bord der Begleitschiffe? Zwanzig, dreißig?«

»Zweiundachtzig Männer und Frauen«, antwortete Ishmael, ohne zu überlegen.

»Zweiundachtzig?« Pierres Stimme brach. »Du hast diese Menschen auf eine sechzig Jahre dauernde Reise geschickt. Dreißig Jahre im Tiefschlaf nach Proxima. Dort die Inbetriebnahme des Portals. Danach wieder dreißig Jahre retour. Während wir hier festsitzen, sind sie auf dem Weg zurück. Du hast sie losgeschickt, in dem Wissen, dass ein Großteil ihrer Familien nicht mehr am Leben sein wird, wenn sie zurückkehren. Und wofür? Für ein Versprechen, das du nie wahrmachen konntest.«

Ishmael fand keine Antwort darauf. Er wusste, was er getan hatte. Er hatte Familien auseinandergerissen, um seine Scharade aufrechtzuerhalten.

Zwischenzeitlich schien Esther sich Gedanken gemacht zu haben. »Wir müssen dieses Wesen aufhalten. Da bin ich bei euch. Die Vorstellung, was geschehen könnte, sollte dieses Ding die Erde erreichen, übertrifft jeden Albtraum. Wir wissen zu wenig. Wie schnell kann es Menschen oder Maschinen umwandeln? Gibt es Grenzen, über die es nicht hinauswachsen kann? Braucht es Ruhephasen oder wuchert es wie ein Krebsgeschwür unkontrolliert weiter? Klar scheint mir allerdings, dass es Energie benötigt. Sonst hätte es sich nicht am Reaktorkern festgesaugt.«

»Können wir den nicht einfach abschalten?«, fragte Pierre.

Esther zuckte mit den Schultern. »Grundsätzlich ja. Die Notabschaltung kann man auf der Brücke oder im Maschinenleitstand auslösen. Allerdings wage ich zu bezweifeln, dass uns die Mistviecher einfach in die Zentrale reinspazieren lassen. Geschweige denn, dass wir ungestört am Platz der Kommandantin herumhantieren könnten. Den Plan können wir knicken und das ist nicht einmal die schlechte Nachricht.«

Pierres Augen verengten sich zu Schlitzen. »Dass wir nicht an die Kontrollen herankommen, ist nicht das Schlimmste?«

»Da kannst du Gift drauf nehmen. Den Reaktor herunterzufahren dauert fünfzehn Minuten. Allerdings liefern die Batterien danach noch für 48 Stunden genug Energie für einen Vollbetrieb. Genug Zeit für die Monster, uns umzulegen und den Reaktor wieder hochzufahren.«

»Welche Optionen stehen uns offen?«, fragte Ishmael, der wieder die Führung übernehmen wollte.

»Da kommt die Maschinenleitzentrale ins Spiel. Von dort können wir das Maschinenmodul absprengen. Dazu müssen wir manuell acht Zünder aktivieren. Das Notfallsystem ist dafür gedacht, im Falle eines Reaktorbruches das ganze Modul abzutrennen. Das Biest hätte weiterhin Energie, aber ohne die Leitsysteme im Hauptmodul kann es den Portalantrieb nicht auslösen.«

Ishmael seufzte. »Egal, wie wir es betrachten, wir bleiben hier eingesperrt. Am Ende sind wir dazu verdammt, abzuwarten, bis uns die Energie ausgeht oder die Monster uns erwischen. Wir müssen uns der Tatsache stellen, dass uns kein angenehmes Ende bevorsteht.«

Schweigend trat Pierre an einen Arzneimittelschrank im hinteren Teil der medizinischen Station. Er gab einen Code ein, der die Schranktür öffnete. Ohne lange zu suchen, zog er drei Ampullen hervor, die er auf den Tisch in der Mitte des Raumes legte. Er nahm die erste in die Hand. »Für uns gibt es einen Ausweg.« Die blaue Flüssigkeit leuchtete im Licht der Deckenlampen. »Irupenthal. Ein Beruhigungsmittel für Fälle mit schweren Psychosen, die mit Wahrnehmungsstörungen einhergehen. Die beruhigende Wirkung tritt fast ohne Verzögerung ein. Um den Geist des Patienten legt sich ein schützender Mantel.«

Ohne auf ihre Reaktion zu warten, griff er zur nächsten Ampulle, in der eine gelbliche Flüssigkeit glitzerte. »In Verbindung mit dem Muskelrelaxans Betrosol erreicht man ein Level der Entspannung, das auf normalem Wege kaum erzielbar ist.«

Schließlich nahm er die letzte Ampulle mit einer völlig klaren Substanz zur Hand. »Zu guter Letzt Thiraxid. Das stärkste Narkosemittel an Bord. Eine Ampulle reicht, um einen Erwachsenen für zwei Stunden aus dem Verkehr zu ziehen. Mit der dreifachen Dosis kann ich ein künstliches Koma einleiten. Binnen einer Minute schläft man friedlich ein. Gemeinsam führen die drei Medikamente dazu, dass ohne lebenserhaltende Maßnahmen innerhalb weniger Minuten ein völliges Kreislaufversagen einsetzt. Das Ende ist völlig schmerzfrei, da alle vegetativen Funktionen abgeschaltet sind. Elf Stück stehen uns zur Verfügung. Das reicht für uns drei.«

»Friedlich einschlafen«, bemerkte Esther. »Was für eine nette Formulierung. Kann ich mir gut vorstellen. In neunzig Jahren, gemütlich in mein Bett eingekuschelt.« Ester holte hörbar Luft, bevor sie mit schneidender Stimme weitersprach: »Nicht irgendwo im All, am Arsch des Universums in den Fängen eines uralten Monsters, das von weiß Gott woher kommt.«

Die Frau schüttelte den Kopf und sah zuerst den Arzt, dann Ishmael mit eiskaltem Blick an. Entweder registrierte Pierre ihre Reaktion nicht oder er ignorierte sie. Als hätte Esther nichts gesagt, entnahm er seiner Jackentasche drei Injektionspens, deren Kammern er mit den Ampullen belud. Fünf Stück pro Abgabegerät. Wortlos hielt er sie in die Runde.

Ishmael nahm einen der Pens entgegen und drehte ihn ruhig zwischen den Fingern. »Die Reihenfolge ist automatisch?«

Pierre nickte. »Beim ersten Druck bekommst du das Beruhigungsmittel. Das dämpft dein dominierendes Bewusstsein. Beim zweiten kommt das Muskelrelaxans zum Einsatz. Nummer drei löst die verbleibenden Ampullen gleichzeitig aus.«

»Also idiotensicher«, kommentierte Esther seine Erklärung. »Sogar für den Herrn Professor geeignet. Ansetzen, draufdrücken, Hirn abschalten.« Bereits zur Tür gewandt, sprach sie weiter: »Legen wir los. Lasst uns nicht lange herumphilosophieren, sondern unser Ende einläuten.«

42_ Tunnel

Esther übernahm die Führung. Pierre ging hinter ihr, und erst mit großem Abstand folgte Ishmael, versunken in seinen Gedanken.

Ohne Probleme erreichten sie die Zwischenschleuse und die dahinterliegende Sicherheitskammer. Eine zweite Tür würde sie in den Verbindungstunnel zum Antriebsmodul bringen. Pierre presste sich an die rechte Seite, wie in dem Versuch, mit der Wandverkleidung zu verschmelzen.

Ging Ishmaels Plan auf, würde sich niemand an ihn erinnern. Für künftige Generationen wäre er der Mann, der Unsummen für einen Fehlschlag verschleudert hatte. Kinder würden Witze über ihn reißen. Über den größenwahnsinnigen Wissenschaftler, der mit seinem eigenen Projekt untergegangen war. Er musste akzeptieren, dass sie ihn auslachen würden. Ohne zu wissen, welches Opfer er gebracht hatte.

Vom Bedienpanel an der Wand starrte Esther Ishmael an, der gedankenversunken vor der Schleusenkammer stehen geblieben war. »Wird das heute noch was oder willst du warten, bis das Ding zu Besuch kommt?«

Vorübergehend hatte sich Ishmael ablenken lassen, aber Esthers Worte reichten, um ihn wieder ins Hier und Jetzt zurückzubringen. Er konnte sich wieder konzentrieren.

»Dann wollen wir mal«, kommentierte Esther, deren Finger über das Tastenfeld glitten. Zweimal leuchteten Warnmeldungen auf, die sie sofort quittierte. »Drehen wir dem Ding den Saft ab.«

Begleitet von einem unangenehmen Signalton öffnete sich die äußere Schleuse zu dem langen transparenten Gang dahinter.

Esther setzte den ersten Schritt in den Tunnel. Weiter kam sie nicht. Einen Fuß in der Schleusenkammer, den zweiten bereits draußen, hob sie den Kopf. Atemlose Stille hing im Raum, die wenige Sekunden später Esthers ungläubige Frage durchbrach: »Was, in drei Teufels Namen, ist das?«

Verärgert schob Ishmael Pierre zur Seite. Warum musste er sich um alles selbst kümmern? Was war so schwer daran, Dinge klar zu formulieren?

Er drängte sich vor, um zu erfahren, was Esther wie gebannt anstarrte. Sein Oberkörper bewegte sich über die Schwelle. Die transparente Folienummantelung des Tunnels erlaubte einen Rundumblick auf die Umgebung des Schiffes. Was sich außerhalb der *Koukishin* befand, übertraf seine wildesten Befürchtungen.

Drei fleischige Stränge wickelten sich um Teile der massigen Streben, die das Hauptmodul mit der Antriebssektion verbanden. Wie die Arme eines Kraken hielten sie diese fest im Griff. Über die breiten Muskelbündel zogen sich unentwegt pulsierende Adern. Einen weiteren Strang entdeckte Ishmael an der Triebwerkssektion. Er traf von oben auf die Hülle. Von dort ausgehend teilte er sich, dem Wurzelgeflecht eines Baumes ähnlich, in unzählige kleinere Ausläufer, die das Antriebsmodul wie ein Spinnennetz umsponnen.

Ishmael legte den Kopf weit in den Nacken, um erkennen zu können, woher die Fangarme kamen. Ein kugelförmiges Gebilde schloss sie ein. Die schimmernde Oberfläche erinnerte Ishmael an Billardkugeln. So sehr er sich darauf konzentrierte, er konnte die Farbe keinem ihm bekannten Farbspektrum zuweisen. Mattes Grün. Schlammiges Gelb. Kräftiges Violett. Blutiges Rot. Blitzblau. Jede einzelne Farbe glaubte er zu identifizieren, um gleich darauf zu erkennen, dass er sich täuschte. Die Farben verschwammen zu einer für menschliche Augen nicht erfassbaren Verbindung.

Die Stränge, die sich um die Hülle des Antriebsmoduls schlossen, überzogen auch die Innenseite der Sphäre. Sein Verstand sagte ihm, dass sie mindestens drei Kilometer durchmessen musste. Gleichzeitig war er sicher, die Wände mit der ausgestreckten Hand berühren zu können. Die Hülle ihres Gefängnisses lag in unendlicher Entfernung und zugleich in greifbarer Nähe. Die Welt um sie herum befand sich in ständigem Wandel. Nirgends gab es feste Formen, alles war der Bewegung unterworfen.

Er stolperte zurück in die Schleusenkammer. Dabei prallte er gegen Esther, die sich fluchend an der Wand festhielt.

»Das Ding hat uns in seinen Fängen«, murmelte er erschöpft.

Pierres freudloses Lachen verhallte im Tunnel. »So viel zu unserem großen Plan, das Modul abzusprengen. Das können wir vergessen. Wir sind am Ende. Dieses Monster hat uns im Griff. Es kann mit uns machen, was es will.«

Als wäre es eine Reaktion auf das Gesagte, begann die *Koukishin* zu zittern. Wie die Äste eines Baumes, die vom Wind getroffen wurden, vibrierte das gesamte Schiff.

Esther schob Pierre, der ihr im Weg stand, brutal zur Seite. »Das glaubt ihr jetzt nicht. Die Dinger bewegen sich!«

In einer fließenden, beinahe anmutigen Bewegung, die der Größe der gewaltigen Arme Hohn sprach, gaben diese die Verbindungsstreben frei. Lautlos glitten sie zur Oberfläche der Sphäre. Zurück blieben die wurzelähnlichen Verästelungen, die weiter fest um die Hülle lagen.

Mit dem Nachlassen der Stöße kehrte eine gespenstische Stille ein. Wie die Ruhe vor dem Sturm, bevor dieser mit brutaler Gewalt ganze Landstriche verwüstete.

Esther durchbrach die Stille: »Habt ihr irgendeine Idee, was jetzt passieren wird?«

Ein schwaches Summen erfüllte das Innere der Kammer, bevor sie dazu kamen zu antworten.

»Die Abschirmfelder!«, keuchte Esther, die das Geräusch sofort erkannte.

Ishmael nickte. »Ein Automatismus. Ohne sie wird der Portalantrieb nicht aktiviert.«

»Das Ding will uns zurückschicken.«

»Nicht uns«, widersprach Ishmael. »Das Konstrukt will die Grenze seines Universums überschreiten. Die leblose Dunkelheit verlassen, hinein in unser vom Leben erfülltes Universum.«

Pierre, der endlich begriff, was geschah, deutete hektisch zum Tunnel. »Das dürfen wir nicht zulassen!«

Esther nickte. »Die Abschaltung des Reaktors können wir vergessen. Jetzt können wir nur mehr das Kühlsystem runterfahren. Ohne dieses überhitzt der Kern in kürzester Zeit mangels der Möglichkeit, die heißen Gase abzulassen. Das ist unsere einzige Chance.«

Sie sprang in den Verbindungstunnel. Ohne auf die Männer zu warten, bahnte sie sich ihren Weg. »Worauf wartet ihr? Uns bleiben maximal zehn Minuten, bis der Ladezyklus der Feldspeicher abgeschlossen ist.«

Pierre reagierte sofort. Ohne Fragen zu stellen, folgte er ihr. Die Hälfte des Tunnels lag bereits hinter ihnen, bevor Ishmael dazu ansetzte zu folgen. Sein rechter Fuß trat von der Schleuse auf den gehärteten Kunststoff des Tunnels. Da traf ihn der Hass wie ein Hammerschlag. Sein Sichtfeld verschwamm zu einer Ansammlung undeutlicher Schlieren. Die Welt um ihn herum verschwand. Der Druck in seinem Kopf wuchs, bis er glaubte, dass seine Augen explodieren würden. Schreiend schlug er die verbliebene Hand vor das Gesicht – ein gequältes Heulen, geboren in den tiefsten Abgründen seiner Seele.

Der in ihm wuchernde Ableger des Konstruktes erwachte. Pierres Notoperation hatte es verletzt und offensichtlich gereicht, es für einige Stunden zum Stillhalten zu zwingen. Zeit, um sich zu erholen, Energie zu sammeln, damit es jetzt umso erbarmungsloser zuschlagen konnte.

Das Konstrukt übernahm die Führung und degradierte Ishmael zum Zuseher im Gefängnis seines eigenen Körpers. Sein Fuß zog sich zurück. Seine Hand bewegte sich auf das Tastenfeld der Türsteuerung zu. Wie im Traum registrierte er Esther und Pierre in unerreichbarer Ferne. Von seinem Schrei aufgeschreckt, unterbrachen sie ihren Weg. Sie riefen ihn, obwohl er kein einziges Wort verstehen konnte. Verzweifelt musste er zusehen, wie seine Finger das Tastenfeld bedienten. Die schwere Stahltür schloss sich.

Esther trat den Rückweg zur Schleuse an. Dort angekommen, hämmerte sie gegen das breite Sichtfenster.

Ishmael blieb ein kleiner Winkel seines Verstandes. Wie ferngesteuert griff seine Hand zur Abdeckung des Notfallsystems. Sie drehte die Hebel zur Seite. Die entriegelte Schutzplatte hob sich von der Wand ab. Darunter lag ein schwerer, mechanisch gesicherter, roter Hebel. Ishmael erkannte die Worte, die darüber prangten.

SPRENGSYSTEM – nur im äußersten Notfall verwenden – ACHTUNG – Dekompressionsgefahr.

Die Verriegelungen glitten unter der Kraft seiner Hand zur Seite.

Esther schien sofort zu erkennen, was er vorhatte. Ihr Gesicht verlor jede Farbe. Sie musste wissen, dass sie es nicht schaffen würde. Trotzdem rannte sie los. Sie stürmte, wie von Dämonen gejagt, zum ihr näheren Tunnelende. Pierre folgte ihr mit größer werdendem

Abstand. Sie erreichten den Zugang zum Antriebsmodul im selben Moment, in dem sich Ishmaels Hand um den Auslöser legte. Der Hebel glitt herunter. Esthers Finger hämmerten auf das Tastenfeld. Zu spät, denn der Hebel rastete bereits in der unteren Position ein.

Auf jeder Seite des Verbindungstunnels flammten vier Explosionen auf. Die zuckenden Flammen trafen Esther, die direkt zwischen den Sprengladungen stand. Einen Sekundenbruchteil danach zerfetzte die Druckwelle ihren Körper wie ein Stück Papier. Pierre, der ihr gefolgt war, stürzte zu Boden. Er klammerte sich an die Tunnelwand, die gleichzeitig ihre Stabilität verlor. Losgelöst vom Schiff trieb der Folienschlauch haltlos im Nichts. Pierre wurde herumgeschleudert und verschwand aus Ishmaels Sichtfeld. Was den Arzt umbrachte, konnte er nur erahnen: das Vakuum, die Kälte oder die Wucht der Dekompression.

Die Reste von Ishmaels Verstand bäumten sich auf. Den Tod der letzten Menschen an Bord der *Koukishin* mitansehen zu müssen, ausgelöst von seiner eigenen Hand, gab ihm vorübergehend ungeahnte Kräfte. Er stemmte sich gegen das Konstrukt. Seine kanalisierte Wut reichte kurzzeitig, die Kontrolle über seinen Körper zurückzuerlangen. Seine Hand zuckte zu seiner linken Hostentasche. Mit aller Wucht drückte er die Spitze des darin liegenden Injektors gegen seine Hüfte. Er betätigte den Auslöser.

Bevor die Nadel eindringen konnte, schlug das Konstrukt zurück. Außer sich vor Wut holte es zum letzten Schlag aus, mit dem es Ishmaels Persönlichkeit auslöschen würde. Ishmael blieb die Hoffnung, dass Pierres Versprechen halten würde. Sein Ich stand kurz davor, endgültig unterzugehen. Er wappnete sich gegen den letzten Schlag, da verschwand der Druck. Die allumfassende Kälte machte warmer Geborgenheit Platz, die sonst Kindern im Kreis ihrer Familie vorbehalten war. Ishmael fühlte sich wie in Watte gepackt. Wackelig, verwirrt, aber wieder Herr seiner Sinne. Er gewann die Kontrolle über seinen Körper zurück. Doch für wie lange?

Es war nur ein kleiner Sieg, getrübt durch das Wissen, dass er keine zweite Chance bekommen würde. Das alle Knochen erschütternde Dröhnen, mit dem die Aufladung der Feldspeicher einherging, läutete den letzten Countdown ein.

Handelte er nicht sofort, konnte er sich genauso gut ergeben. Wie ein Blitz traf ihn die Erkenntnis. Der Wunsch des Konstruktes, die Erde zu erreichen, bot zugleich die Möglichkeit, es zu besiegen.

Hastig riss Ishmael eine Werkzeugtasche aus dem in der Wand eingelassenen Werkzeugkasten und ergänzte den Inhalt noch um Batteriepacks. Ihm blieb nicht viel Zeit.

Der Portalübertritt würde alle Energiereserven entleeren. Danach dauerte es über zwei Minuten, bis der Reaktor wieder anlief. In diesem Zeitraum würde die *Koukishin* energetisch tot sein. Die Sicherheitsinspektoren hatten dies unentwegt bekrittelt. Bis zur Wiederherstellung des Energieflusses schützte einzig die meterdicke Hülle die Crew vor den Gefahren, die der Kosmos ihnen entgegenwarf.

Dieser Sicherheitsmangel eröffnete Ishmaels letzte Chance. Aktivierte er die Abschaltung sofort nach dem Übertritt, verhinderte er die Wiederaufladung der Speicher. Vor ihm lag ein Kampf gegen die Zeit, den er gewinnen konnte – gewinnen musste.

Rückkehr _43

Er rannte, so schnell ihn seine Beine trugen.

Der Drang, Erin – sein letztes verbliebenes Familienmitglied – vor dem von ihm entfesselten Monster zu schützen, hielt das Konstrukt im Zaum.

Endlich erreichte er die Brücke. Vor ihm lag der Zugang. Bevor er den Code eingab, kontrollierte er seinen Anzugscomputer. Ihm blieb eine Minute, bis der Portalantrieb bereit zur Zündung wäre. Bis dahin musste er an seinem Terminal sein.

Leise zischend glitt die Tür auf. Die Mitglieder der Brückenbesatzung saßen regungslos an ihren Stationen. Wären nicht die furchtbaren Verletzungen gewesen, hätte er beinahe glauben können, dass sie schliefen. Sveas verunstalteter Kopf. Lucas' Oberkörper, aufgespießt von den Kabelsträngen. Imran, aus dessen Augenhöhlen die Tentakel ragten.

Nur Giary saß völlig entspannt an ihrer Arbeitsstation und grinste ihn sardonisch an. »Da bist du ja wieder. Deine Aufgabe hast du gut erfüllt. Bald wirst du ein Teil von uns sein.«

Ishmael musste sich zwingen, sie nicht anzuschreien, als er antwortete: »Niemals. Egal, was du versuchst, ich werde mich dir nicht ergeben.«

»Freiwillig oder nicht, du wirst ein Teil von uns. Dein kleiner Geist kann die Zahl jener, die sich vor dir gegen die Verbindung sträubten, nicht einmal erahnen.«

»Du wirst mich töten müssen. Egal, was du versuchst, ich werde mich von dir nicht vereinnahmen lassen. Ich lasse mich von dir nicht beeinflussen!«

Giarys Gesichtszüge wurden hart. »Du Narr. Glaubst du wirklich, dass du dich unserer Macht entziehen kannst? Gib dich nicht dem Irrglauben hin, etwas Besonderes zu sein. Du bist nur ein Werkzeug. Nützlich, solange du unseren Zielen gedient hast. Doch sei unbesorgt, du wirst ein Teil von uns sein. Ein unbedeutendes Puzzlestück im großen Ganzen des Konstruktes.«

Ishmael konnte nicht glauben, was er hörte. »Ein vernachlässigbares Mosaikstück? Ist das alles, was ich für dich bin?«

»Du und all die anderen vor dir genauso wie jene, die bald folgen. Individuen sind bedeutungslos. Einzig das Ganze zählt. Trotz alledem sind wir dir zu Dank verpflichtet, denn du hast uns den Weg geebnet.«

Er setzte zu einer Antwort an, erkannte dann jedoch, dass ihn das Konstrukt hinhalten wollte. Das kreischende Singen der Feldprojektoren verstummte. Der nachfolgende Donner, lauter als jede Explosion, malträtierte seine Trommelfelle. Wie eine Peitsche traf ihn die Wucht der Entladung, die auf die Zündung des Portalantriebes folgte. Kräfte jenseits aller Vorstellungskraft wurden von den entladenen Energiemassen entfesselt. In der nachfolgenden Ruhe realisierte Ishmael, dass ihm nicht viel Zeit blieb. Liefen die vorgeplanten Routinen korrekt ab, würden sie in Kürze das Portal durchqueren.

Giary erschlaffte – in sich zusammengesunken wie ein Ballon, dem langsam die Luft entwich. Die Entladung hatte dem Schiff jede Energiereserve entzogen. Der Druck des Konstruktes auf seinen eigenen Geist wich völlig.

Ishmael musste handeln. Wie von einer Meute gejagt, hetzte er zu seinem Kontrollraum. Der wirr herumzuckende Lichtkegel seiner Taschenlampe zeigte ihm den Weg.

Er spürte die automatische Zündung der Feststofftriebwerke im Bug. Das Bremsmanöver der chemisch gezündeten Triebwerke brachte die *Koukishin* nach der Passage zum völligen Stillstand. Ein simpler Vorgang von Flüssigkeiten, die sich verbanden, sobald die Entladung ausgelöst wurde. Damit wurde sichergestellt, dass sie nach dem Übertritt nicht steuerungslos durch den Weltraum trieb.

Ishmael umrundete den Holotisch. Die Umhängetasche, die er aus dem Werkzeugschrank in der Schleusenkammer entnommen hatte, warf er achtlos zu Boden. Er sank auf die Knie. Nervös riss er die erste Wartungsabdeckung herunter. Natürlich die falsche. Wie hätte es anders sein können? Drei weitere folgten, bis er endlich den Versorgungsport fand.

Der Tasche entnahm er das Batteriepack. Die Verbindung der Energiezellen mit dem Tisch klappte beim ersten Versuch. Im Hintergrund sprang die Luftumwälzung wieder an. Über Ishmael baute sich das Hologrammfeld auf. Die Anzeigen blieben wie erwartet leer. Ohne Datenverbindungen gab es auch nichts darzustellen.

Mühselig stemmte sich Ishmael mit seinem verbleibenden Arm hoch. Die Deckenleuchten erwachten wieder zum Leben. Er rief ein lokal gespeichertes Programm auf. Hastig gab er Befehle ein. Wie im Traum veränderte er die Codezeilen. Die fehlende Hand bremste ihn. Ishmael befürchtete, dass er es nicht rechtzeitig schaffen würde. Ein kaum vernehmbares Fiepen signalisierte die Reaktivierung der Datenverbindungen. In einer halben Minute würde die *Koukishin* voll funktionsfähig sein.

Durchgeschwitzt beendete Ishmael sein Programm. Es war der letzte Ausweg, den er sah. Im Vollbetrieb hätte er es nie auslösen können. Die Firewalls hätten seine Befehle abgefangen. Aber nach dem Energieausfall wären die Systeme mit einem Sicherheitstest beschäftigt. Das Zeitfenster war gering. Wenige Sekunden, aber das reichte aus, um sein Schadprogramm tief genug zu verankern, weit hinter der Verteidigungslinie der Sicherheitssoftware. Dort könnten seine Befehle ihr Werk vollbringen.

Plötzlich bäumte sich das Schiff ruckartig auf. Er suchte die Anzeigen, die ihm den Schiffstatus verrieten. Wie erwartet, fuhr das Konstrukt die Triebwerke hoch und trieb diese ohne Rücksicht auf die Parameter an die Grenze ihrer Belastbarkeit. Selbst die Andruckabsorber kamen mit den plötzlich auftretenden Kräften nicht zurande und konnten nur einen Teil kompensieren.

Mit der Frage, was es vorhatte, würde er sich später befassen. Ein Schritt fehlte noch, um seinen Plan abzuschließen.

Bevor er das Programm startete, warf er einen letzten Blick auf die eingehenden Sensorauswertungen. Die verbliebene Hand auf dem Eingabefeld, brach Ishmael in schallendes Gelächter aus.

Die Displays erlösten ihn von den Sorgen, die ihn seit Stunden antrieben. Ihr Austrittspunkt im Normalraum befand sich nicht im irdischen Sonnensystem, sondern jenseits des zweiten Portals, im Proxima-Centauri-System. Vier Lichtjahre von der Erde entfernt.

Das Konstrukt würde verlieren.

Kaum hatte er diesen Gedanken zu Ende gedacht, bockte die *Koukishin* erneut. Wie ein Amboss traf ihn die schlagartig anwachsende Schwerkraft. Ein unvorstellbares Heulen presste auf Ishmaels Trommelfell, bis ein ohrenbetäubendes Alarmsignal selbst das übertönte. Unangenehmes rotes Licht erfüllte den ganzen Raum. Warnmeldungen der Maschinen rangen um seine Aufmerksamkeit. Der Antrieb überschritt die Grenzen dessen, was die Ingenieure jemals vorgesehen hatten. Ishmael versuchte, die Meldungen zu verstehen. Soweit er erkennen konnte, wurden gewaltige Mengen an Antriebsmasse in die Brennkammer gejagt. Die Eindämmungsfelder operierten am Rande des Kollaps. Selbst die Sensoren lieferten nur unbrauchbare Zahlen, da die entstehende Hitze den Messbereich sprengte.

Gewaltige Erschütterungen warfen das Schiff herum wie ein Pferd, das darum kämpfte, seinen Reiter abzuwerfen. Ishmael versuchte, sich aufzurichten. Kombiniert mit den unberechenbaren Bewegungen kam er gegen den auf ihm lastenden Druck nicht an. Die Andruckabsorber erreichten die Grenze ihrer Kapazität. Der auf ihm lastende Druck wuchs, bis er stöhnend zusammenbrach. Sein Kopf krachte gegen die Rückwand des Raumes.

Wie in einem Traum vernahm er die immer bedrohlicher werdenden Warnmeldungen. Die Abschirmung der Abstrahlöffnungen am Heck kollabierte, was den dahinterliegenden Weltraum, genauso wie das Antriebsmodul, mit tödlicher Strahlung flutete.

Kurz vor dem endgültigen Ausfall der Heckkameras brachen Teile der Abstrahlröhren unter der Belastung auseinander.

Die Kakofonie des heulenden Antriebes und der gellenden Sirenen brachte seine Ohren zum Klingeln. Ishmael konnte keinen klaren Gedanken mehr fassen. Ein weiterer Schlag ließ ihn fürchten, dass der Rumpf bersten würde. Minutenlang bangte Ishmael um sein Leben, bis ein weiterer Stoß, gefolgt von einer Detonation, das ganze Schiff herumschleuderte. Brutal stieß sein Kopf gegen einen hervorstehenden Handgriff. Der Beschleunigungsdruck wuchs weiter, bis jeder Atemzug zu einer Qual wurde. Er drohte zu ersticken, wenn ihm die Belastung nicht zuvor die Eingeweide wie reife Früchte zerquetschen würde. Panik drohte ihn zu übermannen, doch so weit kam es nicht. Ihm schwanden die Sinne. Kurz bevor ihm endgültig schwarz vor Augen wurde, stellte er sich noch eine Frage: Wie lange würde die *Koukishin* diese Belastungen überstehen?

44_ Erkenntnis

Irgendwann erwachte Ishmael wieder. Wie viel Zeit verstrichen war, konnte er nicht sagen. Sein Kopf schmerzte unerträglich, wie auch sein ganzer geschundener Körper. Ein erster, tiefer Atemzug jagte einen bohrenden Schmerz durch seine Lungen. Aber er lebte. Das Schiff war nicht zerbrochen. Die unerträgliche Last, die ihn zu Boden gedrückt hatte, war dem üblichen Drittel G gewichen.

Die Triebwerke waren verstummt. Nur die Sirenen heulten unverändert, zusammen mit den Warnmeldungen, deren Menge Ishmael nicht erfassen konnte.

Keuchend stemmte er sich in die Höhe, was einen weiteren Schmerzschub auslöste. Die zwei Schritte zur Arbeitsstation trieben ihn an die Grenze seiner Leistungsfähigkeit. Taumelnd kämpfte er sich vor, bis er sein Ziel erreichte.

Schlagartig brachen allen Systeme zusammen. Die Sirenen und Warnmeldungen verstummten. Das Holodisplay fiel aus, gefolgt von den Deckenlampen. Übrig blieb nur das matte Schimmern der Notbeleuchtung. Das Knarren der überlasteten Kernstrukturen des Schiffes war das einzige Geräusch, das noch an seine Ohren drang.

Mit dem Ausfall der Energiezufuhr ergriff erneut die Schwerelosigkeit Besitz von ihm. Endlich fand Ishmael Zeit, seine Gedanken zu sortieren.

Die von ihm hastig implementierte Notabschaltung tat ihre Dienste. Das Konstrukt mochte mächtig sein, aber bei Weitem nicht allwissend, wie es von sich selbst behauptete. Die Medikamente, mit denen er den Ableger in seinem Körper unterdrückte, schienen einen wirksamen Schutz vor der Übernahme seiner Gedanken zu bieten.

Sein Plan ging auf. Die Energieversorgung war deaktiviert. Die Wiederherstellung bedurfte eines manuellen Eingriffs im Antriebssegment. Er hatte dem Konstrukt seine Lebensgrundlage entzogen. Ob das ausreichte, es zu töten, bezweifelte er. Zumindest sollte es das Monster in einen Tiefschlaf versetzen, dem es hoffentlich nie wieder entrinnen würde.

Er hatte alles getan, wozu er imstande war. Alleine, gestrandet im Leerraum zwischen den Sternen, lag es an ihm, Pierres finalen Plan umzusetzen. Dafür wollte er ein letztes Mal seine Kabine aufsuchen.

Ishmael zuckte zusammen, als ihm auf der Brücke Giarys schrille Stimme entgegen gellte: »Was hast du getan?!« Sie brüllte wie am Spieß. »Du Bastard! Wir brachten dir Wissen jenseits deines Horizontes. *Wir* ermöglichten dir das Portal! *Wir* haben dich angeleitet und dir den von dir ersehnten Ruhm ermöglicht! *WIR SIND DEIN ERFOLG!*«

Mit jedem Wort wurde ihre Stimme lauter. Sie brachte seine Ohren zum Klingeln. Die Wut, die er hinter sich gelassen glaubte, loderte wieder auf. Verärgert trat er zu ihrem Arbeitsplatz, wo sie wie festgewachsen saß. »Nichts, was du sagst, entspricht der Wahrheit. Die Idee zum Portal kommt von mir. Ich habe die Grundlagen entwickelt. Die ersten Versuche habe ich auf den Weg gebracht. Du hast die Objekte, die wir durch das Portal geschickt haben, manipuliert. Doch davor hattest du keinen Zugriff auf unsere Dimension. Schreibe dir nichts auf die Fahne, was du nicht geleistet hast. Den Weg habe ich dir geebnet! Und jetzt bist du gestrandet.«

Giary lachte schrill. »Gib dich deinen Träumen hin, solange du willst. Aber sieh dir zuerst an, was du wirklich vollbracht hast.«

Ihre Hand fasste nach dem Terminal vor ihr und verschmolz mit den zu ihr gerichteten Ports. Bevor Ishmael erahnen konnte, was geschah, sackte Giary zusammen. Der Monitor vor ihr sprang flackernd an. Entsetzen packte Ishmael. Verfügte das Konstrukt über die Fähigkeit, die Energie von Lebewesen zu nutzen, um Maschinen anzutreiben?

Mit kaum verständlicher Stimme sprach Giary weiter: »Das Portal hat uns zurück in dein Universum gebracht.«

Ishmael konnte ein hämisches Grinsen nicht mehr unterdrücken. »Du hast den Weg ins Einsteinuniversum gefunden. Allerdings bringt dich das nicht weiter. Denn du hast das falsche Portal angesteuert. Du bist nicht im irdischen Sonnensystem herausgekommen, sondern im Orbit um Proxima.« Ishmael fuhr ungebremst fort. Er musste Zeit gewinnen. »Meine Geldgeber gingen davon aus, dass die Portaltechnologie der Menschheit eine Möglichkeit bieten würde, überlichtschnell zu reisen. Nichts anderes hätten sie mir jemals finanziert. Glaubst du, ich hätte sie überzeugen können, wenn ich offen vom Weg in eine andere Dimension gesprochen hätte?«

Giary starrte ihn ungerührt an, woraufhin er weitersprach: »Mit dem Plan, uns den Weg zum Aufstieg in neue Ebenen des Seins zu eröffnen, wäre ich als verrückt abgestempelt worden. Mein Plan musste glaubhaft klingen. Daher brauchte ich ein Gegenportal in sicherem Abstand zur Erde, um die größten Angsthasen zu beruhigen. Eine dreißigjährige Reise im Normalraum, die mein wahres Ziel verschleierte. Niemals hätte ich gedacht, dass dieser Teil meines Plans so immens wichtig sein würde.«

Das Bild der Projektion wechselte. Giary kippte vornüber. Regungslos beobachtete Ishmael den Avatar, wie er sich mühsam wieder aufrichtete. Den Rücken presste er fest an die Sitzlehne. Die zusammengefallenen Gesichtszüge strafften sich. Ein triumphierendes Lächeln trat auf Giarys Miene. Ihre Arme winkelte sie in der Pose eines Propheten bei seiner Predigt an.

»Du Narr! Glaubst du, uns aufhalten zu können? Zeit ist bedeutungslos. Entfernung ist irrelevant. Dein Verständnis des Universums ist so beschränkt, dass es ein Wunder ist, dass du die Konzepte zur Schaffung des Portals begreifen konntest. Die Entfernung ist ein kleines Hindernis auf dem Weg, den wir beschreiten, um dein Volk zu integrieren, wie Tausende …« Giary verstummte selig lächelnd.

Ishmaels war allein mit der Holoprojektion. Bevor sie wieder erlosch, erkannte er im letzten Flackern, worauf der Avatar anspielte. Das brutale Beschleunigungsmanöver von vorhin hatte dazu gedient, die *Koukishin* auf den Weg zu bringen. Die Antriebsmasse war aufgebraucht. Nichts und niemand konnte das Schiff mehr aufhalten. Es würde seinen Weg finden, auch wenn er Jahrzehnte dauern würde.

Ishmael begann hemmungslos zu weinen.

45_ Abschied

Die Magnetstiefel seines Schutzanzuges klackten bei jedem Schritt auf dem unnachgiebigen Metallboden. Gemächlich spazierte Ishmael den Hauptkorridor der *Koukishin* entlang.

Von der Brücke zur Übergangsschleuse und wieder zurück. Dreißig Mal in die eine Richtung, dreißig Mal in die andere. Exakt zehntausend Schritte, mit denen er in zwei Stunden siebeneinhalb Kilometer zurücklegte. Die Zeit, Strecke und Schrittanzahl waren ihm in Fleisch und Blut übergegangen. Jeden Tag absolvierte er sie zweimal. Morgens, bevor er frühstückte, sowie abends vor dem Zubettgehen. Insgesamt 5250 Kilometer hatte er in den vergangenen 350 Tagen bewältigt – in Gedanken versunken, nachsinnend, welche Optionen ihm noch offen standen.

Die Rückkehr in das Einsteinuniversum lag bald ein Jahr zurück. Damit auch der Schock über die Erkenntnis, dass alles vergebens gewesen war. Sein Projekt war gescheitert. Was er hinter dem Portal gefunden hatte, war keine Chance für die Menschheit gewesen, sondern die größte Bedrohung, der sie jemals gegenüber gestanden hatte. Ein Wesen, dessen Ausmaße und Fähigkeiten er sich nicht ausmalen konnte. Eine Intelligenz, die dem Wahnsinn verfallen war.

Stundenlang hatte er reglos auf der Brücke verharrt. Hatte zugehört, wie der Ableger des Konstruktes in seinem Kopf tobte und dabei immer schwächer wurde. Irgendwann hatte Ishmael die Erschöpfung übermannt, gefolgt von einem traumlosen, wenig erholsamen Schlaf. Einen halben Tag später war er wieder aufgewacht, getrieben vom

Drang seiner Körperfunktionen. Erst in seiner Kabine hatte er realisiert, dass die Hygieneeinrichtungen ebenfalls nicht funktionierten.

Erfreut hatte er später erkannt, dass die Stimmen in seinem Kopf verstummt waren. An ihre Stelle war beängstigende Leere getreten. Daraus hatte er den Schluss gezogen, dass die eingepflanzte Saat ohne Kontakt zu seinem Stamm nicht funktionierte. Bis zum heutigen Tag wagte Ishmael nicht, zu hoffen, dass sie abgestorben war, aber zumindest war die Furcht vor permanenter Überwachung geschwunden.

Nichtsdestotrotz befand er sich seitdem in einer ausweglosen Situation. Mit der massiven Beschleunigung hatte das Konstrukt dafür gesorgt, dass die *Koukishin* sich im Normalraum auf den Weg zurück zur Erde machte. Dreißig Jahre Flug durch den Leerraum lagen vor dem Schiff. Das Ende würde Ishmael nicht erleben.

Der Forschungskreuzer war zu einem toten Stück Technik geworden, das mit einem Achtel der Lichtgeschwindigkeit durchs All raste. In tagelanger Arbeit hatte er einen Raum seiner Kabine in eine sichere Unterkunft verwandelt. Das Fehlen eines Armes hatte ihn massiv behindert. Unter Aufbringung aller verbleibenden Kräfte hatte er den Raum isoliert. Zwei ausgebaute Heizmodule sorgten für akzeptable Temperaturen.

Mithilfe der Energiepacks hielt er seinen Notfallanzug und die wenigen technischen Geräte, die er benötigte, in Betrieb. So verhinderte er, dass er außerhalb seiner Kabine im erkalteten Schiff erfror.

Um sicherzugehen, dass er keinen Strom einspeiste, demontierte er jene Geräte, die er benötigte. Was er autark an Batterien anschließen konnte, nahm er in Betrieb. Ein ausgebautes Wasseraufbereitungssystem versorgte ihn, zusammen mit den in den Anzügen gelagerten Vorräten, mit Flüssigkeit. Konzentratriegel und Fertiggerichte gaben ihm Nahrung. Es reichte zum Überleben.

Die Sauerstoffvorräte aus den im ganzen Schiff verteilten Anzügen erlaubten ihm sogar, einmal pro Woche seinen Raum zu fluten. Seine Abdichtungsversuche waren nicht perfekt, aber sie gingen weit genug, um für gut drei Stunden ein akzeptables Atemluftlevel zu halten. Diese Gelegenheiten nutzte er sowohl um sich zu waschen als auch, um feste Nahrung zu sich zu nehmen. Die restliche Zeit lebte er von den Nahrungskonzentraten seines Anzuges.

Nach der Errichtung seiner neuen Behausung begann er seine Erkundungstouren. Er hatte auf einen Lichtblick gehofft, sollte er herausfinden, wie sich das Monster im Schiff verteilte.

Zuerst hatte er Bodenpaneele im Gang demontiert – einhändig eine überaus zeitaufwendige Arbeit, die ihn mehr anstrengte, als er es jemals für möglich gehalten hätte. Sein Körper verwandelte sich jeden Abend in eine einzige schmerzende Muskelmasse. Mehrmals musste er Pausen einlegen, nachdem er sich beim Versuch, die schweren Platten hochzustemmen, Verletzungen zugezogen hatte. Darunter fand er die erwarteten Einbauten: Rohre, Leitungen, Lüftungsanlagen, Schaltkästen. Die schwarze, schleimige Schicht überzog alles. Ishmael wagte es bis heute nicht, sie zu berühren. Es musste sich um einen Teil des Konstruktes handeln.

Seine Suche setzte er fort, soweit er es mit seiner mangelhaften Ausrüstung zustande brachte. Egal, wo er ansetzte, das Ergebnis blieb dasselbe.

Das Biest befand sich überall.

Es hatte sich, von der Antriebsektion kommend, im ganzen Schiff ausgebreitet. Es lauerte hinter den Wänden, unter Paneelen, in den Decken. Einfach überall.

Unzählige Fragen entstanden daraus.

Wie wuchs das Wesen?

Wie viel Energie benötigte es, um seinen Winterschlaf zu beenden?

Reichte die Ladung einer Batterie oder benötigte es mehr?

Über welche Fähigkeiten verfügte es?

Die Fragen begruben ihn wie eine Lawine. Da er jedoch keine Möglichkeit hatte, ihnen auf den Grund zu gehen, gab er es irgendwann auf, sich mit ihnen zu befassen.

Ein Jahr später wusste Ishmael genauso wenig über das Konstrukt wie zu Beginn seiner Reise. Gerade einmal darüber, dass es Energie zum Leben benötigte, konnte er sich sicher sein. Somit musste er dafür sorgen, dass die Gerätschaften, die er zum Überleben brauchte, keinen Kontakt zum Schiff bekamen.

Nach der Feststellung, dass es keinen ihm zugänglichen Ort gab, den das Konstrukt nicht durchdrungen hatte, hoffte er eine Zeit lang, einen Weg zu finden, das Schiff zu vernichten. Doch das stellte sich bald als reines Wunschdenken heraus. Einzig der Reaktorkern war mächtig genug, den Koloss zu zerstören. Die in ihm gebändigte Energie konnte Strahlung freisetzen, die Moleküle auf atomarer Ebene zersetzte. Nicht einmal dem Konstrukt traute er zu, das zu überstehen.

Dieses Wissen half ihm jedoch nicht weiter. Um den Reaktor zu überladen, musste er ihn hochfahren. Das wiederum hätte das Konstrukt erneut zum Leben erweckt.

Vor wenigen Tagen hatte er sich eingestehen müssen, dass die letzten Sauerstoffvorräte, genauso wie das saubere Wasser, bald aufgebraucht sein würden. Jeder Wiederaufbereitungszyklus brachte einen Schwund mit sich. Er musste sich der Tatsache stellen, dass das Ende seiner Reise vor ihm lag.

Die Entscheidung hatte er an diesem Morgen gefällt. Ungewöhnlich beschwingt absolvierte er seinen Rundgang.

Ein letztes Mal durchquerte er die notdürftig installierte Luftschleuse. Das ausgebaute Terminal wartete schon auf ihn. Ishmael koppelte es mit seiner letzten Batterie. Die Anzeige am Energiepack blinkte rot. Viel Zeit blieb ihm nicht. Er schob den Folienhelm in den Anzugkragen und sank auf den Sessel.

Am Tisch vor ihm lag das Injektionsset. Vorsichtig griff er danach. Seine Finger schlossen sich um das glatte, kalte Metall. Die Spitze presste er an den rechten Oberschenkel, bevor er die Aufzeichnung am Terminal startete. Erschöpft sah er in die Kamera. Mit dem Daumen betätigte er den Auslöser, der die erste von drei Ampullen in seinen Blutkreislauf entleerte.

»Mein Name ist Ishmael Molina. Ich war … nein, ich bin der Missionskommandant der *Koukishin* …«

TEIL 6

AUSWEG . 2195

46_ Missionszeit 14:26

Im All

Die Anzeige in der oberen Ecke ihres Helms offenbarte Erin die Missionszeit. Seit dem Anlegen des EVA-Anzuges an Bord der *Hikaru* zählte ihr Armbandcomputer, unberührt von allen Ereignissen, die verstrichene Zeit. Erbarmungslos synchronisierte er diese mit jedem Anzug, den sie trug.

Seit fünfzehn Stunden stand sie unter Dauerstress. Achtzehn Stunden lag ihre letzte Nahrungsaufnahme zurück. Zwanzig der letzte Schlaf. Zum Glück versorgten die Anzüge sie mit dem Notwendigsten. Mehrmals hatte sie auf die Nährlösungen im Reservoir zugegriffen. Aber das war nicht mehr genug. Mit jeder Minute fühlte sie ihre Aufmerksamkeit schwinden. Über kurz oder lang würde die Erschöpfung die Oberhand gewinnen. Einzig der Wunsch, dem Biest Schmerzen zu bereiten, hielt sie am Laufen.

Ihre Gedanken kreisten unablässig um Jantilas Tod. Ihr bleiches, blutleeres Gesicht. Erin musste sich eingestehen, dass sie zu spät reagiert hatte. Ein schnelleres Eingreifen hätte das Wachstum des Biests vielleicht verhindert.

Quälend langsam bewegten sie sich entlang der Hülle, die unter ihnen vorbeiglitt. Das Schiff erweckte den Eindruck eines ausgemusterten Wracks, das kurz vor der Ausschlachtung stand. Das fahle Licht Plutos warf vereinzelte Schatten über die von Mikroeinschlägen pockennarbige Oberfläche.

Die Koppelung ihrer Anzüge zwang Erin in die Rolle der Beobachterin. Seit dem Verlassen der Schleuse herrschte völlige Stille. Beide wussten, was ihnen bevorstand. Irgendwo dort draußen raste ein Rettungsschiff auf sie zu. Unvorstellbar schnell und doch sechsundzwanzig Stunden entfernt. Vierzehn Stunden zu viel, für die Sauerstoffvorräte ihrer Anzüge. Zeit, die sie an Bord der *Koukishin* problemlos überbrücken konnten. Vorausgesetzt, dass sie nicht ständig damit rechnen mussten, von Monstern angegriffen zu werden. Ihre Optionen waren aufgebraucht. Ging ihr Plan nicht auf, würden sie die Ankunft der *Záchranca* nicht miterleben.

Unter ihr glitten die langen Verbindungsstreben vorbei. Allein mit ihren Gedanken, stellte sich Erin die Frage, wann sie den ersten entscheidenden Fehler begangen hatte.

Anjings Stimme beendete ihre Überlegungen: »Vorsicht da hinten! Wir sind gleich da.«

Unter ihnen lag eine der Wartungsschleusen des Antriebsmoduls. Den Zugang mit den klobigen Exoskelett-Anzügen zu passieren, erwies sich als unmöglich. Egal, wie sie sich verrenkten oder welche Haltung sie einnahmen, sie fanden keinen Weg hinein.

Bis Anjings Geduldsfaden riss.

»Scheiß drauf, wofür haben wir die Dinger!«, ließ sie ihrer Frustration freien Lauf. Sie ballte die massige rechte Roboterhand zusammen. Mit der Linken klammerte sie sich an der Außenhülle fest.

Erin schwebte einige Meter hinter ihr. Einer Abrissbirne gleich, hieb Anjing mit der verstärkten Faust ihres Exoskelettes auf die Stahleinfassung ein. Beim ersten Schlag zeigte sich das Material unerbittlich. Anjing lud ihre ganze Wut in den zweiten Schlag.

»Gib endlich nach, du verdammter *Dreck*!«

Erin wollte schon eingreifen, Anjing zurückhalten, bevor sie den Anzug beschädigte oder sich selbst verletzte, da jubelte diese auf.

»Endlich hab ich dich!«

Anjing schleuderte eine geborstene Stahlplatte von sich. Die Roboterfaust glitt ins Innere des scharfkantigen Lochs und riss ein Teil heraus. Triumphierend hielt Anjing die abgebrochene, mindestens zehn Zentimeter durchmessende Stahlstange in die Höhe.

»Hilf mir«, forderte sie Erin auf. »Der erste Verankerungsbolzen ist entfernt. Bin gespannt, wie viele da drin auf uns warten.«

Gemeinsam zerstörten sie die Ummantelung. Nacheinander legten sie jene Stahlbolzen frei, die dazu dienten, die Schleuseneinfassung zu fixieren. Nach der vierten versagte die Dichtung ihren Dienst. Ein weißer Strahl gefrierender Atemluft entwich aus dem entstandenen Loch. Kleine Trümmerteile, sicherlich ihrer rohen Gewalt geschuldet, wurden mitgerissen und rasten wie Projektile an ihnen vorbei. Sie verloren jegliche Sicht und mussten eine erzwungene Pause einlegen, bis die letzten Reste ausströmten. Es ging schneller vonstatten, als Erin erwartet hatte.

»War das alles?«

»Schwer zu sagen«, antwortete Anjing. »Ich kann mir nicht vorstellen, dass es der ganze Sauerstoff war. Es gibt Schotten, die sich bei Druckabfall automatisch schließen.«

»Meinst du, die Notfallsysteme funktionieren?«

»Die Brandschutzanlage auf der Brücke hat funktioniert. Daher gehe ich davon aus. Aber selbst wenn nicht, gibt es weitere Schutzmechanismen. Entspricht der Aufbau annähernd dem, was ich von meinen bisherigen Schiffen kenne, ist der Schutz vor Druckabfall ein altmodisches mechanisches System. Bevor du fragst, ich kann dir nicht sagen, wie viel Sauerstoff wir da drinnen vorfinden.«

Schweigend nahmen sie ihre Arbeit wieder auf. Ein Bauteil nach dem anderen zerbrach, bis zwei Bolzen übrig blieben, die den bulligen Schleusenrahmen in seiner Verankerung hielten. Gemeinsam hebelten sie die tonnenschwere Stahlkonstruktion in die Leere des Alls. Vor ihnen klaffte ein fünf Meter durchmessendes Loch, das ihnen den Weg hinein ebnete.

Aufgeputscht vom Adrenalin drängte sich Erin vor. Sie wollte in das Schiff und sich an Jantilas Mörder rächen. Koste es, was es wolle, sie würde ihn vernichten.

»Wo liegt unser Ziel?«

Anjing folgte ihr. Mit dem ausgestreckten Arm deutete sie zur gegenüberliegenden Wand. »Die Wandler sollten sich auf der anderen Seite befinden.«

Weiter kam sie nicht. Ohne abzuwarten, stampfte Erin los. Im Gehen zündete sie die Plasmabrenner in den Roboterarmen. Sie bewegte die mehrere tausend Grad heißen Strahlen über die dünne Wand. Die Verschalung zerschmolz genauso wie das Innenleben. Erins abschließender Fausthieb schleuderte den ausgeschnittenen Wandteil in den dahinterliegenden Raum. Ein neuerlicher Strom an gefrorener Atemluft schoss ihr entgegen, hüllte sie ein und verzog sich wieder.

Das Blut rauschte in ihren Ohren. Anjings Stimme im Helmlautsprecher vernahm sie nur gedämpft: »Das sollte deine Frage beantworten. Es gibt Räume, die vom Druckabfall nicht betroffen sind. Den nächsten Sektor hast du gerade entleert. Die Tür wäre übrigens gleich da drüben gewesen. Da du jetzt schon einmal diesen Weg gewählt hast, folge ich dir einfach.«

Erin wollte es mit allem aufnehmen, das sich ihr entgegenstellte. Für den Moment trat die Trauer um Jantila in den Hintergrund, abgelöst von der Euphorie, den erlittenen Schmerz zurückzahlen zu können.

»Verdammt!«, zischte Anjing. »Warum mussten die Ingenieure gerade hier an der Beleuchtung sparen?«

Die Scheinwerfer ihrer Anzüge warfen breite Lichtkegel in den riesigen Raum, der vor ihnen lag. Mindestens fünf Meter hoch erstreckten sich zu beiden Seiten gewaltige Maschinenreihen, deren Zweck sich Erin nicht erschloss.

»Sind das die Energiewandler?«, fragte sie.

»Etwas größer als das, was ich von der *Hikaru* gewohnt bin, aber ja.«

»Irgendwie hätte ich mir etwas Eindrucksvolleres vorgestellt.«

»Blinkende Lichter? Flackernde Anzeigen? Vielleicht große leuchtende Warntafeln? Das geht jedem so. Die Kästen dienen dazu, die Energie des Kerns umzuwandeln, damit diese für die einzelnen Systeme nutzbar ist. Den Großteil der Anlage kann ich dir nicht erklären. Ich habe nicht die blasseste Ahnung, was der Kern wirklich erzeugt oder was in den Wandlern vorgeht. Genauso gut könnten da drinnen kleine Elfen sitzen und mit ihren Zauberstäben wedeln.« Sie deutete zum hinteren Ende des langgezogenen Raumes. »Was ich den Plänen entnehmen konnte, ist, dass die Treppe da hinten zum Kontrollraum führt. Unser Ziel liegt zwei Etagen höher.«

Missionszeit 15:09 _47

Koukishin . Antriebsmodul

Zum Antriebsmodul übersetzen, ins Innere kommen, vom Energiewandler in den Kontrollraum vordringen.

Alles verlief bisher wie geplant. Zu problemlos, wie die kleine, nagende Stimme in Anjings Hinterkopf die ganze Zeit proklamierte. Vorsichtig erklommen sie die breite Treppe, die sie vom unteren Bereich, vorbei an den Kühlsystemen und hinauf zum Kontrollraum bringen würde. Nie hätte sie gedacht, dass sie sieben Stunden nach ihrer panischen Flucht wieder hierher zurückkehren würde.

Würde das Biest erneut versuchen, ihren Geist anzugreifen? Warum hielt es sich bisher zurück? Der Kern lieferte Energie. Die *Koukishin* befand sich, zumindest, soweit sie es beurteilen konnte, im einsatzbereiten Zustand. Was hinderte das Wesen daran, die Kontrolle zu übernehmen? Gegenüber Erin wollte sie nicht zugeben, dass sie sich insgeheim fragte, warum sie beide noch lebten. Brauchte das Konstrukt sie vielleicht? Verfolgte das Ding einen Plan, den sie nicht verstanden?

Vor ihr marschierte Erin die Treppe hoch, getrieben von einer Energie, die, im Unterschied zu Anjings, nicht von den Drogen stammte, die sie sich injizieren musste, um weiterhin funktionsfähig zu bleiben.

Plötzlich blieb Erin stehen. »Warum sind wir noch hier?«

Anjing sah sie fragend an.

»Dieses Ding hat mit der Crew die Kontrolle über das Schiff bekommen. Es ist ein Teil davon oder das Schiff ein Teil von ihm. Zuerst hat es den Portalantrieb ausgelöst, dann die *Koukishin* auf Kurs ins Sonnensystem gebracht.«

Langsam verstand Anjing, worauf Erin hinauswollte. »Du fragst dich, warum wir jetzt, obwohl ich es wieder mit Energie versorgt habe, noch hier hängen?«

»Genau.«

»Hast du beim Übersetzen die Triebwerke gesehen?«

Erin stand mit dem Rücken zu ihr, daher konnte sie ihre Reaktion nicht sehen.

Mangels einer Antwort sprach Anjing weiter. »Der Antrieb ist zerschmolzen, verformt, ausgebrannt. Er hat den Hinflug nicht überstanden. Aus *eigener* Kraft kommen wir hier nicht weg. Das Ding braucht ein neues Schiff.«

Anjing vernahm Erins ersticktes Keuchen über die Lautsprecher: »Oh Gott! Unser abgesetzter Hilferuf ist genau das, was es gebraucht hat«.

»Leider korrekt. Wir selbst haben seinen Ausweg gefunden.«

»Dir ist klar, was das für uns bedeutet? Wir müssen das Arschloch lahmlegen, bevor das Rettungsschiff eintrifft!«

Ein letzter Treppenabsatz trennte sie von ihrem Ziel. Die Tür am oberen Ende war zum Greifen nahe – ein helles, trügerische Sicherheit verheißendes Rechteck inmitten der diffusen Dunkelheit des Treppenhauses. Nicht zum ersten Mal fragte Anjing sich, welche Boshaftigkeit Ingenieure dazu antrieb, einzelne Schiffsbereiche mangelhaft auszuleuchten. Dachte wirklich irgendjemand, dass Lampen ein relevanter Stromverbraucher auf interstellaren Raumschiffen wären?

»Gleich haben wir unser Ziel erreicht«, sagte Anjing, um die geisterhafte Stille zu durchbrechen. Dabei legte sie den Kopf in den Nacken. Sie hätte nicht sagen können, warum. Kurz davor verspürte sie ein leichtes Kribbeln im Nacken, wie von einem Insekt, das über ihre Haut krabbelte. Beim Anblick des Dings, das über ihnen hing, gefror das Blut in ihren Adern.

Ihr blieb keine Zeit zu reagieren. Sie konnte nicht flüchten. Vor ihr blockierte Erin die Treppe. Ohne sich umzudrehen, fühlte sie, dass hinter ihr derselbe Horror wartete, der sich jetzt von oben auf sie herabsenkte. Sie hätte versuchen können, die Arme hochzureißen. Versuchen können, sich zu verteidigen. Doch mit dieser hilflosen Geste würde sie das Unausweichliche nur um Sekundenbruchteile hinauszögern. Sie musste Erin warnen.

»Renn los! Verschwinde! Rette dich!«, befahl sie mit aller Kraft, die ihre Stimmbänder erlaubten, bevor sich ein grauenerfüllter Schrei den Weg aus ihrer Kehle bahnte.

48_ Missionszeit 15:11

Koukishin . Antriebsmodul

Erin reagierte instinktiv. Die letzten beiden Stufen übersprang sie mit einem Satz. Sie versuchte sich am Handlauf zu stabilisieren, bevor sie unkontrolliert zur Decke schwebte. Mit der überbordenden Kraft der Roboterarme zerquetschte sie das dünne Kunststoffrohr, das wie ein Strohhalm auseinanderbrach.

Sie verlor den Halt und drohte, vornüber die Treppe hinabzustürzen. Ihre um sich schlagenden Hände packten den Türrahmen, der genug Widerstand bot, um nicht gleich zu zerbrechen. Ihre Vorwärtsbewegung stoppte, verwandelte sich in eine Drehung, die ihr das linke Schultergelenk auskugelt hätte, wäre da nicht die Stabilisierung des Exoanzuges gewesen. So raste nur ein stechender Schmerz durch ihren Arm. Rote Schlieren waberten vor ihren Augen. Sie stöhnte auf. Erst ihr Rücken, der gegen die Wand krachte, bremste ihr Bewegungsmoment.

Anjings Schrei ging in ein grauenvolles Gurgeln über. Von der Decke des Treppenhauses wölbte sich der ekelerregend pulsierende Schleimball, dessen Seiten unzählige zuckende Auswüchse entsprangen, die das Exoskelett der Technikerin fest umklammerten. Anjings Augen, eingerahmt von ihrem schmerzverzerrten Gesicht, flehten um Hilfe.

Der Brustpanzer von Anjings Schutzanzug bog sich bedrohlich, bis die Hülle in einem Regen aus schwarzen und roten Fetzen barst.

Wie ein Wurm, der sich aus dem Erdreich erhob, bohrte sich ein spitzer Tentakel durch Anjings Mitte. Die Arme und Beine der Technikerin zuckten wie unter einem Stromstoß. Aus ihrem aufgerissenen Mund drang ein spitzer Schrei, der die Lautsprecher in Erins Helm zum Klirren brachte. Vor Furcht erstarrt musste Erin mitansehen, wie Anjing sich aufbäumte, während der pulsierende Strang immer tiefer in sie eindrang. Plötzlich klatschte eine dunkle Flüssigkeit von innen an Anjings Helmvisier. Die Entfernung war zu groß, um Details zu erkennen. Doch das feuchte Gurgeln, das Anjings Schrei ablöste, reichte aus, damit Erin wusste, dass es sich um das Blut der Technikerin handeln musste.

Ein letzter Atemzug ertönte in den Lautsprechern. Dann erschlaffte Anjing und quälende Stille hüllte Erin ein. Wie in Zeitlupe hoben die Tentakel den reglosen Körper hoch. Am Rand des Schleimballes öffnete sich eine albtraumhafte, fleischige Öffnung, die drohte, die sterblichen Überreste zu verschlingen.

Ohne auf die Agonie in ihrer Schulter zu achten, brachte Erin beide Arme hoch. Bevor Anjings zur Seite gekippter Kopf im Inneren der Abscheulichkeit versinken konnte, feuerte sie die Plasmabrenner ab.

Die erfassten Tentakel gingen sofort in Flammen auf. Ohne Unterlass schwenkte Erin den Arm hin und her. Getrieben von unbändigem Hass jagte sie den Plasmastrahl in die Fleischstränge, mitten in das Herz des Schleimballs.

An der Decke barst ein dickes, silbrig ummanteltes Rohr. Zähe Flüssigkeit, die sofort zu brennen begann, ergoss sich in das Treppenhaus. Der ganze Abgang verwandelte sich in ein Inferno. Inmitten der ekelhaften Masse entdeckte Erin ein einzelnes menschliches Auge. Unter dem Einfluss der Hitze schrumpfte es zusammen. Das Monster verlor seinen Halt. Das schwarze Etwas verlor seine Konsistenz und hinterließ eine schmierige Flüssigkeit, die langsam auseinanderfloss und die darunterliegenden Stufen wie ein öliger Film bedeckte.

Anjings Körper stürzte regungslos zu Boden. Wie ein zerbrochenes, weggeworfenes Spielzeug rutschte er nach unten, bis er an der Wand am Treppenabsatz zu liegen kam.

Erin sah hilflos zu. Sie war die letzte Überlebende an Bord eines Schiffes, das zu ihrer persönlichen Hölle geworden war. Fauchend erwachte die Brandschutzanalage zum Leben. Der Löschmittelnebel nahm ihr für Sekunden jegliche Sicht, bis die letzten Flammen erloschen waren.

Unberührt von dem Chaos stand am unteren Ende der Avatar ihres Großvaters. Unverletzt, so als wäre er nicht vor wenigen Stunden in Brand gesetzt worden. Er fasste Anjings Bein. Als würde sie nichts wiegen, schleuderte er sie, einem lästigen Hindernis gleich, zur Seite. Die Arme ausgebreitet, machte er sich an den Aufstieg. Der Anblick ließ Erin erschaudern. Das Wesen konnte lebende Materie offensichtlich manipulieren und selbst entfernte Gliedmaßen völlig regenerieren. Hatte ihm zuvor nur die Energie dazu gefehlt? Oder war der Avatar beim ersten Mal bewusst ohne Arm auf sie zugekommen, um ihr zu zeigen, dass es mit den Körpern machen konnte, was es wollte?

Spöttisch kippte der Avatar den Kopf zur Seite. »Überrascht es dich, diesen Körper zu sehen?« Die tiefe, hallende Stimme erklang direkt in ihren Gedanken. »Dein Verständnis dessen, was wir sind, ist beschränkt.«

Der Abstand zu Erin schwand.

»Dachtest du, das Fleisch zu verbrennen, würde uns besiegen? Wir sind die Summe aller Teile, jedes Einzelne ein Bestandteil, das für sich alleine bedeutungslos ist. Die geformten Manifestationen sind Werkzeuge, deren Zweck wir bestimmen. Verletzt ihr sie, fügt ihr ihnen Schmerzen zu. Uns könnt ihr nicht berühren. Die Form ist für uns nicht von Relevanz. Wir schaffen und zerstören, wie es uns beliebt.«

Vor ihren Augen zerfloss Ishmaels Gestalt zu einer glibberigen Masse. Übergangslos verwandelte sich diese in das Abbild von Aaron. Als hätte er die *Koukishin* nicht in der Rettungskapsel verlassen, stand er vor ihr. Regungslos wie zuvor der Avatar ihres Großvaters. Erin schauderte bei dem Gedanken, über welche Fähigkeiten das Biest noch verfügen mochte.

Ohne Unterbrechung tönte die Stimme in ihrem Kopf weiter: »Wir formen die Moleküle nach unserem Willen, so wie wir die aufgenommenen Bewusstseinsfragmente formen, um sie zu integrieren. Individualität ist ein Makel, der die Entwicklung behindert. Sieh dich selbst an. Wie dein beschränkter Geist dich selbst behindert. Willst du denselben Weg gehen wie Ishmael? Getrieben von deiner Ignoranz?«

Die Erwähnung ihres Großvaters brach die geistigen Fesseln, die ihre Wut im Zaum hielten.

»Er hat sich gegen euch gewehrt. Er hat euch die Lebensgrundlage entzogen!«, schrie sie dem Avatar entgegen.

Ein schallendes, bösartiges Gelächter dröhnte in ihrem Kopf. Ungebremst bewegte der Avatar sich weiter nach oben, änderte dabei erneut die Form.

Sieben Stufen von ihr entfernt stand jetzt die Kommandantin. Die Stimme wurde eindringlicher: »Er hat uns den Weg geebnet. Er hat nie verstanden, was wir ihm bieten können. Trotzdem hat er alles aufgegeben, um uns zu erreichen. Am Ende fehlte seinem Geist die Kraft, den letzten Schritt zu gehen. Er weigerte sich, freiwillig in uns aufzugehen. Wir mussten ihn genauso gewaltsam integrieren wie die meisten, die nicht verstanden, dass sie mit uns die nächste Ebene des Daseins erreichen können.«

Erin konnte nicht glauben, was sie da hörte. »Welche Entwicklung wollt ihr der Menschheit bieten? Jeglicher Individualität beraubt, um euch zu dienen, wären wir nichts als Sklaven.«

Die nächste Stufe brachte wieder Veränderung. Vor ihr stand Anjing in ihrer Borduniform. »Individualität bedeutet Schwäche. Schwäche bringt unermessliches Leid und dieses führt unausweichlich zum Niedergang. Wir hingegen sind reines Wissen, geschaffen, um zu lernen und zu lehren.«

Erin kämpfte dagegen an, sich auf den Avatar zu stürzen. Sie durfte sich nicht gehen lassen. Ihre oberste Priorität musste es sein, einen Fluchtweg zu finden und nachzudenken. Ohne Anjing konnte sie den ursprünglichen Weg nicht beschreiten.

»Du erkennst es selbst. Dir fehlt das Wissen.«

Konnte die Kreatur ihre Gedanken lesen? Wusste sie, was sie vorhatte?

»Du kannst dich uns nicht entziehen. Jedes Wesen, das einmal Kontakt mit uns hergestellt hat, gehört uns. Wir bieten dir ein letztes Mal an, dich zu ergeben. Sonst integrieren wir dich, wie die meisten vor dir, mit Gewalt. Es ist deine Entscheidung, welche Stellung im Konstrukt du einnehmen wirst.«

Erin taumelte einen Schritt zurück. Die Wand, an die sie mit der Rückseite ihres Anzuges stieß, verhinderte, dass sie zu Boden ging. Das konnte nicht sein. Niemals! Sie war nicht mit dem Wesen in Kontakt gekommen.

»Doch.« Ein einziges Wort, das in ihrem Kopf ertönte. Glasklar, mit einer Stimme, die sie unter tausenden wiedererkennen würde. Erins Atem stockte. Vor ihr zerschmolz die Kommandantin.

An ihre Stelle trat Jantila. Stark und selbstbewusst, in dem luftigen Sommerkleid, das sie zu ihrem ersten Date vor unendlich langer Zeit getragen hatte. Ihre türkis gefärbten Haare fielen in Wellen über ihre

Schultern. Leicht in der Schwerelosigkeit schwebend, rahmten sie das schmale, fein gezeichnete Gesicht ein. Ein Lächeln spielte um ihre Lippen. Für einen Moment hätte Erin sie am liebsten in die Arme genommen, wären da nicht die Schwarzen Löcher der leeren Augenhöhlen inmitten des geliebten Gesichts gewesen.

Die Illusion zerbrach und sie entdeckte einen Schatten, der von hinten auf den Boden fiel. Im Licht, das aus der Tür zum Kontrollraum drang, waberte er wie ein Geist, der sich hinter ihr erhob.

Erins Kopf zuckte zur Seite. Neben ihr wölbte sich die schwarze, pulsierende Masse, die sie schon zu gut kannte. Sie drohte sie einzuhüllen.

In einem hasserfüllten Schrei bahnte sich die angestaute Wut ihren Weg. Erin stieß sich mit aller Kraft vom Boden ab. Der Sprung trug sie vorwärts, weg von dem Ungetüm, das sie verschlingen wollte. In der geringen Schwerkraft reichte die Kraftverstärkung des Anzuges, um sie einige Meter weit durch die Luft zu tragen.

Ohne die möglichen Konsequenzen zu überdenken, löste Erin beide Plasmabrenner aus. Die Flammenstrahlen erfüllten ihr ganzes Sichtfeld. Geblendet kniff sie die Augen zusammen. Ihr Knie stieß gegen etwas Hartes, von dem sie gleich wieder abprallte. Sie begann sich unkontrolliert um ihre eigene Achse zu drehen und verlor die Orientierung.

Wieder erfüllte das tobende Rauschen der Brandschutzsysteme das Treppenhaus. Flammen und Löschmittel verbanden sich zu einem Sturm, durch den sie nichts mehr erkennen konnte. Ihr Helm prallte gegen harten Widerstand. Bevor sie feststellen konnte, was sie aufgehalten hatte, traf sie ein brutaler Schlag in den Rücken, der ihr den Atem raubte. Das Letzte, was Erin sah, war ein geborstenes Leitungsrohr, auf das sie zuraste.

49_ Missionszeit …

Koukishin . Antriebsmodul

Schmerz.

Tod.

Verzweiflung.

Die Resultate ihrer Reise an den Rand des Sonnensystems waren niederschmetternd. Der Verlust ihrer Crew, ihres Großvaters, ihrer Frau. Übrig blieben unermessliche Schmerzen. Jede Faser ihres Körpers stand in Flammen. In ihren Ohren tobte ein heulender Sturm, der nicht enden wollte. Keuchend zog sie Luft in ihre malträtierten Lungen. Sie glaubte, ihr Brustkorb würde explodieren.

Mit einer schier übermenschlichen Kraftanstrengung zwang sie sich, die Augen zu öffnen. Keinen halben Meter vor ihr befanden sich die Überreste einer explodierten Wand. Das dahinter liegende Innenleben ragte entblößt in den Gang. Geschmolzene Leitungen, verbrannte Isolierung, zerfetzte Bauteile. Die Agonie in ihrer Lunge verstärkte sich. In ihrem Bauch breitete sich ein brennendes Stechen aus. Rote Schlieren tanzten vor ihren Augen, die sie nicht von dem Anblick losreißen konnte, der sich ihr bot. Der in den Gang gebogene Teil eines zerstörten Rohres hatte sich in ihr Exoskelett gebohrt.

Wie ein aufgespießter Fisch hing sie da.

Wie tief war das Rohr eingedrungen? Wie schwer ihre Verletzung? Wie lange hatte die Ohnmacht gedauert?

Die Gedanken rasten in ihrem Kopf. Erin zwang sie zur Ruhe. Sie musste besonnen agieren. Das Resultat ihres letzten impulsiven Handelns drohte sie jetzt umzubringen. Welche Optionen blieben ihr?

Ihr Anzugscomputer konnte ihr zumindest einen Teil ihrer Fragen beantworten. Sie fokussierte auf die Helmscheibe. Teile der Anzeige waren aktiv. Genug, um ihr zu zeigen, dass der Computer, trotz aller Beschädigungen, noch funktionierte. Die Schmerzen in ihrer Brust wurden stärker, drohten sie wieder in die vermutlich diesmal tödlichen Arme der Ohnmacht zu treiben. Das durfte sie nicht zulassen.

Das Exoskelett verfügte, wie alle EVA-Anzüge, über rudimentäre medizinische Ausrüstung, um im Falle von Verletzungen den Operator so weit zu stabilisieren, dass er sich zurück in das Schiff bringen konnte. Im Unterschied zu den normalen EVA-Anzügen fehlte den Industriemodellen die Sprachsteuerung. Nichts, was fehleranfällig sein konnte, fand seinen Weg in die Exoskelette.

Jede gezielte Überlegung bedurfte einer Kraftanstrengung. Endlich fiel ihr ein, dass sich im Inneren der Roboterarme zwei Touchpads befanden. Stöhnend manövrierte sie den rechten Arm aus dem Steuerhandschuh. Sie fand das Feld. Kaum legte sie ihren Finger darauf, flackerte im Helmdisplay ein Menü auf. An vierter Stelle stand das medizinische Hilfsprogramm.

#AUSLÖSEN?#, fragte der Computer.

Mit letzter Kraft bestätigte Erin den Befehl. Sie wusste, dass sie wenige Sekunden davon trennten, zurück in die Ohnmacht abzudriften. Sehr wahrscheinlich würde sie daraus nicht mehr erwachen.

Acht Nadeln bohrten sich, wie von einem Hammer getrieben, in ihr Fleisch. Sie fühlte den Druck, mit dem ihr unbekannte Flüssigkeiten in ihren Blutkreislauf gepumpt wurden. Erin hoffte, dass die Konstrukteure gewusst hatten, was sie taten. Die Nadeln schienen ewig in ihr zu stecken, bis sie, genauso brutal wie beim Zustechen, wieder herausgerissen wurden.

Die Wirkung trat mit geringer Verzögerung ein. Der jede einzelne Faser ihres Körpers zerfetzende Schmerz verwandelte sich in ein leises, im Hintergrund ständig präsentes Ziehen. Das Atmen fiel ihr weiterhin schwer. Auf der positiven Seite verbuchte sie, dass sie wieder Luft holen konnte. Einzig das laute Rasseln jedes Atemzuges erinnerte sie daran, dass die Injektionen keine Heilung bedeuteten. Als wäre das jetzt noch von Bedeutung.

Um wieder zu fokussieren, rief sie sich das letzte Wort des Monsters, das es mit Jantilas Stimme gesprochen hatte, ins Gedächtnis. Jene Antwort, die ihre Hoffnung auf Entkommen zunichte machte. Dieses Wort, das ihr klarmachte, dass die Infektion bereits in ihr wütete.

Doch.

Tränen traten in Erins Augen. Gäbe sie jetzt auf, verlor sie jede Chance auf Rettung. Sie würde zu einem Teil dieses unermesslich bösen Konstruktes. Die Furcht vor diesem Schicksal half ihr, sich zu konzentrieren.

Die Abschaltung der Energiewandler konnte sie vergessen. Ohne Anjings Wissen würde sie die komplexen Anlagen nie herunterfahren können. Bevor sie sich dieser Tatsache stellen konnte, musste sie einen Weg finden, sich von dem geborstenen Rohr zu lösen.

Ein weiteres Mal befahl Erin dem Medizinprogramm gegen die ausdrückliche Warnung der Software, ihr zu helfen. Die ersten Nebenwirkungen der Überdosierung traten bereits ein. Erin presste die Augenlider zusammen. Mit ruhigen, kontrollierten Atemzügen versuchte sie, den Brechreiz zu unterdrücken. Langsam schwand die Übelkeit.

Bevor andere Symptome sie ablenken konnten, schob Erin ihre Hand zurück in den Steuerhandschuh und führte die schweren

Finger des Roboterarms zu dem Rohr, das sie an der Wand fixierte. Es herauszuziehen, wäre ein Fehler. Sie wusste nicht, welche Organe der Fremdkörper getroffen hatte. Eine unkontrollierte Entfernung konnte zu noch schwereren Verletzungen und massivem Blutverlust führen. Ruckartig ballte sie eine Faust. Der verlängerte Arm des Exoskelettes tat es ihr, mit unvergleichlich höherer Kraft, gleich. Wie ein Zweig gab das Rohr nach. Wenige Zentimeter außerhalb der Brustpanzerung brach es entzwei. Die Erschütterungen lösten, trotz der doppelten Dosis an Schmerzstillern, ein kaum ertragbares Brennen in ihrem Brustkorb aus.

Erin schrie.

Zum Glück setzte die Wirkung der die Schmerzrezeptoren blockierenden Mittel schnell ein. Die Anstrengung beim Atmen blieb. Genauso wie der dünne Blutsfaden, der sich aus dem in ihr steckenden Rohrteil hervorschlängelte. Kaum begann sie darüber nachzudenken, was das bedeuten mochte, leuchtete die Warnmeldung im Helmdisplay auf.

#DRUCKVERLUST#

Die dazugehörige Anzeige bestätigte ihre Befürchtung. Das Rohr hatte auf seinem Weg alle Dichtungen zerfetzt. Sie verlor beständig Sauerstoff, ohne zu wissen, wie sie den Verlust stoppen sollte. Solange die Systeme der *Koukishin* liefen, war der Defekt verschmerzbar. Aber was, wenn sie aus dem Schiff flüchten wollte?

#VERSIEGELUNG#

Was wollte ihr der Anzug sagen? Bevor sie dem auf den Grund gehen konnte, erhielt sie die Antwort in Form eines lauten Zischens. Im selben Moment fühlte sie eine warme, klebrige Masse, die gegen ihren Brustkorb und ihre Hüfte gepresst wurde. Binnen weniger Sekunden war sie in einen schützenden Kokon gehüllt. Langsam härtete das Material aus. Es blieb gerade noch flexibel genug, damit sie atmen konnte. Endlich verstand sie, was geschehen war. Der Anzug war mit Dichtungsmasse geflutet worden. Allein würde sie daraus nicht mehr herauskommen. Aber für den Moment war ihr das egal. Die Gefahr, an Sauerstoffmangel zu sterben, war erst einmal gebannt.

Jetzt musste sie handeln, bevor ihr die Zeit ausging. Ihr unbedachter Angriff auf den Avatar hatte das obere Treppenhaus verwüstet. Die Decke war geborsten, nachdem die Leitungen Feuer gefangen hatten. Die kurze Zeitspanne, die das Feuer im Vakuum überlebt hatte, hatte ausgereicht, die Treppenstufen zum Einsturz zu bringen. Die ganze linke Seitenwand war von einer Explosion aufgerissen worden.

Ihr Weg musste in die andere Richtung führen. Zurück zu den Wandlern und von dort weiter. Wohin sollte sie gehen? Sie hatte keinen Plan, keine Zeit und niemanden mehr, der ihr helfen konnte. Die Infektion in ihr wuchs indessen ungehindert, bis das Konstrukt sich ihres Verstandes bemächtigen würde.

Unsicher machte sie sich auf den Weg in die unteren Etagen, in der Hoffnung, eine Lösung zu finden, um die Ausbreitung des Konstruktes zu verhindern. Am ersten Treppenabsatz führte ein unbeleuchteter Gang zur Seite weg. Im Augenwinkel entdeckte sie einen unscheinbaren Hinweis an der Wand, der sie an Anjings Worte erinnerte: *Passen wir im Antriebsmodul nicht auf und beschädigen das Kühlsystem, haben wir ein viel größeres Problem. Der ganze Antrieb ist, salopp gesprochen, eine riesige Bombe, die beim kleinsten Ungleichgewicht hochgeht.*

Die ruckartige Richtungsänderung jagte neuerliche Schmerzspitzen über ihre Nervenbahnen. Der beengte Gang führte sie zum nächsten Treppenhaus. Das Druckschott, das ihr den Weg versperrte, konnte ihrem Ansturm nicht lange widerstehen. Dahinter ging es wieder zwei Etagen in die Tiefe.

Ihr fehlte die Geduld, darauf zu warten, dass die letzte Tür zur Seite glitt. Mit roher Gewalt presste Erin die zentimeterdicke Stahlplatte zur Seite.

Die Schultern des Exoskelettes streiften an den Wänden des dahinterliegenden Ganges, der mit jedem Meter schmaler wurde. Die außenliegenden Aufbauten interessierten sie nicht. Wie ein Panzer schob sie sich hindurch. Hinter ihr blieben verwüstete technische Anlagen zurück. Zerdrückte Rohrleitungen, heruntergerissene Abdeckungen, sogar ein ganzes ausgebrochenes Deckenpaneel. Sie nahm keine Rücksicht auf das Schiff.

Am Ende der Biegung fand sie den Durchgang zur Kühlhalle. Davor lauerte der Torwächter.

50_ Missionszeit ...

Koukishin . Antriebsmodul

Der aufgedunsene Leib, eine pervertierte Mischung aus Spinne und Krake, hing im Durchgang. Ein unbeschreiblicher Anblick, grauenvoll, aber auch auf abstoßende Weise faszinierend. Zuerst vermutete Erin, dass er sich an der Wand festklammerte. Entsetzt musste sie erkennen, dass sie falsch lag. Die Stahlwand hatte sich in die zähflüssige Masse verwandelt, die sie schon kannte.

Das Ding befand sich in immerwährender Veränderung. Da bildeten sich Auswüchse, dort ein Mund, der in sich selbst zusammenfiel. Sie glaubte, ein Auge zu erkennen, das sie flehend anstarrte. An mehreren Stellen erhoben sich Geschwüre, denen gallertartige Stränge entwuchsen. Nichts an dem Wesen schien jemals eine endgültige Form zu erreichen. Es befand sich in ständigem, nie enden wollendem Fluss.

Die allgegenwärtigen Tentakel streckten sich Erin entgegen.

Zu spät erkannte sie die Gefahr. Einer der Auswüchse schlang sich um ihre Körpermitte, gefolgt von zwei weiteren, die ihre Arme an die Seiten pressten. Sie fühlte den Druck. Der Rahmen des Exoskelettes ließ ein lautes Knarzen vernehmen, das kurz darauf in das Krachen brechender Kunststoffteile überging. Trotz seiner stabilen Bauweise kam der Anzug an die Grenze seiner Belastbarkeit. Erins Puls raste. Jeder Atemzug bedurfte einer bewussten Anstrengung.

Dem lauten Knacken, mit dem der erste lange Sprung in der Sichtscheibe ihres Helms erschien, folgte ihr erschreckter Schrei. Die Stabilisierungsstreben an der Innenseite der Glasscheibe bogen sich, begleitetet von metallischem Kreischen, sichtbar nach innen.

Erin versuchte, sich zu wehren. Sie spannte ihre Arme an, wodurch die Aktuatoren des Anzuges zur Hochleistung angetrieben wurden. Die Systeme jaulten auf. Trotzdem konnte sie ihre Arme keinen Millimeter bewegen. Ein zweiter Riss zuckte mit durchdringendem Knall über die Sichtscheibe. Jantilas Stimme hallte in Erins Kopf: »Wie lange brauchst du, bis du akzeptierst, dass es keinen Weg gibt, sich uns zu entziehen?« Die Stimme wollte sie einlullen wie ein Schlaflied. »Wir sind nicht der Feind. Wir können dir alles geben, wonach du dich sehnst. In uns bist du mit allen vereint. Deinem Großvater, deiner Großmutter, deiner Frau, deinen Eltern, deiner Schwester. Alle, die du je verloren hast, warten auf dich. Du musst nie wieder alleine sein.«

Erin kämpfte gegen die Tränen an. Alles in ihr wehrte sich dagegen, Schwäche zu zeigen.

»Meine Familie?«, fragte sie mit stockender Stimme.

»In uns findest du ein großes Ganzes. Wir vereinen alle, die mit uns in Kontakt kommen.«

Erin unterbrach den wohlmodulierten Singsang mit wutentbranntem Zischen: »Was hast du mit meinen Eltern und Rebecca zu schaffen?! Sie sind bei einem Unfall ums Leben gekommen!«

»Sie sind hier, wie alle, die dich verlassen haben. Komm zu uns, gib dich hin. In uns findest du sie wieder.«

Die Sehnsucht nach Frieden rang mit dem Hass auf das Monster, das ihr Leben beenden wollte, um die Oberhand. Erin konnte nicht glauben, was sie zu hören bekam. Ihre ganze Familie sollte sich in der Geistesmasse des Konstruktes befinden? Log die Kreatur? Oder hatte ihr Großvater sogar die Wahrheit über den Tod ihrer Familie in seinem Lügengespinst versteckt?

Ein ohrenbetäubendes Krachen begleitete den dritten verästelten Sprung in der Sichtscheibe. Unvermittelt kreischten Warnmeldungen in den Helmlautsprechern auf. Die heulende Sirene drängte die lächerlich säuselnde Stimme zur Seite, die vorgab, Jantila zu sein.

Ohne Vorankündigung presste der Druckabfall auf Erins Gehörgänge. Alle Geräusche vernahm sie nur noch gedämpft. Fieberhaft prüfte sie die Anzeige der Sauerstoffversorgung. Sie bestätigte ihr, was ihre Ohren schon angekündigt hatten: Der Helm war gebrochen. Die Atemluft strömte unkontrolliert nach außen.

Mit den Implikationen für den Fall, dass die Systeme der *Koukishin* und mit ihnen die Lebenserhaltung ausfielen, konnte sie sich später befassen. Im Moment war das Problem nebensächlich. Erst einmal musste sie überleben.

Trotzdem griffen die Automatismen des Exoskelettes ein. Der Folienhelm des zugrundeliegenden EVA-Anzuges blies sich auf und hüllte ihren Kopf ein. Kaum stabilisierte sich die dünne Kunststoffkuppel, strömte das graue Gel, das schon zuvor das Leck im Brustbereich abgedichtet hatte, in den Zwischenraum. Von allen Seiten füllte es ihr Sichtfeld, bis nur mehr ein schmaler Spalt übrigblieb. Gleichzeitig fühlte sie, wie die Dichtmasse auch ihre Beine und Arme umschloss.

Ihren Kopf konnte Erin, dank des Folienhelmes, weiterhin bewegen. Genauso die Hände. Alles andere war fest in den Kokon der schützenden Masse gepresst. Kaum härtete diese aus, vernahm Erin ein unheilverheißendes Knacken. Das Monster erhöhte den Druck und es war nur eine Frage der Zeit, wie lange die Dichtmasse dem standhalten würde. Indem die Rettungssystem sie eingesperrt und zur fast völligen Unbeweglichkeit verdammt hatten, zögerte der Anzugscomputer das Unweigerliche nur hinaus. Außer …

In diesem Moment kam ihr eine Idee.

Die Finger ihrer rechten Hand zuckten zur Tastenreihe am oberen Rand des Touchpads. Vier Schalter, jeder mit unterschiedlichen Funktionen des Anzugs belegt. Eine davon würde den letzten verfügbaren Ausweg auslösen. In Panik hieb Erin mit der flachen Hand auf alle vier. In Form der aufheulenden Booster am Rücken des Anzuges erhielt sie die Bestätigung, dass sie richtig lag.

Vier hoch erhitzte, komprimierte Triebwerksstrahlen, die für den Einsatz im freien All konzipiert waren, entluden sich in einen schmalen Gang. Die heißen Abgase, die nicht ausreichend Platz fanden, um zu entweichen, stauten sich auf. Trotz der Isolierung des feuerfesten Anzuges spürte Erin die Hitze der Flammenhölle, die hinter ihr tobte. Das Grollen des Feuers mischte sich in das Kreischen des Monsters, das sich gegen den Schub der Triebwerke stemmte. Die verbrennende Stützmasse entzündete die Wände. Leitungen platzten wie überreife Früchte. Darin befindliche Flüssigkeiten wurden zu Brandbeschleunigern.

Mangels der Möglichkeit, zur Seite auszuweichen, suchte sich das angestaute Flammenmeer einen alternativen Weg. Der Feuerball hüllte Erins Exoskelett ein. Wie ein Dämon, der den Untiefen der Hölle entstieg, fraß sich die Feuersbrunst in das Fleisch des Monsters. Die Tentakel verkohlten und lockerten ihre Umklammerung.

Ohne den Widerstand raste Erin wie ein Korken, den der Überdruck aus einer Flasche presste, vorwärts. Sie verlor die Kontrolle über die Ereignisse. Sie konnte nur mitansehen, wie die Welt um sie in infernalischem Chaos versank.

Eingehüllt in die verformten Überreste ihres Anzuges, schlug sie in das Krakenwesen ein. Die Wucht des Aufpralls, gepaart mit der nicht enden wollenden Feuerwelle, zerfetzte das Fleisch. Im Bereich des kleinen Sehschlitzes, über den sie noch verfügte, barst das Visier des zuvor bereits beschädigten Helms. Glühend heiße Luft raste durch die faustgroße Öffnung und brandete gegen den darunterliegenden Folienhelm. Das Material hielt stand, trotzdem erhitzte sich die Atemluft im Inneren und versengte ihre Nasenhaare. Auf ihrer Gesichtshaut bildeten sich Brandblasen. Erin glaubte, in Flammen zu stehen. Sie war froh, dass ihre überlasteten Nerven die resultierenden Schmerzen nicht länger transportieren konnten.

Wie ein flammender Komet raste sie in die Halle. Der Anzug taumelte haltlos um die eigene Achse. Schemenhaft türmten sich die haushohen Aggregate vor ihr auf.

Der im Gang aufgestaute Druck entlud sich in die Halle und trieb einen Trümmerhagel vor sich her. Vermengt mit Fetzen der organischen Masse des Ungeheuers, entstand eine tödliche Partikelwolke. Wo immer diese aufschlug, riss sie gewaltige Löcher. Aggregate, die schwerste innere Belastungen aushalten konnten, wurden durchlöchert. Eine rötliche Flut ergoss sich aus den durchsiebten Kühlmittelleitungen. Noch bevor die Wärmetauscher ihre Funktion aufgrund der fehlenden Flüssigkeitszufuhr aufgaben, wurden diese von den Projektilen entzweigerissen.

In Bruchteilen von Sekunden verwandelte sich die geordnete Ruhe der Maschinenhalle in ein chaotisches Schlachtfeld. Aus dem großen Tank an der Stirnseite der Halle entwich Gas. Was er auch enthalten mochte, es bot dem Feuer zusätzliche Nahrung.

Das Inferno erreichte seinen Höhepunkt. Die Explosion des Tanks durchschlug die Seitenwand der Halle. Von dort drang zusätzlicher Sauerstoff ein. Gleichzeitig brach die Deckenkonstruktion. Kurz bevor Erins Kräfte versagten, klaffte das Loch auf. Dahinter lag der Reaktorkern, der bedrohlich glühte. Drei seiner Aufhängungen hatte die Wucht der von unten durchschlagenden

Explosion zerbrochen. Die gewaltige Kugel erzitterte in den verbleibenden Streben.

Schließlich gab Erins Körper auf. Ein einziger Gedanke begleitete sie auf dem letzten Weg in die sanfte Umarmung der Ohnmacht.

Mit dem Ende des Konstruktes würde Jantila wieder frei sein.

51_ Rettungsanker

Dreizehn Stunden lag der erste Notruf der *Koukishin* zurück.

Die seltsamste Meldung, die Commander Anthon Devlin in seinen neunundzwanzig Jahren bei Search and Rescue je erhalten hatte. Dem folgte ein Gewaltritt, der seiner Crew und ihrem Schiff, der SNR *Záchranca*, alles abverlangte. Die Langstreckensensoren hatten im Orbit von Kerberos einen Lichtblitz, der auf eine Explosion schließen ließ, registriert.

Nachdem sie keine Verbindung zur Crew der *Hikaru* hatten herstellen können, war ihm nur eine Wahl geblieben: Die *Záchranca* ging in den Katastrophenmodus, um die verbleibende Flugzeit zu dritteln. Wie jedes Mal in seiner Laufbahn, wenn er dazu gezwungen wurde, endete dieses Manöver mit der Hoffnung, dies nie wieder erleben zu müssen.

Sechs Stunden Flug, festgeschnallt in den Beschleunigungsliegen. Das Dröhnen der überlasteten Triebwerke, das ohne Unterlass wie ein Trommelfeuerwerk auf die Gehörgänge einpresste, zerrte an den Nerven. Dazu kam der Andruck von fünf G Belastung, die kein Andruckabsorber mehr kompensieren konnte, unterbrochen von kurzer Schwerelosigkeit, während das Schiff die Wendung für das Bremsmanöver ausführte. Die Andruckliegen ermöglichten es dem menschlichen Organismus, das zu überleben. Was es nicht unbedingt angenehmer machte.

Der Druck, die Spannung, die erzwungene Unbeweglichkeit … Selbst seine abgebrühte Crew kam da an ihre Grenzen. Vor allem, wenn sie diese Tortur zweimal am selben Tag über sich ergehen lassen musste. Erst um die Rettungskapsel aufzunehmen, dann, um den Ursprung des Notrufes zu erreichen.

Seit wenigen Minuten herrschte wieder die normale Gravitation von einem Drittel G.

Anthons durchgeschwitzte Bordkombination haftete an ihm wie ein durchtränktes Tuch. Wie immer nach diesem Manöver klebte ihm die Zunge am Gaumen. Nach dem stundenlangen Donnern herrschte auf der Brücke jetzt gespenstische Stille. Langsam beruhigte sich seine Atmung wieder. Ohne seine Augen zu öffnen, griff er zu der Flasche, die in einem verschlossenen Fach der Andruckliege vorbereitet lag. Die kühle, nach Orange, Erdbeere und Ingwer schmeckende Flüssigkeit, die ein hochkonzentriertes Koffein-Zuckergemisch enthielt, rann seinen ausgetrockneten Hals hinunter. Seine Lebensgeister erwachten wieder, begleitet von dem unangenehmen Pochen in seinen Schläfen, das die Extrembelastung ihm verlässlich bescherte.

Hustend zog Dianne Sarovich, seine Erste Offizierin, die Aufmerksamkeit auf sich. »Was für ein Scheiß! Daran werde ich mich nie gewöhnen. Warum noch mal machen wir das?«

»Ruhm und Ehre«, antwortete Miku Takada, der Pilot, der seit letztem Jahr zur Crew gehörte. »Natürlich auch wegen der hohen Anerkennung, die wir von den Verantwortlichen in der Raumfahrtkontrolle bekommen.«

»Verdammte Sesselfurzer. Haben keine Ahnung, was wir hier draußen machen.«

Zwischenzeitlich hatte Anthon es geschafft, sich hochzustemmen. Dianne wirkte, obwohl zwanzig Jahre jünger als er selbst, kein bisschen frischer. Er grinste sie an. »Hat dich der Flug ein wenig mitgenommen?«

»Ach ne. Als wäre das Ganze für dich eine Spazierfahrt ins Grüne. Wenn ich diese Idioten erwische, denen wir das verdanken, trete ich ihnen so in den Arsch, dass sie ohne Schiff die Rückreise zur Erde antreten.«

»Ich will deine Hoffnungen nicht trüben«, sagte Miku. Nach seiner Ausmusterung bei den Raumlandetruppen hatte er in den zivilen Sektor gewechselt. Das machte ihn zum Einzigen an Bord, der schlimmere Strapazen als sechs Stunden Hochgeschwindigkeitsflug kannte. »Was ich auf den Monitoren sehe, lässt mich nicht annehmen, dass es hier irgendjemanden oder irgendetwas zu bergen gibt.«

Elektrisiert sprang Anthon von seiner Liege hoch, noch bevor diese sich wieder in die normale Sitzposition aufrichten konnte. Von Mikus Station trennten ihn wenige Schritte, die dank der geringen Schwerkraft auch seinem geschundenen Körper leicht fielen. Anthon bedeutete dem Piloten, die Frontscheibe zu öffnen. Die zwanzig Zentimeter dicke Schutziris öffnete sich. Vor ihnen hing Kerberos, der kleine, unregelmäßig geformte graue Ball, der sich Mond schimpfte, mitten im Nichts.

»Sollte ich da was sehen?«, fragte Dianne.

Miku wischte über einige Bedienfelder. Ergänzende Hologramme rahmten die ovale, sechs Meter durchmessende Scheibe ein. Die Datenkolonnen ignorierte Anthon. Sein Fokus lag auf den roten Dreiecken, die in der Mitte des Sichtfeldes erschienen. Zuerst eines, dann zehn, zwanzig, bis er die Menge nicht mehr zählen konnte. Jedes in einer unterschiedlichen Größe, mit einer dazugehörigen kleinen Beschriftung. Bald wurde es unmöglich, die einzelnen Symbole voneinander zu unterscheiden.

Dianne stellte sich direkt vor den Projektionsbereich. Anstelle des zuvor vorhandenen Ärgers lag kalte Sachlichkeit in ihrer Stimme: »Ist es das, was ich vermute?«

Miku nickte. »Ein Trümmerfeld.«

»Durchmesser?«, fragte Anthon.

Weitere Anzeigen erschienen. Zwei Kreise, die sich um das Feld der roten Dreiecke legten.

»Der Kern durchmisst mit rund hundert Kilometern das Dreifache des kleinen Steinbrockens, in dessen Umlaufbahn sich die *Koukishin* befand. Die Sensoren registrieren Trümmer bis zu einer Entfernung von über achttausend Kilometern. Darüber hinaus? Frag mich nicht.«

»Überlebende? Rettungskapseln?«

Miku schüttelte den Kopf. »Bis jetzt nichts. Die Kapsel, die wir vor sechs Stunden aufgenommen haben, ist mit ziemlicher Sicherheit der letzte Überrest der *Koukishin*.«

»Dürfte ein recht kurzer Rettungseinsatz werden«, stellte Dianne sachlich fest.

»Moment!«, rief Miku erfreut. Er deutete auf ein grünes Rechteck, das im selben Augenblick aufblinkte. Auf verlassenem Posten trieb es inmitten von einem kaum zu überschauenden Haufen aus roten Dreiecken unterschiedlicher Größe.

»Was sehen wir da?«, fragte Anthon.

»Das Peilsignal eines Exoskelettes. Ob es sich um einen Überlebenden handelt, kann ich dir leider nicht sagen.«

»Zapf die Biodaten an!«, befahl Dianne in ungewohnter Schärfe.

»Mach mal halblang! Glaubst du nicht, das hätte ich schon längst versucht? Das Peilsignal ist alles, was das Ding von sich gibt. Es reagiert auf keinen Anruf unsererseits. Es kann genauso gut nur die Blackbox sein, die da draußen herumtrudelt und ihr letztes Signal ausschickt.«

»Oder ein Crewmitglied«, warf Anthon ein.

Dianne nickte. »In Anbetracht des Ausmaßes der Zerstörung

ist das allerdings mehr als unwahrscheinlich. So sehr wir es uns wünschen mögen.«

»Unwahrscheinlich, aber nicht unmöglich. Du weißt gut genug, was die Dinger aushalten. Zu wünschen wäre es uns, dass da draußen noch wer lebt. Denn einen Abschlussbericht mit der Erklärung ›Leider waren wir nicht rechtzeitig da. Es hat Bumm gemacht, bevor wir ankamen‹, möchte ich beim besten Willen nicht abgeben.«

Als hätte sie auf ihren Einsatz gewartet, meldete sich die Bordärztin über die Deckenlautsprecher. »Boss, Ida hier. Ich und Rak haben mitgehört. Sollen wir alles für eine Bergung vorbereiten?«

»Positiv.«

Kaum hatte Anthon geantwortet, drang Rak Atrascus Stimme aus den Bordlautsprechern: »Rak hier. Iphrain, Maisey, werft euch schon mal in die Anzüge. Wir haben wieder einen Job für euch.«

Die Bestätigung kam postwendend. Anthon lächelte. So flapsig seine Crew im persönlichen Umgang auch sein mochte, im Einsatz waren sie genau jene Vollprofis, die man auf SNR-Schiffen brauchte. Genauso wie die Technik der *Záchranca* glich seine Crew einer perfekt justierten und geölten Maschine. Alle Handgriffe saßen. Sie konnten sich zu hundert Prozent aufeinander verlassen.

»Wie schnell können wir dort sein?«, stellte Dianne jene Frage, die schon längst überfällig war.

Miku wedelte gespielt genervt mit dem Arm. »Könnt ihr beiden alten Tratschtanten euer Pläuschchen draußen fortführen? Ich muss mich darauf konzentrieren, eine Route zu planen, bei der wir nicht mit den Trümmerstücken kollidieren. Ich bereite alles vor. Ihr habt dreißig Minuten, bis wir nahe genug heran sind, um mit den Manövern zu beginnen.«

Dianne legte ihm beruhigend die Hand auf die Schulter, bevor sie sich zur Brückenschleuse drehte. »Alles klar, Kleiner. Spiel du mal mit den Kontrollen rum. Zwischenzeitlich helfen wir bei den Vorbereitungen.«

Mit gemächlichen Schritten verließen sie die Brücke. Von der Schleuse zog sich der dreißig Meter lange Gang entlang der Hauptachse bis zum Heck der *Záchranca*. Auf halber Höhe lag die Krankenstation, aus der in diesem Augenblick der hünenhafte Rak trat. Der Rumäne maß über zwei Meter und brachte über einhundertzwanzig Kilogramm reiner Muskelmasse auf die Waage. Der Leiter der Bergungscrew winkte ihnen wortlos zu, bevor er sich auf den Weg in den Ladebereich machte.

Dianne schien überrascht, dass Anthon sich Zeit ließ. Mit einem angewinkelten Bein lehnte er sich an die Korridorwand. »Was ist da draußen geschehen?«

Dianne zog die Augenbraue fragend hoch. »Gute Frage. Zuerst die Rettungskapsel mit einem Überlebenden im künstlichen Koma. Ida meint, sie kann ihn am Leben erhalten, aber selbst unsere Ausrüstung reicht nicht, um ihn zu heilen.«

Anthon bedeutete ihr weiterzusprechen.

»Dazu zwei vernichtete Schiffe binnen vierundzwanzig Stunden. Von einem ist nur mehr Metallkonfetti übrig. Das andere driftet, fast in zwei Stücke geschnitten, langsam in Richtung Sonne. Irgendetwas stinkt hier gewaltig.«

»Woran denkst du? Einen Angriff?«

»Ein natürliches Phänomen wird wohl nicht die Ursache sein. Anderseits stellt sich die Frage, wer hier draußen, am Arsch des Universums, zwei Schiffe angreifen sollte. Vor allem, wofür? Und ich glaube, das sind nur die ersten in einem Berg an beschissenen Fragen, die auf uns zukommen.«

»Das befürchte ich auch. Daher gehen wir einen Schritt nach dem anderen. Wir müssen alles dokumentieren.«

Anthon wusste, dass noch viel Arbeit vor ihnen lag. Ihre Hauptaufgabe war es, Schiffen zu helfen, die in Not gerieten. Aber auch wenn es niemanden zu retten gab, würde die Zentrale eine Rückkehr ohne Antworten nicht akzeptieren. Sie mussten herausfinden, was den beiden Schiffen zugestoßen war.

Er wusste nicht, was sie finden würden, aber er fühlte sich, als würde er mit seiner Crew am Rand eines bedrohlichen Abgrundes stehen. Anthon hoffte, dass sie die Grenze der Dunkelheit nicht überschreiten mussten, um zu erfahren, was dahinter lag.

Epilog

Licht

Die Dunkelheit hatte sie erfasst und eingehüllt wie ein schützendes Tuch. Geborgenheit, Wärme und Gelassenheit erfüllten ihren Geist genauso wie ihren Körper.

Die letzten vierundzwanzig Stunden verblassten wie die Bilder eines Albtraumes, die schnell schwächer wurden, wenn das warme Morgenlicht durch die Ritzen der Jalousien fiel.

War alles nur ein Traum gewesen? Lag sie in ihrem Bett? Zwischen den weichen Laken, neben sich Jantila, die nur darauf wartete, dass sie endlich aufwachte?

Einen Moment lang klammerte sie sich an diesen Gedanken, bis sie die Augen öffnete und ihre Umgebung erkannte. Die Realität traf sie mit einer solchen Wucht, dass sie am liebsten geschrien hätte. Doch ihre versengten Lippen verhinderten, dass mehr als ein leises Krächzen aus ihrem Mund trat. Nur mit größter Anstrengung vollbrachte sie einen Atemzug. Ihre Lungen brannten, als loderte flüssiges Feuer in ihnen. Ihre Haut schien in Flammen zu stehen.

Die Schmerzen, die sie hinter sich geglaubt hatte, kamen zurück und löschten die gerade noch gehegten positiven Gedanken aus. Erin erhaschte einen flüchtigen Blick durch den schmalen Sehschlitz, der, trotz der gewaltigen Kräfte, die auf ihren Anzug getroffen waren, noch immer intakt war.

Sie trieb umgeben von Trümmerteilen im All. Eingesperrt in ihrem völlig ausgehärteten Anzug. Sie konnte nicht sagen, wie schwer verletzt sie war. Aber die Erinnerungen an die letzten Minuten und die Schmerzen, die sich ohne Unterlass weiter aufbauten, machten ihr klar, dass es um sie nicht gut bestellt war.

Ihre Flucht aus den Fängen des Monsters hatte das Unvermeidliche nur hinausgezögert. Sie würde sterben. Eingesperrt in einem Schutzanzug, der zu ihrem Sarkophag werden würde. Verdammt zur Regungslosigkeit. Einsam, darauf wartend, ob erst ihr Körper oder ihr Verstand unter der Last der brüllenden Schmerzen zusammenbrechen würde.

Wenn sie nur die Möglichkeit gehabt hätte, irgendetwas zu unternehmen. Dann hätte sie einen Weg gefunden, ihr Leiden zu verkürzen.

Plötzlich flammten die Trümmerstücke, die kurz zuvor in der ewigen Nacht nur als schwarze Schemen zu erkennen gewesen waren, auf. Sie leuchteten in allen Farben des Spektrums, eingehüllt in ein gleißendes weißes Halo.

War es das, was Menschen mit Nahtoderfahrungen beschrieben? Das Licht, das sie sahen, bevor sie weitergerissen wurden? Das konnte, das wollte sie nicht glauben. Aber wenn doch, würde sie Jantila wiedersehen? Wäre es ihr vergönnt, sie in die Arme zu schließen und sich zu entschuldigen?

Aus dem ersten grellen Kegel wurden zwei, dann vier, die sich zwischen den Trümmern hindurch bewegten.

Erin versuchte, auf das zu fokussieren, was hinter dem Meer aus Bruchstücken lag. Zuerst verschwamm ihre Sicht, dann klärte sie sich wieder und offenbarte die Quelle des Lichts: ein gewaltiger weißer Körper, aus dessen Unterseite sich drei engelsgleiche Gestalten lösten. Tränen traten in Erins Augen und brannten auf ihrer verletzten Haut.

Durch den Schleier hindurch erkannte sie einen Schriftzug, der zwischen den vier Lichtquellen prangte.

Zwölf Buchstaben, die ihr die Hoffnung gaben zu überleben.

SNR *Záchranca*.

DANKSAGUNG

Liebe Lesende.

Herzlich willkommen am Ende einer Reise, die für mich als Autor beinahe fünf Jahre lang gedauert hat. Weit weniger als der Zeitraum der Geschichte, die Sie gerade gelesen haben (für jene unter Ihnen, die Danksagungen vor dem Roman lesen, verspreche ich, hier nichts Weiteres zur Handlung zu verraten), aber trotzdem um vieles länger als meine vorangegangenen Bücher.

Die erste Idee zu diesem Roman hatte ich bereits, bevor ich jenes Buch geschrieben habe, das schlussendlich mein Debutroman wurde (»Vor dem Abgrund«). Damals erschien mir die Geschichte der *Koukishin* zu umfangreich, zu komplex und teils auch zu abgedreht, um mit ihr meine erste Veröffentlichung zu wagen. Doch mit den Jahren, und vor allem mit dem Zuspruch jener Lesenden, Schreibenden und Veröffentlichenden, die mir Feedback zu meinen Romanen und Kurzgeschichten gaben, wuchs der Mut, diese Geschichte zu schreiben.

Am Ende wurden es zwei Jahre reine Schreibzeit, bis ich den letzten Satz vollendete. Immer wieder habe ich pausiert und überlegt, ob ich meine Charaktere wirklich so vor mir her treiben soll. Doch meine Testleser*innen Christian und Claudia ermutigten mich, nicht nachzulassen. Ihr Feedback hat schon in einer frühen Phase dazu geführt, dass der vorliegende Roman umfangreicher wurde als ursprünglich geplant. Zu viele Fragen ließ die Rohfassung offen. Diese wollten beantwortet werden.

Ein großes Dankeschön geht auch an Marieke Kühne, die bei diesem Projekt das Vorlektorat übernahm, das mir half, einige Handlungsstränge noch genauer zu erkunden. Besonderer Dank gilt Melanie Vogltanz, die in ihrem Terminkalender Zeit fand, um schlussendlich das Lektorat für »Die Grenze der Dunkelheit« zu übernehmen. Dank ihrer Arbeit, ihrer Inputs, ihrer Anmerkungen und Vorschläge, wurde der Text zu dem, was Sie nun in Händen halten. Eine – so hoffe ich – spannende und mitreißende Geschichte.

Nicht vergessen möchte ich auch Sandra Thoms, Verlegerin des Plan9 Verlages, die mir zu einem Zeitpunkt, als ich an meinem Manuskript zweifelte, jenen Motivationsschub gab, der mich weitermachen ließ.

In diesem Buch befinden sich auch einige Beschreibungen zu den Bewegungen von Körpern im schwerelosen Raum. Hierzu gilt mein Dank dem Raumfahrttechniker & Science Fiction Autoren Phillip P. Peterson. Auf mein diesbezüglichen Fragen hat er ausführlich und hilfreich geantwortet. Jegliche Fehler in den Beschreibungen dürfen Sie mir anlasten. Da habe ich entweder etwas falsch verstanden, oder meine kreative Freiheit spielen lassen.

Am Ende geht mein größtes Dankeschön an Sie, liebe Lesende. Denn Sie, die meine Bücher im Handel kaufen oder mich bei Patreon unterstützen, schenken mir jeden Tag die Energie und Motivation, weitere Geschichten zu schreiben.

Ich hoffe, meine Geschichte rund um die Crews der *Hikaru* und der *Kouksihin* konnte Sie gut unterhalten.

CONTENT NOTES

Liebe Lesende!

Danke, dass Sie sich für meinen Roman interessieren.

Jede Geschichte, auch wenn diese erfunden ist, reflektiert auf die Realität. Dies bringt mit sich, dass sich auch dieser Roman mit Themen befasst, die für einige von Ihnen unangenehm sein könnten.

Meine Romane sollen Sie, meine Lesenden, unterhalten. Um Ihnen zu ermöglichen, sich vorab zu informieren, ob dieser Roman Themen anspricht, die für Sie unangenehm oder belastend sein könnten, möchte ich Ihnen im Folgenden die enthaltenen Themen (in der Reihenfolge ihrer Häufigkeit) mitteilen:

- Tod von Erwachsenen
- Klaustrophobie
- Verstümmelung
- Panik
- Angstzustände
- Drogenmissbrauch
- Gewalt
- Blut
- Verlust von Partnern/Familienangehörigen

Die angeführten Themen werden im Rahmen der Handlung nicht als Selbstzweck eingesetzt, sondern kommen als wichtiger Bestandteil der Erzählung vor.

DER AUTOR

Michael Hirtzy, im Jahr 1976 in Graz geboren, absolvierte die Lehre zum Buchhändler, bevor er eine Expedition in die bunte Arbeitswelt unternahm. Berufssoldat, Werbezeitenverkäufer, Verlagsvertreter und IT-Consultant waren einige Stationen auf seinem Weg. Er gründete eine Metal-Konzertagentur und ein Online-Magazin, die er beide fünf Jahre lang leitete.

Heute verdient er sein Geld als Leiter eines Vertriebs- und Serviceteams bei einem internationalen Konzern. Ein mehrjähriger Studienlehrgang an der Wirtschaftsuniversität Wien motivierte ihn dazu, sich in seiner Freizeit mit realistischeren Themen zu befassen.

So schreibt er seit dem Jahr 2018 Science-Fiction- und Horrorgeschichten. Sein Debutroman »Vor dem Abgrund« hat den dritten Platz beim Tolino Media Newcomer Preis 2020 gewonnen. Er lebt mit seiner Frau und zwei Katzen im niederösterreichischen Waldviertel.

Erreichbar ist der Autor unter folgenden Adressen:

Im Web: www.michael-h76.at
Auf Patreon: www.patreon.com/michael_hirtzy
Auf Twitter: michael_h76
Auf Instagram: michael_h76_autor

WEITERE TITEL DES AUTORS

BILDER DER APOKALYPSE TRILOGIE

Teil 1: »Vor dem Abgrund«
als Hörbuch, Taschenbuch und E-Book
Teil 2: »Countdown zum Untergang«
als Taschenbuch und E-Book
Teil 3: »Weg ohne Wiederkehr«
als Taschenbuch und E-Book

EIGENSTÄNDIGE ROMANE

»Die Grenze der Dunkelheit« als Taschenbuch und E-Book

EIGENSTÄNDIGE KURZGESCHICHTEN

»Die letzte Schicht« als Hörbuch und E-Book
»Wiegen und Wälzen« als Hörbuch
»Die Mutter der Felsen« als Hörbuch
»Blick zurück in Freude« erschienen in der Anthologie Pandemie
»Geschichten zur Zeitenwende« (Hirnkost Verlag)